Melody Target

Was mein Herz mir sagt. Und was ist, wenn es sich doch irrt?

FSC
www.fsc.org

MIX

Papier aus ver-
antwortungsvollen
Quellen
Paper from
responsible sources

FSC® C105338

Zum Buch:

Ich möchte an dieser Stelle ausdrücklich erwähnen, dass die Ereignisse um Emil zwar von einer wahren Geschichte inspiriert, jedoch nicht alle im Buch beschriebenen Geschehnisse auch tatsächlich so passiert sind.

Nora lebt in einem hübschen Reihenendhaus in Koblenz. Sie ist eine erfolgreiche Frau, die nach ihrer Scheidung und dem Auszug ihrer beiden Töchter neu anfangen will. Beruflich läuft es für sie gerade sehr gut.

Der Sohn ihrer Nachbarn, den sie seit seiner Geburt vor fünfzehn Jahren kennt, liegt ihr sehr am Herzen. Er hat Trisomie 21. Von seiner Mutter wird Emil sehr eingeengt und kontrolliert, weil sie große Angst hat, dass er sich irgendwo verletzen könnte. Nebenan bei Nora findet Emil das Verständnis für seine Wünsche und Ziele, das ihm bei seinen Eltern fehlt. Doch dann übernimmt Nora die Leitung des Hamburger Büros der Firma, in der sie arbeitet, zieht nach Hamburg und opfert fortan fast ihr gesamtes Privatleben für Ihren Job. Lediglich ihre beste Freundin Hannah holt Nora ab und zu aus ihrem Hamsterrad. So lernt Nora auch Stephan Horner kennen. Einen Anwalt von der wunderschönen Ostseeinsel Rügen. Obwohl Nora Stephan zwar sehr sympathisch und auch attraktiv findet, verbietet sie es sich, auch nur darüber nachzudenken, ihn in ihr Leben zu lassen. Sie will sich voll und ganz auf ihre Karriere konzentrieren.

Emil vermisst Nora sehr. Mit ihr konnte er immer offen über seinen großen Traum sprechen, Koch zu werden. Seine Eltern sind aber dagegen. Sie meinen, dass jemand mit Trisomie 21 nicht Koch werden kann. Deswegen hat Emil immer wieder Streit mit seinen Eltern. Dann beginnt Emil, sich gegen seine Eltern zu wehren und ausgerechnet Stephan Horner unterstützt ihn dabei.

Rechte vorbehalten

Die Verwertung, Vervielfältigung sowie Übersetzung dieses Werkes (auch auszugweise), ist nur mit einer schriftlichen Genehmigung des Verlages/Autors gestattet.

Die Handlung, sowie sämtliche Personen, abgesehen von den Musikern, sind frei erfunden. Jede Ähnlichkeit mit real existierenden lebenden oder verstorbenen Personen, ist rein zufällig.

Texte: © Copyright by Melody Target
Umschlaggestaltung:© Copyright by Melody Target
Melody Target
c/o RA Christian Niehus
Südstr. 7
53343 Wachtberg
melody.info@web.de,
Verlag: BoD · Books on Demand GmbH,
In de Tarpen 42, 22848 Norderstedt, bod@bod.de
Druck: Libri Plureos GmbH, Friedensallee 273,
22763 Hamburg
ISBN: 978-3-7693-1419-9
Erscheinungsjahr: © 2024

Melody Target

Was mein Herz mir sagt.

Und was ist,
wenn es sich doch irrt?

Roman

Eins

Die Sonne scheint an diesem herrlich warmen Samstagmorgen und der LKW ist schon fertig beladen.

„So, Frau Petersen. Das war es.", sagt der große, schlanke, blonde Mann von der Umzugsfirma, während er die hinteren Türen des LKWs zuwirft und verriegelt.

„Wir machen uns jetzt auf den Weg. Ist in Hamburg jemand, der uns die Tür zu Ihrer Wohnung öffnet?", fragt er.

„Ja. Ihr werdet schon erwartet. Ich mache mich aber auch gleich auf den Weg.", antworte ich fröhlich.

„Sehr gut. Dann bis nachher.", erwidert er und steigt lächelnd hinter das Steuer des 4,5-Tonners.

Langsam setzt sich der LKW in Bewegung und schleicht regelrecht die schmale Straße hoch. Ich stehe an der Straße und schaue dem LKW noch einen Moment lang nach. Jetzt gibt es wirklich kein Zurück mehr. Es ist Mitte März und in zwei Wochen trete ich meine neue Stelle als Büroleiterin an.

Als mein Chef mich vor drei Monaten fragte, ob ich Interesse hätte, das neue Büro in Hamburg zu leiten, hatte ich zunächst gezögert. Ich konnte mir nicht vorstellen, meine Kinder und mein Haus in Koblenz zu verlassen.

Vor fünfzehn Jahren bin ich mit meinem Ex-Mann Peer und unseren beiden Töchtern Jana und Lisa in das Reihenendhaus, in einem kleinen Ort am Rande von Koblenz, eingezogen. Vor etwas mehr als fünf Jahren ist Peer aus unserem Haus ausgezogen und seit vier Jahren sind wir nun geschieden. Ich habe Peer damals ausgezahlt, damit mir das Haus ganz alleine gehört. Nun habe ich es an eine nette Familie mit zwei kleinen Kindern vermietet.

„Nora! Warte!", höre ich jemanden hinter mir rufen und drehe mich um. Es ist Emil, der Nachbarsjunge. Seine Eltern Laura und Matthias sind damals kurz nach uns in das Haus direkt nebenan eingezogen. Ein paar Tage später kam Emil zur Welt. Schon während der Schwangerschaft haben Laura und Matthias erfahren, dass Emil Trisomie 21 (auch das Down-Syndrom genannt) hat. Laura erzählte mir damals, dass sie und Matthias schon überlegt hatten, ob sie Emil wirklich behalten sollten. Nicht, weil sie ihn nicht lieben, sondern gerade weil sie ihn so sehr lieben. Sie fragten sich, ob sie Emil wirklich die bestmögliche Unterstützung bieten können. Sie bekamen damals das Angebot, Emil in eine Pflegefamilie zu geben, die sich mit solchen Kindern sehr gut auskennt. Laura und Matthias hatten auch Kontakt mit einer dieser Pflegefamilien aufgenommen. Ihr Besuch dort hat sie sehr

9

beeindruckt und letzten Endes haben sie sich danach entschieden, Emil zu behalten. Bis heute haben sie aber den Kontakt zu dieser Pflegefamilie gehalten und immer sehr gute Tipps von ihnen bekommen.

Bevor ich Emil und seine Eltern kennen lernte, dachte ich auch immer, dass ein Kind mit dieser Erkrankung nur in professionellen Einrichtungen eine echte Chance auf ein gutes Leben in unserer Gesellschaft hat. Ich gebe sehr gerne zu, dass ich mich da getäuscht habe.

Emil ist nun 15 Jahre alt und macht im nächsten Jahr seinen Schulabschluss an einer integrativen Gesamtschule. Klar. Es gibt unterschiedliche Ausprägungen der Krankheit, aber Emil hatte wirklich eine ganze Menge Handikaps und es ist Laura, Matthias und einigen tollen Organisationen zu verdanken, dass Emil ein ziemlich wissbegieriger, aufgeschlossener Teenager geworden ist. Ihn werde ich auch sehr vermissen. Ich habe ihn aufwachsen sehen und habe seine Fortschritte und auch seine Niederlagen miterlebt.

Emil war immer gerne bei uns, hat mit Jana und Lisa gespielt und er liebte es, mit uns zu kochen. Jana, Lisa, Emil und ich haben uns immer wieder neue Rezepte ausgedacht, haben zusammen dafür eingekauft und anschließend gemeinsam gekocht. Letzteres fand Emils Mutter Laura nie so toll und so verbot sie mir, Emil an den Herd zu lassen und ihm scharfe oder spitze Gegenstände in die Hand zu geben. Ich merkte aber schnell, dass Emil sehr geschickt war. Als er zum hundertsten Mal bettelte, ob er eine Paprika schneiden darf, habe ich es gewagt und ihm ein Messer in die Hand gegeben. Nervös ließ ich meinen Blick nicht von seinen Händen und schaute zu, wie Emil langsam und vorsichtig die Paprika in perfekte, kleine Würfelchen schnitt. Nach und nach traute ich ihm immer mehr zu, was wir Laura und Matthias aber nie verrieten. Emil hatte Angst, dass ihn seine Eltern nicht mehr zu uns lassen, wenn sie es wüssten. Sie hatten ihm damals auch eine Zeit lang verboten, in das Jugendzentrum bei uns im Ort zu gehen, nur weil ein Betreuer ihm dort beim Handwerkskurs eine Laubsäge in die Hand gab. Emil hatte sich beim Werken einen Kratzer zugezogen, diesen kleinen Kratzer aber damals sehr dramatisiert. Ich erinnere mich noch sehr gut an diesen Tag.

Laura und ich wollten gerade zusammen einkaufen fahren, als der Anruf aus dem Jugendzentrum kam und man Laura erklärte, dass Emil sich verletzt hat und abgeholt werden möchte. Wir sind also sofort zum Jugendzentrum gefahren. Ich musste Laura regelrecht von dem Betreuer wegzerren. Sie war außer sich vor Wut und hat den Betreuer damals ganz schön zusammengefaltet. Ihre Vorwürfe waren übertrieben, aber ihre Angst um Emil war so groß, dass sie scheinbar die Kontrolle über ihre sonst so guten Manieren verloren hatte. Von da an durfte er erstmal nicht mehr ins Jugendzentrum. Emil bettelte täglich

11

seine Mutter an, wieder hingehen zu dürfen, und auch mich flehte Emil damals an, mit seiner Mutter zu reden, was ich dann auch tat. Tatsächlich hatte Laura ein Einsehen. Der "unvorsichtige" Betreuer musste ihr aber versprechen, dass er Emil keine scharfen Gegenstände mehr in die Hand geben wird und ganz besonders intensiv auf ihn achtgibt. Ich weiß noch, wie glücklich Emil damals war.

In dem Jugendzentrum gibt es Kinder von sechs bis achtzehn Jahren mit unterschiedlichen Nationalitäten. Die meisten sind vollkommen gesund, andere haben leichte, körperliche Behinderungen und manche haben wie Emil Trisomie 21. Alle gehen dort sehr respektvoll miteinander um und Emil tut der Kontakt mit den anderen Kindern sehr gut. Neben seiner Leidenschaft zum Kochen liebt er es, zu zeichnen. Man braucht ihm nur ein Blatt Papier und einen Bleistift in die Hand zu drücken und schon versinkt er in seiner Fantasiewelt. Mit den Jahren perfektionierte er seine Technik und mittlerweile zeichnet er tolle Bilder.

Emil kommt auf den Bürgersteig und läuft auf mich zu. Er bleibt kurz vor mir stehen und starrt mich an.

„Du darfst noch nicht fahren! Du musst dich noch verabschieden!", schimpft er. Ich schmunzle.

„Aber natürlich Emil. Ich wollte gerade zu euch rüberkommen.", antworte ich. Emil lächelt kurz. Laura und Matthias kommen aus dem Haus und winken zu uns rüber. Emil nimmt meine Hand und zieht mich zu seinen Eltern.

„Nun ist es also so weit?", fragt Laura und schaut mich traurig an. Matthias legt tröstend seinen rechten Arm um sie.

„Ja. Der LKW ist schon unterwegs und ich fahre jetzt auch los. In zwei Wochen bin ich aber nochmal hier und übergebe den Mietern die Schlüssel. Ich hoffe, ihr versteht euch gut mit ihnen."

„Das hoffe ich auch. Komm doch danach noch mal bei uns vorbei, bevor du wieder nach Hamburg fährst.", bittet Laure mich lächelnd.

„Sehr gerne.", antworte ich. Wir verabschieden uns alle mit einer kurzen Umarmung. Dann steige ich in meinen weißen Mazda CX5 und fahre los.

Es ist sehr viel Verkehr auf den Straßen und so komme ich erst am späten Nachmittag an meiner neuen Wohnung an. Sie liegt am Stadtrand von Hamburg, nur zehn Gehminuten von Hannahs Blumenladen entfernt.

Hannah ist meine beste Freundin, seit ich mit elf Jahren mit meinen Eltern nach Koblenz gezogen bin. Wir haben immer alles zusammengemacht und waren unzertrennlich. Erst als ich Peer kennen lernte, sahen Hannah und ich uns nicht mehr so oft. Als sie dann das Haus und den dazugehörigen Blumenladen von ihrer Großmutter aus Hamburg erbte und dorthin zog, sahen wir uns noch weniger. Hannah hatte bisher leider immer sehr großes Pech mit den Männern, und so ist sie bis heute unverheiratet und kinderlos.

„Da bist du ja endlich!", ruft Hannah und kommt auf mein Auto zugelaufen, das ich gerade links neben dem LKW geparkt habe. Ich steige aus und wir begrüßen uns mit einer festen Umarmung.

„Hallo Hannah."

„Du kommst genau richtig, Nora. Die starken Jungs hier sind fast fertig.", sagt Hannah, packt meine linke Hand und zieht mich in meine neue Wohnung. Sie liegt im Erdgeschoss eines Drei-Parteienhauses in einer ruhigen Sackgasse. Vom Flur aus kommt man in einen riesigen Raum mit einer bodentiefen Fensterfront, die über die gesamte Breite des Raumes geht. In der Mitte der Fensterfront ist eine breite Schiebetür, die auf die Terrasse und zu dem kleinen Garten führt. Rechts im Raum, wo jetzt noch jede Menge Kisten, die Vitrinen, Kommoden und das Sofa stehen, kommt der Wohnbereich hin und links ist eine lange Küchenzeile mit einer Kochinsel davor. Mein langer Esstisch aus hellem Holz steht links, direkt vor der Fensterfront. Vom Wohnbereich geht es rechts in einen weiteren kleinen Flur, durch den man links zum großen Schlafzimmer gelangt und gerade aus geht es in ein geräumiges Badezimmer mit einer ebenerdigen Dusche.

„So, Frau Petersen. Wir sind fertig.", sagt einer der Männer des Umzugsunternehmens. Seine beiden Kollegen stehen lächelnd, aber auch ein wenig erschöpft hinter ihm. Nachdem wir gemeinsam die Möbel geprüft haben, unterzeichne ich das Protokoll.

„Sollten Sie doch noch Schäden finden, oder wenn in den Kisten etwas zu Bruch gegangen sein sollte, dann melden Sie sich einfach nochmal.", sagt der junge Mann und reicht mir die Kopie des Protokolls.

„Prima! Vielen Dank.", antworte ich und hole mein Portemonnaie aus meiner Handtasche. Ich gebe allen drei ein sattes Trinkgeld. Dann verabschieden wir uns.

„Du bist ja großzügig.", sagt Hannah mit hochgezogenen Augenbrauen. Ich nicke kurz grinsend und dann legen wir los mit dem Auspacken. Mit Hannahs Hilfe ist schnell alles ausgepackt und steht an seinem Platz.

„Geschafft!", sage ich und schaue mich stolz im Wohnbereich um. Hannah lächelt mich zufrieden an.

„Hunger?", fragt sie schließlich.

„Oh ja!", antworte ich sofort. Hannah lacht kurz.

„Prima. Ich habe heute Vormittag schon mal eine vegetarische Bolognese-Soße gemacht. Wir brauchen also nur noch Spaghetti zu kochen. Dann lass uns jetzt zu mir gehen.", sagt Hannah und macht sich auf den Weg zur Wohnungstür.

Erschöpft schlendern wir die Straße hoch. Hannah wohnt direkt über ihrem Blumenladen, der ja nur knappe zehn Gehminuten von meiner neuen Wohnung entfernt liegt.

Hannahs Wohnung ist sehr groß und modern eingerichtet, mit einer riesigen Dachterrasse.

Nach dem Essen gehe ich alleine wieder zurück in meine Wohnung, mache überall die Rollläden runter, gehe Zähneputzen und schlüpfe in meinen Pyjama.

Völlig erledigt falle ich ins Bett und schlafe auch sofort ein.

Ich öffne die Augen und mein Herz rast, als ob ich einen Alptraum hatte. Ich kann mich aber nicht daran erinnern, etwas Schlechtes geträumt zu haben. Ich stehe auf, lasse die Rollläden im Schlafzimmer hoch und gehe unter die Dusche. Nach meinem ersten Kaffee fühle ich mich schon etwas besser.

In den ersten zwei Wochen hier in Hamburg hat Hannah mir die Gegend gezeigt und mir ein paar nette Leute vorgestellt. Heute ist Freitag und ich fahre gerade runter nach Koblenz, um den Mietern meines Hauses die Schlüssel zu übergeben.

Als ich vor dem Haus ankomme, werde ich von der Familie bereits erwartet.

„Hallo Frau Petersen!", ruft Jennifer Lorenz, während ich gerade aussteige. Ihr Mann Lucas winkt mir freundlich zu. Ihre beiden 5-jährigen Zwillinge Lena und Laurin spielen vor der Garage fangen.

„Hallo Familie Lorenz.", sage ich lächelnd und gehe auf sie zu. Wir reichen uns alle freundlich die Hände und gehen dann gemeinsam ins Haus.

Nachdem wir alle Räume besichtigt haben und das Übergabeprotokoll unterzeichnet ist, übergebe ich den

Schlüssel und verabschiede mich. Es ist schon ein seltsames Gefühl, mein Haus, in dem ich fünfzehn Jahre so glücklich war, an fremde Leute zu übergeben.

„Nora!", ruft Emil und kommt auf mich zu gelaufen. Er nimmt mich in den Arm und drückt mich kurz, aber dafür ziemlich fest.

„Hallo Emil. Schön dich zu sehen.", antworte ich und erwidere seine Umarmung. Emil grinst breit, packt meine linke Hand und zerrt mich zu Laura, die vor ihrer Haustür steht und zu uns rüberlächelt.

„Schön, dass du da bist, Nora.", sagt Laura und wir umarmen uns kurz. Gemeinsam gehen wir ins Haus.

„Ich habe mit Mama deinen Lieblingskuchen gebacken.", sagt Emil, während er mich von hinten zum Esstisch im Wohnzimmer schiebt. Mitten auf dem Esstisch steht ein köstlich duftender, frischer Apfelstreuselkuchen. Mir läuft sofort das Wasser im Mund zusammen.

Der Kuchen ist wirklich sehr lecker. Nachdem wir alle aufgegessen haben, bringe ich Emil gemeinsam mit Laura zum Jugendzentrum, das nur etwa zwanzig Gehminuten entfernt liegt.

„Können wir morgen wieder zusammen kochen? Ich habe mir wieder ein Rezept ausgedacht.", fragt Emil mich plötzlich.

„Tut mir leid, Emil. Aber das geht leider nicht.", antworte ich.

„Warum denn nicht?", fragt Emil mürrisch. Bevor ich antworten kann, mischt sich Laura ein.

„Das geht nicht, weil Nora doch jetzt in Hamburg wohnt und das ist ganz weit weg von hier.", erklärt Laura.

„Das finde ich blöd.", sagt Emil traurig und öffnet die Tür zum Jugendzentrum. Laura und ich verabschieden uns kurz von Emil und machen uns auf den Rückweg. Laura wirkt sehr nachdenklich.

„Ist alles in Ordnung, Laura?", frage ich sie schließlich.

„Ja. Im Grunde schon. Ich mache mir nur Sorgen um Emil."; antwortet sie.

„Wieso? Hast du Angst, dass man ihm wieder eine Laubsäge in die Hand drückt?", frage ich mit einem leichten Lachen in der Stimme. Laura schmunzelt zu mir rüber.

„Nein. Das ist geklärt.", antwortet sie schnell.

„Emil ist doch nun bald mit der Schule fertig und wir überlegen, was er für eine Ausbildung machen könnte, bei der es keine Verletzungsgefahr für ihn gibt.", erklärt Laura.

„Nun. Das ist sicher nicht leicht. Aber was möchte Emil denn für eine Ausbildung machen?", frage ich.

„Ach, Emil. Der will Koch werden, was natürlich völlig unmöglich ist.", antwortet sie energisch.

„Warum ist das unmöglich?", frage ich, obwohl ich schon ahne, warum Laura das nicht möchte.

„Wie soll das denn gehen? Er müsste mit sehr scharfen Messern arbeiten und am Herd stehen. Das traue ich ihm einfach nicht zu.", antwortet sie besorgt.

„Hast du ihm denn überhaupt schon mal etwas in der Küche schneiden lassen?", frage ich sie.

„Natürlich nicht!", antwortet Laura und schüttelt verständnislos den Kopf.

„Matthias und ich müssen einen Beruf finden, wo er sich nicht verletzen kann. Das ist tatsächlich nicht so einfach. Aber wir werden es ihm auf keinen Fall erlauben, eine Ausbildung zum Koch zu machen.", sagt Laura streng. -*Oh, man. Der arme Junge.*- Lauras Angst um Emil löst sogar bei mir Beklemmungen aus. Wie mag es erst für Emil sein?

Wir sind mittlerweile wieder vorm Haus angekommen und ich öffne die Fahrertür meines Wagens.

„Ich wünsche euch viel Erfolg und hoffe, dass ihr das Richtige für Emil findet."

„Danke, Nora. Dann komm jetzt erstmal gut nach Hause und bis bald.", sagt Laura, während wir uns zum Abschied umarmen. Ich steige ins Auto und mache mich auf den Rückweg. Emil tut mir echt leid. Ich weiß, dass er mit Messern sehr vorsichtig umgeht. -*Hätte ich es Laura sagen sollen?*- Nein. Sie hätte sicher wissen wollen, woher ich das denn weiß. Aber das darf ich ja nicht verraten. Vielleicht hat Laura aber auch recht und die Ausbildung zum Koch ist nichts für Emil. Wir haben nur an den Wochenenden zusammen gekocht und Emil hat das Gemüse schneiden dürfen. Ich habe ihn zwar auch an den Herd gelassen, aber als

Koch jeden Tag am Herd zu stehen und alle Zutaten zu schneiden, ist etwas ganz anderes.

Als ich zuhause ankomme, steht Hannah bereits vor meiner Haustür. Wir sind zum Abendessen verabredet und ich bin tatsächlich schon spät dran.

„Tut mir leid, Hannah. Wir können sofort los."

„Ich dachte schon, du hättest unsere Verabredung vergessen.", antwortet Hannah schmunzelnd. Ich hole schnell meine Handtasche vom Beifahrersitz und wir gehen direkt los ins Restaurant um die Ecke.

Wir sitzen an einem Tisch am Fenster, mit Blick in einen kleinen mediterranen Garten, und warten auf unsere Pizzen.

„Ach du schreck! Da ist Janis!", sagt Hannah plötzlich und wird sofort rot. Sie schaut zum Eingang und lächelt dem Mann, der gerade ins Restaurant kommt, verlegen zu. Ich drehe mich um und schaue auch zum Eingang. Ein großer, sportlicher Mann mit krausen, blonden Haaren, in einem dunkelblauen Anzug und weißem Hemd, kommt breit grinsend auf uns zu.

„Hallo Hannah! Schön dich zu sehen.", sagt er, als er an unserem Tisch ankommt.

„Hallo Janis. Darf ich dir meine Freundin Nora vorstellen? Sie ist vor zwei Wochen erst hierhergezogen. Nora. Das ist Janis. Ihm gehört das Hotel, oben am Waldrand."

„Sehr erfreut, dich kennenzulernen, Nora.", sagt Janis höflich und streckt mir seine rechte Hand entgegen.

„Freut mich auch, dich kennenzulernen, Janis.", antworte ich und ergreife seine Hand. Mit einem festen Händedruck lächelt er mich freundlich an.

„Dann wünsche ich den Damen nun erstmal noch einen schönen Abend. Wir sehen uns ja morgen, Hannah, oder bringt Stellan die Blumen ins Hotel?", fragt Janis.

„Nein. Stellan hat noch Urlaub. Ich komme morgen raus.", antwortet Hannah kurz.

„Sehr schön. Also bis morgen.", sagt Janis noch kurz und geht weiter durch den Gastraum zu einem Tisch, an dem bereits drei Männer sitzen, die alle sofort aufstehen und Janis freudig begrüßen. Auch diese Männer sind recht groß. Einer von ihnen ist sogar sehr groß. Mindestens 1,90 Meter, wenn nicht sogar mehr.

„Nett, dieser Janis.", sage ich schmunzelnd. Hannah grinst verlegen.

„Ja. Sehr nett. Er hat vor zwei Jahren das Hotel vom alten Justus übernommen. Ich beliefere das Hotel schon seit sechs Jahren mit Blumen und Pflanzen für drinnen und draußen.", erzählt Hannah.

„Und läuft da etwas zwischen euch?", frage ich grinsend.

„Ich glaube, er flirtet hin und wieder mit mir. Mehr lief aber bisher nicht." Ich lächle nur und proste ihr mit meinem Weinglas zu.

„Die drei Männer bei ihm am Tisch sind übrigens seine Brüder, Sören, Jonas und Stephan.", erzählt Hannah.

„Wow! Vier Söhne. Die armen Eltern.", antworte ich.

„Ja. Und die Jungs sind vom Alter her alle nur knappe drei Jahre auseinander. Janis ist der Vorletzte und Stephan ist der Jüngste. Stephan ist genauso alt wie du, Nora. Die Mutter der Jungs ist kurz nach der Geburt von Stephan gestorben und ihr Vater, Stove, musste die Jungs erstmal ganz alleine durchbringen. Als Stephan zwei Jahre alt war, hat Stove sich dann aber doch eine Nanny mit ins Haus geholt, die die Jungs versorgte und ihm den Haushalt machte". Ich schaue mitleidig rüber zu den vier Brüdern. Ihr Vater und diese Nanny scheinen einen guten Job gemacht zu haben. Alle vier sind gut gekleidet und scheinen sich auch sehr gut miteinander zu verstehen, was bei Geschwistern ja nicht immer der Fall ist. Ich zum Beispiel habe mit meinen beiden Schwestern seit vielen Jahren kaum Kontakt. Ich bin die Jüngste von uns dreien. Meine älteste Schwester hat vor vielen Jahren mit ihrem Mann einen Reiterhof gekauft. Die Arbeit dort lässt ihr kaum Zeit für die Familie. Meine andere Schwester ist nur zwei Jahre älter als ich. Sie hat sich vor zehn Jahren dazu entschieden, nach

Schweden auszuwandern. Seitdem habe ich sie auch nicht mehr gesehen.

„Stove feiert morgen seinen achtzigsten Geburtstag bei Janis im Hotel und ich liefere morgen früh die Blumen für die Dekoration.", erklärt Hannah.

„Hättest du morgen vielleicht Zeit, mir kurz zu helfen?", fragt Hannah schließlich. Natürlich sage ich sofort zu. Hannah hat mich sehr bei der Wohnungssuche unterstützt und mir geholfen, mich hier zurechtzufinden. Da ist es doch selbstverständlich, dass ich ihr nun auch mal helfe.

Das Essen war sehr köstlich und Hannah hatte noch eine Menge lustige Anekdoten zu erzählen. Plötzlich klingelt mein Handy. Es ist Laura. Ich frage mich zunächst, was sie nach zweiundzwanzig Uhr noch von mir möchte, gehe dann aber zügig ran.

„Hallo Laura. Ist alles okay?"

„Nora! Gut, dass ich dich erreiche. Ist Emil bei dir?", fragt Laura aufgeregt.

„Nein. Was ist denn passiert.", frage ich besorgt.
„Ach. Wir haben uns gestritten. Du kennst ihn ja. Er war aber diesmal so uneinsichtig und ist weggelaufen. Wir haben ihn schon überall gesucht.", erzählt Laura.

„Und jetzt glaubst du, er könnte sich auf den Weg zu mir nach Hamburg gemacht haben?", frage ich ungläubig.

„Ja. Nein. Ach, ich weiß doch auch nicht. Eigentlich traue ich es ihm nicht zu, sich alleine in den richtigen Zug zu setzen. Aber er ist doch schon immer zu dir gerannt, wenn er sich von mir mal wieder ungerecht behandelt gefühlt hat.", sagt Laura mit einem spöttischen Unterton.

„Ich bin total verzweifelt. Matthias telefoniert gerade mit der Polizei."

„Okay. Ich bin im Moment nicht zuhause. Mache mich aber jetzt auf den Weg. Sollte er bei mir vor der Tür stehen, melde ich mich sofort bei dir.", verspreche ich Laura, bevor wir uns verabschieden und auflegen.

„Emil ist abgehauen?", fragt Hannah überrascht.

„Ja. Und ehrlich gesagt wundert es mich auch nicht.
Laura traut dem Jungen überhaupt nichts zu und behandelt ihn wie ein unmündiges Kleinkind. Sie hat ständig Angst um ihn und verbietet ihm alles, wobei er sich eventuell verletzen könnte."

„Oh, man. Der arme Junge.", sagt Hannah mitleidig.

„Das kannst du laut sagen. Wollen wir dann jetzt gehen? Laura meint, dass er vielleicht zu mir gefahren ist."

„Natürlich.", sagt Hannah sofort und winkt den Kellner zu uns. Wir bezahlen schnell und gehen erstmal zu mir nach Hause. Von Emil ist aber weit und breit nichts zu sehen. Hannah verabschiedet sich und macht sich auf den Heimweg. Ich beziehe schon mal eine Bettdecke und ein Kissen, falls Emil doch bei mir auftaucht. Denn anders als Laura traue ich Emil auf jeden Fall zu, die passende Bahnverbindung zu mir rauszusuchen. Dann klingelt mein Handy. Es ist wieder Laura.

„Hey Laura. Gibt es etwas Neues?", frage ich sofort.

„Ja. Die Polizei hat Emil am Kölner Hauptbahnhof gefunden. Er wollte tatsächlich zu dir. Sie bringen ihn gerade nach Hause."

„Na Gott sei Dank.", antworte ich erleichtert.

„Ja. Ich glaube, er vermisst dich mehr, als wir dachten. Was hältst du davon, wenn wir dich nächsten Samstag besuchen kommen?", fragt sie schließlich.

„Sehr gerne, Laura. Das ist eine tolle Idee.", antworte ich.

„Sehr schön. Dann jetzt erstmal gute Nacht. Bis nächste Woche, Nora."

„Euch auch eine gute Nacht und liebe Grüße an Emil. Bis nächste Woche.", antworte ich und wir legen auf. Ich packe das frischbezogene Bettzeug also erstmal wieder in den Schrank im Schlafzimmer. Erschöpft falle ich in mein Bett.

Pünktlich um neun Uhr morgens komme ich an Hannahs Blumenladen an. Direkt vor dem Eingang steht ihr weißer VW-Sprinter. Die Türen hinten sind offen und es stehen auch schon ein paar Blumenkörbchen im Wagen.

„Guten Morgen, Nora!", höre ich Hannah, die gerade mit einer Kiste voll mit weißen und gelben Tulpen auf den Wagen zukommt.

„Guten Morgen, Hannah."

Hannah stellt die Kiste in den Sprinter und wir umarmen uns kurz.

„Ist Emil gestern wieder aufgetaucht?", fragt Hannah sofort.

„Ja. Er war schon am Kölner Hauptbahnhof und wollte tatsächlich zu mir."

„Ach, man. Der arme Junge. Er vermisst dich wohl sehr.", sagt Hannah mitleidig.

„Scheinbar. Aber er kommt mich nächsten Samstag mit Laura besuchen.", erzähle ich fröhlich.

„Das ist doch prima! Dann müsst ihr unbedingt mal bei mir vorbeikommen. Ich würde mich freue die zwei wiederzusehen. Nun komm aber erstmal mit, Nora. Wir haben noch einiges vor uns.", sagt Hannah und geht grinsend voraus, zurück in den Blumenladen. Ich lächle kurz und folge ihr.

Wir laden noch weitere Blumenkörbchen, Gestecke in verschiedenen Größen und mehrere Kisten mit Tulpensträußen in den Wagen. Dann machen wir uns auf den Weg zum Hotel.

Nachdem wir unseren Ort verlassen haben, fahren wir an kleineren Waldstücken und Feldern vorbei. Hinter einer großen, bunten Wildblumenwiese biegen wir rechts ab auf eine Allee mit großen, prächtigen Trauerweiden, die direkt zum Hotel hochführt.

Vor uns erscheint ein hübsches kleines Schloss im barocken Stil, mit einer weißen Fassade, weißen Fenstern und Türen und einem Dach aus blassorangenen Ziegeln. Wir fahren auf den großen Hof vor dem Hotel, in dessen Mitte sich ein kleiner Teich mit einem weißen Springbrunnen befindet.

„Schön hier, oder?", fragt Hannah, während sie rechts an dem Teich vorbeifährt. Rechts neben der breiten, achtstufigen Treppe, die hoch zum Eingang führt, parkt sie schließlich.

„Ja. Wunderschön.", antworte ich staunend. Hannah lächelt kurz zu mir rüber und steigt dann aus. Kurz darauf kommt auch schon Janis mit zwei Mitarbeitern die Treppe hinunter. Hannah ist schon hinter dem Wagen und macht die Türen auf.

„Hallo Hannah!", ruft Janis, während er lächelnd zu ihr rübergeht. Noch immer beeindruckt von dem Hotel steige auch ich aus und gehe hinter das Auto. Hannah hat bereits eins von den großen Gestecken in der Hand.

„Wie schön. Du hast noch jemanden mitgebracht.", sagt Janis freundlich lächelnd, als er mich sieht.

„Ja. Nora habe ich dir doch gestern im Restaurant schon vorgestellt.", antwortet Hannah grinsend.

„Aber natürlich. Ich erinnere mich. Hallo Nora.", sagt Janis und wir reichen uns die Hände.

„Hallo, Janis.", antworte ich schmunzelnd. Dann schnappe ich mir auch eines der großen Gestecke und drücke es einem der Hotelmiterbeiter in die Hand. Er lächelt freundlich und macht sich auf den Weg ins Hotel. Der andere Hotelmitarbeiter nimmt Hannah das Gesteck ab. Janis schnappt sich ebenfalls ein Gesteck und Hannah greift sich eine Kiste mit Tulpen. Ich nehme das letzte große Gesteck aus dem Wagen. Gemeinsam gehen wir die breite Treppe hinauf zum Eingang.

Wir betreten eine breite Lobby. Der Fußboden ist mit glänzenden, großen Fliesen in Schachbrettoptik, in Beige und Cremeweiß, ausgelegt. Rechts stehen mehrere niedrige, runde Tische mit weißen Tischdecken. Um die Tische stehen jeweils drei beigefarbene Sessel mit braunen Holzbeinen und braunen, hölzernen Seitenlehnen. Direkt gegenüber dem Eingang ist die Rezeption, die über die gesamte Länge von etwa fünf Metern mit cremeweißem Marmor verkleidet ist. Die Thekenplatte ist aus dunkelbraunem Holz. Alles ist hochglänzend poliert. In der Lobby verteilt stehen ein paar weiße Säulen, auf denen weiße Kübel mit grünen Pflanzen stehen.

Janis führt uns rechts an der Rezeption vorbei in einen Flur, in dem sich gleich vorne links ein Fahrstuhl befindet. Wir lassen den Fahrstuhl links neben uns liegen und gehen geradeaus, den Flur entlang. Links und rechts an den Wänden stehen in einem Abstand von etwa zwei Metern jeweils fünf weiße, eineinhalb Meter hohe Säulen, auf denen breite Glasvasen stehen. In diese Vasen sollen dann gleich die Tulpensträuße. Wir gehen aber zunächst weiter geradeaus auf eine weiße, deckenhohe Holztür zu, deren florale Schnitzereien mit goldenen Linien umrandet sind. Einer der beiden Hotelmitarbeiter packt den goldenen Türgriff und öffnet beide Flügel der breiten Tür. Mir stockt der Atem, als ich in den festlichen Saal schaue.

In dem Saal stehen zwölf große, runde Tische mit bodentiefen, weißen Tischdecken. In der Mitte von jedem Tisch steht ein etwa halber Meter hoher, silberner Kerzenleuchter mit einer weißen, langen Kerze in der Mitte und vier weiteren Armen darum, in denen ebenfalls weiße, lange Kerzen stecken. Um jeden Tisch stehen zehn Stühle, die in weiße, bodentiefe Hussen gehüllt sind.

An jedem Platz steht ein weißer Teller. Hinter den Tellern stehen drei unterschiedlich hohe Kristallgläser mit langem Stiel und links und rechts neben den Tellern liegt ordentlich aufgereihtes Silberbesteck. Der Raum ist durch die acht breiten Fenster gegenüber der Tür lichtdurchflutet, was dem Raum eine noch größere Strahlkraft verleiht.

Auf jeden Tisch sollen nun zwei von den kleinen Blumenkörbchen mit weißen und gelben Tulpen, den Lieblingsblumen von Janis' Vater, der ja heute hier seinen achtzigsten Geburtstag feiert.

In allen vier Ecken des Raumes stehen etwa ein Meter hohe weiße Säulen, auf die wir nun jeweils eins von den großen Blumengestecken stellen, die ebenfalls überwiegend aus weißen und gelben Tulpen bestehen.

Janis stellt das letzte Gesteck auf die Säule in der Ecke, rechts neben der Tür.

„Das sieht fantastisch aus mit deinen Blumen, Hannah!", sagt Janis begeistert.

„Vielen Dank.", antwortet Hannah verlegen. Ich pflichte Janis bei und zwinkere Hannah kurz zu. Dann gehe ich wieder zum Auto, um ein paar von den kleinen Blumenkörbchen zu holen.

Ich hocke gerade hinten im Laderaum des Transporters, als ein schwarzer Audi-SUV auf den Hof gefahren kommt und etwa drei Meter hinter dem Transporter parkt. Ein großer, sportlicher, schlanker Mann mit dunkelbraunen Haaren steigt auf der Fahrerseite aus und geht eilig an Hannas Transporter vorbei.

Ich frage mich, wo Hannah und die beiden Hotelmitarbeiter bleiben, die ja eigentlich helfen sollen, die Blumen zu verteilen. Ich sehe, dass eines der kleinen Blumenkörbchen während der Fahrt umgefallen ist. Vorsichtig richte ich es wieder auf. Gott sei Dank sind die Blumen in dem weißen Körbchen aber heil geblieben. Nur der Sand ist rausgefallen. Mit den Händen sammle ich den feuchten Sand auf und fülle ihn vorsichtig wieder in das Körbchen. Mit vier kleinen Blumenkörbchen mache ich mich dann wieder auf den Weg in den Festsaal.

„Da bist du ja.", ruft Janis mir zu. Irritiert schaue ich kurz zu ihm rüber. Links neben ihm steht der Mann aus dem Audi. Er ist wirklich groß. Bestimmt über 1,90 Meter. Er trägt einen dunkelblauen Anzug, ein weißes Hemd, an dem die oberen drei Knöpfe offen sind, einen brauen Gürtel und dunkelbraune, glänzende Schnürschuhe.

„Nora. Ich möchte dir meinen Bruder Stephan vorstellen. Er hat eine kleine Anwaltskanzlei auf Rügen. Stephan, das ist Nora Petersen. Eine liebe Freundin von Hannah.", stellt Janis uns einander vor. Stephan lächelt mich etwas verkniffen an, als ob ihm diese Situation sehr unangenehm ist.

„Sehr erfreut.", sagt Stephan aber dennoch höflich und streckt mir seine rechte Hand entgegen, die ich jedoch zunächst nicht ergreifen kann, da ich ja immer noch die vier Blumenkörbchen in den Armen habe. Hannah und Janis nehmen mir hastig die Körbchen ab und ich schüttle mit meinen sandigen Fingern Stephans Hand, der mich in dem Moment erschrocken anstarrt, als er den Sand an seinen Fingern bemerkt. Verlegen schaue ich zu ihm hoch.

„Nun ja. Ich fahre dann jetzt erstmal zum Bahnhof, um Papa abzuholen. Bis gleich, Janis.", sagt er schließlich, während er ein Taschentuch aus seiner linken Hosentasche zieht und den Sand von seinen Fingern wischt.

„Hat mich sehr gefreut, Sie kennenzulernen.", sagt er noch, nickt mir kurz zu und verlässt eilig den Saal. *-Na bei dem habe ich nicht den besten Eindruck hinterlassen-,* denke ich mir kurz und schmunzle in mich hinein. Hannah und Janis verteilen die Blumenkörbchen auf den Tischen. Ich drehe mich um und mache mich auf den Weg zurück zu Hannahs Wagen.

„Warte, Nora!", ruft Hannah mir hinterher. Ich bleibe kurz stehen und drehe mich zu ihr um. Dann gehen wir zusammen zu ihrem Auto.

„Wie findest du Stephan? Er ist doch genau dein Typ, oder?", fragt Hannah. Ich schaue genervt links zu ihr rüber.

„Sollte das eben etwa ein Verkupplungsversuch von dir und Janis werden? Wenn ja, dann ist er gründlich in die Hose gegangen.", antworte ich.

„Ach. Das bisschen Sand ist doch halb so wild. Stephan ist wirklich ein netter Kerl und ist auch Single.", sagt Hannah grinsend.

„Lass es, Hannah. Ich kann das jetzt nicht gebrauchen. Und außerdem stehe ich auch nicht so auf steife Insel-Anwälte.", antworte ich und hole weitere Blumenkörbchen aus dem Wagen. Hannah schmunzelt nur.

Mit der Hilfe der beiden Hotelmitarbeiter haben wir den Wagen schnell leer. Nachdem wir uns von Janis verabschiedet haben, bringt Hannah mich nach Hause.

„Dann geh mal schnell duschen und komm wieder zu mir. Ich lade dich zum Italiener ein, als Dankeschön für deine Hilfe.", sagt Hannah, als sie vor meiner Haustür anhält.

„Super! Gerne! Dann bis nachher.", antworte ich, während ich aus dem Wagen steige. Grinsend braust

Hannah mit ihrem BMW Mini davon. Um siebzehn Uhr bin ich wieder bei ihr und wir fahren zum Italiener im Nachbarort. Wir bestellen uns beide eine Spinatpizza mit extra viel Feta.

„Nun sag mal ehrlich, Nora. Willst du dich nicht wenigstens mal mit Stephan treffen?", fragt Hannah plötzlich.

„Nein.", antworte ich nur kurz.

„Ich verstehe dich nicht. Stephan ist doch nun wirklich ein lieber, intelligenter und gutaussehender Mann. Oder findest du etwa nicht, dass er verdammt gut aussieht?"

„Doch, Hannah. Er sieht gut aus. Aber ich habe gerade keine Zeit für so etwas. Und außerdem hatte ich vorhin eher das Gefühl, dass er nicht gerade große Lust darauf hat, mich wiederzusehen. Ich passe überhaupt nicht in das Beuteschema von so einem Mann", antworte ich.

„Blödsinn. Er war nur im Stress, weil er pünktlich am Bahnhof sein wollte, um seinen Vater abzuholen. Janis denkt auch, dass ihr ein hübsches Paar abgeben würdet. Was heißt überhaupt, dass du nicht in sein Beuteschema passt?"

„So gutaussehende Männer stehen doch eher auf diese aufgedonnerten Ladys und sind grundsätzlich gegen ernsthafte, feste und vor allem monogame Beziehungen.", antworte ich und nehme noch einen Schluck von meinem Rotwein.

„Ach du meine Güte! Nora! Du kannst Stephan doch nicht sofort als Casanova abstempeln, nur weil er gut aussieht!", schimpft Hannah mit einem belustigten Unterton.

„Doch. Kann ich.", antworte ich kurz.

„Erzähle du mir lieber mal, wie es denn bei dir und Janis aussieht? Habt ihr denn nun endlich mal ein offizielles Date?", frage ich grinsend.

„Nein. Nicht wirklich. Aber er hat mich vorhin angerufen und gefragt, ob wir nächstes Wochenende zum Frühlingsfest des Hotels kommen wollen. Das ist immer eine große Veranstaltung mit Livemusik, leckerem Essen und einer Spendenaktion. Dieses Jahr wird für eine Organisation gesammelt, die Menschen mit Behinderung auf ihrem Weg ins Berufsleben unterstützt. Ich dachte mir, dass es doch sicher sehr interessant sein könnte für Emil. Vertreter der Organisation werden am kommenden Samstag auch dort sein.", erzählt Hannah.

„Ja. Das ist eine super Idee.", antworte ich begeistert.

„Lieferst du auch für das Frühlingsfest die Blumen?"

„Ja. Auch schon seit sechs Jahren. Zum Fest selbst wurde ich aber bisher noch nicht eingeladen. Ich bin unsicher, ob ich wirklich hingehen soll.", sagt Hannah plötzlich. Ich schaue sie überrascht an.

„Ich könnte mir vorstellen, dass Janis sich sehr darüber freuen würde, wenn du kommst.", antworte ich schmunzelnd. Hannah lächelt verlegen.

Nach dem Essen bringt Hannah mich wieder nach Hause.

Den Sonntag verbringe ich damit, mich auf meinen ersten Tag als Büroleiterin vorzubereiten. Bisher habe ich in Koblenz nur die Projekte privater Eigner geplant und betreut. Von Hamburg aus werden nun auch alle Projekte für Werften im In- und Ausland geplant und realisiert. Auch wenn ich sehr nervös bin, freue ich mich riesig auf diese Aufgabe und weiß, dass ich ihr auch gewachsen bin.

Ich fahre auf den Parkplatz neben dem Büro, das in einer Stadtvilla direkt an einer ruhigen Landstraße in einem Hamburger Vorort liegt. Ich gehe ins Haus und werde sofort von meinem Chef empfangen, der heute extra aus Koblenz angereist ist.

„Guten Morgen, Frau Petersen. Sie sind etwas zu früh. Ihr Büro ist noch nicht ganz eingerichtet.",

„Guten Morgen, Herr Jenneborg. Schön sie zu sehen.", antworte ich. Ich verstehe mich gut mit meinem Chef und freue mich wirklich, ihn zu sehen.

Der Flur im Erdgeschoss ist schneeweiß und es hängen auch noch keine Bilder an den Wänden. Rechts ist eine weiße, halbrunde Empfangstheke. Links neben der Theke führt eine weiße Marmortreppe nach oben, in die erste Etage. Gerade aus durch den Flur geht es in einen großen Büroraum, in dem mehrere Zeichentische stehen.

„Kommen Sie, Frau Petersen. Ich zeige Ihnen Ihr Büro.", sagt Herr Jenneborg und geht die weiße Marmortreppe hoch. Ich folge ihm. Oben im Flur ist wieder eine weiße, halbrunde Empfangstheke. Rechts daneben geht es in eine kleine Küche und ganz rechts am Ende des Flures geht es in einen Raum, in dem ein langer, ovaler Konferenztisch steht. Links neben der Empfangstheke geht es in ein großes Büro, aus dem gerade zwei Handwerker herausgeschlendert kommen. Links und geradeaus, gegenüber der Bürotür, befinden sich bodentiefe Fensterfronten. Rechts an der Wand stehen zwei deckenhohe, hellgraue Regale. Etwas mittig im Raum steht ein breiter Schreibtisch aus Glas, hinter dem ein bequemer, hellgrauer Bürosessel steht, mit der Rückenlehne zur Fensterfront.

„Das ist ihr neues Büro, Frau Petersen.", sagt Herr Jenneborg stolz. Staunend stehe ich mitten im Raum und kann es kaum glauben. In Koblenz hatte ich ein kleines, fünfzehn Quadratmeter großes Büro, das ich mir mit einer Kollegin teilte. Mein Chef und ich erschrecken uns kurz, als es plötzlich in der Küche scheppert. Herr Jenneborg geht voraus in den Flur. Ich folge ihm und gemeinsam gehen wir rüber zur Küche.

„Na das ist ja eine schöne Bescherung.", sagt Herr Jenneborg genervt und schaut auf den Küchenboden.

In der Küche steht eine junge Frau in einem dunkelblauen Hosenanzug, einer weißen Bluse und schwarzen, schulterlangen, glatten Haaren. Sie steht mit ihren dunkelblauen Pumps in einem kleinen Haufen aus weißen Porzellanscherben und starrt Herrn Jenneborg an.

„Es tut mir schrecklich leid.", sagt die junge Frau unterwürfig. Sofort tut sie mir leid.

„Das ist nicht so schlimm. Scherben bringen doch bekanntlich Glück. Nicht wahr, Herr Jenneborg?", sage ich schnell und lächle zu meinem Chef rüber. Er schaut mich zunächst verwundert an, dann lächelt er aber auch.

„Na wie Sie meinen, Frau Petersen. Das ist jedenfalls Ihre persönliche Sekretärin, Jasmin Benedikt."

„Ich habe eine persönliche Sekretärin?", frage ich verwundert.

„Aber natürlich. Die werden Sie brauchen. Sie können nun nicht mehr jede Kleinigkeit selber machen. Sie müssen sich auf die wesentlichen und wichtigen Dinge konzentrieren.", antwortet mein Chef schmunzelnd.

„So. Ich mache mich jetzt auf den Weg in den Urlaub. Meine Frau ist schon am Flughafen. Ich wünsche Ihnen einen guten Start, Frau Petersen und wenn Sie Fragen haben, können Sie mich jederzeit erreichen."

„Vielen Dank, Herr Jenneborg. Ich hoffe, das wird nicht nötig sein. Ich wünsche Ihnen und Ihrer Frau nun erstmal einen schönen Urlaub.", antworte ich. Herr Jenneborg winkt kurz und eilt die Treppe hinunter.

„Willkommen in Hamburg, Frau Petersen.", sagt meine Sekretärin immer noch in einem unterwürfigen Ton.

„Vielen Dank. Kann ich Ihnen helfen, die Scherben aufzusammeln?", frage ich und bücke mich hinunter.

„Um Gottes Willen, nein!", ruft sie sofort und hält schützend ihre Hände über den Scherbenhaufen. Verwundert schaue ich sie an und stehe wieder auf.

„Ich mach das schon. Darf ich Ihnen einen Kaffee bringen?", fragt sie schließlich.

„Ja. Gerne.", antworte ich noch immer etwas irritiert.

„Wie hätten Sie den Kaffee denn gerne? Schwarz? Mit Milch oder Zucker?", fragt sie weiter, während sie die Scherben mit einem kleinen Besen zusammenfegt.

„"Schwarz bitte." Frau Benedikt nickt kurz und fegt die Scherben hastig auf ein kleines Kehrblech.

„Kommt sofort, Frau Petersen."

„Vielen Dank.", antworte ich und gehe langsam in mein Büro. -*Mein Büro. Ganz für mich alleine und es ist so groß und hell*- Ich bin so glücklich. Zarghaft klopft es an meine Bürotür.

„Ja bitte.", rufe ich kurz und setze mich auf meinen gemütlichen, großen Bürosessel. Frau Benedikt kommt mit einem Tablett ins Büro und stellt eine Tasse Kaffee und eine Schale mit Keksen auf meinem Schreibtisch ab.

„Vielen Dank.", sage ich und nehme einen Schluck Kaffee.

„Kann ich sonst noch etwas für Sie tun, Frau Petersen?", fragt sie höflich.

„Nein danke, Frau Benedikt. Ich muss mich selber erstmal zurechtfinden.", antworte ich. Sie nickt und verlässt mein Büro. Ich richte mich also erstmal in Ruhe ein und nehme mir die ersten Projekte vor.

Wieder klopft es an meiner Bürotür. Ich stehe auf und öffne die Tür. Frau Benedikt schaut mich erschrocken an und ich muss lachen. Sie hat offensichtlich nicht erwartet, dass ich ihr die Tür öffne. Sie schmunzelt kurz verlegen.

„Ich würde jetzt Mittagessen gehen. Möchten Sie mich begleiten? Hier um die Ecke ist ein nettes, kleines Bistro.", fragt sie immer noch etwas verlegen.

„Sehr gerne.", antworte ich und hole schnell meine Handtasche. Auf dem Weg zum Bistro erzählt Frau Benedikt von ihrer Familie, ihren Kindern und ihrem Mann, der in Hamburg als Koch arbeitet.

„Gefällt es Ihnen hier in Hamburg, Frau Petersen?"

„Nennen Sie mich doch bitte Nora.", sage ich zunächst und strecke ihr meine rechte Hand entgegen.

„Sehr gerne. Ich bin Jasmin.", antwortet sie freudig und ergreift meine Hand.

„Ich wohne in einem Vorort von Hamburg. Von der Stadt selber habe ich noch nichts gesehen.", antworte ich nun auf Jasmins Frage. Sie nennt mir sofort mehrere Plätze, die ich mir unbedingt anschauen soll, und welche Restaurants ich auf jeden Fall besuchen muss. Dann kommen wir am Bistro an. Wir essen beide einen Wrap mit vegetarischem Geschnetzeltem, einem Sauerrahm und Salat. Es ist sehr köstlich. Jasmin ist wirklich eine sehr offene und hübsche junge Frau. So wie sie von ihren Kindern und ihrem Mann erzählt, scheinen sie eine sehr glückliche Familie zu sein. Das waren Peer, ich und unsere Mädchen auch einmal. Wehmütig denke ich an die schönen Jahre meiner Ehe zurück. Wir waren ein tolles Team. Auch was unsere Kinder anging. Ich weiß bis heute nicht genau, wann und wo Peer und ich uns verloren haben. Durch einen Zufall habe ich von Peers Affäre erfahren. Peers Architekturbüro lief gerade nicht so gut und er machte bei fast jeder Ausschreibung mit. Dort lernte er Isabell kennen, die ebenfalls Architektin war und ein eigenes Büro hatte. Sie beschlossen, sich zusammenzutun und ein gemeinsames Büro zu eröffnen. Ich fand die Idee super. Geteilte Kosten, geteiltes Risiko. Ich merkte nicht, dass aus der Geschäftsbeziehung von Peer und Isabell ziemlich schnell mehr wurde. Eines Abends, kurz vor Weihnachten, habe ich die beiden dann ganz klassisch in flagranti erwischt, als ich Peer vom Büro abholen wollte, damit wir gemeinsam noch ein

Weihnachtsgeschenk für seine Eltern besorgen können. Dieses Gefühl in mir werde ich wohl nie vergessen. Erst eine tiefe Leere, dann der Druck und der Schmerz im ganzen Körper, der meine Atmung zu lähmen schien. Die ersten Wochen nach der Trennung waren sehr hart für mich. Unsere Mädchen haben die Nachricht, dass Peer aus dem Haus auszieht und wir uns scheiden lassen, sehr gelassen aufgenommen. Peer und ich haben es ihnen gemeinsam gesagt und mit Tränen und Wutausbrüchen gerechnet. Stattdessen haben beide erzählt, welche Eltern von ihren Klassenkameraden sich auch bereits haben scheiden lassen. Für Jana und Lisa war es also von Anfang an okay.

Im Nachmittag habe ich Ruhe, um mich in die aktuellen Projekte einzuarbeiten.

Jasmin macht um sechzehn Uhr Feierabend und verabschiedet sich fröhlich von mir. Nun bin ich ganz allein in diesem großen Haus. Noch gibt es keine weiteren Mitarbeiter hier. Die Vorstellungsgespräche mit den Bewerbern soll ich selbst übernehmen. Morgen habe ich die ersten Gespräche. Wir brauchen noch ein paar technische Zeichner und eine Sekretärin für den Empfang im Erdgeschoss. Alle weiteren Mitarbeiter, die wir hier noch benötigen, wechseln wie ich aus dem Koblenzer Büro hierher nach Hamburg.

Um achtzehn Uhr mache ich mich dann aber auch auf den Heimweg.

Die erste Arbeitswoche lief gut. Die Bewerbungsgespräche waren alle erfolgreich und so habe ich in nur einer Woche ein komplettes Team zusammengestellt. Es ist Samstag und ich freue mich auf das Wochenende. Laura kommt heute mit Emil zu mir und wir gehen mit Hannah zusammen auf das Frühlingsfest im Waldhotel von Janis. Laura und Emil übernachten in meiner Wohnung und ich schlafe bei Hannah, die mir netterweise ihr Gästezimmer zur Verfügung stellt. Gegen Mittag werden Laura und Emil bei mir sein. Da ich vorher noch einkaufen gehen muss, stehe ich also schnell auf und springe unter die Dusche.

Als ich gerade alle Einkäufe verstaut habe, klingelt es auch schon an meiner Tür. Ich öffne sie und schaue in Emils freudestrahlendes Gesicht.

„Hallo Emil!"

„Nora!", ruft Emil und umarmt mich fest. Laura steht mit zwei Trolleys hinter ihm. Emil lässt mich los und stürmt an mir vorbei ins Wohnzimmer.

„Hallo Laura. Schön, dass ihr da seid."

„Hallo Nora. Tut mir leid, dass es später geworden ist. Aber die Straßen waren so voll!", antwortet Laura.

Ich führe Laura ins Schlafzimmer, wo sie schlafen wird.

„Für Emil habe ich schon frisches Bettzeug auf das Sofa gelegt. Jetzt müssen wir uns aber etwas beeilen. Hannah wartet schon auf uns.", sage ich lächelnd und verschließe das Fenster im Schlafzimmer, dass noch vom Lüften angekippt war.

Eilig gehen wir zu meinem Wagen. Emil setzt sich hinter meinen Fahrersitz und Laure setzt sich neben ihn, hinter den Beifahrersitz. Zügig fahre ich zu Hannah, die sich auch sehr freut, die beiden wiederzusehen.

Ich parke vor dem Hotel, rechts neben der Treppe zum Haupteingang.

Nachdem wir ausgestiegen sind, folgen wir ein paar weiteren Besuchern über die Wiese links neben dem Gebäude entlang und gehen hinter das Hotel, wo sich ein großer, wunderschöner Park bis zum Waldrand erstreckt. Mehrere kleine Wege aus weißen Kieselsteinen schlängeln sich durch den Park. An den Wegen stehen in größeren Abständen hohe, weiße Laternen im französischen Stil. Auf den Wiesen verteilt stehen ein paar, etwa einen Meter hohe Sockel mit verschiedenen Skulpturen, wie zum Beispiel nackte Oberkörper, Greifvögel und Löwen. Zwischen den Skulpturen sind kleine Buden und Stände mit Kinderspielen aufgebaut. Sogar ein kleines Kinderkettenkarussell steht rechts auf den Platten, neben der mindestens zehn Meter breiten Treppe, die mit acht Stufen auf die riesige Terrasse des Hotels führt. Rechts neben der Treppe ist der Informationsstand der Organisation, die Menschen mit einer Behinderung auf ihrem Weg ins Berufsleben unterstützt.

Wir gehen die breite Treppe hoch auf die Terrasse. Auf der Terrasse sind ein paar weiße Pavillons aufgebaut, unter denen große runde Tische mit weißen Tischdecken stehen. Um jeden Tisch herum stehen acht Stühle.

Links neben den fünf großen Terrassentüren aus Glas, die in den großen Saal des Hotels führen, stehen mehrere rechteckige Pavillons nebeneinander, unter denen ein reichhaltiges Buffet aufgebaut ist. Rechts neben den fünf Terrassentüren steht ein weißer Flügel, an dem ein junger Mann in einer dunkelblauen Anzughose und einem weißen Hemd gerade eine zauberhafte Melodie spielt.

Eine junge, blonde Kellnerin kommt auf uns zu. Sie trägt ein Tablett mit mehreren Gläsern Sekt und Orangensaft. Ihre langen blonden Haare hat sie zu einem strengen, hohen Zopf zusammengebunden.

„Herzlich willkommen im Waldhotel Horner. Darf es ein Glas Sekt oder Orangensaft für Sie sein?", fragt die junge Kellnerin fröhlich. Ich lächle freundlich zurück und nehme mir ein Glas Sekt vom Tablett. Hannah und Laura greifen ebenfalls nach einem Glas Sekt. Emil nimmt sich brav ein Glas Orangensaft, was Laura mit einem leichten Nicken und einem kaum erkennbaren Lächeln kommentiert.

„Hannah! Da seid ihr ja!", ruft Janis und kommt freudestrahlend auf uns zu. Ich muss schmunzeln, als ich sehe, wie Hannah ihm zuwinkt und leicht errötet. Hannah stellt Janis, Laura und Emil vor.

Janis reicht Laura freundlich die Hand, die sie irgendwie verlegen ergreift. Scheinbar können nicht viele Frauen seinem Charme widerstehen. Janis sieht wirklich sehr gut aus. Seine leicht krausen Haare wirken zwar immer etwas unordentlich, aber das macht er mit seinen feinen Anzügen, dem stets glattrasierte Gesicht, seinen wachen, strahlend blauen Augen und seinen überaus hervorragenden Manieren wieder wett. Aber mein Typ ist er trotzdem nicht. Mir gefallen die dunkelhaarigen Typen mit Dreitagebart besser. Natürlich kommt es aber in erster Linie darauf an, dass man sich versteht und die meisten Dinge gerne miteinander teilt.

Janis klopft Emil auf die Schulter.

„Hallo Emil. Dann möchte ich dir mal ein paar sehr nette Leute vorstellen.", sagt Janis und führt Emil zu dem Infostand. Laura schaut ihnen panisch hinterher und möchte den beiden sofort folgen. Schnell packe ich Lauras linken Unterarm.

„Lass ihn, Laura. Hier kann nun wirklich nichts passieren.", sage ich beruhigend. Sie schaut mich mit einem verkniffenen Lächeln an und ich weiß genau, dass sie mir nicht glaubt. Sie bleibt aber dennoch bei uns stehen. An dem Infostand stehen noch andere Jugendliche und auch ein paar mit Trisomie 21. Emil ist ein sehr aufgeschlossener Typ und scheint sich auch schon sehr gut mit ein paar der anderen Jugendlichen zu verstehen. Emil sieht wirklich glücklich aus.

„Jetzt würde ich mich aber auch gerne mal an diesem Stand informieren.", sagt Laura plötzlich und geht zügig rüber zu Emil.

„Hannah!", ruft Janis und winkt sie zu sich. Sofort färbt sich Hannahs sonst so blasses Gesicht in ein helles Rot.

„Entschuldige mich bitte, Nora.", sagt sie hektisch und eilt zu ihm. Tuschelnd gehen sie durch die mittlere der fünf Terrassentüren ins Hotel. Nun stehe ich ganz alleine hier, mit meinem Glas Sekt in der Hand. Naja. Nicht ganz alleine. Eigentlich ist die Terrasse sogar voller Menschen. Ich hätte nicht gedacht, dass es hier so voll sein würde.

Plötzlich bekomme ich einen heftigen Stoß von links und falle seitlich auf den Terrassenboden. Mit einem lauten Klirren zerbricht mein Sektglas auf den Platten. Noch etwas benommen richte ich meinen Oberkörper auf.

„Oh mein Gott! Das tut mir so leid!", ruft ein kleiner, dickbäuchiger Mann mit Halbglatze und streckt mir seine Hände entgegen, um mir aufzuhelfen. Erst als ich wieder stehe, bemerke ich, dass scheinbar alle Augen auf dieser Terrasse auf mich gerichtet sind. -*Wie peinlich.*-, denke ich nur. -*Jetzt bin ich sicher hochrot im Gesicht.*- Eine Kellnerin und ein Kellner kommen angelaufen und schauen mich erschrocken an.

„Sind Sie verletzt?", fragt der Kellner, während seine Kollegin die Scherben meines Sektglases auffegt.

„Ich denke nicht.", antworte ich leise.

„Sind Sie sicher?", fragt der dickbäuchige Mann mit der Halbglatze. Ich nicke nur kurz.

„Ich habe mich gerade gegen eine Biene gewehrt, die mich einfach nicht in Ruhe lassen wollte. Sie müssen wissen, ich bin allergisch gegen diese Viecher.", erklärt er hektisch.

„Schon okay. Mir ist ja nichts passiert.", antworte ich beruhigend und ziehe meine weiße, dünne Strickjacke zurecht. Dann schaue ich noch, ob mein hellblaues Sommerkleid, das mir bis unter die Knie geht, unversehrt ist. -*Gott sei Dank. Dem Kleid ist nichts passiert.*-, denke ich erleichtert. Nur der Druckknopf meiner rechten, weißen Sandale mit Blockabsatz hat sich oben am Knöchel gelöst. Ich hocke mich kurz hin und drücke ihn zu. Langsam stehe ich wieder auf. Der dickbäuchige Mann, der Kellner und die Kellnerin sind bereits weg und die übrigen Gäste auf der Terrasse haben sich wieder ihren Gesprächspartnern zugewandt.

„Wenn Sie ihn doch verklagen möchten, vertrete ich Sie gerne.", höre ich plötzlich eine dunkle Männerstimme hinter mir und drehe mich um. Stephan Horner, Janis' Bruder, steht mit zwei Gläsern Sekt hinter mir. Ich glaube, ein leichtes Grinsen in seinem Gesicht zu erkennen. -*Wie unverschämt, dass er seine Schadenfreude scheinbar nicht verbergen kann.* - denke ich.

„Sind Sie wirklich in Ordnung?", fragt er nun doch etwas besorgt und reicht mir das Sektglas aus seiner linken Hand.

„Ja. Mir fehlt nichts", antworte ich etwas schnippisch, während ich ihm das Glas abnehme.

„Kommen Sie. Gehen wir ein paar Schritte nach dem Schrecken." Stephan deutet mit seinem Blick auf die breite Treppe, die in den Park hinunterführt. Ich stehe wohl noch etwas unter Schock, denn anstatt abzulehnen, nicke ich kurz.

Langsam schreiten wir zunächst eine Weile wortlos nebeneinander über die Wege des Parks.

„Ein paar blaue Flecken werden Sie aber sicher davontragen. Der Sturz sah wirklich übel aus.", unterbricht Stephan unser Schweigen. Sofort wird mein Gesicht heiß und sicher rot. Er hat also alles mitbekommen. Ist das peinlich. Vielleicht ist er nur deshalb so nett. Bei unserer letzten Begegnung wirkte er sehr reserviert und ablehnend.

„Sind Sie deshalb auf einmal so nett?", frage ich plötzlich und bereue es im selben Moment. Stephan bleibt abrupt stehen. Seine braunen Augen schauen fragend auf mich hinunter. Ich lächle etwas verlegen. Dann formen sich seine Lippen zu einem verschwörerischen Lächeln.

„Soso. Sie sind also der Meinung, dass ich bisher nicht sehr nett zu Ihnen war?", fragt er.

„Es tut mir leid. Vergessen Sie es einfach.", sage ich schnell und gehe weiter. Seufzend lässt er sein Kinn in Richtung Brust fallen, hebt den Kopf wieder und folgt mir.

„Ich glaube, Sie haben ein völlig falsches Bild von mir, Nora Petersen."

„Das kann ich mir kaum vorstellen.", antworte ich grinsend und wundere mich, dass er sich noch an meinen vollen Namen erinnert. Plötzlich bückt er sich runter, um den Schnürsenkel an seinem rechten, blankgeputzten, braunen Schuh wieder festzuziehen. Ich lächle zu ihm hinunter und gehe langsam ein paar Schritte weiter.

„Warten Sie. Sie bluten ja.", sagt er und kommt an meine rechte Seite. Besorgt hebt er vorsichtig meinen rechten Arm an. Tatsächlich. An meiner weißen Strickjacke ist in Höhe des Ellenbogens ein Loch in meiner Strickjacke und ein recht großer Blutfleck. Vorsichtig hilft Stephan mir aus der Jacke. Mein Kleid hat leider nur etwas breitere Träger ohne Ärmel. Ohne die Strickjacke ist mir nun doch schon etwas kühl und ich bekomme eine leichte Gänsehaut.

„Ohje. Da haben Sie sich aber doch ganz schön verletzt. Lassen Sie uns reingehen und die Wunde etwas versorgen.", sagt er mit seiner warmen, dunklen Stimme. Ich nicke wieder nur kurz.

„Sie frieren ja, Frau Petersen." Sofort zieht er sein Jackett aus, tritt hinter mich und legt es vorsichtig über meine Schultern. Einen kurzen Moment lässt er seine Hände auf meinen Schultern liegen.

-Der Klassiker. Der gutaussehende, verführerische Mann legt der frierenden Dame sein Jackett um, weil sie friert.- Innerlich verdrehe ich die Augen. Aber tatsächlich tut die Wärme seines vorgewärmten Jacketts ziemlich gut. Langsam gehen wir zurück auf die Terrasse, wo uns Hannah und Janis entgegenkommen. Hannah schaut in Stephans rechte Hand, in der er meine weiße Strickjacke mit dem Blutfleck hat.

„Was ist passiert?", fragt sie sofort. Auch Janis schaut mich und Stephan abwechselnd fragend an. Bevor ich etwas sagen kann, berichtet Stephan kurz, was passiert ist.

„Wo hast du den Verbandskasten, Janis?", fragt Stephan nun etwas drängelnd.

„Kommt mit.", antwortet Janis nur kurz und geht zügig ins Hotel. Hannah, Stephan und ich folgen ihm.

Wir durchqueren den großen Saal mit seinen vielen Kristallkronleuchtern an der Decke und dem hellen, glänzenden Marmorboden. Durch eine hohe, doppelflügelige, weiße Holztür gehen wir in die Lobby, dann links um die Rezeption herum in den Flur, der zu dem Festsaal führt, in dem der Geburtstag von Horner Senior stattfand. Janis schließt die erste Tür rechts im Flur, gegenüber des Fahrstuhles, auf, öffnet sie und bittet uns hinein.

„Das ist unser Erste-Hilfe-Raum. Wir sind hier fast so gut ausgestattet wie ein Rettungswagen.", sagt Janis stolz und öffnet einen hohen Schrank voll mit Verbandsmitteln.

„Okay. Ihr zwei kommt doch jetzt sicher alleine zurecht, oder?", fragt Janis grinsend. Stephan nickt nur. Hannah will gerade protestieren, als Janis seinen rechten Arm um ihre Hüfte legt und sie aus dem Zimmer schiebt. Leise schließt er die Tür.

Schweigend setze ich mich auf den Rand der Liege, die links an der Wand steht und schaue zu, wie Stephan im Verbandsschrank gegenüber der Liege herumkramt. Stephan ist wirklich groß und schlank. Seine Muskeln sind durch sein Hemd gut zu erkennen. Er krempelt die Ärmel seines Hemdes bis zu den Ellenbogen hoch. Er trägt eine dunkelblaue Anzughose mit einem braunen Gürtel und braune, glänzende Schnürschuhe. An seinem weißen Hemd sind die ersten drei Knöpfe wieder offen. Mit seinen dunkelbraunen Haaren, den dunkelbraunen Augen und dem Dreitagebart ist er optisch im Grunde genau mein Typ. Aber so verboten gutaussehende Männer sind meist auch sehr von sich eingenommen und oberflächlich.

Mit einer Handvoll Verband, Pflaster, einer Schere und einer Flasche Desinfektionsmittel kommt er zu mir und legt alles rechts neben mir auf die Liege. Mit einem tröstenden Lächeln schaut er zu mir runter und zieht ein paar Gummihandschuhe an.

„Wollen wir?", fragt er und deutet auf meinen rechten Arm. Ich nicke, ziehe vorsichtig sein dunkelblaues Jackett aus und lege es links neben mich. Stephan zieht einen Hocker vor die Liege und setzt sich.

Langsam nimmt er meine rechte Hand, hebt behutsam meinen Arm an und sprüht etwas von dem Wunddesinfektionsmittel darauf. Ich zucke kurz meinen Arm zurück, weil das Mittel ganz schön brennt auf der Wunde. Stephan schaut mich besorgt an. Noch immer hält er meine Hand und streichelt nun sanft mit seinem Daumen über meinen Handrücken.

„Das lässt gleich nach.", sagt er ruhig. Einen Moment lang schauen wir uns schweigend an, während er weiter meine Hand streichelt. Ich spüre ein leichtes Kribbeln in mir aufsteigen. *–Was soll das?! Ich habe im Moment keine Zeit für "sowas".-* Mit "Sowas" meine ich, meine so wenige, kostbare Freizeit mit einem Mann, oder genauer gesagt, mit einem Anwalt zu verschwenden, der auf einer Insel lebt und scheinbar sehr von sich überzeugt ist. *-Nein, nein. Machos sind mir in letzter Zeit echt genug untergekommen.-*, denke ich und wende meinen Blick von ihm ab. Ich deute mit der linken Hand auf die Pflaster rechts neben mir.

„Könnten Sie bitte weitermachen?", frage ich etwas verlegen. Stephan räuspert sich.

„Ja. Natürlich. Das Pflaster wird aber wohl doch nicht reichen.", antwortet er. Er nimmt eine der

Wundauflagen, streicht etwas Creme darauf und legt sie vorsichtig auf meine Wunde am Ellenbogen und am Unterarm. Dann nimmt er den Verband und beginnt ihn langsam, um meinen Ellenbogen zu wickeln. Mein Blick fällt auf seine starken, sehnigen und leicht behaarten Unterarme. Mit seinen großen Händen, mit diesen wunderschönen, langen Fingern wickelt er den Verband ganz vorsichtig um meinen Arm.

„So. Fertig.", sagt er und lächelt mich an. Ich lächle kurz zurück.

„Darf ich aufstehen?", frage ich ungeduldig. Stephan sitzt mit dem Hocker so dicht vor der Liege, dass ich nicht aufstehen könnte, ohne dass sich unsere Körper berühren würden. Stephan grinst schelmisch.

„Bitte, Herr Horner. Ich muss nach meiner Bekannten und ihrem Sohn sehen. Sie sind meine Gäste und übernachten bei mir.", erkläre ich und schaue ihn leicht genervt an.

„Aber natürlich, Frau Petersen.", antwortet er höflich, steht auf und tritt bei Seite.

„Danke.", antworte ich. Mir ist kalt und meine anfangs noch zarte Gänsehaut hat sich zu einer dichten Schwanenhaut entwickelt, was auch Stephan bemerkt. Langsam gehe ich zur Tür.

„Warte, Nora." Behutsam legt er mir von hinten sein Jackett über. Wieder ruhen seine Hände auf meinen Schultern.

„Besser?", fragt er leise und stellt sich vor mich. Ich nicke kurz.

„Du solltest aber vielleicht doch vorsichtshalber nochmal einen Arzt auf die Wunde schauen lassen. Nur zur Sicherheit, Nora.", sagt Stephan schließlich mit einer ruhigen, liebevollen Stimme. Ich hebe den Kopf und schaue Stephan an.

„Seit wann sind wir eigentlich per DU?", frage ich ihn mit einem ernsten Blick. Stephan lächelt selbstbewusst.

„Ich bin der Ältere von uns beiden und habe dir hiermit das DU angeboten, Nora.", antwortet er.

„Ach ja? Der Ältere?", frage ich mit einem leichten Lachen in der Stimme.

„Ja. Acht Wochen und drei Tage, um genau zu sein." -*Wow! Woher weiß er das denn so genau? Sicher hat Hannah ihm schon alles Mögliche über mich erzählt.*- Stephan lacht kurz, dann dreht er sich um und öffnet die Tür. Mit einer eleganten Armbewegung bittet er mich vorzugehen. Langsam gehe ich an ihm vorbei in den Flur. Stephan folgt mir, zieht die Tür hinter sich zu und schließt sie zweimal ab. Schweigend gehen wir nebeneinander in die Lobby und rechts hinter der Rezeption durch den großen Festsaal wieder zurück auf die Terrasse.

„Nora! Nora!!! Ich werde Koch!", ruft Emil, während er auf mich zu rennt. Laura folgt ihm mit eiligen Schritten.

„Emil, hör auf damit. Das geht nicht.", sagt Laura genervt.

„Doch. Gudrun sagt, das geht. Und Anna auch. Ich glaube Anna und Gudrun!", schimpft Emil. Ich schaue irritiert zu Laura. Sie verdreht nur die Augen.

„Wir sprechen zuhause mit Papa nochmal darüber, Emil.", antwortet sie streng.

„Können wir bitte zu dir nach Hause fahren, Nora?"

„Okay. Natürlich, Laura."

Stephan steht immer noch hinter mir. Ich drehe mich zu ihm um und ziehe sein Jackett aus.

„Vielen Dank nochmal für Ihre Hilfe.", sage ich leise und schaue zu ihm hoch. Er legt seinen Kopf leicht schief und sieht mich mit einem fragenden Blick an.

„Wir bleiben also beim SIE?" Ich antworte nicht, lächle kurz verlegen und strecke ihm sein Jackett entgegen. Es ist sicherer für mich, so viel Distanz wie möglich zwischen uns zu halten, damit ich nicht doch noch schwach werde und eine weitere Enttäuschung einsammle. Stephan nickt kurz, ringt sich ein Lächeln ab und nimmt mir sein Jackett aus der Hand.

„Machen Sie es gut, Frau Petersen und passen Sie auf sich auf.", sagt er schließlich höflich, dreht sich um und geht zurück ins Hotel. Ich fühle mich schlecht. Es war vielleicht doch ein wenig übertrieben, ihm so vor den Kopf zu stoßen. Andererseits ist sein Selbstbewusstsein sicher groß genug, sodass ihn meine Zurückweisung wohl kaum lange beschäftigen wird.

„Können wir los?", fragt Laura drängelnd. Ich nicke nur. Wir gehen rüber zum Buffet, wo Hannah und Janis stehen.

Wollt ihr schon nach Hause?", fragt Hannah etwas enttäuscht. Ich nicke nur. Laura diskutiert immer noch mit Emil über seinen Berufswunsch.

„Ich bleibe noch etwas. Janis bringt mich dann später nach Hause.", sagt Hannah, drückt mir ihren Haustürschlüssel in die Hand und lächelt zu Janis hoch, der breit grinsend neben ihr steht. Ich muss schmunzeln.

„Also gut. Dann wünsche ich euch beiden noch einen schönen Abend.", antworte ich, nehme den Haustürschlüssel und umarme Hannah kurz zum Abschied.

Die Heimfahrt ist sehr still. Emil sitzt bockig hinten, mittig auf dem Rücksitz und Laura sitzt nachdenklich rechts neben mir auf dem Beifahrersitz.

Ich bringe die beiden in meine Wohnung. Während Laura im Schlafzimmer verschwindet und Emil sich im Badezimmer die Zähne putzt, breite ich ein Bettlaken auf dem Sofa aus und lege rechts am Ende das Kopfkissen hin. Die Bettdecke lege ich einmal zusammengefaltet ans linke Ende des Sofas. Mit einem besorgten Gesichtsausdruck kommt Laura zurück ins Wohnzimmer.

„So. Emils Nachtlager ist fertig."

„Vielen Dank, Nora.", antwortet Laura leise.

„Ist alles okay?", frage ich schließlich.

„Nein. Die Leute an diesem Infostand haben Emils idiotischen Wunsch nun auch noch zusätzlich befeuert. Emil ist wohl nicht der einzige mit Trisomie 21, der Koch werden will und es gibt sogar wirklich Restaurants, wo eine Ausbildung zum Beikoch möglich sein soll.", erzählt Laura.

„Aber das ist doch super, Laura.", entgegne ich freudig.

„Super!? Das ist keineswegs super! Das ist viel zu gefährlich für ihn!", schimpft Laura. Ich schaue sie überrascht an und wundere mich doch etwas. Ja, ich weiß, dass sie der Ausbildung zum Koch eher ablehnend gegenübersteht, aber die Tatsache, dass es auch Ausbildungsplätze in dem Bereich für Jugendliche mit Trisomie 21 gibt, sollte ihre Einstellung doch wenigstens etwas ins Wanken bringen. Natürlich lassen sich ihre Ängste nicht von heute auf morgen abstellen, aber kann sie Emil zuliebe nicht wenigstens etwas offener sein? Ich kann für ihn nur hoffen, dass sein Vater das alles etwas entspannter sieht. Ich halte es aber für besser, meine Meinung jetzt nicht kundzutun.

Emil kommt im Pyjama aus dem Badezimmer und setzt sich immer noch bockig auf das Sofa.

„Okay. Dann erstmal gute Nacht. Ich bin morgen um neun Uhr mit Brötchen wieder hier, in Ordnung?", frage ich und schaue beide abwechselnd an. Emil zuckt wortlos mit den Schultern.

„Aber natürlich ist das in Ordnung. Schlaf du auch gut, Nora.", antwortet Laura und begleitet mich noch zur Tür.

Um in Hannahs Wohnung zu gelangen, muss ich links neben dem Blumenladen in den schmalen Innenhof. Dort führt eine Treppe hoch in die erste Etage.

Nachdem ich in meinen Pyjama geschlüpft bin und meine Zähne geputzt habe, gehe ich ins Gästezimmer. Direkt gegenüber der Zimmertür steht ein breites Bett aus weißem Holz und mit himmelblauer Bettwäsche. Auf dem rechten Nachttisch stehen eine Flasche Rotwein und ein Weinglas. Rechts neben der Weinflasche liegt ein Korkenzieher. Auf dem rechten Kopfkissen hat Hannah noch eine, in goldene Folie eingewickelte Praline platziert. Ich muss schmunzeln. Das ist zwar sehr süß von Hannah, aber ich möchte jetzt lieber einfach nur schlafen. Ich lege die Praline neben den Korkenzieher und kuschle mich unter die Bettdecke.

-*Was für ein seltsamer Tag.*- denke ich und spüre den brennenden Schmerz an meinem Ellenbogen. Erst jetzt bemerke ich, dass auch meine rechte Schulter und die rechte Seite meines Beckens wehtun. Da werden mit Sicherheit blaue Flecke entstehen.

Am nächsten Morgen werde ich um sieben Uhr vom Gebimmel meines Handyweckers geweckt.

Durch einen Spalt zwischen den beiden Vorhängen am Fenster scheint etwas Sonne ins Zimmer. Ich strecke mich erstmal ausgiebig, gehe zum Fenster und ziehe die Vorhänge auf. Die kleine Gasse, in der Hannahs Blumenladen liegt, sieht in dem morgendlichen Sonnenlicht irgendwie verwunschen aus, mit ihren alten Häusern in verschiedenen Pastellfarben und den flachen Pflastersteinen. Ein paar dunkle Straßenlaternen im Pariser Stil stehen in großen Abständen links und rechts an den Häusern entlang.

Ich gehe erstmal duschen. Meinen rechten Arm muss ich dabei aber leider aussparen. Ich will den Verband lieber bis morgen früh dran lassen. Anschließend springe ich in meine hellblaue Jeans und das beigefarbene T-Shirt. Nachdem ich auch noch in meine beigefarbenen Sneakers geschlüpft bin, gehe ich in die Wohnküche. In diesem Moment kommt Hannah mit zwei großen Tüten vom Bäcker zur Haustür herein. Ihre Wohnung hat keine Flure. Wenn man zur Haustür reinkommt, steht man direkt in einem riesigen Raum, der von den Fenstern der Vorderseite des Hauses bis zur Rückseite des Hauses geht. Rechts neben der Wohnungstür ist eine lange, anthrazitfarbene Küchenzeile. Davor steht ein langer, weißer Esstisch mit zehn weißen Holzstühlen darum. Links neben der Wohnungstür ist der Wohnbereich mit dem Zugang zur großen Dachterrasse, unter der sich das Lager des Blumenladens befindet.

„Guten Morgen, Nora!", ruft Hannah fröhlich und legt die beiden Tüten auf den Esstisch, der bereits für fünf Personen eingedeckt ist.

„Guten Morgen, Hannah.", antworte ich und schaue überrascht auf den Esstisch. Hannah sieht mich an und muss lachen.

„Ja. Ich weiß. Es war anders geplant, aber ich habe mir erlaubt, Laura, Emil und Janis zum Frühstück bei mir einzuladen.", erklärt sie grinsend.

„Aha. Du hast Janis eingeladen?", frage ich und schmunzle zu ihr rüber. Hannah grinst über beide Ohren und wird sogar ein wenig rot.

„Stephan habe ich auch eingeladen, aber der musste wohl leider ganz plötzlich zurück nach Hause.", erzählt Hannah. Ich antworte nicht und helfe ihr, den Tisch weiter einzudecken. Irgendwie finde ich es schade, dass Stephan nach Hause musste. Aber es ist besser so. Dann kann ich auch nicht weiter in Versuchung geraten.

„Du hast dich gestern doch sehr gut mit Stephan verstanden, oder Nora?", fragt Hannah plötzlich. Ich nicke.

„Wann seht ihr euch denn wieder?", fragt sie weiter. Ich zucke nur mit den Schultern. Hannah schaut mich leicht genervt an.

„Jetzt lass dir doch nicht alles aus der Nase ziehen, Nora. Magst du ihn denn nicht?"

„Doch, doch. Er ist schon nett, aber mehr nicht.", flunkere ich. Denn eigentlich finde ich diesen großen, dunkelhaarigen Mann mit den warmen, braunen Augen, dem anziehenden Lächeln und dem Dreitagebart verboten sexy. Aber ich halte ihn auch für recht selbstverliebt. Er weiß ganz genau, wie gut er aussieht und ist wahrscheinlich daran gewöhnt, dass keine Frau seinen Flirtattacken widerstehen kann.

„Nur nett!? Mehr ist da nicht?", fragt Hannah etwas empört.

„Mensch, Hannah! Ich kenne diesen Mann doch gar nicht. Wir haben gestern auf dem Fest das erste Mal mehr als nur Guten Tag und auf Wiedersehen zueinander gesagt. Außerdem habe ich momentan keine Zeit für sowas.", antworte ich.

„Was heißt denn "für SOWAS"?", fragt Hannah nun etwas spöttisch. Noch bevor ich antworten kann, klingelt es an der Tür. Sofort glättet sich Hannahs gerunzelte Stirn und ein aufgeregtes Grinsen erscheint in ihrem Gesicht. Eilig öffnet sie die Tür.

Zum Glück ist Stephan beim Frühstück kein Thema mehr. Emil erzählt ausgelassen von Anna, die in einem kleinen Restaurant am Meer als Köchin arbeitet und auch gestern auf dem Fest war.

„Anna hat auch Trisomie 21 und ist trotzdem Köchin geworden.", erzählt Emil und schaut Laura dabei vorwurfsvoll an. Laura verdreht nur die Augen. Antwortet aber nicht.

Hannah und Janis grinsen sich ständig an. Man merkt ganz deutlich, dass es bei den beiden nun endlich so richtig gefunkt hat. Ich freue mich für

Hannah und hoffe, dass Janis auch wirklich gut zu ihr ist.

Nach dem Frühstück fahren Laura und Emil zurück nach Koblenz und ich fahre auch nach Hause.

Den Rest des Sonntags verbringe ich wieder mit den Unterlagen von ein paar Aufträgen, die in den nächsten Tagen starten sollen.

Zwei

Beruflich läuft es gerade ganz gut bei mir, aber ich habe leider auch wenig Freizeit. Hannah ist nun offiziell mit Janis zusammen und sie verbringen wirklich sehr viel Zeit miteinander.

Es ist Samstag und auf dem Waldhotel Horner findet das jährliche Sommerfest statt. Um kurz vor dreizehn Uhr mache ich mich mit meinem Wagen auf den Weg zum Waldhotel. Hannah ist natürlich schon dort.

Ich trage mein olivgrünes Sommerkleid mit den breiten, geflochtenen Trägern, das mir bis etwas unter meine Knie geht. Dazu trage ich Riemchensandalen mit Blockabsatz in einem ähnlichen Grün wie mein Kleid.

Nachdem ich rechts neben der Treppe zum Eingang geparkt habe, nehme ich meine weiße Handtasche und meine weiße, kurze Strickjacke vom Beifahrersitz und steige aus. Langsam gehe ich links neben dem Gebäude herum in den Park hinter dem Hotel. Wieder sind zwischen den Skulpturen Spiele für Kinder aufgebaut und auch das kleine Kettenkarussell steht wieder am selben Platz wie beim letzten Fest. Ich gehe zunächst etwas durch den Park bis an den Waldrand. Vor mir sehe ich einen schmalen Trampelpfad. Ich zögere erst, aber meine Neugierde ist zu groß, also gehe ich langsam diesen Weg entlang. Der Wald lichtet sich und vor mir erscheint ein breiter See, auf dem ein paar Enten und Schwäne gemächlich auf dem Wasser treiben.

Vom Ufer geht ein Holzsteg etwa zehn Meter auf den See hinaus. Rechts neben dem Steg ist ein rotes Ruderboot festgebunden. Am Ufer stehen ein paar Schilfbüsche und davor schwimmen mehrere Seerosenteppiche mit rosafarbenen Blüten. Die Sonne glitzert auf dem Wasser und ab und zu quakt eine Ente. Es ist so wunderschön und ruhig hier. Ich gehe langsam auf den Steg und bleibe am Ende stehen. Mein Blick wandert über das Wasser und ich atme tief ein.

„Sie sind aber mutig, Frau Petersen.", höre ich plötzlich eine dunkle Stimme und drehe mich erschrocken um. Stephan steht in einer hellblauen Jeans, einem weißen T-Shirt und weißen Sneakern am Ufer und lächelt zu mir rüber. Sofort spüre ich ein leichtes Kribbeln im Bauch und bemerke, dass ich mich sehr freue, ihn zu sehen, was er mir natürlich nicht anmerken darf.

„Herr Horner. Sie sind also auch hier." Stephan lächelt mir zu. Langsam gehe ich über den Steg und versuche selbstbewusst zurückzulächeln.

„Der Steg ist schon sehr alt. Sie hätten einbrechen können.", erklärt Stephan, als ich am Ufer angekommen bin.

„Darf ich Ihnen sagen, dass sie heute ganz bezaubernd aussehen, Frau Petersen?" Ich muss kurz lachen. Was für eine überzogene, altmodische Ausdrucksweise. Da ich mich ja entschlossen habe besonders selbstbewusst zu wirken, antworte ich nur kurz.

„Vielen Dank, Herr Horner.". Ich gehe links an ihm vorbei wieder zurück in den Hotelpark.

„Warten Sie!", ruft er mir hinterher. Gemeinsam gehen wir auf die große Terrasse, wo uns eine Kellnerin mit einem Tablett voller gefüllter Gläser entgegenkommt.

„Darf es ein Glas Sekt für Sie sein?", fragt sie und lächelt uns abwechselnd an. Stephan nimmt zwei Sektgläser vom Tablett, bedankt sich bei der Dame und wendet sich mir zu. Mit einem versöhnlichen Lächeln reicht er mir eines der Gläser. Ich lächle zurück und nehme ihm das Glas aus der Hand.

„Cheers.", sagt Stephan und schaut mir dabei in die Augen.

„Cheers.", entgegne ich und nehme einen Schluck. Stephan schaut mit einem Gewinnerlächeln zu mir runter, was mich einerseits wütend macht und andererseits völlig dahinschmelzen lässt.

-Mein Gott. Ich bin einfach schon zu lange Single-, stelle ich verzweifelt fest. -Ich muss mich jetzt zusammenreißen. Ich habe keine Zeit und auch keine Lust auf Abenteuer. Denn mehr will dieser *selbstverliebte, unverschämt gutaussehende Insel-Anwalt ganz sicher nicht.-*

Auf der Terrasse sieht alles wieder genauso aus wie beim letzten Fest.

„Darf ich es noch einmal wagen und Ihnen das DU anbieten, Frau Petersen?", fragt Stephan schließlich mit einer butterweichen, dunklen Stimme, die mich sofort wieder milde stimmt.

„Okay.", antworte ich kurz und lächle zu ihm hoch. Stephan grinst. Dann erhebt er sein Glas, stößt es gegen meins und trinkt einen Schluck.

„Ich freue mich wirklich sehr, dich wiederzusehen, Nora.", verlegen senke ich den Kopf und mag darauf nicht antworten. Zum Glück kommen in dem Moment Hannah und Janis zu uns. Gemeinsam setzen wir uns an einen der runden Tische unter einem Pavillon. Wir essen, trinken und lachen viel. Irgendwann muss ich eingestehen, dass Stephan tatsächlich kein so übler Kerl ist und auch so seine Probleme und Hemmungen hat. Zum Beispiel scheint er Meere, Flüsse und Seen nicht zu mögen, was ich überhaupt nicht verstehen kann. Als er sein Haus in Sassnitz kaufte, hatte er wohl als Erstes den Teich im Garten zuschütten lassen. Er fährt niemals mit der Fähre und er hat ein Boot, das er nie benutzt. Mich wundert, dass er dann auf einer Insel lebt, wenn er doch so eine Abneigung gegen Wasser hat. Ich wollte aber nicht nach dem genauen Grund dafür fragen.

„Tja, Nora. Unser lieber Stephan ist nun schon seit einigen Jahren Single. Kannst du dir das vorstellen?", fragt Janis mich plötzlich. Ich antworte nicht und schmunzle nur,

zu ihm rüber. Stephan sitzt rechts neben mir und schaut seinen Bruder grimmig an, muss dann aber doch lachen.

Hannah, die mir gegenübersitzt, zwinkert mir zu.

„Ich hatte eben viel zu tun und keine Zeit für eine Beziehung.", antwortet Stephan lachend.

„Ich hoffe, du hast mittlerweile etwas mehr Freizeit, Stephan.", sagt Hannah schließlich und wirft mir anschließend einen verheißungsvollen Blick zu. Ich muss lachen. Janis flüstert Hannah etwas ins Ohr.

„Entschuldigt uns bitte.", sagt Hannah plötzlich und steht auf. Janis steht ebenfalls auf und nimmt Hannahs Hand.

„Wir kommen gleich wieder.", sagt Janis noch kurz. Ich schaue ihnen einen Moment lang nach. Sie gehen die Treppe zum Park hinunter und dort rechts zu einem breiten Waldweg. Stephan und ich sitzen nun schweigend nebeneinander.

„Die Zwei hat es echt erwischt.", sagt Stephan schließlich. Ich nicke nur. Dann schweigen wir wieder.

„Wollen wir auch etwas spazieren gehen?", fragt Stephan, steht auf und streckt mir seine rechte Hand entgegen. Ich schaue ihn zunächst überrascht an, ergreife dann aber seine Hand. Ich stehe nun ganz dicht vor ihm, schaue zu ihm hoch, in seine dunklen, braunen Augen und er lächelt liebevoll zu mir runter. Langsam streichelt er mit dem Daumen meinen Handrücken.

„Wollen wir?", fragt er, lässt meine Hand los und geht einen Schritt in Richtung Treppe. Ich nicke und wir gehen die Treppe hinunter. Wir schlendern zunächst wortlos durch den Park. Stephan unterbricht das Schweigen, indem er mir ein paar Fragen über mein Leben in Koblenz stellt, warum ich nach Hamburg gezogen bin und was ich hier beruflich mache. Dann erzählt er etwas über Rügen.

„Vielleicht kommst du mich ja mal auf Rügen besuchen. Dann kann ich dir all die schönen Plätze zeigen.", sagt Stephan mit einem verschmitzten Grinsen und zwinkert mir zu.

„Mal sehen.", antworte ich kurz und lächle zu ihm hoch. -*Das werde ich lieber nicht tun. Ich habe keine Lust mich in die Galerie seiner Eroberungen einzureihen und nach ein paar Tagen abserviert zu werden*-, schwöre ich mir im Gedanken. Wir gehen wieder zurück auf die Terrasse und setzen uns an einen der kleineren, eckigen Tische, die nicht unter den Pavillons stehen, da alle anderen Plätze besetzt sind. Stephan schwärmt weiter von seiner Insel und bringt mich immer wieder zum Lachen. Ich muss gestehen, dass ich mich sehr wohl in seiner Nähe fühle. Mittlerweile ist es dunkel geworden, aber die

Laternen rund um die Terrasse tauchen sie in ein warmes Licht.

„Ich mache mich jetzt auf den Heimweg. Kannst du Hannah und Janis bitte von mir grüßen?", frage ich, während ich aufstehe und meinen Schlüssel vom Tisch nehme.

„Ja. Natürlich. Aber ich bringe dich erst noch zum Auto.", antwortet Stephan.

Je näher wir meinem Wagen kommen, desto langsamer scheinen wir zu gehen. Schließlich stehen wir aber an meinem Auto und ich wende mich Stephan zu.

„Vielen Dank für den schönen Abend.", sage ich leise.

„Ich danke dir, Nora. Es war wirklich ein wunderschöner Abend.", antwortet Stephan, während er einen Schritt näherkommt und seinen Kopf langsam etwas senkt. -*Oh nein. Seine Lippen kommen mir gefährlich nahe.*- Ich trete einen Schritt zurück. Stephan richtet sich wieder auf und schaut mich für einen kurzen Moment fragend an. Dann lächelt er aber verständnisvoll.

„Gute Nacht, Nora. Komm gut nach Hause und schlaf schön."

„Du auch, Stephan.", antworte ich, steige in mein Auto und fahre los. -*Man war das knapp. Fast hätte er mich geküsst und ob ich mich dann noch hätte beherrschen können, bezweifle ich. Ich finde ihn nämlich tatsächlich sehr attraktiv, lustig, intelligent*

69

und zudem auch noch verdammt gut aussehend. Aber
ich kann und will mich auf keinen Fall auf ihn
einlassen.-

Am nächsten Morgen wache ich mit Herzklopfen
auf. Ich habe doch tatsächlich von Stephan geträumt.
In meinem Traum hat er mich einfach geküsst und es
fühlte sich so verdammt gut an. Noch immer spüre ich
dieses Kribbeln im Bauch und mein Puls schlägt mir
bis zum Hals.

-Meine Güte. Das nimmt ja langsam beängstigende
Ausmaße an.- Seit der Trennung von Peer vor fünf
Jahren hatte ich keine längere Beziehung mehr. Vor
zweieinhalb Jahren gab es zwar Patrick, mit dem ich
eine Weile zusammen war und anfangs dachte, dass es
etwas Dauerhaftes werden könnte. Leider sah Patrick
das aber anders und leistete sich neben mir noch eine
Affäre, oder war ich die Affäre? Na wie auch immer.
Erfahren habe ich von der anderen Frau, als sie an
einem sonnigen Sonntagmorgen mit verheulten Augen
vor meiner Tür stand und mich anflehte, die Finger
von ihrem Freund zu lassen. Ich war geschockt. Der
jungen Frau vor meiner Tür habe ich geraten, den
Typen in den Wind zu schießen und ihr gesagt, dass
ich das jedenfalls tun werde und dass wir beide ganz
sicher etwas Besseres verdient haben. Ich weiß nicht,
ob die junge Frau das auch gemacht hat. Ich habe
Patrick jedenfalls sofort angerufen, ihm vom Besuch
der jungen Frau erzählt und ihm geraten, sich nie

wieder bei mir blicken zu lassen. Nach dem Telefonat kamen zunächst Zweifel in mir hoch, ob das nicht vielleicht zu voreilig war. Schließlich hätte es ja auch einfach nur eine Ex von ihm gewesen sein können, die ihn nicht loslassen kann. Da sich Patrick nach meinem Anruf aber auch nicht mehr gemeldet hat, stimmte es wohl doch, was die junge Frau sagte, oder es war ihm einfach nicht wichtig genug, um mich zu kämpfen. Also hatte ich auf jeden Fall alles richtig gemacht.

Nun ja. Das ist nun etwas über zweieinhalb Jahre her, aber seitdem habe ich mich auf niemanden mehr eingelassen.

Ich gehe erstmal duschen, putze meine Zähne und ziehe dann mein knöchellanges, hellblaues Sommerkleid an. Ich will mich gerade mit meiner Tasse Kaffee auf die Terrasse setzen, da klingelt mein Handy. Es ist Hannah.

„Hallo Hannah! Du bist schon wach?", frage ich mit einem Lachen in der Stimme.

„Ja. Leider. Janis musste früh raus. Wie war es denn gestern noch mit Stephan?", fragt Hannah und ich kann ihr breites Grinsen förmlich hören.

„Wir haben uns nett unterhalten.", antworte ich kurz.

„Ach, Nora. Mach es ihm doch nicht so schwer." - *Will mich Hannah wirklich in die Arme eines Aufreißers treiben? Schöne Freundin.-*, denke ich mir und antworte genervt:

„Hannah bitte! Ich will nichts von diesem Stephan! Sieh das endlich ein!"

„Entschuldige, Nora. Na gut. Ich lasse dich ab sofort damit in Ruhe." -*Na endlich.*- Denke ich nur.

„Eigentlich rufe ich auch nur an, weil du gestern deine Handtasche im Hotel vergessen hast. Magst du sie holen kommen, oder soll ich sie dir nachher vorbeibringen?" Ich denke kurz nach.

„Schon gut. Ich komme gleich vorbei und hole sie.", antworte ich schließlich.

„Prima. Dann bis gleich.", ruft Hannah und legt auf.

Also trinke ich meinen Kaffee aus, schlüpfe in meine weißen Ballerinas und mache mich auf den Weg ins Waldhotel.

Ich parke vor dem Hotel rechts neben der Treppe und gehe hoch zum Haupteingang. Als ich die Lobby betrete, sehe ich Hannah mit meiner Handtasche an der Rezeption stehen. Sie unterhält sich fröhlich mit der Mitarbeiterin, die hinter der Theke steht. Langsam gehe ich auf die beiden zu.

„Hallo Nora. Da bist du ja!", ruft Hanna und kommt auf mich zu. Hannah erzählt mir, dass ein Kellner meine Tasche gestern an einem Stuhl auf der Terrasse gefunden hat.

„Heute Morgen hat der Kellner es dann Janis berichtet und ich habe sie sofort als deine identifiziert. Schau doch bitte mal kurz nach, ob noch alles drin ist."

Neben Taschentüchern, einem Lippenbalsam und einer kleinen Tube Sonnencreme waren nur noch mein Personalausweis, mein Führerschein und meine VISA-Karte in der Handtasche. Ich erkenne also schnell, dass noch alles da ist.

„Prima.", sagt Hannah erleichtert.

„Es läuft gut mit dir und Janis, oder?", frage ich sie schmunzelnd. Hannah grinst breit. Doch bevor sie antworten kann, klingelt ihr Handy.

„Oh, tut mir leid, Nora. Das ist wichtig."

„Schon gut, Hannah. Ich bin dann jetzt weg. Wir sprechen einfach die Tage nochmal." Hannah nickt mir lächelnd zu, während sie den Anruf annimmt. Ich verlasse das Hotel und gehe langsam die achtstufige Treppe hinunter. Die Sonne scheint und es ist schon herrlich warm. Als ich an meinem Auto stehe, muss ich plötzlich an den See denken, der am Ende des Hotelparks hinter dem kleinen Waldstück liegt. Es ist Sonntag und zuhause ist niemand, der auf mich wartet. Also werfe ich nur schnell meine Handtasche in meinen Wagen und schlendere durch den Park zum See. Er liegt so friedlich und versteckt inmitten dieses kleinen Waldes.

Ich ziehe meine Ballerinas aus und betrete mit meinen nackten Füßen das weiche, moosige Gras am Ufer. Dann schließe ich die Augen und genieße diese herrliche Ruhe.

„Du weißt, dass das kein Badesee ist?", höre ich plötzlich eine dunkle Männerstimme hinter mir und drehe mich erschrocken um. Es ist Stephan. Schon wieder taucht er auf, wenn ich hier am See bin.

-Ist das Zufall?-, frage ich mich.

„Nein. Das wusste ich nicht.", antworte ich lächelnd und drehe mich wieder um.

Langsam betrete ich den Steg, gehe bis ans Ende und schaue auf den See hinaus. Mein himmelblaues, knöchellanges Sommerkleid flattert im leichten, warmen Wind.

„Nora. Bitte komm da runter.", sagt Stephan ruhig.

-Ich denke gar nicht daran! Nur weil er eine Abneigung gegen Gewässer hat, muss sich doch nicht jeder davon fernhalten.-

„Nora. Komm jetzt bitte her." Seine Stimme ist nun etwas energischer. Ich rühre mich aber nicht.

-Was hat er denn für ein Problem?-

„Bitte, Nora!" Nun klingt seine Stimme schon fast ängstlich. Verwundert drehe ich mich zu ihm um. Besorgt schaut er zu mir. Plötzlich höre ich ein Knacken unter mir und im nächsten Moment breche ich samt einer Steglatte ein und stürze ins Wasser.

„Nora!!!", höre ich Stephan noch schreien.

Als ich wieder an der Wasseroberfläche bin, sehe ich Stephan auf mich zu schwimmen. Energisch packt er mich und zerrt mich zurück zum Ufer. Dabei hätte ich seine Hilfe gar nicht gebraucht. Denn eigentlich kann ich selber sehr gut schwimmen.

Als er wieder festen Boden unter seinen Füßen spürt, hebt er mich aus dem Wasser und trägt mich an Land. Vorsichtig legt er mich am Ufer im Gras ab.

„Nora! Bist du in Ordnung!?", fragt er aufgeregt, lässt sich neben mir auf seine Knie fallen und schaut mich panisch an. Ich nicke nur verwirrt. -*Warum macht er so einen Wind?*-

„Gott sei Dank!", ruft er erleichtert, nimmt mein Gesicht in seine beiden Hände und küsst wild meine Stirn, meine Wangen und dann meinen Mund. - *Moment... Er hat mich auf den Mund geküsst.*- Geschockt schaue ich ihn an. Plötzlich scheint auch er zu realisieren, dass er mich gerade auf den Mund geküsst hat und starrt mich an. Stephan löst seinen Blick von mir, räuspert sich und steht auf. Verlegen streckt er mir seine rechte Hand entgegen, um mir aufzuhelfen. Ich ergreife sie und erhebe mich.

„Danke.", sage ich leise und immer noch verwirrt von seiner unnötigen Rettungsaktion und seinen hektischen Küssen durch mein Gesicht.

Tropfnass stehen wir uns gegenüber. Nun muss ich doch schmunzeln.

„Ich mache mich dann mal schnell auf den Heimweg.", sage ich grinsend.

„Ja. Das ist wohl das Beste.", antwortet Stephan und sieht mir dabei in die Augen. Wieder spüre ich dieses warme Kribbeln. Diesmal beende ich den Blickkontakt, nicke ihm zu und gehe zügig zurück zu meinem Wagen.

Zuhause gehe ich noch einmal unter die Dusche, ziehe meine hellblauen, bequemen Shorts an und ein weißes, enges Top. Mit einer Tasse Kaffee und ein paar Butterkeksen mit Schokoladenüberzug setze ich mich raus auf meine Terrasse.

„Was war das vorhin bloß für eine seltsame Aktion von Stephan? Es wirkte fast so, als hätte er Angst um mich gehabt. Warum glaubte er, dass er mich retten müsste? Ich war nur wenige Sekunden mit dem Kopf unter Wasser und um Hilfe habe ich auch nicht gerufen. Und dann seine panischen Küsse über mein Gesicht. Nun. Im Nachhinein muss ich leider zugeben, dass mir der Kuss auf den Mund schon irgendwie gefallen hat. Lächelnd schaue ich auf den rosa blühenden Hibiskus rechts in meinem kleinen Garten. *-Schluss jetzt mit der Träumerei. Ich habe noch zu arbeiten.-*, weise ich mich kurz selbst zurecht.

Den Rest des Sonntages verbringe ich also mit den Unterlagen zweier Großaufträge, zu denen ich morgen ein Meeting habe.

Schon ist es so weit. Es ist Montag. Ich bin nervös. Gleich habe ich mein erstes Meeting als Leiterin des Büros und muss den CEOs zweier Werften Rede und Antwort stehen. Jasmin hat den Konferenzraum bereits vorbereitet. Die Herren kommen pünktlich um neun Uhr mit ihren Assistenten an. Ich überspiele meine Nervosität und versuche, souverän und gelassen zu wirken. Da die Herren alle sehr locker und freundlich sind, finde ich schnell in eine entspannte Haltung und es wird ein angenehm lebhaftes Meeting. Wir werden uns schließlich einig und der Großauftrag ist unter Dach und Fach.

Stolz gehe ich mittags mit Jasmin wieder in das kleine Bistro in der Nähe des Büros.

Diesmal bestellen wir uns beide einen großen, griechischen Salat mit viel Feta.

„Das Meeting scheint gut gelaufen zu sein, so wie du strahlst, Nora"

„Ja. Das ist es wirklich. Wir haben den Großauftrag.", antworte ich breit grinsend. Plötzlich klingelt mein Handy. Ich krame es aus meiner Handtasche und gehe hastig dran.

„Hallo."

„Hallo Nora. Laura hier." Laura klingt sehr aufgeregt und ich ahne, dass es wieder etwas mit Emil zu tun hat.

„Hallo Laura. Was ist passiert?"

„Emil ist wieder abgehauen. Wir sind gerade im Urlaub auf Sylt. Seit Tagen bettelt Emil, dass wir mit ihm zu dieser Anna in das Restaurant auf Rügen fahren. Heute Morgen beim Frühstück haben wir uns wieder deswegen gestritten. Er ist dann einfach aufgestanden und gegangen. Ich dachte, dass er in sein Hotelzimmer gegangen ist. Matthias meinte, dass wir ihn erstmal in Ruhe lassen sollen. Als ich ihn dann vorhin zum Mittagessen abholen wollte, war er weg. Er hat seine ganzen Sachen mitgenommen. Ich hoffe

77

nun, dass er auf dem Weg zu dir ist.", erzählt Laura fast ohne Luft zu holen.

„Oh. Aber warum glaubst du, dass er zu mir will und nicht eher nach Rügen?", frage ich Hannah.

„Wir haben uns darüber gestritten, dass er Koch werden möchte. Emil meinte, dass du ihn verstehen würdest. Weißt du, was er damit meint?" Oh je. Natürlich weiß ich, was Emil damit meint. Aber das kann ich Laura doch jetzt nicht sagen.

„Nein. Tut mir leid. Ich fahre dann jetzt erstmal nach Hause und rufe Hannah an. Der Bruder von ihrem Freund wohnt auf Rügen. Vielleicht kann er sich ja mal umhören.", antworte ich.

„Das wäre ja super! Danke, Nora."

„Schon okay, Hannah. Mach dir keine Sorgen. Wir finden ihn schon." Wir legen auf und ich schiebe mir das letzte Stück Feta in den Mund. Dann stehe ich auf.

„Ich muss leider los. Ein Notfall. Im Büro ist ja für heute erstmal alles Wichtige erledigt. Wenn etwas ist, kannst du mich über mein Handy erreichen.", sage ich hastig zu Jasmin und verabschiede mich.

„Kein Problem. Dann viel Glück!", ruft Jasmin mir noch hinterher. Ich hebe kurz meinen rechten Arm und winke ihr, während ich durch die Tür des Bistros eile.

Zügig gehe ich zurück zum Büro. Ich hole noch schnell meinen Laptop und ein paar Unterlagen und mache mich anschließend sofort auf den Heimweg.

Der arme Junge. Warum sind Laura und Matthias denn nicht einfach nach Rügen in dieses Restaurant gefahren. Emil hätte sich alles mal aus der Nähe anschauen können. Laura und Matthias hätten sich ebenfalls ein Bild machen können. Ich verstehe die beiden einfach nicht.

Emil ist nirgendwo zu sehen, als ich zuhause ankomme. Ich gehe in meine Wohnung und rufe Hannah an.

„Hallo Nora! Wie war das Meeting?", ruft Hannah fröhlich ins Telefon.

„Danke. Sehr gut. Deshalb rufe ich aber nicht an. Emil ist wieder weggelaufen. Laura und Matthias sind mit ihm gerade im Urlaub auf Sylt und von dort ist Emil heute Morgen nach einem Streit mit Laura abgehauen.", erzähle ich.

„Oh je. Schon wieder? Hast du schon bei dir zuhause nachgeschaut?", fragt Hannah.

„Ja. Ich bin gerade zuhause. Hier ist er nicht. Laura hat erzählt, dass es in dem Streit mit Emil auch darum ging, dass Emil unbedingt zu dieser Anna, in das Restaurant auf Rügen, wollte. Laura und Matthias waren aber dagegen.", erzähle ich weiter.

„Meine Güte! Merken die beiden denn nicht, was sie dem Jungen antun?", fragt Hanna verständnislos.

„Nein. Ich fürchte nicht. Meinst du, Janis könnte mal Stephan kontaktieren und ihn bitten, sich umzuhören?", frage ich schließlich.

„Natürlich, Nora. Ich rufe ihn sofort an und melde mich dann wieder bei dir."

„Danke, Hannah. Dann bis gleich."

Nervös warte ich auf Hannahs Rückruf. Dann klingelt endlich mein Handy. Aber es ist nicht Hannah, sondern Laura.

„Laura! Gibt es etwas Neues?"

„Ja. Emil war im Tourismusbüro hier auf Sylt und hat nachgefragt, wie man ohne Auto nach Rügen kommt. Die haben ihm dann ein paar Zugverbindungen herausgesucht. Er ist also scheinbar tatsächlich auf dem Weg zu dieser Anna."

„Ach du meine Güte!", entgegne ich.

„Ja. Matthias wollte sofort mit dem Auto los. Dann hat er gesehen, dass wir mit dem Auto über fünfeinhalb Stunden nach Rügen brauchen. Die Polizei hat ihm dann auch davon abgeraten. Wir sollen lieber hierbleiben, falls Emil sein Vorhaben abbricht und zurückkommt.

„Okay. Der Bruder von Janis hört sich auch bereits auf Rügen um. Er ist Anwalt und kennt eine Menge Leute. Wenn Emil wirklich auf Rügen ist, wird er ihn finden. Ich melde mich bei dir, sobald ich etwas von ihm gehört habe."

„Danke, Nora. Dann bis gleich." Auch wenn ich denke, dass die beiden selbst schuld sind, dass Emil mal wieder weggelaufen ist, tun sie mir doch leid. Das muss wirklich furchtbar sein. Wieder klingelt mein Handy.

„Hey Nora. Hannah hier. Janis hat mit Stephan gesprochen. Er hört sich jetzt um und meldet sich, sobald er etwas herausgefunden hat."

„Super. Danke Hannah."

„Gerne. Aber vielleicht ist er doch auf dem Weg zu dir, Nora."

„Ja. Vielleicht. Ich bleibe jedenfalls jetzt zuhause." Ich erzähle Hannah noch von Emils Besuch im Tourismusbüro und dass er wahrscheinlich doch eher auf dem Weg nach Rügen ist.

„Melde dich bitte, wenn du etwas Neues weißt, Nora."

„Okay. Mache ich. Dann bis später." Ich hoffe, Emil kommt heil dort an, wo er hin will. Ob zu mir oder in das Restaurant, wo Anna arbeitet.

Das Warten macht mich immer nervöser. Bei einem gesunden 15-Jährigen würde man sich vielleicht nicht so große Sorgen machen. Schließlich ist es ja erst früher Nachmittag. Aber bei einem Jungen mit Trisomie 21, der Situationen manchmal falsch einschätzt und auf unbekannte Reize panisch reagieren könnte, kann man schon besorgt sein, dass ihn diese Ausnahmesituation vielleicht doch überfordert. Ständig schaue ich abwechselnd auf meine Uhr und auf mein Handy. Mittlerweile ist es achtzehn Uhr durch. *-Wo steckt der Junge nur?-*

Endlich klingelt mein Handy.

„Ja!", rufe ich ins Telefon.

„Hallo Nora. Stephan hier. Hannah hat mir deine Nummer gegeben." Ich bin jetzt zu aufgeregt, um mich darüber zu ärgern, dass Hannah einfach meine Handynummer weitergibt, ohne mich zu fragen.

„Hast du etwas herausgefunden?", frage ich stattdessen sofort.

„Nicht wirklich. Weißt du denn vielleicht noch etwas über diese Anna oder wie das Restaurant heißt, in dem sie arbeitet?"

„Leider nicht. Ich weiß nur, dass sie auch Trisomie 21 hat und in dem Restaurant, in dem sie arbeitet, auch ihre Ausbildung gemacht hat.", antworte ich.

„Ach so! Na dann weiß ich vielleicht, in welchem Restaurant sie arbeitet. Das ist gleich bei mir um die Ecke. Ich gehe sofort mal rüber und melde mich danach nochmal bei dir.", erwidert er und verabschiedet sich eilig. Hoffentlich ist es wirklich das Restaurant, in dem diese Anna arbeitet. Wieder sitze ich auf meinem Sofa und starre mein Handy an, das auf dem Couchtisch liegt. Minute um Minute vergeht. Dann ist bereits eine Stunde vergangen. Dann eine weitere Stunde. Ich frage mich, warum es so lange dauert. Stephan hat doch gesagt, dass dieses Restaurant gleich bei ihm um die Ecke ist. Nachdem nun noch eine Stunde vergangen ist, rufe ich Stephan an. Leider erreiche ich nur seine Mailbox und hinterlasse ihm eine Nachricht.

>*„Hallo Stephan. Nora hier. Ruf doch bitte mal zurück."*<

Ich lege mein Handy zurück auf den Couchtisch und warte auf Stephans Rückruf. -*Warum ruft er nicht zurück? Was ist denn bloß los?-* Ich lasse mich gegen die Rückenlehne fallen und seufze kurz auf. *-Wo steckt Emil nur? Hoffentlich ist ihm nichts passiert.-* Mittlerweile ist es nach zweiundzwanzig Uhr. Ich stehe auf und gehe ins Bad, um mir die Zähne zu putzen. Als ich gerade meine Zahnbürste aus dem Becher nehme, höre ich mein Handy klingeln. Ich lasse die Zahnbürste wieder in den Becher fallen, renne zurück zum Couchtisch und schnappe mir mein Handy.

„Hallo!"

„Hallo, Nora. Laura hier. Du hast wohl immer noch nichts von diesem Anwalt aus Rügen gehört, oder?", fragt Laura mit einer kraftlosen Stimme.

„Nein. Leider nicht. Er glaubt aber, das Restaurant zu kennen, in dem diese Anna arbeitet. Er wollte sich direkt melden, wenn er Näheres weiß. Hat denn die Polizei noch keine weitere Spur?"

„Nein. Sie haben die Züge durchsucht und Passanten befragt. Auch die Polizei auf Rügen sucht nun nach Emil. Nora. Ich habe solche Angst." Ich spüre einen dicken Kloß im Hals. Was soll ich jetzt sagen? Ich müsste sie trösten. Aber wie?

„Ich weiß. Diese Hilflosigkeit ist furchtbar und ich wünschte, ich könnte etwas tun.", antworte ich.

„Ach, Nora. Du hast doch schon etwas getan. Du hast diesen Anwalt kontaktiert, der womöglich schonmal diese Anna gefunden hat. Wenn Emil irgendwann dort ankommt, wird er es sicher erfahren."

„Weißt du was, Laura. Ich fahre morgen nach Rügen. Von mir zuhause aus brauche ich nur etwas mehr als drei Stunden. Ich melde mich dann sofort bei dir, wenn ich in diesem Restaurant bin."

„Danke, Nora. Vielen, vielen Dank." Antwortet Laura schluchzend.

„Sehr gerne, Laura. Dann bis morgen."
Als ich gerade aufgelegt habe, ruft Stephan zurück.

„Na endlich! Was ist passiert?", schimpfe ich.

„Hallo Nora. Tut mir leid. Ich hatte einen dringenden Notfall bei einem Mandanten.", antwortet er mit einem gequälten Unterton in der Stimme.

„Ach so. Okay. Hast du denn diese Anna gefunden?"

„Ja. Sie arbeitet wirklich in dem Restaurant bei mir in der Nähe. Emil war aber nicht da." Enttäuscht lasse ich mich mit dem Hintern auf das Sofa fallen und lehne mich zurück.

„Tut mir leid, Nora. Ich muss jetzt Schluss machen."

„Ja Okay. Dann erstmal danke für deine Mühe.", antworte ich etwas irritiert von seiner kurz angebundenen Art.

„Gerne. Dann gute Nacht.", sagt er noch kurz und legt auf. Ich bin etwas verwirrt, lasse mich aber nicht lange davon ablenken und denke wieder an den armen Emil, der vermutlich gerade irgendwo alleine in der

Dunkelheit umherirrt. Und an Laura und Matthias, die krank vor Sorge um Emil sicherlich diese Nacht kein Auge zumachen werden.

Langsam gehe ich wieder ins Bad und putze mir die Zähne. Ich werfe mir ein T-Shirt über und krabble unter meine Bettdecke. Immer wieder stelle ich mir Emil vor, wie er verängstigt durch dunkle Straßen irrt. Irgendwann schlafe ich aber dann doch ein.

Als ich die Augen öffne, ist es bereits hell draußen. Ich gehe schnell duschen, ziehe mich an und putze mir die Zähne. Danach rufe ich meinen Chef an, um mir für heute frei zu nehmen.

„Guten Morgen, Herr Jenneborg. Geht es Ihnen gut?"

„Guten Morgen, Frau Petersen. Ja. Mir geht es ausgezeichnet. Was kann ich für Sie tun? Ich habe schon gehört, dass Sie den Großauftrag an Land gezogen haben. Herzlichen Glückwunsch."

„Vielen Dank, Herr Jenneborg. Deswegen rufe ich aber gar nicht an. Ich würde mir gerne den Tag heute frei nehmen wegen einer familiären Angelegenheit. Wäre das in Ordnung?"

„Frau Petersen. Sie sind der Boss im Büro. Sie können selbst entscheiden, wann Sie sich freinehmen. Solange die Arbeiten alle flüssig weiterlaufen und die Kunden zufrieden sind, habe ich kein Problem damit."

„Ja. Die Zeichner sind schon fleißig und die Kalkulationen sind für den ersten Abschnitt fertig. Ich wäre aber auf jeden Fall jederzeit über mein Handy erreichbar."

„Frau Petersen. Das müssen Sie mir gar nicht alles erklären. Ich vertraue Ihnen. Sonst hätte ich Ihnen die Leitung des Büros doch nicht übertragen."

„Danke, Herr Jenneborg. Dann wünsche ich Ihnen heute einen angenehmen Tag."

„Ihnen auch, Frau Petersen und viel Glück mit Ihrer familiären Angelegenheit."

Nachdem wir aufgelegt haben, mache ich mich sofort auf den Weg nach Rügen. Als ich über die Rügenbrücke fahre, fällt mir plötzlich ein, dass ich überhaupt keine Ahnung habe, wo auf Rügen das Restaurant liegt, in dem diese Anna arbeitet. Ich weiß nur, dass es in der Nähe von Stephans Haus oder seiner Kanzlei sein soll. Über meine Freisprechanlage im Auto rufe ich also Hannah an.

„Guten Morgen, Hannah"

„Guten Morgen, Nora. Gibt es etwas Neues von Emil?"

„Leider nicht. Ich bin aber gerade auf dem Weg nach Rügen. Stephan hat gestern das Restaurant gefunden, in dem diese Anna arbeitet. Es soll wohl gleich bei ihm um die Ecke sein. Leider habe ich aber keine Ahnung, wo Stephan wohnt oder wo seine Kanzlei ist. Nachdem du ihm ja ungefragt meine Handynummer gegeben hast, könntest du mir doch sicher jetzt kurz seine Adresse geben. Ich will nicht zu ihm. Nur zu diesem Restaurant."

„Ja, ja. Schon gut. Ich bin mir nicht mehr ganz sicher, aber ich meine, seine Kanzlei ist in Bergen und wohnen tut er in Sassnitz. Ich frage Janis gleich mal und schicke dir die Adressen auf dein Handy."

„Okay. Danke, Hannah."

„Sehr gerne, Nora. Viel Erfolg." Ich bedanke mich noch einmal und lege auf. Kurz darauf erhalte ich von Hannah die vollständigen Adressen von Stephans Kanzlei und seinem Haus.

-Okay. Also erstmal nach Sassnitz- beschließe ich. Als ich an Stephans Haus vorbeifahre, staune ich nicht schlecht. Es liegt in einer idyllischen Siedlung, nicht weit vom Strand entfernt. Die Fassade ist cremeweiß und das Dach hat anthrazitgraue Ziegel. Im Vorgarten, links und rechts neben dem Weg zur Haustür, liegen graue, kleine Steinchen. Mittig der beiden Steinvorgärten, ragen zwei schlank beschnittene Zypressen etwa einen Meter aus dem Boden. Der Vorgarten ist mit einem anthrazitfarbenen Zaun aus dünnen Stangen mit breiten Abständen und einem dazu passenden Tor vom Bürgersteig abgetrennt. Langsam fahre ich an dem Haus vorbei. In der unmittelbaren Nähe des Hauses finde ich aber kein Restaurant, also fahre ich nun nach Bergen. In der Nähe eines Brunnens parke ich und versuche zu Fuß, die Straße zu finden, in der Stephans Kanzlei liegen soll. Langsam schlendere ich durch die Straßen und vergesse fast, warum ich eigentlich hier bin. Das Zentrum von Bergen ist wirklich sehr hübsch. Endlich

finde ich die Kanzlei von Stephan und schaue mich nach einem Restaurant in dessen Nähe um. Es dauert gar nicht lange und ich habe es gefunden. Ich bin noch etwas weiter weg, als ich Stephan mit einer jungen Frau, die auch Trisomie 21 hat, aus dem Restaurant kommen sehe. -*Das muss Anna sein*-. Langsam gehe ich näher heran. Ich sehe, wie Stephan der jungen Frau einen Briefumschlag reicht.

„Er soll sich das mal anschauen. Sag ihm bitte, dass ich heute Abend noch einmal zu ihm komme. Dann können wir darüber sprechen.", sagt Stephan hektisch.

„Okay. Ich gebe es ihm gleich.", antwortet die junge Frau. -*Was soll das bedeuten? Um wen geht es da. Doch nicht etwa um Emil?*- Ich stehe wie angewurzelt da. Unfähig mich zu bewegen und starre zu den beiden rüber. Bevor ich meine Fassung wieder erlangen kann, drehen sich die beiden um und kommen auf mich zu. Stephan bleibt abrupt stehen, als er mich erkennt.

„Nora!", ruft er erschrocken. Sein Gesichtsausdruck verrät mir, dass es bei seiner Unterhaltung mit Anna, wirklich um Emil ging. Ich komme wieder zu mir und spüre, wie mich eine unbändige Wut überkommt.

„Was ist hier los?", frage ich nun energisch. Anna schaut auf den Boden, eilt an mir vorbei und verschwindet wieder im Restaurant.

„Nora. Komm erstmal mit. Dann erkläre ich dir alles.", sagt Stephan nervös, packt mich am linken Oberarm und zieht mich vom Restaurant weg.

Wir betreten seine Kanzlei und eine nette, etwas ältere Dame begrüßt uns fröhlich.

„Bring uns doch bitte zwei Kaffee, Alva.", bittet Stephan die Dame.

„Sehr gerne.", antwortet sie. Stephan bittet mich mit einer eleganten Armbewegung, in sein Büro zu gchen. Er folgt mir und schließt die Tür hinter sich. Rechts ist eine lange Fensterfront, vor der, etwas mittig in den Raum hinein, ein breiter, dunkler Schreibtisch steht. Sein Bürosessel steht hinter dem Schreibtisch mit der Rückenlehne zur Fensterfront. Links an der Wand steht ein runder Konferenztisch.

„Setzt dich doch bitte.", sagt Stephan und rückt einen der Stühle nahe der Bürotür etwas vom Tisch ab. Dann setzt er sich mir gegenüber, mit dem Rücken zu dem doppelflügeligen Fenster gegenüber der Bürotür.

Es klopft kurz und schon kommt Alva mit einem Tablett herein. Sie stellt eine Tasse Kaffee vor mir ab und die andere Tasse vor Stephan. Anschließend stellt sie noch eine Schale Kekse in die Mitte des Tisches und verlässt wieder das Büro. Ich greife nach der Tasse und nehme einen Schluck Kaffee. Erst jetzt fällt mir ein, dass ich heute Morgen gar nicht gefrühstückt habe.

„So. Dann leg mal los. Was wird hier gespielt?", frage ich und schaue Stephan ernst an. Er atmet tief ein und wieder aus. Er scheint mit sich zu ringen. Scheinbar möchte er es mir eigentlich nicht erzählen. Dann schnaubt er einmal kurz und richtet seinen gut trainierten Oberkörper auf.

„Also gut. Aber du musst mir versprechen, dass du erstmal niemandem etwas davon erzählst.", fordert er mich auf.

„Vergiss es. Ich verspreche dir gar nichts. Weißt du eigentlich, wie es Laura und Matthias geht? Sie sind verrückt vor Angst um Emil!", schimpfe ich. Stephan schaut mich nachdenklich an.

„Ja. Das verstehe ich ja. Aber hier geht es doch nur noch um einen Tag. Dann können sie ihn bestimmt sehen." Ich reiße die Augen auf und schaue ihn fassungslos an.

„Wie bitte. Jetzt erklär mir sofort, was hier gespielt wird, sonst rufe ich die Polizei."

„Naja, Nora. Die Polizei wird dir nicht helfen, die weiß nämlich schon bescheid." Wieder weiten sich meine Augen. -*Was soll das denn nun wieder bedeuten?*-

„Schon gut, Nora. Ich erkläre dir alles. Als ich gestern in das Restaurant kam, saßen Anna und Emil zusammen an einem Tisch. Sie unterhielten sich über die Ausbildung zum Koch. Anna wusste nicht, dass Emil abgehauen ist. Ich habe mich dann erstmal einfach nur zu den beiden gesetzt. Erst als Anna

90

wieder in die Küche musste, habe ich Emil gefragt, warum er weggelaufen ist. Er erzählte mir dann von seinem großen Wunsch, eine Ausbildung zum Koch zu machen und dass seine Eltern ihm das aber nicht erlauben. Deshalb ist er abgehauen, um bei Anna zu wohnen und in demselben Restaurant eine Ausbildung zum Koch machen zu können wie sie. Er war wirklich total verzweifelt. Er sprach davon, dass er nie wieder zurück zu seinen Eltern möchte, weil sie ihn nicht richtig behandeln und ihn nicht unterstützen. Als Anna wieder zu uns kam, erzählte er auch ihr, warum er zu ihr gekommen ist. Anna war erst überrascht, hat sich aber dann sehr gefreut und meinte, dass in ihrer WG gerade ein Zimmer freigeworden ist.

Emil flehte mich an, ihn nicht zu verraten und bat mich, ihm zu helfen, dass er nicht mehr zurück zu seinen Eltern muss. Das wiederholte er immer und immer wieder. Ich habe ihm gesagt, dass das nicht so einfach ist, wie er sich das vorstellt. Er wollte aber nichts davon wissen. Er sagte nur immer wieder, dass er hierbleiben will. Da es mittlerweile auch schon recht spät war, habe ich Anna und Emil in diese betreute Wohngruppe gebracht, in der Anna wohnt. Ich habe mit den Betreuern dort gesprochen, die mit solchen Fällen tatsächlich schon einige Erfahrung haben." Geschockt sitze ich vor Stephan und kann kaum glauben, was ich da höre.

„Warte mal. Du wusstest also gestern Abend, als wir telefoniert haben, schon, wo Emil ist und hast mir nichts gesagt?!" Stephan nickt nur.

„Ich fasse es nicht! Du hast seine Eltern und mich die ganze Nacht um Emil bangen lassen. Ist dir das eigentlich klar?" Ich springe vom Stuhl auf und schaue wütend auf Stephan hinunter. Er sieht verwirrt zu mir hoch.

„Nora, versprich mir, dass du seinen Eltern nicht sagst, wo er ist.", bittet er mich schließlich eindringlich.

„Bist du verrückt! Verdammt nochmal, Stephan. Das kannst du nicht machen. Sie sind seine Erziehungsberechtigten. Du kannst Emil nicht vor ihnen verstecken!" Stephans Blick wird ernst. Dann steht er auf und sieht mich mit einem kühlen Blick an.

„Nora. Ich bin ein ehrlicher und gewissenhafter Anwalt. Was ICH tue, das darf ICH auch!", antwortet er schließlich in einem missbilligenden Tonfall.

Ich lasse den Kopf sinken und schüttle ihn leicht.

„Das darf doch alles nicht wahr sein.", sage ich leise.

Stephan kommt zu mir rüber, stellt sich dicht vor mich und legt seine Hände auf meine Schultern.

„Nora. Schau mich an.", sagt er nun wieder mit seiner warmen, dunklen Stimme. Ich hebe den Kopf. Sanft legt er seinen rechten Zeigefinger leicht gekrümmt unter mein Kinn und hebt meinen Kopf weiter an. Mit seinen dunkelbraunen Augen schaut er mich an. Seine Augen scheinen die meinen magisch anzuziehen.

„Stephan, es tut mir leid, aber ich kann Laura nicht anlügen. Sie muss doch wissen, wie es ihrem Kind geht." Stephan schaut mich verständnisvoll an, dreht sich dann um und geht hinter seinen Schreibtisch.

„Das wissen die beiden sicher schon. Nachdem ich gestern wieder zuhause war, habe ich sofort beim Sozialen Dienst des Jugendamtes angerufen, um mir Rat zu holen. Die sind auch außerhalb der Öffnungszeiten erreichbar. Die Dame, mit der ich gesprochen habe, wollte sich dann umgehend mit der Polizei in Verbindung setzen, damit die Eltern informiert werden. Über den aktuellen Aufenthaltsort von Emil wurden sie aber, auf Emils ausdrücklichen Wunsch hin, nicht informiert. In Emils Fall ist alles etwas komplizierter wegen seiner Krankheit, aber hat er nicht dennoch ein Recht darauf, selbst zu entscheiden, was er beruflich machen will? Zudem wäre er nicht der erste Mensch mit Trisomie 21, der eine Ausbildung zum Koch macht. Anna hat es auch geschafft. Genauso wie schon ein paar andere vor ihr." Nachdenklich sehe ich zur großen Fensterfront hinter seinem Schreibtisch. Plötzlich klingelt mein Handy. Es ist Laura. *-Na super. Perfektes Timing.-* Ich zögere einen Moment, gehe aber dann schließlich ran.

„Hallo Laura.", sage ich leise und verlasse Stephans Büro. Alva ist nirgendwo zu sehen. Zügig gehe ich aus dem Gebäude.

„Nora. Gut, dass ich dich erreiche. Du glaubst nicht, was wir heute Morgen erfahren haben. -*Wenn sie wüsste, dass ich es sehr wohl weiß*-, denke ich.

„Die Polizei hat eben angerufen und uns mitgeteilt, dass man Emil gefunden hat, sie uns seinen Aufenthaltsort aber nicht nennen dürfen. Es geht ihm aber wohl gut. Das Jugendamt würde sich heute im Laufe des Tages bei uns melden und uns alles Weitere erklären. Ich bin fix und fertig. Hast du denn irgendetwas herausfinden können?", fragt sie völlig aufgewühlt. Was antworte ich jetzt bloß? Emil scheint seine Eltern nicht sehen zu wollen. Wenn ich Laura aber jetzt sage, wo er ist, dann machen sie und Matthias sich hundertprozentig sofort auf den Weg hierher.

„Ich habe Emil leider noch nicht gesehen. Ich gehe jetzt zu Stephan und dann versuche ich, Emil zu finden. Meldest du dich bitte, wenn du mit dem Jugendamt telefoniert hast?"

„Das mache ich, Nora. Und du meldest dich bitte sofort, wenn du Emil gefunden hast, okay?", fragt Laura voller Sorge um ihren Sohn.

„Natürlich.", antworte ich. Dann verabschieden wir uns und legen auf. Ich bin irgendwie sauer auf Stephan, kann ihn aber trotzdem auch verstehen. Ich finde ja auch, dass Emil selbst entscheiden sollte, was für eine Ausbildung er macht. Zudem habe ja auch ich, Laura und Matthias verheimlicht, dass Emil bei mir mit scharfen Messern das Gemüse schneiden durfte.

„Nora.", höre ich plötzlich Stephan hinter mir und drehe mich langsam zu ihm um.

„Hast du Emils Eltern gesagt, wo er ist?"

„Nein. Ich weiß doch gar nicht, wo er ist." Stephan schaut mich erleichtert an.

„Ich habe jetzt erstmal noch ein paar Termine. Aber wenn du magst, dann bringe ich dich heute Nachmittag zu Emil." Ich hebe überrascht den Kopf. Dann nicke ich ihm wortlos zu und gehe zurück zu meinem Wagen.

-Vielleicht sollte ich mir wirklich hier irgendwo ein Zimmer nehmen- denke ich und schon fällt mein Blick auf ein Hotel in einem dunkelroten Fachwerkhaus. Selbst die Balken sind in diesem dunklen Rot. Ich habe Glück. Sie haben tatsächlich auch noch ein freies Zimmer. Nachdem ich eingecheckt habe, werde ich von einer netten jungen Frau mit braunen, kurzen Haaren zu meinem Zimmer gebracht. Es ist ein schnuckeliges Zimmer. Die Wand, an der das 1,40 Meter breite Bett steht, ist in einem olivgrün gestrichen. Links neben dem Bett geht es durch eine Schiebetür aus Glas ins Badezimmer. Die Wand rechts neben dem Bett ist in einem saftigen Orange. Zwischen den beiden Fenstern an der orangenen Wand steht ein kleiner, weißer Schreibtisch, vor dem ein schmaler, hellgrüner Sessel mit weißen Holzbeinen

steht. Ich fühle mich sofort wohl und irgendwie geborgen in diesem Zimmer.

Ich stelle meinen kleinen Trolley mit Kleidung und Toilettenartikeln, den ich zur Sicherheit mitgenommen habe, vor dem Schreibtisch ab und lasse mich rückwärts aufs Bett fallen. Mir tun Laura und Matthias so leid. Es muss furchtbar sein, wenn das eigene Kind nicht mehr bei einem sein möchte und wegläuft. Nun wurde sogar auch noch das Jugendamt eingeschaltet. Aber auch Emil tut mir leid. Er fühlte sich wohl so eingeengt von seinen Eltern, dass er keinen anderen Ausweg mehr sah, als abzuhauen.

Zum Mittagessen gehe ich runter in das Restaurant des Hotels und setze mich nach draußen. Unter den Fenstern der ersten Etage steht in großen, weißen Buchstaben "STEAKHAUS". -*Na da bin ich mal gespannt, ob ich als Vegetarierin auf der Speisekarte etwas für mich finde.*- Ein junger Kellner in einer dunkelblauen Jeans, einem schwarzen T-Shirt und einer schwarzen Schürze, die er stramm um seine Hüften gebunden hat und die ihm bis zu seinen Knien reicht, kommt mit einer Speisekarte auf mich zu.

„Moin. Wissen Sie schon, was Sie essen möchten, oder wollen Sie erst in die Karte schauen?", fragt der junge Mann freundlich lächelnd.

„Hallo. Ich müsste erstmal in die Karte schauen.", antworte ich und lächle freundlich zurück. Der Kellner reicht mir sofort die Speisekarte über den Tisch.

„Darf ich Ihnen denn schon etwas zu trinken bringen?"

„Ja. Eine Apfelsaftschorle bitte."

„Sehr gerne.", antwortet er und verschwindet wieder.

Wie erwartet ist die Speisekarte sehr fleischlastig. Ich entdecke aber auch einige fleischfreie Gerichte und sogar einen Veggi-Burger. Ich merke, dass ich einen riesigen Hunger habe, da ich ja leider heute Morgen vergessen habe zu frühstücken.

Der Veggi-Burger klingt zwar sehr verlockend, aber ich entscheide mich für das hausgemachte Olivenbrot mit Kräuterbutter und Sour-Creme als Vorspeise und als Hauptgang nehme ich die "Bandnudeln Rustikal", mit Zwiebeln und Oliven in Tomatensoße.

Als ich gerade mein Hauptgericht bekommen habe, klingelt mein Handy. Es ist Stephan.

„Hallo Stephan."

„Hey Nora. Ich habe mir doch schon frei nehmen können. Wenn du möchtest, dann können wir jetzt zu Emil fahren."

„Ich habe gerade mein Mittagessen serviert bekommen. Ich würde gerne erst noch aufessen."

„Wo bist du denn?"

„In einem Steakhaus am Markt."

„Okay. Dann komme ich dich dort abholen. Bis gleich.", antwortet Stephan kurz und legt dann auf, ohne auf eine Antwort von mir zu warten. Ich schüttle leicht den Kopf und lege mein Handy wieder in meine Handtasche. Auch mein Hauptgericht ist, wie auch schon das Olivenbrot zuvor, sehr köstlich. Leider ist die Portion aber doch etwas zu groß und ich schaffe es nicht, die Bandnudeln aufzuessen.

„Hallo Nora." Stephan steht neben mir und lächelt zu mir runter.

„Hallo.", antworte ich nur kurz. Stephan rückt den Stuhl mir gegenüber etwas vom Tisch ab und setzt sich. Sofort kommt der nette Kellner wieder und Stephan bestellt sich ein Glas Sprudelwasser.

„Hat es dir nicht geschmeckt?", fragt er und deutet mit dem rechten Zeigefinger auf die restlichen Nudeln auf meinem Teller.

„Im Gegenteil. Es war köstlich. Aber leider einfach zu viel. Ich hatte davor schon etwas Olivenbrot.", antworte ich. Stephan schmunzelt. Der Kellner serviert Stephan sein Wasser und wir bezahlen direkt.

„Ich habe noch einmal über deine Worte von eben nachgedacht, Nora. Es war wirklich nicht in Ordnung von mir, dir gestern Abend zu verheimlichen, dass ich Emil gefunden habe. Es tut mir leid.", entschuldigt sich Stephan und sieht mich reuevoll an. -*Schön, dass er es wenigstens einsieht.*-, denke ich und werfe ihm einen vorwurfsvollen Blick zu.

„Ja. Das war blöd. Ich habe fast die ganze Nacht nicht geschlafen, vor Sorge um Emil. Wie es Laura und Matthias erging, möchte ich mir gar nicht vorstellen.", antworte ich schließlich.

Nachdem Stephan sein Wasser ausgetrunken hat, gehen wir zu seinem schwarzen Audi-SUV. Er öffnet die Beifahrertür und bittet mich einzusteigen. Dann geht er um die Motorhaube herum zur Fahrertür und setzt sich hinter das Steuer. Es dauert etwa zwanzig Minuten, bis wir vor einem hellblauen Mehrfamilienhaus anhalten.

„Da sind wir.", sagt Stephan, stellt den Motor ab und steigt aus. Im Erdgeschoss steht die Tür der rechten Wohnung weit offen. Stephan geht hinein und ich folge ihm. Am Ende des schmalen Flures geht es links in einen großen Raum, in dem zwei Schreibtische, sich gegenüberliegend, aneinander stehen. Eine sehr nett wirkende Dame, etwa 60 oder 65 Jahre alt, sitzt an einem der Schreibtische und hebt den Kopf, als sie uns bemerkt. Ihre kurzen, dunklen Haare sind ordentlich nach hinten frisiert. Nur ein paar kurze Strähnen fallen auf ihre Stirn. Sie trägt eine rosafarbene Bluse und eine hellblaue Jeans, zu denen sie weiße Ballerinas trägt.

Sie sieht Stephan und strahlt ihn an.

„Hallo Herr Horner! Wie schön, Sie zu sehen!", ruft sie mit einer sehr hellen Stimme.

„Hallo Frau Giebler. Wie geht es Ihnen?"

„Gut natürlich. Wollen Sie zu Emil?"

„Ja. Das ist Nora Petersen. Emil wird sich sehr freuen, sie zu sehen.", erklärt Stephan. Frau Giebler lächelt nun auch mich freundlich an.

„Gehen Sie ruhig hoch.", sagt sie freundlich und widmet sich wieder ihrer PC-Tastatur.

„Danke sehr. Dann bis gleich.", erwidert Stephan und deutet mit einer schwungvollen Armbewegung an, dass ich vor ihm in den Flur gehen soll. In der ersten Etage klingelt er an der linken Wohnungstür, durch die uns laute Rockmusik entgegenkommt. Ein junger Mann mit schulterlangen, dunkelblonden Haaren öffnet die Tür.

„Hey Stephan! Was machst du denn hier? Gibt es schon wieder Probleme?", fragt der junge Mann, der ebenfalls Trisomie 21 hat, lachend.

„Nein, nein, Gabriel. Es ist alles okay. Wir wollen nur Emil besuchen.", antwortet Stephan und muss auch kurz lachen. Gabriel nickt und lässt uns rein. Stephan klopft vorsichtig an Emils Zimmertür, die sich kurz darauf öffnet. Emil sieht zunächst nur Stephan und lächelt. Als er mich entdeckt, schaut er mich einen Moment lang regungslos mit offenem Mund an.

„Hallo Emil.", sage ich leise und lächle.

„Nora!!!", ruft er schließlich und fällt mir um den Hals. In seinem Zimmer erzählt Emil nun, warum er von seinen Eltern weggelaufen ist. Es deckt sich alles mit dem, was mir Stephan bereits erzählt hat.

„Ich kann dich ja verstehen, Emil. Ich finde auch, dass du sicher ein toller Koch wirst, wenn du das möchtest. Aber deine Eltern hatten große Angst um dich und machen sich auch immer noch große Sorgen. Sie lieben dich doch.", erkläre ich.

„Aber sie wollen mir nicht helfen. Sie nehmen mich nicht ernst. Sie haben gelacht, als ich gesagt habe, dass ich auf jeden Fall Koch werden will.", erzählt Emil.

„Ja. Das war nicht in Ordnung von den beiden. Wie soll es denn jetzt weitergehen? Was möchtest du jetzt machen?", frage ich Emil. Er schaut Stephan hilfesuchend an.

„Nun. Im Grunde kommt es auf seine Eltern an, wie es nun weitergeht. Sie müssen ihr generelles Verhalten Emil gegenüber ändern. Für Emil ist es sehr wichtig, dass er diese Ausbildung zum Koch machen kann. Das müssen sie akzeptieren. Emil wäre dann ja auch bereit, wieder zu ihnen zurück zu gehen. Das Jugendamt würde trotzdem unterstützend an Emils Seite bleiben. Wenn sie sich aber weiterhin stur stellen, wird das Jugendamt mit meiner Hilfe dafür sorgen, dass Emil erstmal in der betreuten Wohngruppe bleibt.", erklärt Stephan.

„Ich will aber lieber doch nicht wieder zurück nach Koblenz. Ich möchte hier bleiben. Hier sind alle nett, hören mir zu und verstehen mich.", sagt Emil energisch. Stephans Handy piept kurz auf. Hastig schaut er auf sein Telefon.

„Okay, Emil. Ich werde deinen Wunsch an das Jugendamt weitergeben.", verspricht Stephan, steht auf und schaut mich mit einem unruhigen Blick an.

„Wir sollten jetzt gehen, Nora." Emil und ich stehen auch auf und umarmen uns zum Abschied.

„Bitte, Nora. Hilf mir, dass ich hierbleiben kann."

„Ich helfe dir, wo ich kann, Emil. Versprochen.", antworte ich. Emil lächelt mich erleichtert an.

„Ich übernachte heute in einem Hotel in Bergen, gleich am Markt. Ich gebe Frau Giebler meine Handynummer. Wenn du etwas brauchst, kannst du dich jederzeit melden."

„Gib mir doch lieber deine Handynummer. Dann kann ich dich selber anrufen und muss nicht erst zu Frau Giebler. Ich habe nämlich jetzt auch ein Handy. Stephan hat mir eins geschenkt.", ruft Emil, geht an seinen Schreibtisch und hält mir stolz ein silbernes Smartphone vor die Nase. Ich bin überrascht. Warum macht Stephan ihm so ein teures Geschenk? Er kennt ihn doch eigentlich gar nicht. Naja. Warum auch immer Stephan so großzügig war, es war eine gute Idee.

„Na dann.", antworte ich, nehme mir ein Post-It vom Schreibtisch und schreibe meine Mobilnummer darauf.

„So. Also dann melde dich, wenn dir danach ist, Emil.", sage ich lächelnd. Emil drückt mich noch einmal ganz fest.

„Nora. Wir müssen los.", drängelt Stephan.
Stephan hat es sehr eilig und fährt zügig zurück nach Bergen.

„Danke, dass du mich zu Emil gebracht hast, Stephan."

„Gerne, Nora. Aber ich bin froh, dass wir da jetzt weg sind."

„Warum? Stimmt etwas nicht?", frage ich verwundert.

„Ja. Ich habe eben eine Nachricht von Alva bekommen. Emils Eltern waren bei mir in der Kanzlei. Sie suchen nach Emil." Ich ziehe die Augenbrauen hoch.

„Ach so. Okay. Aber warum dürfen sie denn nicht zu ihm? Sie werden ihn sicher nicht ins Auto zerren und mit ihm abhauen."

„Nora. Du musst mir versprechen, dass du den beiden nicht sagst, wo Emil ist. Er hat klar geäußert, dass er seine Eltern nicht sehen will. Seine Eltern müssen sich an das Jugendamt wenden. Die werden dann ein Treffen organisieren, sobald es eben geht."

„Okay, okay. Ich verspreche es.", antworte ich widerwillig. Wenn ich das vorhin richtig verstanden habe, ist Stephan nun wohl Emils Anwalt. Was für ein Theater. Ich bin mir sicher, dass Laura und Matthias schon einlenken werden und Emil die Ausbildung zum Koch machen lassen. Die beiden lieben ihren Sohn und wollen doch eigentlich immer nur das Beste für ihn.

Stephan parkt fast neben meinem Wagen, steigt aber zunächst nicht aus. Er schnallt sich ab und dreht sich mit seinem Oberkörper zu mir. Sein Blick wirkt nachdenklich.

„Das war ganz schön viel für dich heute, oder?", fragt er mit einer warmen, ruhigen Stimme. Ich ziehe die Augenbrauen hoch und nicke nur kurz.

„Darf ich dich heute zum Abendessen einladen, Nora?" Ich bin unsicher und spüre ganz deutlich, dass ich ihm nicht mehr lange widerstehen kann. Ich will aber nicht eine von seinen vielen Eroberungen sein, die er wieder absorviert, sobald er sein Ziel erreicht hat. Stephan scheint zu bemerken, dass ich unsicher bin.

„Bitte, Nora. Es ist doch nur ein Abendessen. Ich tue dir nichts. Versprochen." Ich muss schmunzeln. Dann nicke ich langsam. Was soll schon passieren. Ich werde mich schon unter Kontrolle behalten.

„Schön. Dann hole ich dich um neunzehn Uhr vom Hotel ab, in Ordnung?", fragt er zufrieden.

„Okay. Dann bis nachher.", antworte ich und steige aus. Stephan hat wirklich recht. Das war ein sehr aufregender Tag bis jetzt. Mein Kopf fühlt sich so leer an, wie nach einem stressigen zwölf Stunden Tag im Büro. Ich gehe in mein Hotelzimmer und lege mir frische Kleidung raus. Dann gehe ich duschen. Einige Minuten bleibe ich einfach nur regungslos unter den Wasserstrahlen der Duschbrause stehen. Ich habe vorhin gesehen, dass Laura mich bereits zweimal angerufen hat. Ich müsste sie zurückrufen. Aber was soll ich ihr sagen. Emil will seine Eltern im Moment nicht sehen. Das muss ich respektieren. Er ist schließlich kein kleines Kind mehr. Aber das kann ich Laura doch so nicht sagen. Ich beschließe, nach dem Duschen Hannah anzurufen. Vielleicht hat sie ja einen Rat.

Nachdem ich mich angezogen und noch etwas Mascara aufgelegt habe, rufe ich also Hannah an.

„Hey Nora! Endlich meldest du dich. Ist alles okay?", fragt Hannah aufgeregt.

„Hallo Hannah. Ja. Bei mir ist alles gut."

„Hast du etwas von Emil gehört?", fragt sie weiter.

„Ja. Deshalb rufe ich auch an. Ich brauche deinen Rat. Ich weiß nun, wo Emil ist und habe auch mit ihm gesprochen. Der Arme Junge ist völlig verzweifelt, weil Laura und Matthias ihn einfach nicht diese Ausbildung zum Koch machen lassen wollen. Er wusste keinen anderen Ausweg mehr, als abzuhauen. Nun will er seine Eltern nicht mal mehr sehen und das Jugendamt ist mittlerweile auch schon eingeschaltet worden."

„Ach du meine Güte. Was für eine Aufregung!", ruft Hannah.

„Ja. Nun sind Laura und Matthias auch hier auf Rügen aufgetaucht, um nach Emil zu suchen, obwohl ihnen mitgeteilt wurde, dass er sie nicht sehen will. Laura hat mich schon zweimal angerufen und ich weiß jetzt nicht, was ich ihr sagen soll. Soll ich sie anlügen und behaupten, dass ich nicht weiß, wo Emil ist, oder dass ich zwar weiß, wo er steckt, es ihr aber nicht sagen darf?" Ich höre Hannah schwer ins Telefon seufzen.

„Nun, Nora. Da ich dich gut genug kenne, würde ich dir raten, ehrlich zu sein und ihr zu sagen, dass du weißt, wo er ist, dass es ihm gut geht, man dir aber verboten hat zu sagen, wo er ist. Ansonsten machst du dich nur verrückt, mit einem schlechten Gewissen. Zudem kannst du so schlecht lügen, dass sie dir eh nicht ganz abkaufen würden, dass du nichts weißt.", antwortet Hannah.

„Danke, Hannah. Du hast sicher recht. Dann rufe ich Laura jetzt zurück."

„Ja. Mach das. Viel Glück. Ach und noch etwas. Lass Stephan nicht mehr so lange zappeln. Ich glaube, er hat sich ernsthaft in dich verknallt.", kichert Hannah.

„Blödsinn.", erwidere ich. Dann verabschieden wir uns und legen auf. Niemals hat sich Stephan wirklich in mich verliebt. Er ist es sicher nur nicht gewohnt, dass sich eine Frau ihm nicht gleich willenlos hingibt, wenn er seine Charmoffensive auspackt.

Ich hole tief Luft und rufe Laura an.

„Na endlich, Nora. Wir sind nun auch auf Rügen. Hast du etwas herausgefunden wegen Emil? Können wir uns jetzt kurz treffen?"

„Hallo Laura. Ich habe deine Anrufe leider nicht mitbekommen. Ich habe den Ton von meinem Handy aus."

106

„Schon gut. Aber weißt du nun etwas über Emil?",
fragt sie energisch.

„Ja. Ich weiß, wo er ist.", antworte ich kurz.

„Gott sei Dank! Dann sag mir schnell wo er ist,
damit wir ihn abholen können." Lauras Stimme klingt
erschöpft und erleichtert zugleich.

„Es tut mir so leid, Laura. Ganz ehrlich. Aber ich
darf euch nicht sagen, wo er ist. Hat sich das
Jugendamt denn noch nicht bei euch gemeldet?"

„Wie bitte? Du willst mir nicht sagen, wo mein
Sohn ist? Das ist nicht dein Ernst, Nora!", schimpft
Laura.

„Laura. Ich will ja. Aber ich darf nicht. Ihr müsst
euch an das Jugendamt wenden. Die bestimmen nun,
wann und wo ihr Emil treffen könnt.", erkläre ich.

„Das glaube ich jetzt nicht! Emil ist mein Sohn.
Ich will ihm doch nichts Böses!" Lauras Stimme
zittert und schon höre ich sie weinen.

„Laura. Es wird sicher alles wieder gut, aber mit
der Brechstange erreicht ihr jetzt gar nichts. Ruft beim
Jugendamt an.", versuche ich, sie zu beruhigen.
Langsam hört sie auf zu weinen.

„Wie geht es Emil denn?", fragt Laura schluchzend
mit einer versöhnlichen Stimme.

„Es geht ihm gut. Macht euch keine Sorgen. Er ist
gerade in sehr guten Händen.", antworte ich ruhig.

„Na gut. Dann rufen wir morgen das Jugendamt
an. Bis dann, Nora."

„Viel Glück für morgen, Laura."

„Danke.", antwortet sie nur kurz und legt auf.

-*Puh! Geschafft.*- Auch wenn ich das Gefühl habe, dass Laura nun sauer auf mich ist, bin ich doch sicher, dass ich das Richtige getan habe. Ich schaue auf die Uhr und erschrecke kurz. Es ist schon fünf Minuten nach sieben Uhr. Ich hasse es, zu spät zu kommen. Ich schnappe mir meine weiße Umhängetasche und stürme aus dem Zimmer. Stephan steht an der Eingangstür des Hotels.

Langsam gehe ich auf ihn zu. Seine braunen Augen funkeln mir freudig entgegen.

„Du siehst mal wieder umwerfend aus, Nora." Ich lächle ihn etwas verlegen an. Ich trage eine pacificblaue, auf Taille geschnittene Bluse, die ich vorne ein Stück in meine weiße Jeans gesteckt habe. Dazu pazifikblaue Ballerinas und meine weiße Umhängetasche. Stephan trägt eine beigefarbene Anzughose mit einem braunen Gürtel, ein weißes Hemd, an dem er die Ärmel bis zu den Ellenbogen hochgekrempelt hat und weiße Sneakers. Seinen Fünftagebart hat er auf einen Dreitagebart runtergestutzt. Er fährt sich mit seiner rechten Hand durch sein dichtes Haar, um ein paar Strähnen mit seinen langen Fingern wieder nach hinten zu kämmen. Dabei sieht er nun selbst etwas verlegen aus. Wir gehen zu seinem Auto. Er öffnet die Beifahrertür und ich steige ein.

„Wo geht es denn hin?", frage ich, als Stephan hinter dem Steuer Platz genommen hat.

„Nach Binz. Dort gibt es ein sehr feines Restaurant. Die haben sogar einen Michelin-Stern.", antwortet er. Beeindruckt hebe ich die Augenbrauen.

Wir sitzen draußen auf einer schmalen Terrasse und es ist noch immer angenehm warm. Auf der Karte finde ich tatsächlich vegetarische und sogar vegane Gerichte. Ich entscheide mich für das Blumenkohlsteak mit Cashew-Soße, gewürzten Semmelbröseln und einem Scallion-Ingwer-Relish. Der Kellner empfiehlt mir dazu einen Weißwein.

„Schön, dass du meine Einladung angenommen hast, Nora"

„Ich danke dir für die Einladung. Es ist wirklich sehr schön hier.", antworte ich. Stephans Blicke sind so liebevoll und dennoch auch so durchdringend, dass es mir fast schon unangenehm ist. Hin und wieder spüre ich meinen Puls im Hals pochen. Ich fühle mich eindeutig sehr zu Stephan hingezogen.

Immer wieder bringt er mich mit lustigen Anekdoten aus seiner Kanzlei zum Lachen. Das Essen ist wirklich sehr köstlich. Der Koch hat seinen Stern definitiv zurecht. Ab und zu greift Stephan im Gespräch unvermittelt meine Hand, hält dann kurz inne und schaut mich einfach nur an.

„Wie geht es dir jetzt gerade?", fragt Stephan, nachdem er wieder meine Hand ergriffen hat. -Gute Frage- denke ich. Ich fühle mich wohl, ja fast schon glücklich, obwohl ich die zwei Gläser Weißwein schon merke und sich meine Wangen heiß anfühlen.

„Mir geht es gut. Danke der Nachfrage.", antworte ich und lächle ihm zu. Stephan grinst.

„Wollen wir los?", fragt er. Sein warmherziger Blick scheint sich durch meine Augen bis in meinen Unterleib zu bohren. Ich merke, wie mein Mund trocken wird. Schnell nehme ich noch einen letzten Schluck von meinem Weißwein und nicke dann kurz. Stephan setzt wieder sein Gewinnerlächeln auf und ich schwanke zwischen Verärgerung, dass er glaubt, sein Ziel fast erreicht zu haben und dem Verlangen ihm endlich ganz nahe zu sein. Stephan ruft den Kellner zu uns und bezahlt.

Auf dem Weg zu seinem Auto legt er seinen rechten Arm um meine Taille. Langsam streichelt er mit seinem Daumen über meine unterste Rippe und ein wohliger Schauer durchströmt meinen Körper. Ich sollte mich aus dieser Umarmung befreien. Aber ich kann nicht.

„Wie geht es eigentlich der Verletzung an deinem rechten Arm?", fragt er plötzlich.

Nachdem ich den Verband abgemacht hatte, bildete sich schnell eine leichte Kruste auf der Wunde. Also habe ich entschieden, nicht zum Arzt zu gehen und den Verband abzulassen. Meine Großmutter hatte immer gesagt, dass solche Verletzungen am besten an der frischen Luft ohne Verband oder Pflaster heilen.

„Sehr gut.", antworte ich kurzatmig, weil Stephan genau in diesem Moment seine Umarmung verstärkt und mich näher an sich drückt. Im Halbdunkeln des

Parkplatzes zieht er mich plötzlich vor sich. Mit sanftem Druck schiebt er mich mit dem Rücken gegen die Beifahrertür seines Wagens. Sein Blick dringt wieder tief in mich hinein und ich kann meine Augen nicht von seinen nehmen. Langsam sinkt sein Kopf zu mir herunter. Mein Verstand kehrt erst in letzter Sekunde zurück und ich drehe meinen Kopf zur Seite. Stephan schaut mich irritiert an. Ich lächle verlegen.

„Darf ich dich noch auf eine Tasse Kaffee bei mir zuhause einladen? Danach bringe ich dich dann auch in dein Hotel. Versprochen.", fragt er leise, fast flüsternd. Ich weiß, dass das keine gute Idee ist und will eigentlich ablehnen.

„Okay.", rutsch es aus meinem Mund. -*Wie bitte? Was rede ich denn da? Ich hätte NEIN sagen müssen!*- Ich erkenne ein leichtes Grinsen in Stephans Gesicht, während er die Beifahrertür öffnet. Wortlos steige ich ein und schnalle mich an. -*Wieder dieses Gewinnerlächeln*- denke ich, als Stephan auf dem Fahrersitz Platz nimmt und zu mir rüber schaut. Er ist wahrscheinlich der Meinung, dass ich mich geehrt fühlen müsste, dass er so jemanden wie mich als Trophäe in seiner Sammlung haben möchte. -*Pah! Von wegen. An mir wirst du dir die Zähne ausbeißen, Stephan Horner!*-, denke ich und schmunzle leicht.

Es dauert gar nicht lange und wir halten links neben Stephans wunderschönem Haus in Sassnitz. Ich steige sofort aus. Stephan kommt lachend auf mich zu.

„Na du hast es ja eilig. Hast du so einen großen Kaffeedurst?", fragt er grinsend. Ich nicke nur und grinse verlegen zurück. Er schließt die Haustür auf und schiebt mich behutsam in einen schmalen Flur. Gleich rechts ist ein kleines Gäste-WC. Ein paar Schritte weiter geht rechts eine Holztreppe hoch in die obere Etage. Schräg gegenüber der Treppe ist eine geräumige Küche.

Stephan geht weiter den Flur entlang, direkt in ein großes Wohn-/Esszimmer. Gleich links steht ein langer Esstisch, um den acht Stühle verteilt sind. Im unteren Teil des Raumes steht eine große, breite, hellgraue Couchgarnitur, die den Wohnbereich vom Essbereich abtrennt. Ganz unten rechts geht es in einen Wintergarten, in dem ein Tisch mit sechs Stühlen steht.

„Ich mache dann mal Kaffee.", sagt Stephan und verschwindet in der Küche. Langsam gehe ich zur Couch und setze mich hin. *-Was mache ich eigentlich hier? Ich weiß doch ganz genau, dass ich ihm nicht mehr lange widerstehen kann. Ich hätte mich ins Hotel bringen lassen müssen. Stattdessen sitze ich nun bei ihm zuhause auf dem Sofa und setze mich der Gefahr aus, schwach zu werden.-*, denke ich und kaue nervös auf meiner Unterlippe herum. Ich höre das Mahlwerk des Kaffeevollautomaten. Kurz darauf kommt Stephan mit zwei kleinen Tassen Kaffee zurück und setzt sich rechts neben mir auf die Couch.

„Bitte. Ich hoffe, er schmeckt dir.", sagt er und reicht mir eine der Tassen. Ich bedanke mich und nehme vorsichtig einen Schluck. Stephan schaut mich erwartungsvoll mit einem leichten Lächeln im Gesicht an.

„Sehr lecker.", sage ich schließlich.

„Nora. Ich muss dich jetzt mal etwas fragen." Sein Blick wird ernst.

„Hältst du mich wirklich für so einen Idioten, dass du nicht mal versuchen möchtest, mich näher kennenzulernen?" Auf diese Frage bin ich nicht vorbereitet. Was soll ich darauf antworten? Eigentlich möchte ich ihn nicht verletzen. Ich halte ihn zwar nicht für einen Idioten, aber für einen Casanova, der niemals eine dauerhafte Beziehung führen kann und der seine Eroberungen sammelt, wie Trophäen.

„Nora? Bekomme ich denn nicht mal eine Antwort auf diese Frage?" -Oh man. *Jetzt macht er auch noch Druck-*

„Ja. Ich meine, nein. Nicht direkt.", stammle ich. Stephan schaut mich verwirrt an.

„Wie meinst du das? Hältst du mich nun für einen Idioten, oder nicht?"

„Nein. Ich halte dich nicht für einen Idioten.", antworte ich streng. Stephans Blick wird wieder weicher. Er dreht seinen Oberkörper weiter zu mir.

„Nora. Schau mich bitte an.", sagt er mit sanfter Stimme. Ich gehorche und schaue ihm direkt in seine wunderschönen braunen Augen.

113

„Seit unserer ersten Begegnung bin ich fasziniert von deinen graublauen Augen mit diesem dünnen, zartgelben Kranz um die Pupillen. Sie strahlen so viel Liebe, Zuversicht, Ehrlichkeit und Verträumtheit aus. Ich weiß, dass es kitschig klingt, aber ich meine das ernst. Ich habe das Gefühl, dass du eigentlich auch gar nicht so abgeneigt bist, mir näherzukommen. Aber dann machst du immer wieder einen Rückzieher. Warum?" *-Wow. Was für ein Geständnis. Das hätte ich von ihm nicht erwartet.-* Tatsächlich ist es ziemlich kitschig und normalerweise verdrehe ich in solchen Momenten genervt die Augen. Aber bei ihm ist es anders. Ich bin sogar etwas gerührt. War das sein Ziel, weil seine anderen Eroberungstaktiken nicht funktioniert haben? Plötzlich merke ich, wie versperrt ich bin. Gefangen in den Erinnerungen vergangener Beziehungen, die alle darin endeten, dass ich belogen und betrogen wurde. Aber was ist, wenn Stephan es wirklich ernst mit mir meint? Ich sollte jetzt einfach ehrlich zu ihm sein. Wenn er wirklich ernste Absichten hat, dann wird er mich verstehen. Wenn er es nicht ernst meint, wird er seine Aktion abbrechen und mich ins Hotel zurückfahren. Vielleicht sollte ich mir im zweiten Fall dann doch lieber ein Taxi rufen.

„Okay, Stephan. Ja. Ich bin hin- und hergerissen. Einerseits würde ich es gerne zulassen, aber andererseits kann ich mir einfach nicht vorstellen, dass du der Typ für eine feste Beziehung bist. Eine Affäre oder gar nur ein One-Night-Stand, möchte ich aber nicht. Und außerdem bin ich beruflich momentan sowieso ziemlich eingespannt und habe keine Zeit für sowas."

„Oh man, Nora. Ich habe es mir doch gedacht, dass du ein völlig falsches Bild von mir hast." Ich spüre, wie meine Schutzmauer langsam immer mehr von ihren robusten Steinen verliert und droht einzustürzen. Vorsichtig nimmt er meine Hand und streichelt sanft mit seinem Daumen über meinen Handrücken. Seine dunklen, braunen Augen schauen mich so liebevoll an, dass mein Puls immer schneller schlägt. -*Das geht nicht. Ich muss mich zusammenreißen!*- fordere ich mich im Gedanken auf. Ich ziehe meine Hand aus seiner und stelle meine Tasse auf dem Couchtisch ab.

„Es ist besser, wenn ich jetzt gehe.", sage ich leise, kaum hörbar. Stephan senkt den Blick, stellt auch seine Kaffeetasse auf dem Couchtisch ab und steht langsam auf.

„Okay. Ich fahre dich zurück ins Hotel." Stephans Stimme klingt nicht sauer oder enttäuscht. Eher neutral. Ohne jede Emotion. Ich nicke und stehe auch auf.

Schweigend sitzen wir nebeneinander in seinem Auto. Niemand sagt ein Wort, bis wir an meinem Hotel angekommen sind. Ich öffne die Beifahrertür und steige aus. Langsam drehe ich mich zu ihm um. Stephan sitzt hinter dem Steuer und schaut zu mir rüber.

„Gute Nacht, Stephan und vielen Dank für den schönen Abend."

„Sehr gerne, Nora. Schlaf gut." Diese samtweichen Worte aus seinem Mund lösen einen wohligen, warmen Schauer in mir aus. Schnell habe ich aber die Kontrolle zurück. Ich lächle ihm kurz zu und schließe die Beifahrertür. Stephan hebt noch einmal seine rechte Hand zum Gruß und fährt dann los. Es ist wirklich schwer, ihn zurückzuweisen, aber es ist besser so.

Ich muss mich in meinem neuen Job noch beweisen und viel dafür arbeiten. Da kann ich keine Ablenkungen gebrauchen.

Am nächsten Morgen werde ich vom Klingeln meines Handys geweckt. Hastig nehme ich es vom Schreibtisch. Es ist Emil. Ich atme tief durch und gehe dann ran.

„Hallo Emil. Wie geht es dir?"

„Gut. Kannst du nächsten Montag zu mir in die WG kommen? Dann kommt ein Mann vom Jugendamt und der möchte gerne mit dir sprechen.", fragt Emil.

„Ja. Natürlich. Ich komme gerne.", antworte ich.

„Danke, Nora. Dann bis Montag.", sagt Emil noch fröhlich und legt dann auf. Ich habe zwar keine Ahnung, was dieser Mann vom Jugendamt von mir wollen könnte, aber wenn es Emil hilft, dann unterhalte ich mich natürlich sehr gerne mit ihm. Für mich gibt es hier auf Rügen erstmal nichts mehr zu tun. Ich beschließe also, nach Hause zu fahren.

Den Rest der Woche stürze ich mich in meine Arbeit und bleibe jeden Tag lange im Büro. Selbst am Samstag fahre ich ins Büro, um noch ein paar Dinge vorzubereiten, da ich ja am Montag wieder nach Rügen muss, um mit diesem Mann vom Jugendamt zu sprechen. Um mich abzulenken, arbeite ich am Sonntag zuhause auch noch die Unterlagen von einem neuen Auftrag durch.

Schon ist Montag und ich bin bereits um sechs Uhr auf dem Weg nach Rügen. Um zehn Uhr soll ich bei Emil sein. Normalerweise braucht man nur etwa drei Stunden bis nach Rügen, aber es ist Montagmorgen. Da muss ich auch den Berufsverkehr auf der Autobahn berücksichtigen.

Ich komme aber recht gut durch und bin um halb zehn an dem hellblauen Mehrfamilienhaus.

-Dann besuche ich eben erstmal Emil und warte bei ihm auf den Mann vom Jugendamt.-, beschließe ich.

Ich steige also aus und gehe in die Erdgeschosswohnung, zu Frau Giebler.

„Guten Morgen! Sie sind doch Frau Petersen, richtig?", fragt sie fröhlich.

„Guten Morgen. Ja. Ich bin etwas zu früh dran.", antworte ich.

117

„Das macht doch nichts. Gehen Sie ruhig schon mal zu Emil. Ich schicke Herrn Landers hoch, sobald er hier ist."

„Vielen Dank.", sage ich freundlich und gehe hoch. Die Wohnungstür steht weit offen. Es ist aber niemand zu sehen. Ich klopfe an Emils Zimmertür. Emil öffnet die Tür und fällt mir wieder freudestrahlend um den Hals. Hinter Emil sehe ich Stephan auf dem Stuhl an Emils Schreibtisch sitzen. Sofort durchzieht ein sanftes Kribbeln meinen Körper. Emil bittet mich ins Zimmer und schließt die Tür wieder.

„Hallo Nora.", sagt Stephan nur kurz und bleibt sitzen. Ich nicke ihm mit einem unsicheren Lächeln zu.

Emil erzählt mir vom Besuch seiner Eltern am Samstag. Das Gespräch war wohl nicht so erfolgreich. Sie wollen auf keinen Fall, dass Emil auf Rügen bleibt.

„Ich weiß ganz genau, dass sie mich auch nicht die Ausbildung machen lassen, wenn ich wieder bei ihnen wohne. Ich will nicht zurück zu Mama und Papa!", schimpft Emil.

„Ach, Emil. Ich verstehe dich ja." Ich wende mich Stephan zu.

„Gibt es denn eine Möglichkeit, dass Emil hierbleiben kann, auch ohne die Zustimmung seiner Eltern?", frage ich ihn.

„Klar. Und du könntest Emil dabei helfen.", sagt Stephan ruhig. Ich schaue ihn verwundert an.

„Ich? Aber wie?"

„Hör einfach auf, an die armen, leidenden Eltern zu denken und erzähle Herrn Landers gleich die Wahrheit. Ungefiltert.", antwortet Stephan streng.

„Willst du mir etwa unterstellen, dass ich ihn anlügen würde?", frage ich fassungslos.

„Na fein. Und wieder kommen meine Worte nicht wirklich korrekt bei dir an.", sagt Stephan leicht genervt. *-Was meint er denn damit schon wieder?-*

„Nein. Ich glaube nicht, dass du ihn anlügen würdest. Aber ich kann mir vorstellen, dass du das ein oder andere weglässt, um die beiden nicht schlecht zu machen. Es wäre aber jetzt sehr wichtig für Emil, dass das Jugendamt erfährt, unter welchem Druck Emil zuhause steht. Er muss da raus.", erklärt Stephan streng. Nachdenklich schaue ich Emil an, der mich erwartungsvoll anstarrt. Vielleicht hat Stephan ja recht und Emil sollte hier in dieser Wohngruppe bleiben. Wenn er es doch so sehr will, ist es vielleicht wirklich zu seinem Besten. Noch bevor ich antworten kann, klopft es an Emils Zimmertür. Emil steht auf und öffnet sie. Ein großgewachsener Mann mit dunklen, kurzen Haaren und dunklen Augen steht vor der Tür und lächelt Emil freundlich an. Zu seiner hellblauen Jeans trägt er ein schwarzes Hemd und schwarze Sneakers. In seiner rechten Hand hat er eine schwarze Aktentasche.

„Hallo. Ich bin Sven Landers und du bist sicher Emil, richtig?" Emil nickt nur. Herr Landers schaut an

Emil vorbei zu mir und Stephan. Stephan geht auf Herrn Landers zu und streckt ihm seine rechte Hand entgegen.

„Hallo Herr Landers. Ich bin Stephan Horner."

„Ahh. Der Anwalt, richtig?", fragt Herr Landers und ergreift Stephans Hand. Ich bemerke, dass Stephan mindestens einen Kopf größer ist als Herr Landers.

„Ja genau. Und das ist Nora Petersen, eine Freundin der Familie Burkhardt.", Stephan deutet mit seinem Arm zu mir rüber. Herr Landers kommt lächelnd zu mir und reicht mir seine rechte Hand.

„Wie schön. Dann haben wir also jetzt einen Termin. Es freut mich wirklich sehr, Sie kennenzulernen.", sagt er und schaut mir in die Augen, was ich als sehr unangenehm empfinde. Ich ringe mir aber ein Lächeln ab und ergreife seine Hand.

„Ganz meinerseits.", antworte ich höflich.

„Nun. Dann folgen Sie mir doch bitte. Die liebe Frau Giebler stellt uns beiden nebenan einen ruhigen Raum zur Verfügung." -*Wie bitte?! Ich soll mit ihm alleine reden?!*- Hilfesuchend schaue ich Stephan an, der Herrn Landers argwöhnisch mustert. Als er zu mir rüberschaut und meinen ängstlichen Blick bemerkt, reagiert er sofort.

„Kann ich als Emils Anwalt, bei dem Gespräch dabei sein?", fragt er schließlich.

„Nein. Tut mir leid.", antwortet Herr Landers nur kurz und bittet mich mit einem breiten Lächeln und einer schwungvollen Armbewegung aus dem Zimmer. Ich gehe an ihm vorbei und weiter ins Treppenhaus. Frau Giebler steht im Flur der Wohnung gegenüber. Sie führt uns in den letzten Raum auf der linken Seite, in dem ein paar Aktenschränke an den Wänden stehen. Mitten im Raum steht ein runder Tisch mit sechs Stühlen darum. Auf dem Tisch stehen mittig zwei Gläser und eine Flasche Sprudelwasser.

„Möchten Sie vielleicht einen Kaffee?", fragt Frau Giebler mit einem strahlenden Lächeln im Gesicht. Wir schütteln beide nur mit dem Kopf. Frau Giebler nickt kurz freundlich und schließt dann die Tür.

„So. Das ist ja eine ganz schöne Aufregung wegen Emil, was?!", sagt Herr Landers und schmunzelt. Ich nicke kurz. Dann fragt er mich, woher ich die Familie kenne und was wir in den vergangenen fünfzehn Jahren alles gemeinsam gemacht haben. Ich berichte brav. Dann fragt er, was ich generell von Menschen mit Trisomie 21 halte. Ich bin verwirrt. -*Was meint er denn damit?*- Er scheint meine Verwirrung zu bemerken und lächelt mich an.

„Ich meine, wie sehen Sie die Chancen eines Menschen mit Trisomie 21 in unserer Gesellschaft?"

„Ich denke, die sind ausbaufähig. Aber es wird ihnen auch schon eine Menge ermöglicht. Nur diese Angebote sind nicht immer so leicht zu finden. Mehr Aufklärung wäre nicht schlecht und die ganzen Hilfsangebote sollten sichtbarer gemacht werden." Herr Landers zieht anerkennend eine Augenbraue hoch und schmunzelt. Wieder sieht er mir mit diesem eindringlichen Blick in die Augen und lächelt verwegen. Ich gebe ja zu, dass er ein gutaussehender Mann ist, aber er ist sich dessen auch sehr bewusst und scheint genau diese Sorte Mann zu sein, für die ich auch Stephan zunächst gehalten habe und vielleicht irgendwie immer noch halte. Ich weiche seinem Blick aus, indem ich mir ein Glas nehme und etwas Wasser einschenke. Herr Landers räuspert sich kurz. Dann stellt er mir noch jede Menge Fragen zu Lauras und Matthias' Umgang mit Emil, die ich alle wahrheitsgemäß beantworte, auch wenn ich weiß, dass ich den beiden damit wahrscheinlich gerade keinen Gefallen tue.

„Nun noch eine letzte Frage, Frau Petersen. Was meinen Sie? Sollte Emil zurück zu seinen Eltern, oder halten Sie es für besser, wenn er in der Wohngruppe bleibt?" -Oh, man. Warum muss er mich das jetzt so direkt fragen- Eigentlich weiß ich aber genau, was ich für das Beste halte.

„Da Emil es sich so sehr wünscht, denke ich, dass er erstmal in der Wohngruppe bleiben sollte.", antworte ich schließlich. Diesmal zieht Herr Landers beide Augenbrauen hoch.

„Dann sind wir aber auch leider schon am Ende." -Wieso leider? Gott sei Dank, würde ich sagen-, denke ich und stehe auf.

„Dann hoffe ich, dass Ihnen meine Antworten weiterhelfen konnten.", erwidere ich und öffne die

Zimmertür. Herr Landers sieht mich nur kurz lächelnd an. Nachdem er seinen Notizblock in seiner Aktentasche verstaut hat, folgt er mir in den schmalen Wohnungsflur. Stephan und Emil stehen im Treppenhaus und schauen zu uns rüber. Stephans Blick wirkt sehr streng.

„Auf Wiedersehen, Herr Landers.", sage ich höflich und strecke ihm meine Hand entgegen.

„Es war mir eine große Freude, mich mit Ihnen zu unterhalten. Vielleicht sehen wir uns ja mal wieder?", sagt er mit einem fragenden Unterton, nimmt meine rechte Hand und küsst vorsichtig meine Fingerknöchel. Überrumpelt stehe ich vor ihm und kann mich nicht rühren.

„Machen Sie es gut, Nora Petersen." Mit großen Schritten geht er zu Stephan und Emil. Sie verabschieden sich voneinander und Herr Landers eilt die Treppe hinunter. Emil kommt auf mich zugelaufen.

„Nora! Darf ich jetzt hier bleiben?", fragt er aufgeregt.

„Das weiß ich nicht, Emil. Aber ich drücke dir weiterhin die Daumen.", antworte ich.

„Danke, Nora. Ich muss jetzt zum Mittagessen. Die anderen warten schon auf mich.", sagt Emil, nimmt mich noch einmal in den Arm und läuft dann auch die Treppe hinunter.

Nun stehen nur noch Stephan und ich im Treppenhaus. Stephan schaut unsicher zu mir runter.

„Würde es dir etwas ausmachen, wenn wir uns noch kurz unterhalten?", fragt er schließlich. Verwundert schaue ich zu ihm hoch. *-Er will noch einmal mit mir reden?-* Ich bin verunsichert.

„Wenn du nicht möchtest, ist das okay. Ich würde nur gerne wissen, wie das Gespräch mit Herrn Landers gelaufen ist, damit ich mich auf die nächsten Schritte vorbereiten kann.", erklärt Stephan schließlich. Er will also Gott sei Dank nicht über uns reden, sondern nur über das Gespräch mit Herrn Landers. Ich bin erleichtert und nicke zustimmend.

„Okay. Dann gehen wir einfach hier oben wieder in den Raum, in dem du mit Herrn Landers warst. Ich sage kurz Frau Giebler Bescheid, damit sie uns nicht versehentlich in der Wohnung einschließt.", sagt Stephan kurz und eilt die Treppe hinunter. Ich gehe zurück in den Raum mit dem runden Tisch und setze mich wieder an den gleichen Platz. Kurz darauf kommt Stephan rein, nimmt sich einen der Stühle und setzt sich in einem Abstand von etwa einem Meter neben mich.

„Okay, Nora. Was hat dich Herr Landers denn alles gefragt? Wie ist deine Einschätzung. Wird er es befürworten, dass Emil hier bleiben kann?"

Ich erzähle ihm von dem Gespräch mit Herrn Landers und meinen Antworten auf seine Fragen, während er sich dabei Notizen macht.

„Gut. Danke, Nora. Dann komm jetzt erstmal gut nach Hause.", sagt Stephan plötzlich, erhebt sich und geht in den Flur. Ich stehe auf und folge ihm.

Wir gehen noch gemeinsam schweigend die Treppe hinunter und verabschieden uns von Frau Giebler. Während ich meine Autotür öffne, hebt Stephan nur kurz seinen Arm.

„Gute Fahrt, Nora.", sagt er, ohne sich zu mir umzudrehen und geht rechts etwas weiter die Straße hoch, wo sein Auto steht. Das ich zurückwinke, sicht er gar nicht.

Als ich zuhause ankomme, stürze ich mich sofort wieder auf die Unterlagen des neuen Auftrags.

Der Rest der Woche ist wieder sehr stressig, wofür ich dankbar bin. Heute ist Freitag und ich mache um zwölf Uhr Feierabend. Ich will gerade mein Büro verlassen, als Emil mich anruft.

„Hallo Emil!"

„Hallo Nora. Kannst du bitte zu mir kommen?", fragt er mit einer ängstlichen Stimme.

„Was ist passiert, Emil?"

„Eine Frau vom Jugendamt ist hier und will mich mitnehmen. Ich kenne sie aber nicht und ich will nicht mit ihr mit.", antwortet er.

„Hast du Stephan schon angerufen?", frage ich schnell.

„Ja. Der geht aber nicht ans Telefon."

„Okay. Jetzt beruhige dich erstmal, Emil. Ist denn Frau Giebler da?"

„Ja. Die ist unten.", antwortet er.

„Gut. Dann geh jetzt bitte runter und gib sie mir ans Telefon.", bitte ich Emil.

„Okay.", antwortet er nur kurz. Es dauert einen Moment und ich höre, wie eine weibliche Stimme auf Emil einzureden scheint. Emil sagt nur immer wieder „NEIN!"

„Giebler." Ich erschrecke mich kurz. Die sonst so fröhliche Frau Giebler klingt gereizt.

„Hallo Frau Giebler. Nora Petersen hier."

„Ach, Frau Petersen. Gut, dass Sie anrufen. Hier ist der Teufel los!"

„Offensichtlich. Emil hat mich angerufen. Jemand möchte ihn mitnehmen? Was ist denn los?", frage ich besorgt.

„Ja. Hier ist eine Dame vom Koblenzer Jugendamt. Sie hat wohl den Auftrag, Emil abzuholen. Wir können Herrn Horner aber leider nicht erreichen.", erzählt Frau Giebler aufgeregt.

Okay. Können Sie mir die Dame bitte einmal geben?", frage ich.

„Aber natürlich.", antwortet sie schnell. Dann ist es still in der Leitung.

„Ja. Hallo. Vera Salberg hier."

„Guten Tag, Frau Salberg. Nora Petersen ist mein Name. Ich bin eine Freundin der Familie Burkhardt. Vielen Dank, dass Sie mit mir sprechen. Das ist gerade sicher auch keine angenehme Situation für Sie."

„Das können Sie laut sagen. Ich möchte dem armen Jungen doch nichts Böses! Ich dachte, dass er Bescheid weiß und freiwillig zurück zu seinen Eltern geht.", klagt sie. Ich spüre, dass sie Mitleid mit Emil hat. Das ist gut für mich.

„Natürlich wollen Sie Emil nichts Böses. Da bin ich mir sicher. Aber wenn Emil jetzt weiter unter Druck gesetzt wird, eskaliert die Situation komplett. Darf ich Ihnen einen Vorschlag machen?", frage ich höflich. Frau Salberg seufzt.

„Ja. Gerne.", antwortet sie verzweifelt.

„Okay. Vielen Dank. Ich bin noch im Büro, würde mich aber sofort auf den Weg nach Rügen machen. In Bergen gibt es ein sehr nettes Restaurant. Können wir uns dort in ungefähr zweieinhalb Stunden treffen? Dann besprechen wir kurz eine friedliche Lösung.", schlage ich ihr also vor.

„In zweieinhalb Stunden erst?!", ruft sie.

„Ich beeile mich natürlich.", antworte ich.

„Nagut. Wo genau in Bergen ist das Restaurant denn?", fragt sie nun leicht genervt.

„Gleich am Markt. Sie können es nicht übersehen. Es ist in einem knallroten Fachwerkhaus."

„Gut. Dann bis gleich.", antwortet sie und gibt das Telefon zurück an Frau Giebler.

„Frau Petersen? Sind Sie noch dran?"

„Ja, Frau Giebler. Frau Salberg wird jetzt erstmal gehen. Ich fahre jetzt sofort los und treffe mich mit ihr in Bergen. Versuchen Sie bitte weiter, Herrn Horner zu erreichen. Bevor er etwas unternimmt, soll er sich aber unbedingt erst bei mir melden. Richten Sie ihm das bitte aus. Das ist ganz wichtig."

„In Ordnung, Frau Petersen und vielen Dank erstmal."

„Gerne. Geben sie mir dann bitte Emil nochmal?"

„Selbstverständlich. Der arme Junge sitzt wie ein Häufchen Elend vor mir.", sagt sie noch und reicht das Telefon weiter.

„Ich kann doch hier bleiben, oder Nora?", fragt Emil.

„Emil. Das kann ich dir noch nicht versprechen. Aber ich mache mich jetzt auf den Weg nach Rügen und treffe mich mit der Dame, die gerade bei euch war. Danach komme ich zu dir. Vielleicht erreicht Frau Giebler Stephan auch noch und dann finden wir schon eine Lösung, okay?", erkläre ich ihm. Dann verabschieden wir uns und legen auf.

Ich steige in meinen Wagen und mache mich sofort auf den Weg nach Rügen. Während der Fahrt überlege ich hin und her, was ich der Dame vom Jugendamt überhaupt sagen soll. Ich hoffe, Frau Giebler erreicht Stephan noch vorher und er kann zum Restaurant kommen.

Es sind nur noch knappe dreißig Minuten, bis ich in Bergen bin. Stephan hat sich leider noch immer nicht gemeldet. In dem Moment klingelt mein Handy. Gott sei Dank. Es ist Stephan. Ich drücke den grünen Knopf auf dem Display der Freisprechanlage im Auto.

„Hallo Stephan. Danke, dass du dich meldest."

„Gerne. Frau Giebler hat mir schon erzählt, was los ist. Was hast du denn der Frau vom Jugendamt gesagt?", fragt er. Ich erzähle ihm, was ich mit Frau Salberg besprochen habe und dass wir uns gleich im Restaurant in Bergen treffen.

„Ich habe gehofft, dass Frau Giebler dich noch rechtzeitig erreicht. Ich habe nämlich keine Ahnung, was man jetzt tun kann.", erzähle ich.

„Ja. Sorry, dass ich nicht erreichbar war. Ich war im Fitnessstudio, mich abreagieren. Da habe ich mein Handy immer im Spint. Aber ich weiß, was da gerade läuft. Wann triffst du dich mit dieser Frau vom Jugendamt?", fragt er fast schon gelangweilt.

„Sie wird schon am Steakhouse in Bergen am Markt sein. Ich bin in etwa zwanzig Minuten auch dort.", antworte ich.

„Gut. Ich fahre dann erstmal noch kurz in die Kanzlei und komme anschließend zu euch rüber."

„Okay. Dann bis gleich, Stephan."

„Bis gleich, Nora ", sagt er mit einer warmen, weichen Stimme, die einem sofort das Gefühl gibt, dass alles gut wird. Einen Moment lang freue ich mich einfach nur, dass ich ihn gleich wiedersehe.

Ich parke meinen Wagen und gehe rüber

zum Restaurant. Eine junge Frau mit langen, braunen Haaren, die sie zu einem strengen, hohen Zopf zusammengebunden hat, sitzt am Ende der Terrasse an einem Tisch, links an der etwa ein Meter hohen Bruchsteinmauer und blättert nervös in einer braunen, dünnen Mappe. *-Das muss sie sein.-* Langsam gehe ich zu ihr.

„Frau Salberg?"

„Ja. Sie sind Frau Petersen?", fragt sie und
steht hektisch auf. Ich nicke und reiche ihr meine Hand, die sie mit ihrer leicht schwitzigen Hand ergreift. Dann setze ich mich ihr gegenüber.

„Danke für Ihre Geduld, Frau Salberg."

„Nun. Wir arbeiten immer zum Wohle des
Kindes. Da wartet man eben auch mal gerne ein paar Stunden.", antwortet sie kurz. Ich bin unsicher, ob sie das jetzt wirklich ernst meint oder doch eher ironisch. Ich lächle leicht irritiert. Nervös rutscht sie auf ihrem Stuhl hin und her und rückt den Kragen ihrer olivgrünen Bluse zurecht.

„Können wir nun schnell über eine Lösung
für das Dilemma hier sprechen? Ich möchte zügig wieder zurück nach Koblenz.", sagt sie schließlich hektisch.

-Mist. Wo bleibt denn Stephan?-

„Okay. Nun, Frau Salberg. Es ist ja ganz
deutlich, dass Emil aktuell nicht zu seinen Eltern zurück möchte."

„Ja. Das ist es. Das wurde mir von seinen

Eltern und deren Anwalt aber nicht mitgeteilt. Ja. Er ist weggelaufen nach einem Streit mit seinen Eltern. Gut. Sowas passiert. Er ist ein Teenager mitten in der Pubertät. Also war für mich eigentlich klar, dass ich ihn nach Hause bringe, mit ihm und seinen Eltern ein schlichtendes Gespräch führe und gut ist.", erzählt sie frustriert.

„Nun. So einfach wird es wohl nicht werden.", antworte ich.

„Hallo zusammen.", höre ich plötzlich Stephans Stimme. -Gott sei Dank-, denke ich erleichtert.

„Vera?!", fragt Stephan und schaut Frau Salberg überrascht an. Sie dagegen starrt regelrecht schockiert zu ihm hoch.

„Stephan?", entgegnet sie immer noch geschockt.

„Ihr kennt euch?", frage ich irritiert.

„Ja. Vera und ich sind zusammen zur Schule gegangen. Sie war zwei Klassen unter mir. Ihre ältere Schwester ging in meine Klasse und war meine erste große Liebe, als ich siebzehn Jahre alt war. Wie schön, dich zu sehen. Wie geht es dir? Wie geht es Kathja?", bombardiert Stephan die arme Frau Salberg mit Fragen, die offensichtlich gerade etwas überfordert ist mit dieser Situation.

„Es geht ihr gut. Sie lebt in Wien mit ihrem Mann und den drei Kindern.", antwortet sie immer noch irgendwie verunsichert.

„Und bist du auch verheiratet und hast
Kinder?",fragt er weiter. Verlegen schüttelt sie den
Kopf. Die Ärmste fängt an, mir leid zu tun.

„Nun nimm dir doch erstmal einen Stuhl und
lass uns über Emil reden.", sage ich, um sie vorerst
vor weiteren privaten Fragen zu bewahren. Zu meiner
Verwunderung wirkt sie aber überhaupt nicht
erleichtert, sondern schaut nun mich schockiert an,
während Stephan sich einen freien Stuhl vom
Nachbartisch holt und sich zu uns setzt.

„Wieso sollen wir mit dir über Emil
sprechen?", fragt sie irritiert.

„Er ist Emils Anwalt.", erkläre ich. Frau
Salberg sieht Stephan überrascht an. Stephan nickt
kurz und schiebt ihr ein Schreiben über den Tisch zu.
Sie faltet es auseinander und liest. Dann faltet sie es
wieder zusammen.

„Darf ich den behalten?", fragt sie Stephan
und wedelt kurz mit dem Schriftstück.

„Natürlich. Es ist eine Kopie. Eine weitere
Kopie befindet sich schon auf dem Postweg zum
Anwalt von Emils Eltern.", antwortet Stephan und
setzt sein charmantes Gewinnerlächeln auf. Es scheint
also ein positiver Brief zu sein.

„Nun. Dann werde ich jetzt ohne Emil
zurück nach Koblenz fahren.", sagt Frau Salberg und
steht auf. Stephan erhebt sich und nimmt sie kurz in
den Arm.

„Es war schön, dich mal wieder zu sehen.

Machs gut und grüß Kathja von mir.", bittet er sie. Frau Salberg nickt nur kurz und verlässt eilig die Terrasse.

Lächelnd setzt sich Stephan auf den Stuhl, auf dem Frau Salberg eben noch saß.

„Verrückt. Was für ein Zufall. Die kleine Vera. Meine Güte, ist das lange her.", sagt er und lächelt gedankenverloren vor sich hin.

„Was war das für ein Brief, Stephan?"

„Das ist die offizielle Bestellung zum Verfahrensbeistand von Emil. Wusstest du nicht, dass seine Eltern komplett stur schalten?" Ich schüttle den Kopf.

„Nein. Laura hat sich seit letztem Montag nicht mehr bei mir gemeldet.", antworte ich.

„Aus gutem Grund, Nora. Emil hat eine riesige Angst, dass er zu ihnen zurück muss."

„Mein Gott. So wie du das sagst, klingt es ja fast so, als ob er zuhause regelmäßig verprügelt wird.", entgegne ich entsetzt.

„Nora. Du weißt besser als ich, wie seine Eltern sind. Dieses überbehütende Verhalten hat im Lauf der Jahre eine enorme Frustration in ihm aufgebaut. Nichts kann er, nichts darf er. Seine Eltern würden ihn am liebsten offiziell entmündigen. Findest du das etwa in Ordnung?", fragt er mich streng.

„Soweit würden die beiden nicht gehen.", antworte ich, bin mir aber gerade selber etwas unsicher.

„Nora. Sie haben den Verein, zu dem das
betreute Mehrfamilienhaus gehört, durch ihren Anwalt
aufgefordert, ihnen ihren Sohn zu übergeben. Sollten
sie dies nicht freiwillig tun, würde man mit Hilfe der
Polizei die Herausgabe erzwingen. Als ob es hier um
irgendein Bild oder Möbelstück gehen würde. Mal
abgesehen davon, dass die Polizei nichts hätte
ausrichten können, was der Anwalt von Emils Eltern
auch weiß, finde ich allein die Androhung schon
verwerflich.", schimpft Stephan. Ich bin fassungslos
und kann es kaum glauben.

„Das wusste ich alles nicht.", antworte ich
schockiert.

„Entschuldige, Nora. Ich wollte dich nicht
so anmaulen. Fakt ist, dass Emil wie ein unmündiges
Kleinkind behandelt wird und alle seine Interessen
und Wünsche von seinen Eltern komplett ignoriert
werden.", erklärt er. -*Genau das Gleiche habe ich
auch schon mal gesagt.*-, denke ich. Plötzlich wird mir
etwas schwindelig und ich schiebe mir ein paar
Haarsträhnen von der Stirn.

„Alles okay, Nora?", fragt er mich besorgt.

„Ja. Mir ist nur etwas schwindelig. Ich habe
heute noch nichts gegessen.", antworte ich und reibe
mir über die Stirn.

„Warum das denn?", fragt er verärgert und
winkt den Kellner zu uns.

„Heute Morgen habe ich verschlafen und musste

134

mich beeilen, um pünktlich im Büro zu sein und als ich heute Mittag gerade Feierabend machen wollte, rief Emil mich an und hat mich gebeten, zu ihm zu kommen. Ich bin dann auch direkt vom Büro aus hierher gefahren. Den Rest kennst du ja." Stephan schüttelt den Kopf.

„Dann lass uns erstmal etwas essen.",
beschließt er.

„Das geht nicht. Ich habe Emil versprochen,
dass ich nach dem Gespräch mit Frau Salberg zu ihm komme." Leicht genervt zieht Stephan sein Handy aus der Hosentasche.

„Hey Emil. Stephan hier…. Ja. Es ist alles
gut. Frau Salberg ist schon auf dem Rückweg nach Koblenz. Mach dir keine Sorgen. Ja. Nora ist bei mir. Okay. Das richte ich ihr aus. Wir sehen uns dann ja eh morgen… Bis morgen, Emil." Stephan legt auf und lächelt mich an.

„Ich soll dich grüßen und dir ausrichten,
dass er jetzt mit den Jungs Fußballspielen geht und du besser heute nicht mehr vorbeikommen sollst." Ich muss schmunzeln.

„Na dann kann ich ja jetzt in Ruhe etwas
essen. Ich bestelle mir wieder die Bandnudeln Rustikal mit Zwiebeln und Oliven in Tomatensoße. Diesmal lasse ich aber die Vorspeise weg.

„Ich nehme das Gleiche wie die Dame. Könnten
Sie uns dann noch eine Flasche Sprudelwasser bringen? Aber bitte Medium."

„Sehr gerne.", erwidert der Kellner und verschwindet.

„Ich finde es wirklich toll, dass du dich so spontan auf den Weg gemacht hast, um Emil zu helfen. Frau Giebler meinte, dass wir es nur dir verdanken können, dass die Situation im Haus heute nicht komplett eskaliert ist.", erzählt Stephan.

„Da hat die gute Frau Giebler wohl ein wenig übertrieben.", antworte ich.

„Das glaube ich nicht, Nora. Hätte Vera weiter versucht, Emil mitzunehmen, wäre Emil vielleicht komplett ausgerastet und womöglich wieder abgehauen." Nachdenklich schaue ich Stephan an.

„Ja. Vielleicht.", erwidere ich leise. Wir schauen uns in die Augen und wieder überkommt mich dieser wohlige Schauer. Ich habe das Gefühl, dass mir seine Augen etwas sagen wollen, was er selbst sich nicht traut, auszusprechen. -Trau dich, Stephan.-, versuche ich ihm mit meinen Augen zu sagen.

Der Kellner unterbricht die Unterhaltung unserer Augen, indem er freundlich die Teller mit unserer Pasta vor uns abstellt.

„Guten Appetit", sagt er und geht wieder. Wir müssen beide schmunzeln.

Stephan erzählt mir, was in den letzten Tagen alles passiert war, in Bezug auf Emil und seine Eltern. Ab und zu habe ich das Gefühl, dass Stephan von völlig anderen Eltern spricht und nicht von Laura und Matthias. Es ist erschreckend, wie Laura versucht,

Emil wieder unter ihre Kontrolle zu bekommen. Das hätte ich niemals von ihr gedacht. Sie liebt ihren Sohn doch eigentlich. Vielleicht sollte ich mal mit Laura reden. Matthias hat sich eigentlich immer nur Lauras Meinung angeschlossen.

Wir sind mit dem Essen fertig und das Ende dieses schönen Abends mit Stephan steht kurz bevor. Ich will aber nicht, dass dieser Abend für uns schon vorbei ist.

„Fährst du heute noch zurück nach Hamburg, oder hast du dir hier wieder ein Hotelzimmer genommen?", fragt Stephan schließlich.

„Ich hatte eigentlich vor, mir wieder ein Hotelzimmer zu nehmen, aber ich bin noch nicht dazu gekommen. Also werde ich wohl doch heute noch zurückfahren.", antworte ich kurz und nehme noch einen Schluck Wasser. Stephan nickt nur kurz. Aber was soll er auch dazu sagen? Dann winkt er den Kellner zu uns.

-Okay. Er will Zahlen. Dann ist unser Abend also jetzt zu Ende.- Ich krame mein Portemonnaie aus meiner Handtasche und lege es neben meinen Teller auf den Tisch.

„Darf ich dich einladen, Nora?", fragt Stephan leise.

„Aber warum? Das ist nicht nötig.", antworte ich.

„Ich weiß, dass es nicht nötig ist. Sieh es als Geste des Friedens.", entgegnet er. Er schaut mich mit seinen warmen, braunen Augen an und lächelt. Ich muss schmunzeln.

137

„Frieden klingt gut. Dann vielen Dank, Stephan.", antworte ich verlegen.

„Sehr gerne, Nora." Der Kellner kommt lächelnd zu uns und Stephan bezahlt die Rechnung.

„Wissen Sie vielleicht, ob Sie hier noch ein Zimmer frei haben?", fragt Stephan den Kellner schließlich, als er gerade wieder gehen wollte. -*Was fällt ihm ein?!. Ich kann doch wohl selbst entscheiden, ob ich heute noch nach Hause fahre oder hier bleiben will!*- Mit leicht zusammengekniffenen Augen schaue ich ihn an. Aber Stephan sieht erwartungsvoll zum Kellner.

„Ich frage kurz nach.", antwortet er und eilt davon. Jetzt wendet sich Stephan wieder mir zu. Als er meinen Blick sieht, schaut er mich verwirrt an. Er legt seinen Kopf etwas schief und schmunzelt.

„Oder wolltest du heute wirklich noch nach Hause fahren, Nora?" Ich bin etwas wütend.

„Nein. Aber so etwas entscheide ich gerne selber.", antworte ich leicht schnippisch. Stephan versucht ein breites Grinsen zu unterdrücken, was mich normalerweise noch wütender macht. Diesmal aber nicht. Stattdessen muss ich auch schmunzeln.

Mit einem breiten Grinsen kommt der Kellner zurück an unseren Tisch.

„Es ist noch ein Zimmer frei.", sagt der Kellner und lächelt Stephan und mich abwechselnd an.

„Dann nehme ich das Zimmer.", entgegne ich und stehe auf. Ich hole gerade Luft, um mich von Stephan zu verabschieden, als er plötzlich aufspringt und einen Schritt auf mich zugeht.

„Nora, warte. Wollen wir noch ein Glas Wein zusammen trinken?" Ich bin überrascht. Diese Frage habe ich nicht erwartet. Der Kellner steht etwa zwei Schritte neben uns und grinst.

„Äm. Ja. In Ordnung. Ich checke nur schnell ein.", antworte ich immer noch leicht irritiert. Stephan nickt erleichtert und setzt sich wieder hin. Ich folge dem Kellner an die Rezeption. Eine freundliche junge Dame mit kurzen, blonden Haaren und blauen Augen nimmt mich in Empfang, checkt mich ein und gibt mir den Zimmerschlüssel. Ich freue mich, als ich sehe, dass ich wieder das gleiche, gemütliche Zimmer habe wie beim letzten Mal. Ich gehe wieder zurück auf die Terrasse. Es stehen bereits eine Flasche Rotwein und zwei Gläser auf unserem Tisch. Langsam gehe ich auf Stephan zu. Er lächelt leicht und seine Augen scheinen zu funkeln. Als ich am Tisch angekommen bin, steht Stephan auf und rückt meinen Stuhl etwas nach hinten. Ich setze mich und schmunzle in mich hinein. Eine charmante Geste, die aber so gar nicht in dieses Ambiente passt. Stephan setzt sich wieder mir gegenüber. Lächelnd nimmt er die Flasche Rotwein und schenkt uns beiden etwas ein. Wir erheben die Gläser und stoßen kurz an.

„Auf einen gelungenen Tag.", sagt Stephan feierlich.

„Auf Emil.", entgegne ich und nehme einen Schluck Wein. Wir unterhalten uns noch eine ganze Weile über Emil, seine Eltern und die Insel. Es muss toll sein, hier am Meer zu leben. Da fällt mir ein, dass Stephan doch eigentlich weder Seen, Flüsse, noch das Meer mag.

„Was hast du eigentlich für ein Problem mit Wasser?", frage ich schließlich. Stephan verschluckt sich an seinem Wein. Dann räuspert er sich kurz und schaut mich überrascht an. Meine Augen ruhen weiter fragend auf seinem Gesicht. Sein Blick wird neutral, bevor er antwortet.

„Ich habe kein Problem mit Wasser. Ich dusche jeden Morgen und trinke täglich mindestens zweieinhalb Liter Mineralwasser." Ich sehe ein leichtes Lächeln um seine Mundwinkel aufblitzen. Ich muss schmunzeln.

„Das meine ich nicht, Stephan. Warum magst du Seen, Flüsse und das Meer nicht und lebst doch so nah am Strand?" Stephans Mundwinkel verlieren ihr Lächeln und in seinen Augen sehe ich etwas Trauriges aufsteigen. Dann setzt er ein übertriebenes Lächeln auf.

„Ach. So wild ist das gar nicht. Ich mag diese Gewässer. Ich mag nur nicht darin baden. Das ist alles.", antwortet er. Ich lege den Kopf etwas schief und schaue ihn skeptisch an. Stephan grinst vorsichtig und ich fühle, dass es besser ist, nicht weiter nachzuhaken.

„Okay. Ich sollte jetzt auch schlafen gehen. Ich habe morgen noch einen frühen Termin, bevor ich zu Gericht muss." Ich nicke vorsichtig, winke den Kellner zu uns und bezahle diesmal. Stephan begleitet mich noch zu meinem Wagen und ich hole meine kleine Reisetasche mit den nötigsten Wechselsachen und Toilettenartikeln aus dem Kofferraum. Seit ich immer wieder mal spontan nach Rügen oder zu einem Kunden muss, der seinen Sitz etwas weiter weg von Hamburg hat, habe ich stets diese Tasche im Auto.

„Danke für den schönen Abend, Nora.", sagt Stephan leise und geht einen Schritt auf mich zu. Nun stehen wir uns dicht gegenüber, sodass ich meinen Kopf weit in den Nacken legen muss, um ihm ins Gesicht sehen zu können. Ich rieche den angenehm holzigen Duft seines Aftershaves. Wieder spüre ich diesen wohligen Schauer auf meiner Haut, als sich unsere Augen treffen. Stephan nimmt meine rechte Hand, ohne seinen Blick von meinen Augen abzuwenden. In diesem Moment durchzieht ein Blitz meinen Körper und ich halte kurz die Luft an. -*Was war das denn?*-, frage ich mich verwirrt. Ich ziehe meine Hand weg und gehe einen Schritt zurück.

„Gute Nacht, Stephan.", sage ich leise. Stephans Blick wirkt irritiert, aber das muss mir jetzt egal sein. Ich kann mich auf keinen Fall auf ihn einlassen. Am Ende ist es doch eh alles nur ein Spiel für ihn und sobald er mich im Bett hatte, hat er kein Interesse mehr.

„Gute Nacht, Nora.", erwidert er mit einem leichten Lächeln, bevor er sich umdreht und geht.

-*Was für ein Tag-*, denke ich, als ich in meinem Hotelzimmer im Bett liege und mir die Bettdecke bis unter mein Kinn ziehe. Ich spüre, dass da etwas in mir hochkocht. Immer wieder überkommen mich die seltsamsten Gefühle, wenn Stephan mich leicht berührt oder auch nur ansieht. Ja. Ich fühle mich zu ihm hingezogen. Das kann ich nicht leugnen. Aber ich darf mich unter keinen Umständen auf diesen Womanizer einlassen.

Ich werde wieder vom Klingeln meines Handys geweckt. Es ist Emil. Schnell gehe ich ran.

„Guten Morgen, Emil."

„Hallo Nora. Kannst du heute um zehn Uhr zu mir in die WG kommen? Mama und Papa kommen her und die Frau vom Jugendamt hat gesagt, dass ich auch noch jemanden mitbringen darf."

„Natürlich komme ich.", antworte ich sofort.

„Danke, Nora. Dann bis gleich."

„Bis gleich, Emil." Plötzlich werde ich etwas unruhig. Mit Laura und Matthias habe ich nun schon länger nicht mehr gesprochen und ich weiß von Stephan, was sie alles unternommen haben, um Emil nach Hause zu holen. Emil wehrt sich jedoch mit Händen und Füßen. Stephan ist mittlerweile offiziell sein juristischer Beistand und demnächst soll es eine Gerichtsverhandlung geben. Stephan und das

Jugendamt versuchen aber immer noch zu verhindern, dass die Sache vor Gericht entschieden werden muss. Dieser Termin heute ist mit Sicherheit wieder so ein Versuch. Hoffentlich mache ich nichts falsch.

Es ist noch früh, also habe ich genug Zeit, um zu duschen und zu frühstücken. Zur Sicherheit verlängere ich mein Hotelzimmer um eine weitere Nacht.

Um zehn Minuten vor zehn Uhr komme ich am betreuten Wohnhaus an und gehe zunächst zu Frau Giebler, die mich mit einem freudigen Lächeln empfängt.

„Frau Petersen! Wie schön, dass Sie es einrichten konnten, herzukommen!", ruft sie und kommt auf mich zu.

„Kommen Sie. Ich bringe Sie nach oben zu Emil. Frau Sander ist auch schon bei ihm.

„Frau Sander?", frage ich.

„Ja. Frau Sander ist vom hiesigen Jugendamt.", antwortet Frau Giebler lächelnd und geht eilig die Treppen hoch, in die erste Etage. Ich bin verwirrt. - *Wie viele Jugendämter und Mitarbeiter sind denn eigentlich mittlerweile schon involviert?-*, frage ich mich.

Die Wohnungstür steht wieder weit offen. Energisch klopft Frau Giebler an Emils Zimmertür, der sie sofort öffnet.

„Nora!", ruft Emil und fällt mir um den Hals. Ich erwidere seine Umarmung und sehe hinter ihm eine blonde Frau. Ich schätze sie auf ungefähr Mitte fünfzig. Sie ist etwas fülliger, hat blonde, kurze Haare und ist etwa so groß wie ich. Mit einem wohlwollenden Lächeln steht sie am Schreibtisch und schaut zu uns rüber. Emil nimmt meine Hand und zieht mich zu ihr.

„Das ist Nora. Sie glaubt an mich.", sagt Emil und grinst breit. Irritiert schaue ich zu ihm.

„Hallo. Frau Petersen, richtig?"

„Ja.", antworte ich nur kurz und reiche ihr meine rechte Hand.

„Ich bin Rebecca Sander. Es freut mich wirklich sehr, Sie kennenzulernen. Schön, dass Sie sich an einem Samstagmorgen Zeit für uns genommen haben." Sie ergreift meine Hand und drückt sie leicht mit einem warmen Lächeln im Gesicht. Frau Sander nickt Frau Giebler kurz zu, die sogleich zurück nickt, Emils Zimmer verlässt und die Tür hinter sich schließt. Dann wendet sich Frau Sander wieder mir zu.

„Sie wissen, dass Emils Eltern bereits in der Wohnung gegenüber sitzen und auf uns warten?", fragt sie schließlich mit einem etwas ernsteren Blick.

„Nein. Das wusste ich nicht."

„Nun. Wir sind heute jedenfalls hier, um Emils Eltern noch einmal ins Gewissen zu reden. Wir haben Kontakt zu einem Verein aufgenommen, der Jugendliche mit geistigen und körperlichen Behinderungen unterstützt. Dieser Verein hat

Kontakte zu Unternehmen, die Jugendliche wie Emil ausbilden. In Emils Fall gibt es die Möglichkeit, dass er eine duale Ausbildung zum Beikoch machen könnte.", erklärt Frau Sander.

„Das klingt doch toll!", sage ich begeistert. Emil nickt breit grinsend.

„Also gut. Dann lassen Sie uns jetzt rübergehen.", sagt Frau Sander und öffnet die Zimmertür. Sie geht voraus in die gegenüberliegende Wohnung. Emil geht direkt hinter ihr und dreht sich mehrmals zu mir um. Plötzlich packt er mit seiner linken Hand meine rechte Hand und hält sie fest. Er hat Angst. Das sieht man ihm deutlich an.

Frau Sander klopft an der linken Tür am Ende des Flures, öffnet sie und geht hinein. Sie begrüßt Laura und Matthias etwas reservierter als mich eben. Emil weigert sich, seine Eltern zu begrüßen. Erst jetzt lässt er meine Hand los und setzt sich sofort rechts neben Frau Sander.

„Nora! Was machst du denn hier?!", ruft Laura, als sie mich sieht. Eigentlich hatte ich mich auch schon gefragt, warum ich hier bin und nicht Stephan als Emils Anwalt. Ich will gerade antworten, als Emil das Wort ergreift.

„Ich will, dass sie hier ist!", schimpft er. Mit einem unsicheren Lächeln setze ich mich rechts neben Emil. Laura starrt Emil erschrocken an. Dann setzt sie sich ihm gegenüber und Matthias setzt sich gegenüber von Frau Sander.

„Wie geht es dir, mein Junge?", fragt Laura mit einer dünnen Stimme. Sie tut mir leid. Ich weiß, dass sie doch eigentlich immer nur das Beste für Emil will.

„Mir geht es super hier! Besser als bei euch zuhause!", antwortet Emil wieder in einem gereizten Ton. Laura senkt den Blick. Nachdem Frau Sander ein paar Unterlagen und einen Notizblock vor sich auf den Tisch gelegt hat, stellt sie Laura und Matthias einige Fragen, die eigentlich immer Laura beantwortet. Matthias nickt nur hin und wieder. Frau Sander stellt auch Emil und mir Fragen zum Verhalten von Laura und Matthias. Emil schimpft immer wieder und beklagt sich, dass seine Mutter ihn nichts alleine entscheiden lässt. Er dürfe nicht mal selbst heraussuchen, was er morgens anzieht. Sie hat ihm auch verboten, im Jugendzentrum Holzarbeiten zu machen oder in der Kochgruppe mitzumachen. Nicht mal töpfern durfte er. Ich konnte eigentlich nur bestätigen, dass Laura sehr ängstlich und überfürsorglich ist. Dann erzählt Frau Sander auch Laura und Matthias von diesem Verein, durch dessen Hilfe Emil eine Ausbildung zum Beikoch machen könnte. Immer wieder schüttelt Laura den Kopf und Emil rutscht unruhig auf seinem Stuhl hin und her. Ich lege beruhigend meine Hand auf seine rechte Schulter. Für einen Moment scheint es auch zu helfen, doch dann unterbricht Laura Frau Sanders Ausführungen.

„Das ist doch alles Blödsinn! Es ist ja schön, dass der ein oder andere diese Ausbildung machen konnte.

Aber nicht alle mit Trisomie 21 haben die gleichen Fähigkeiten und Handicaps. Ich weiß doch wohl am besten, was man Emil zutrauen kann und was nicht.", schimpft sie. In dem Moment springt Emil auf und schaut wütend zwischen seinen Eltern hin und her.

„Ich hasse euch! Ich will euch nie wiedersehen!", schreit er und verlässt den Raum. Geschockt schaut Laura ihm hinterher und steht hastig auf.

„Setzen Sie sich doch bitte wieder.", sagt Frau Sander ganz ruhig zu Laura. Dann steht sie auf und schließt die Zimmertür.

„Wie sehen Sie das Ganze denn, Herr Burkhardt?", fragt Frau Sander schließlich und schaut Matthias entspannt an. Matthias hat bisher wie immer nichts zu dem gesagt, was Laura alles von sich gegeben hat.
Er wurde scheinbar nie so direkt nach seiner Meinung gefragt. Hilflos schaut er Frau Sander an, dann Laura.

„Mein Mann hat doch keine Ahnung. Er ist den ganzen Tag arbeiten. Ich habe schon immer Emil ganz alleine versorgt und auf ihn achtgegeben.", mischt sich Laura ein.

„Herr Burkhardt? Ich möchte dennoch gerne Ihre Einschätzung hören.", wendet sich Frau Sander noch einmal an Matthias, ohne Laura eines Blickes zu würdigen.

„Meine Frau hat schon recht. Was weiß ich denn schon.", antwortet Matthias schließlich frustriert. Laura lehnt sich zufrieden lächelnd zurück. Frau Sander zieht ihre Augenbrauen kurz hoch und schreibt dann mehrere Sätze in ihren Notizblock. Ich erkenne Laura kaum wieder. Ja. Sie war schon immer sehr besorgt um Emil. Sie hat ihn kaum etwas selbst machen lassen. Aber dass sie sich nun so gegen Emil stellt und mit aller Macht versucht, ihren Willen durchzusetzen, schockiert mich.

„Nun gut, Frau und Herr Burkhardt. So wie die Dinge liegen, sehe ich leider keine Möglichkeit mehr für eine außergerichtliche Einigung.

„Wie bitte?!", ruft Laura und diesmal meldet sich auch Matthias zu Wort.

„Ist das wirklich nötig? Wäre das nicht zu viel Aufregung für Emil?", fragt Matthias besorgt. Ich schaue ihn überrascht an.

„Es gibt leider keine andere Möglichkeit mehr.", antwortet Frau Sander gelassen. Laura holt gerade Luft, um weiter zu schimpfen, als ich mich nun einmische:

„Laura. Matthias. Es gibt nur noch eine Chance, wie ihr eine Gerichtsverhandlung verhindern könnt." Laura will mich gerade unterbrechen, als ihr Matthias ins Wort fällt.

„Du bist jetzt mal ruhig, Laura!", fordert er sie energisch auf. Laura verstummt und starrt Matthias ungläubig an.

„Wie können wir die Gerichtsverhandlung verhindern?", fragt er mich ruhig. Ich bin ebenso überrascht wie Laura von Matthias plötzlichem Auflehnen gegen sie und brauche einen Moment.

„Ich weiß, dass ihr beide Emil liebt und nur das Beste für ihn wollt und genau jetzt habt ihr die Chance, das Beste zu tun. Emil wird erwachsen und muss seine eigenen Erfahrungen und auch Fehler machen. Darin unterscheidet er sich nicht von uns, als wir in seinem Alter waren. Erinnert euch doch mal an euch selbst, als ihr fünfzehn Jahre alt wart." Laura und Matthias schauen mich nachdenklich an. Matthias schmunzelt sogar ein wenig.

„Wie hättet ihr es gefunden, wenn eure Eltern euch wirklich alles vorgeschrieben hätten. Ihr könnt jetzt das Beste für Emil tun, indem ihr ihm mehr Freiraum gebt und ihn seine Erfahrungen sammeln lasst. Ihr könnt ihn nicht ewig vor allem in der Welt schützen. Emil will diese Ausbildung zum Koch machen, also lasst es ihn doch einfach versuchen. Dabei wird er sich sicher auch mal verletzen. Aber das passiert uns allen. Jeder hat sich doch schon einmal beim Kochen in den Finger geschnitten. Wenn ihr ihm die Ausbildung erlaubt, zeigt ihr Emil, dass ihr ihn respektiert und an ihn glaubt. Dann braucht es gar nicht zu einer Gerichtsverhandlung kommen." So beende ich meinen Kommentar. Mit einem respektvollen Lächeln nickt Frau Sander zu mir rüber. Laura und Matthias haben mir schweigend zugehört. Matthias Blick wirkt sehr nachdenklich, Lauras dagegen eher trotzig. Matthias steht plötzlich auf.

„Grüßt du bitte Emil von mir, Nora. Wir fahren jetzt erstmal nach Hause. Auf Wiedersehen, Frau

149

Sander.", sagt er ruhig und geht in Richtung Tür. Laura steht verwirrt auf, folgt ihm aber schweigend. Frau Sander und ich stehen ebenfalls auf und Frau Sander packt ihre Unterlagen in ihre schmale Aktentasche aus hellbraunem Leder. Bevor Laura den Raum ganz verlässt, dreht sie sich noch einmal um.

„Ich hätte nie gedacht, dass du mir irgendwann so in den Rücken fällst, Nora.", giftet sie mir entgegen.

„Laura..", sie hebt die Hand und verlässt den Raum. Ein schwerer Seufzer entlädt sich aus mir.

„Das war wirklich gut, Frau Petersen. Ich hoffe, einer von den beiden kommt zur Vernunft."

„Das hoffe ich auch.", antworte ich.

„Ich muss mich jetzt beeilen. Richten Sie Emil doch bitte einen lieben Gruß von mir aus." Ich nicke nur kurz.

Meine Gedanken kreisen um das, was ich gerade alles von mir gegeben habe und Lauras letzter Satz hallt noch in mir nach.

„Sie haben alles versucht, Frau Petersen.", sagt Frau Sander und legt mitfühlend ihre rechte Hand auf meinen linken Unterarm. Überrascht schaue ich zu ihr rüber.

Sie lächelt mich noch einmal wohlwollend an. Dann verabschieden wir uns kurz und sie eilt die Treppe hinunter. Ich gehe wieder in die WG und klopfe an Emils Zimmer.

„Wer ist da?!", ruft er grimmig.

„Ich bin es. Nora.", antworte ich ruhig. Emil öffnet die Tür, geht dann sofort zurück und lässt sich rückwärts auf sein Bett fallen. Hinter ihm an der Wand hängen einige seiner Bleistiftzeichnungen. Ich erkenne Menschen, die Fußball spielen, Portraits von mir unbekannten Personen, Zeichnungen von Katzen, Hunden und Elefanten und eine tolle Zeichnung von einem Gewitter über dem Meer. Ich gehe weiter hinein in sein Zimmer, schließe die Tür hinter mir und setze mich auf den Stuhl an seinem Schreibtisch.

„Sind meine Eltern weg?"

„Ja. Sie sind auf dem Weg nach Hause, Emil. Ich soll dich von deinem Vater und von Frau Sander grüßen."

„Gut.", antwortet er nur.

„Wie geht es dir?", frage ich leise.

„Ich bin traurig.", antwortet Emil nur kurz. Ich kann ihn verstehen. Das alles muss unglaublich frustrierend und anstrengend für ihn sein.

„Möchtest du darüber reden?" Emil schüttelt nur mit dem Kopf. Er tut mir so leid. Ich habe aber nicht die geringste Ahnung, wie ich ihm jetzt helfen kann. Vielleicht ist es am besten, ihn etwas abzulenken.

„Wollen wir ein Eis essen gehen?", frage ich also. Emil hebt den Kopf und lächelt leicht.

„Darf ich auch einen riesigen Becher mit ganz vielen Eiskugeln?", fragt er.

„Aber natürlich. Das haben wir uns beide jetzt verdient.", antworte ich fröhlich. Emil lächelt kurz, während er vom Bett aufsteht. Gemeinsam gehen wir runter und Emil rennt sofort aus dem Haus.

„Warte Emil. Ich sage noch schnell Frau Giebler Bescheid.", rufe ich ihm noch hinterher.

„Und? Wie ist es Ihrer Meinung nach gelaufen?", fragt Frau Giebler sofort mit weit offenen Augen, als ich das Büro betrete.

„Das ist schwer zu sagen. Wir sollten weiter hoffen, dass seine Eltern noch rechtzeitig zur Vernunft kommen.", antworte ich.

„Ich wollte mit Emil jetzt nach Bergen ein Eis essen gehen. Ist das in Ordnung?"

„Aber natürlich, Frau Petersen. Die Ablenkung kann er jetzt sicher gut gebrauchen. Viel Spaß"

„Danke. Dann bis gleich."

Emil steht schon an der Beifahrertür meines Wagens. Als ich es mit der Fernbedienung an meinem Autoschlüssel öffne, springt er sofort auf den Beifahrersitz, noch bevor ich meinen Wagen überhaupt erreicht habe.

Ich parke wieder nahe dem Markt in Bergen. Emil läuft fröhlich voraus und setzt sich an den letzten freien Tisch. Ich bin noch gar nicht ganz dort, da steht auch schon eine junge Frau mit schulterlangen, blonden Haaren bei Emil, der sofort seine Bestellung aufgibt. Lächelnd schaut die junge Frau zu mir rüber, als ich am Tisch ankomme. Ich bestelle mir ein Spaghettieis und einen Kaffee Crema.

„Kommt sofort.", antwortet sie fröhlich, dreht sich um und verschwindet in der Eisdiele. Ich schaue mich um. In der Eisdiele und hier draußen vor der Eisdiele, auf der Terrasse, ist es sehr voll. Es gibt keinen einzigen Sitzplatz mehr hier draußen und auch an der Eistheke stehen die Leute von draußen Schlange.

„Kommt sofort.", wiederhole ich die Worte der Kellnerin belustigt.

„Da bin ich mal gespannt.", sage ich zu Emil. Er grinst einfach nur breit, voller Vorfreude auf sein Eis. Tatsächlich dauert es gar nicht so lange und die Kellnerin stellt mein Spaghettieis und den Kaffee vor mir ab. Anschließend stellt sie einen riesigen Eisbecher mit verschiedenen Eiskugeln, einer hohen Sahnehaube, Schokoladensoße und Keksbröseln vor Emil. Mit leuchtenden Augen greift er nach dem Löffel neben der monströsen Eisschale und schaufelt los. Ich muss kurz lachen und freue mich, dass er das Gespräch von eben etwas vergessen kann. Zwischendurch erzählt er von den Jungs aus dem betreuten Wohnhaus, mit denen er regelmäßig Fußball spielt. Stolz zeigt er mir ein paar seiner blauen Flecken und Schrammen, die er sich beim Fußballspielen zugezogen hat. Ich erinnere mich, dass Laura ihm auch den Mannschaftssport verboten hat. Plötzlich klingelt mein Handy. Es ist Stephan.

„Hallo, Stephan."

„Nora! Bist du wirklich mit Emil in Bergen?!", keift er sofort ins Telefon. Erschrocken halte ich es kurz ein Stück von meinem Ohr weg. Emil schaut irritiert zu mir rüber.

„Ja. Wir sind Eis essen.", antworte ich ruhig.

„Bist du denn verrückt geworden?", brüllt er weiter. Ich habe keine Ahnung, warum er sich so aufregt, komme aber nicht dazu, ihn zu fragen.

„Frau Giebler hat mir erzählt, dass Frau Sander meinte, du hättest Emils Eltern gehörig den Kopf gewaschen! Was ist, wenn sie noch in Bergen sind und gleich bei euch auftauchen? Was glaubst du, was das mit Emil macht, wenn sie ihm in aller Öffentlichkeit eine Szene machen und versuchen, ihn mitzunehmen!" Sofort sehe ich mich um. Auf dem Marktplatz tummeln sich einige Leute. Plötzlich werde ich unsicher und fühle mich sogar etwas beobachtet.

„Nora, bitte! Hör jetzt auf mich. Geht sofort in meine Kanzlei. Alva weiß Bescheid. Ich bin schon auf dem Weg nach Bergen." Ich erstarre. -*Was ist bloß mit ihm los. Übertreibt er nicht ein wenig? Nein. Nicht nur ein wenig, sondern astronomisch.*-

„Nora! Antworte mir!", fordert er mich energisch auf. Meine Schockstarre scheint sich in dem Moment zu lösen.

„Was machst du denn für eine Panik. Die zwei sind längst auf dem Heimweg.", antworte ich nun wütend und bereue meinen Tonfall sofort, als ich Emils Blick bemerke. Er schaut mich besorgt, ja fast schon ängstlich an.

„Das ist doch nicht zu fassen!", ruft Stephan verzweifelt.

„Keine Sorge, Emil. Es ist alles gut." Emil nickt unsicher.

„Nora. Bitte. Tu jetzt, was ich dir gesagt habe und geh mit Emil in meine Kanzlei!" Seine Stimme klingt wirklich sehr besorgt.

„Okay, okay, Stephan. Ich muss nur noch schnell bezahlen."

„Gut. Dann bis gleich.", antwortet er erleichtert. Ich sage nichts mehr und lege einfach auf. Ich denke immer noch, dass er übertreibt. Laura und Matthias sind mit Sicherheit bereits mehrere Kilometer von Bergen entfernt. Irgendetwas stimmt mit Stephan nicht. Emil hat seinen Löffel neben die Eisschale gelegt und schaut mich fragend an.

„Bist du fertig mit deinem Eis, Emil." Er nickt nur kurz.

„Gut. Dann bezahle ich jetzt und wir gehen rüber zu Stephan, in die Kanzlei." Ich winke die Kellnerin zu uns und bezahle schnell. Wieder schaue ich mich verunsichert auf dem Markt um. -*Ach. Blödsinn. Laura und Matthias sind längst weg.*-, denke ich, richte meinen Oberkörper weiter auf und ziehe die Schultern nach hinten.

„Da seid ihr ja endlich.", ruft Alva, als wir in der Kanzlei ankommen.

„Möchtet ihr etwas trinken?", fragt sie in einem liebenswert mütterlichen Ton. Emil und ich schütteln beide nur mit dem Kopf. Lächelnd führt uns Alva in Stephans Büro.

„Stephan wird gleich hier sein.", sagt sie noch, bevor sie den Raum verlässt und die Tür hinter sich schließt.

„Ist wirklich alles in Ordnung, Nora?", fragt Emil unsicher.

„Ja. Natürlich. Es ist alles gut", antworte ich und streiche mit meiner rechten Hand beruhigend über seinen linken Oberarm. Im nächsten Moment wird die Tür von Stephans Büro aufgestoßen und Stephan kommt mit einem ernsten Blick in den Raum gestürmt. Emil und ich zucken vor Schreck kurz zusammen.

„Bist du böse auf mich, Stephan, weil ich heute bei dem Gespräch mit Mama und Papa einfach weggelaufen bin?", fragt Emil sofort traurig. Stephan geht zielstrebig auf Emil zu und sofort erscheint ein warmherziges Lächeln in seinem Gesicht.

„Aber nein, Emil. Auf keinen Fall. Wie geht es dir denn jetzt.", fragt Stephan und legt seine beiden Hände auf seine Schultern.

„Ich weiß nicht.", antwortet Emil verwirrt.

„Das verstehe ich. Es war ein anstrengender Tag für dich.", sagt Stephan verständnisvoll. Immer noch würdigt er mich keines Blickes. Was habe ich denn so Schlimmes getan? Ich habe doch nur einen frustrierten Teenager etwas ablenken wollen. Und es hat ja auch funktioniert. Bis Stephan angerufen hat.

„Kannst du mir jetzt endlich mal erklären, was los ist, Stephan?" Nun sieht er zu mir. Sein Blick ist aber so kühl, dass ich eine unangenehme Gänsehaut bekomme. Er antwortet mir nicht, senkt den Blick und geht zu seinem Schreibtisch. Dann winkt er mich zu sich. Langsam gehe ich zu ihm rüber.

„Ich habe meine Notizen leider zuhause. Lass uns Emil zurück in die WG bringen und anschließend zu mir nach Hause fahren. Dann erkläre ich dir alles.", flüstert Stephan. Ich runzle die Stirn, nicke aber dann zustimmend.

„Okay, Emil. Dann bringen wir dich jetzt erstmal zurück in deine WG. Die Jungs warten sicher schon auf dich. Wolltet ihr nicht heute alle zusammen Pizza machen?", fragt Stephan fröhlich, legt seinen Arm um Emils Schultern und schiebt ihn aus seinem Büro. Langsam folge ich den beiden. Alva ist wieder nirgendwo zu sehen. Wir gehen zu Stephans Auto und Emil springt nun wieder fröhlich auf den Rücksitz. Stephan öffnet mir die Beifahrertür und ich steige ein.

Auf dem Weg zum betreuten Wohnhaus erzählt Emil, was er für ein tolles, riesengroßes Eis hatte und wie sehr er sich jetzt aufs Pizzamachen freut. Als wir vor dem betreuten Wohnhaus ankommen, springt Emil sofort aus dem Wagen.

„Tschüss ihr zwei.", ruft er uns nur kurz zu und läuft zur Haustür. Stephan lässt das Fenster seiner Fahrertür runter.

„Bis morgen, Emil.", ruft er ihm hinterher. Kurz vor der Haustür dreht Emil sich noch einmal um.

„Danke, für das leckere Eis, Nora!", ruft er.

„Sehr gerne, Emil. Bis bald.", antworte ich. Dann verschwindet Emil im Haus und Stephan fährt los.

Zunächst sitzen wir schweigend nebeneinander.

„Wieso warst du vorhin am Telefon so aufgebracht?", frage ich ihn schließlich. Stephan sieht stur geradeaus.

„Woher willst du wissen, dass Emils Eltern wirklich nach Hause gefahren sind, Nora?"

„Weil sie es am Schluss des Gespräches heute gesagt haben. Aber du hast meine Frage nicht beantwortet.", erwidere ich. Stephan schaut kurz zu mir rüber und dann direkt wieder nach vorne, auf die Straße.

„Ich habe mir Sorgen gemacht. Nach dem was Frau Giebler alles erzählt hat, hätte ich den beiden zugetraut, dass sie in der Nähe bleiben. Man kann Emils Gefühlswelt wegen seiner Krankheit nicht so gut durchschauen. Ich will einfach nicht, dass er weiter verletzt wird.", erklärt er. Ich bin überrascht und schaue gerührt zu ihm rüber. Er scheint Emil wirklich sehr zu mögen. Ich weiß nicht, was ich darauf antworten soll. Also schweigen wir den Rest der Fahrt.

Wieder sitze ich bei Stephan zuhause auf dem Sofa. Diesmal aber mit einem Glas Wasser in der Hand.

„So, hier sind meine Notizen. Emils Eltern haben Emil ganze…..." Stephan zählt leise. „…acht Mal aufgelauert, seit sie erfahren haben, wo er wohnt.", erklärt Stephan, während er mit einem DIN A fünf Block in den Wohnbereich kommt und sich rechts neben mich auf das Sofa setzt. Mit weit offenen Augen schaue ich Stephan an. Kurz sehe ich ein Lächeln um seine Mundwinkel aufblitzen. Dann wird er aber wieder ernst.

„Sie haben ihn mehrfach bedrängt, wieder mit nach Hause zu kommen.", erzählt er weiter. Ich schüttle fassungslos den Kopf.

„Was hast du den beiden denn an den Kopf geworfen, Nora? Frau Sander hat wohl keine Details genannt. Sie hat nur gemeint, dass du den beiden gehörig den Kopf gewaschen hast." Nun sehe ich, wie sich seine Lippen zu einem wohlwollenden Lächeln formen und sich in seinen Augenwinkeln kleine Fältchen bilden. Wieder spüre ich diese kleinen, zarten Blitze in mir. Stephan legt den Kopf etwas schief und schaut mich fragend an. -Jetzt reiß dich zusammen, Nora.-, weise ich mich im Gedanken selbst zurecht.

„Da hat die gute Frau Giebler wohl mal wieder etwas übertrieben. Als das Gespräch eigentlich zu Ende war, habe ich Laura und Matthias nur noch einmal ins Gewissen reden wollen. Ich hatte auch erst das Gefühl, dass ich beide irgendwie erreicht habe. Besonders Matthias. Aber dann sagte Laura zu mir,

159

dass sie nie gedacht hätte, dass ich ihr jemals so in den Rücken fallen würde. Daher denke ich nun, dass all meine gut gemeinten Worte nichts gebracht haben. Matthias hat sich noch nie gegen Laura gestellt und sich immer ihrer Meinung angeschlossen. Das wird vermutlich diesmal nicht anders sein.", erzähle ich enttäuscht.

Plötzlich dreht Stephan seinen gut trainierten Oberkörper zu mir. Seine wohlgeformten Muskeln an Brust und Armen sind durch sein weißes Hemd deutlich zu erkennen. Er hat wieder die ersten drei Knöpfe am Hals des Hemdes offen und die Ärmel sind bis zu den Ellenbogen hochgekrempelt. Er greift mit seiner linken Hand nach meiner rechten Hand und zieht sie langsam zu sich. Sanft streichelt er mit dem Daumen über meine Fingerknöchel. Ich weiß, dass ich meine Hand jetzt besser wegziehen sollte, aber ich kann nicht. Dieses angenehme Kribbeln im Bauch ist zu schön. Wir schauen uns tief in die Augen. *-Reiß dich zusammen, Nora!-*, meldet sich endlich mein Verstand wieder, rettend zu Wort. Ich breche den Blickkontakt ab und ziehe meine Hand aus seiner. Schnell nehme ich einen Schluck Wasser. Stephan schmunzelt leicht.

„Ich bin gleich zurück.", sagt er und geht die Treppe nach oben. Ich stehe auf und schaue mich im Wohn- und Essbereich um. An der Wand, gleich rechts neben dem Sofa, sind zwei hohe, breite weiße Regale, die durch eine lange, weiße Kommode getrennt sind.

In dem linken Regal stehen überwiegend juristische Bücher, aber auch ein paar Kriminalromane. Auf der Kommode steht eine graue Schale, in der ein paar Muscheln liegen. In dem rechten Regal sind in den unteren drei Fächern jede Menge CDs und in den oberen zwei Fächern Schallplatten. In den mittleren beiden Fächern stehen einige Bilderrahmen. Neugierig schaue ich mir die Bilder an. Ich erkenne auf einem der Bilder Stephan, Janis und die anderen beiden Brüder mit einem alten Mann in der Mitte. Das muss ihr Vater sein. Seine Augen hat Stephan eindeutig von seinem Vater. Er hat sehr liebenswürdige und gütige Augen. Aber man sieht im Gesicht des alten Mannes, dass er es in seinem Leben schon oft sehr schwer hatte. Ich erkenne im Hintergrund die Blumengestecke von Hannah mit den gelben und weißen Tulpen. Das muss also an seinem achtzigsten Geburtstag gewesen sein.

Auf einem anderen Foto ist eine sehr hübsche Frau mit langen, blonden Haaren. Ich würde sie auf Mitte bis Ende dreißig schätzen. Sie sitzt auf einem grauen Sessel mit einem Baby im Arm. Links und rechts steht jeweils ein kleiner Junge. Beide tragen dunkelblaue Anzüge und weiße Hemdchen. Der eine Junge ist noch recht klein. Vielleicht drei oder vier Jahre alt. Der andere könnte so sieben oder acht Jahre alt sein. Daneben steht ein weiteres Bild, auf dem eine Frau ein noch sehr kleines Baby im Arm hält. Erst beim genaueren Hinschauen und einem Vergleich mit dem anderen Foto, mit der Frau und den drei Kindern, erkenne ich, dass es die gleiche Frau ist. Nur sieht sie nicht mehr so hübsch aus. Sie ist sehr dünn. Ihre Haut ist erschreckend blass, ihre Augen haben dunkelgraue Ränder und ihr Lächeln wirkt kraftlos.

„Das ist meine Mutter. Eine Stunde nachdem dieses Bild gemacht wurde, war sie tot." Ich zucke vor Schreck zusammen. Stephan steht hinter mir und schaut liebevoll auf das Foto.

„Sie soll eine tolle Frau gewesen sein.", erzählt er, dreht sich um und stellt eine Flasche Wasser und ein weiteres Glas auf dem Couchtisch ab. Ich drehe mich zu ihm und schaue ihn mitleidig an.

„Guck mich nicht so an. Es ist alles gut. Ich habe sie nicht gekannt, aber ich bin ihr sehr dankbar, dass sie mich auf diese Welt gesetzt hat. Für sie versuche ich, das Beste aus dem Leben zu machen, das sie mir geschenkt hat." Ich schmelze förmlich dahin. Stephan hat seinen Anzug und das weiße Hemd gegen eine lockere, hellblaue Jeans und ein weißes T-Shirt getauscht. Seine Muskeln kommen nun noch besser zur Geltung. Langsam kommt er auf mich zu. Sein liebevoller Blick und sein sanftes Lächeln lösen ein heftiges Kribbeln in meinem Körper aus. Schnell löse ich meinen Blick von ihm und setze mich wieder auf das Sofa. Stephan lässt sich rechts neben mir nieder und schenkt sich etwas Wasser ein. Dann nimmt er einen kräftigen Schluck. Während das Glas an seinen Lippen liegt, betrachte ich seinen angespannten, sehnigen Arm. Nachdem er das Glas wieder abgestellt hat, dreht er seinen Oberkörper zu mir und schaut mich nachdenklich an.

„Warum, Nora?" Ich runzle verwirrt die Stirn.

„Warum wehrst du dich so? Ich merke doch, dass da etwas zwischen uns ist." Verlegen schaue ich in meinen Schoß.

„Stephan. Das geht nicht. Ich kann das nicht,"

„Aber warum? Ich bin dir nicht egal. Das spüre ich. Also, warum gibst du uns denn keine Chance?" Ich fühle mich unwohl. Ja. Er hat recht. Er ist mir nicht egal. Aber genau das ist ja das Problem. Ich bin auf dem besten Wege, mich in ihn zu verlieben. Es würde mir aber wieder das Herz brechen, wenn ich mich auf ihn einlasse und sich dann herausstellt, dass es ihm doch nicht so ernst mit mir ist, wie er jetzt behauptet.

„Nora. Wir haben uns doch nun bereits näher kennengelernt und du gehst mir einfach nicht mehr aus dem Kopf." Ich bin überfordert. Ich will eigentlich wegrennen, kann aber nicht. Mein Herz will ihn so sehr und mein Verstand warnt und mahnt mich ständig, nicht auf seine Masche reinzufallen.

„Nora, ich habe mich wirklich ernsthaft in dich verliebt." Diese Worte lösen ein heftiges Beben in meinem ganzen Körper aus. Mit seiner rechten Hand streicht er mir eine Haarsträhne von der Stirn. Dann legt er seine Hand in meinen Nacken und zieht mich näher an sich. Etwas in mir flüstert leise: -*Lass dich*

fallen. Lass es zu. Lass es einfach geschehen, Nora-
Ich spüre wieder seinen Atem in meinem Gesicht.
Dann berühren sich endlich unsere Lippen. Sein
Dreitagebart kitzelt sanft in meinem Gesicht. Stephan
presst seine Lippen fest auf meine und wir küssen uns
innig. Mein Herz schlägt heftig und ich genieße den
Tanz unserer Zungen. Stephans Küsse werden immer
intensiver und leidenschaftlicher. Ich spüre, wie sich
die Muskeln in meinem Unterleib zusammenziehen.
Ohne seine Lippen von meinen zu nehmen, steht
Stephan auf, zieht mich vorsichtig mit hoch und führt
mich in den Flur zur Treppe. Erst dort lässt er von mir
ab und führt mich die Treppe hoch. Die Muskeln in
meinem Unterleib scheinen sich zu verknoten bei dem
Gedanken daran, was gleich passiert und immer
wieder schießen kleine Blitze durch meinen Körper.
Als wir oben im Flur ankommen, packt Stephan mich
wieder energisch und drückt mich fest an sich. Seine
dunklen Augen funkeln und ich versinke in ihrer
Dunkelheit. Sanft legt er seine Lippen auf meine.
Wieder werden seine Küsse heftiger und auch ich
kann mein Verlangen nach ihm nicht mehr zügeln.
Langsam und ohne unseren Kuss zu unterbrechen
schiebt er mich in sein Schlafzimmer. Hastig zieht er
sein T-Shirt aus. Nun steht er mit seinem gut
trainierten, nackten Oberkörper vor mir und schaut zu
mir runter. Zögerlich lege ich ganz vorsichtig meine
Hände flach auf seine Brust. Ich spüre seine nackte,
warme Haut auf meinen Handinnenflächen. Wieder

ziehen sich die Muskeln in meinem Unterleib auf wundervolle Weise zusammen. *-Was ist das bloß für ein wunderschöner Mann und er will mich, Nora Petersen-* Stephan lächelt provokant zu mir runter. Dann gibt er mir einen Schubs und ich falle rückwärts auf sein Bett. Langsam beugt er sich mit seinem gesamten Körper über mich. Wir schauen uns tief in die Augen. Mein Puls rast und mein Herz hämmert heftig gegen meine Brust. Er lässt seinen Körper langsam auf mich hinunter sinken, während wir uns leidenschaftlich küssen. Seine Küsse sind so wild und voller Verlangen. Er presst unsere Oberkörper aneinander. Ich spüre seinen Herzschlag. Es fühlt sich fast so an, als würden unsere Körper regelrecht miteinander verschmelzen und unsere Herzen im gleichen Takt schlagen. Stephans Hände scheinen plötzlich überall an meinem Körper zu sein und seine Küsse treiben mich schier in den Wahnsinn. Ich lasse alles zu. Ich lasse mich in die Fluten der Leidenschaft fallen und von Wellen der Lust davontragen, bis wir gemeinsam zum Orgasmus gelangen.

Völlig erschöpft liege ich in Stephans starkem Arm. *-Ich bin das einfach nicht mehr gewohnt.-* Selig schaut Stephan mich an.

„Oh, Nora.", flüstert er und küsst sanft meine Stirn. Wieder bekomme ich eine wohlige Gänsehaut. Eine Weile liegen wir einfach nur eng aneinander gekuschelt in seinem Bett.

„Möchtest du auch ein Glas Wasser?", fragt er schließlich und zieht vorsichtig seinen Arm unter meinem Kopf weg. Er steht völlig nackt neben dem Bett und schaut mich so liebevoll an, dass ich fast noch einmal über ihn herfallen könnte. Ich nicke nur leicht mit einem verschmitzten Lächeln. Stephan grinst verwegen und streift sich eine frische, dunkelblaue Shorts über. Ich betrachte ihn verzückt, als er sich umdreht und langsam aus dem Zimmer geht. -*Mein Gott! Ich habe wirklich mit Stephan geschlafen und es war wunderschön. So warm. So weich. So liebevoll, zärtlich und doch intensiv, wild und leidenschaftlich.*-

Mit zwei Gläsern und einer Flasche Wasser kehrt Stephan zurück. Er stellt die Gläser auf seinen Nachttisch und schenkt in beide etwas ein. Dann reicht er mir liebevoll lächelnd eines der Gläser. Ich bedanke mich und nehme einen kräftigen Schluck. Plötzlich zieht Stephan die Bettdecke von mir runter und sieht, dass ich noch immer völlig nackt bin. Wieder sehe ich dieses verwegene Grinsen in seinem Gesicht. Er nimmt mir das Wasserglas aus der Hand und stellt es neben seins auf dem Nachttisch ab. Dann krabbelt er zu mir und drückt sanft meinen Oberkörper zurück auf die Matratze. Er beugt sich mit seinem Kopf über mein Gesicht. Unsere Blicke treffen sich und ich spüre schon wieder diese Blitze in meinem Unterleib. Noch ganz zarte Blitze, aber stark genug, um mein Verlangen nach Stephans Körper

166

erneut zu entfachen. Sanft streicht er mit den Fingerknöcheln seiner rechten Hand über meine linke Wange. Mein Körper gehorcht mir schon längst nicht mehr und streckt sich Stephan entgegen. Er versteht die Signale meines Körpers auf Anhieb. Es ist unfassbar, in welche, mir bisher unbekannte Welten er mich hineinkatapultiert. Und wieder kommen wir fast gleichzeitig zum Orgasmus

Stephan legt sich auf den Rücken und breitet seinen linken Arm aus. Komm her, Nora.", flüstert er mit dunkler, rauer Stimme. Ich lege meinen Kopf auf seine Brust und sofort umschließt Stephan mich mit seinem starken Arm. Völlig erledigt schließe ich die Augen.

Noch einmal spüre ich Stephans warme, weiche Lippen auf meiner Stirn, dann schlafe ich ein.

Langsam öffne ich meine Augen wieder. Es ist bereits hell draußen. Ich liege seitlich mit dem Gesicht zum Fenster. Stephans rechter Arm umfasst mich. Vorsichtig hebe ich seinen Arm an und rutsche langsam aus seinem Bett. -*Verdammt. Wo sind meine Klamotten?-*, frage ich mich im Gedanken. Auf der anderen Seite des Bettes, auf dem Boden, finde ich meine Sachen schließlich und ziehe mich schnell an.

Ich kann keinen klaren Gedanken fassen. War es ein Fehler, dass wir Sex miteinander hatten? Aber es war so atemberaubend schön. Ich bin durcheinander.

Ganz leise öffne ich die Schlafzimmertür. Meine Handtasche steht immer noch auf der Couch. Ich hole mein Handy raus und sehe, dass Jasmin mich bereits zweimal angerufen hat. Ich bestelle mir erstmal ein Taxi. Dann rufe ich Jasmin zurück.

„Hallo Nora! Gut, dass du zurückrufst. Wir haben hier im Büro ein Problem. Wann kommst du denn zurück?"

„Guten Morgen, Jasmin. Ich weiß noch nicht, wann ich wieder im Büro bin. Was gibt es denn für ein Problem?"

„Zwei Mitarbeiter haben gekündigt und der Zeitplan gerät nun durcheinander. Wir können so die erste Frist nicht einhalten."

„Okay. Ich kümmere mich gleich darum und melde mich heute Mittag nochmal bei dir.", antworte ich leise. Wir verabschieden uns und legen auf.

Mein Taxi sollte auch jeden Moment da sein. Also nehme ich meine Tasche und gehe vors Haus. Dann kommt auch schon mein Taxi. Ich steige schnell ein und bin erleichtert, hier weggekommen zu sein, bevor Stephan aufgewacht ist.

Irgendwie habe ich aber auch ein schlechtes Gewissen, dass ich mich hier so wegschleiche. Es war wirklich eine wundervolle Nacht und vielleicht wäre ich auch gerne noch bei ihm geblieben, aber meine Angst vor seiner Reaktion am Morgen danach ist einfach zu groß. Klar. Er hat gesagt, dass er auch keine Affäre oder einen One-Night-Stand möchte.

Vielleicht hat er das aber auch nur gesagt, um endlich sein Ziel zu erreichen. Jetzt, wo er es geschafft hat, ist sein Interesse an mir sicherlich verflogen. Ich sollte mich wirklich besser von ihm fernhalten. Selbst wenn er auch heute noch Interesse an mir hat, so wird es sicher nicht lange dauern, bis es ihm mit mir langweilig wird und er etwas Neues braucht. Diesen Schmerz will ich mir einfach nicht wieder antun.

Als ich gerade in meinem Hotelzimmer ankomme, klingelt mein Handy. Es ist Stephan. -*Nein. Ich kann jetzt nicht mit ihm sprechen.*- Ich lasse es einfach weiterklingeln, fahre meinen Laptop hoch und werde nun erstmal versuchen, an zwei neue Mitarbeiter zu kommen. Ich schaue mir die Unterlagen von den Bewerbern, denen ich zuvor abgesagt hatte, noch einmal in Ruhe an. Ich erinnere mich, dass da auch ein paar bei waren, wo ich länger überlegen musste, ob wir sie einstellen sollen oder nicht. Mit etwas Glück haben zwei davon noch keine andere Stelle gefunden.

Plötzlich piept mein Handy kurz. Ich schaue nach, von wem die Nachricht ist. -*Auweia. Sie ist von Stephan*-

9.45 Uhr

Nachricht von: Stephan Horner

Nachricht an: Nora Petersen

Hallo Nora, ich sitze unten im Restaurant auf der Terrasse. Können wir kurz reden?

-Na bitte. Ich habe es doch gewusst. Er will mir sicher jetzt sagen, dass die gestrige Nacht ein Fehler war und dass wir diese Nacht vergessen sollten.- Ich spüre einen unangenehmen Druck im Bauch. Es tut tatsächlich schon weh. Die Nacht war so wunderschön und ich glaube, dass ich mich in Stephan verliebt habe. *-So ein Mist. Das hat doch keine Zukunft. Also Schluss damit und zurück in die Realität.-* Ich gehe nach unten auf die Terrasse, um mir das anzuhören, was ich eh schon weiß.

Stephan sitzt ganz am Ende der Terrasse. Er trägt wieder eine hellblaue Jeans, ein weißes T-Shirt und weiße Sneakers. Als er mich bemerkt, lächelt er mir unsicher zu. *-Oh man, Nora. Bleib jetzt stark und fang bloß nicht an zu heulen, wenn er dir gleich mitteilt, dass unsere gemeinsame Nacht ein Fehler war und wir uns besser nicht wiedersehen sollten.-*

Als ich am Tisch ankomme, steht Stephan auf und zieht den Stuhl ihm gegenüber etwas vom Tisch ab.

„Hallo Nora.", sagt er mit einer leisen, unsicheren Stimme.

„Guten Morgen, Stephan.", antworte ich kurz und setze mich. Stephan setzt sich mir gegenüber und schaut mich prüfend an.

„Warum hast du mich nicht geweckt und bist einfach abgehauen?", fragt er schließlich. Ich bin überrascht von dieser Frage. Ich dachte, er erklärt mir jetzt einfach, dass alles ein Fehler war, wir uns nicht mehr treffen sollten und gut. Ich kann ihm nicht den wahren Grund nennen. *-Was sage ich jetzt bloß?-*

„Ich habe eine Nachricht von meiner Sekretärin bekommen. Es gibt Probleme und ich musste schnell ins Hotel an meinen Laptop.", antworte ich. Stephan lächelt mich erleichtert an und nimmt meine rechte Hand.

„Ach so. Ich dachte schon, du bereust die letzte Nacht." Er hebt meine Hand und küsst sanft meine Fingerknöchel. *-Okay. Er bereut die letzte Nacht also nicht? Vielleicht, weil es ja auch sein Ziel war, mich einfach nur ins Bett zu bekommen. Er hat nun gewonnen. Seine Masche hat letzten Endes doch funktioniert-* Ich bin so enttäuscht von mir, senke den Blick und ziehe meine Hand aus seiner. Stephan schaut mich irritiert an.

„Oder bereust du es doch?", fragt er verunsichert.

„Ja. Irgendwie schon. Ich schäme mich, dass ich dir nicht mehr widerstehen konnte. Du hast gewonnen.", antworte ich also. Stephans Augen weiten sich.

„Versteh mich bitte nicht falsch, Stephan. Der ganze Abend und unsere gemeinsame Nacht waren wunderschön. Aber ich denke, es ist besser, wenn wir das nicht wiederholen und uns auch nicht wiedersehen. Ich hatte schon zu viele Enttäuschungen." Es zerreißt mich fast, als ich Stephans fassungslosen Blick sehe und schon bereue

171

ich meine Worte. -*Liege ich etwa doch falsch und Stephan ist es wirklich ernst mit mir?-*

„Nora. Das ist doch jetzt nicht dein Ernst. So ein Blödsinn, dass ich "gewonnen" habe! Ich habe dir doch gesagt, dass ich mich wirklich in dich verliebt habe. Das habe ich nicht nur gesagt, um dich ins Bett zu kriegen. Aber wenn du denkst, dass ich so ein Typ bin, dann hast du vielleicht recht und wir sollten uns nicht wiedersehen.", erwidert er und steht auf. Resigniert schaut er zu mir runter.

„Stephan bitte…", hastig fällt er mir ins Wort.

„Lass gut sein, Nora. Ich habe verstanden." Er dreht sich um und geht. Ich schaue ihm nach und merke, wie mein Gesicht heiß wird, sich mein Magen zusammenzieht und mir Tränen in die Augen steigen. Ich gehe schnell zurück in mein Hotelzimmer und lasse den Tränen freien Lauf. -*Warum tut das denn so weh? Wir waren doch noch gar nicht richtig zusammen und ich heule hier rum, als hätte ich gerade eine langjährige Beziehung beendet.*- Ich bin so unsicher, ob ich wirklich das Richtige getan habe. Seine Reaktion war so unerwartet heftig und wirkte so ehrlich. Aber jetzt ist es eh zu spät. Er ist sauer auf mich. Was ich zu ihm gesagt habe, kann ich nicht mehr rückgängig machen.

-*Oh, man! Das war sicher doch ein Fehler. Ich hätte es einfach mit ihm versuchen sollen. Wer nicht wagt, der nicht gewinnt. Jetzt ist es zu spät.*-

Ich gehe erstmal duschen, ziehe mir frische Sachen an und putze meine Zähne. Nach der Dusche geht es mir zwar etwas besser, aber ich bereue immer noch, was ich zu Stephan gesagt habe. Ich beschließe nun aber erstmal nach Hause zu fahren.

Ich bin gerade erst zuhause angekommen, da klingelt mein Handy. Ich erwische mich dabei, dass ich hoffe, dass es Stephan ist. Er ist es aber nicht.

„Hallo Jasmin."

„Hallo Nora. Die beiden Bewerber haben sich schon zurückgemeldet und haben auch beide noch Interesse an dem Job."

„Sehr gut. Dann mach doch bitte direkt Termine mit den beiden für ein Vorstellungsgespräch. Ich bin morgen früh wieder im Büro."

„Okay, Nora. Das mache ich sofort. Dann bis morgen." Wir verabschieden uns und legen auf.

Drei

Den Rest der Woche hatte ich Gott sei Dank viel zu tun. So war ich abgelenkt und habe wenigstens nicht andauernd an Stephan gedacht. Ich bereue immer noch sehr, dass ich zu feige war, um uns eine Chance zu geben.

Die Vorstellungsgespräche mit den beiden Bewerbern liefen super und so habe ich sie sofort eingestellt. Die erste Abgabefrist unseres Großauftrages ist nun wieder sicher. Hannah hatte mich in den letzten Tagen immer wieder zum Essen eingeladen, aber ich musste jedes Mal ablehnen. Für heute habe ich aber zugesagt. Es ist Samstag und ich mache mich zu Fuß auf den Weg zu Hannah. Nachdem ich an ihrer Tür geklingelt habe, höre ich Hannah rufen: „Kannst du bitte aufmachen, Janis!!!" - *Aha. Janis ist also auch da.-*
Mit Schwung öffnet sich die Tür.

„Hallo Nora! Schön dich zu sehen!"

„Hallo Janis. Danke gleichfalls." Janis grinst und bittet mich hinein. Dann schließt er die Tür wieder. Ich überlege, ob Stephan ihm vielleicht erzählt hat, dass wir miteinander geschlafen haben. Sofort habe ich das Gefühl, dass mir die Schamesröte ins Gesicht steigt. In dem Moment kommt Stephan aus dem Badezimmer.

„Nora.", sagt Stephan überrascht und bleibt abrupt stehen.

„Stephan.", entgegne ich, ebenfalls überrascht und starre ihn an. Hektisch kommt Hanna aus dem Schlafzimmer, hakt sich an meinem rechten Arm ein und schleift mich auf die Terrasse.

„Da bist du ja endlich, Nora. War doch eine gute Idee, dass ich Stephan auch eingeladen habe, oder? So könnt ihr euch nun ganz ungezwungen etwas näher kennenlernen." -*Wenn du wüsstest, wie gut ich ihn bereits kenne.*-, denke ich. Sie scheint also nichts von meiner gemeinsamen Nacht mit Stephan zu wissen. Auf der Terrasse platziert Hannah mich gegenüber von Stephan. Hannah sitzt rechts neben mir und ihr gegenüber sitzt Janis. Die zwei sind sehr ausgelassen und scheinen gar nicht zu merken, wie verkrampft Stephan und ich miteinander umgehen. Immer, wenn sich unsere Blicke treffen, schaut einer von uns schnell wieder weg. Am liebsten würde ich einfach wieder nach Hause gehen. Nach dem Hauptgang, einem vegetarischen Pfeffersteak mit Zuckererbsenschoten und Bratkartoffelecken, fängt es plötzlich an zu regnen. Hastig wirft Janis eine große Plane über den gesamten Tisch.

„Den Nachtisch essen wir dann wohl lieber drinnen!", ruft Hannah lachend und rennt in die Wohnung.

Stephan setzt sich mit Janis nebeneinander an den Esstisch gegenüber der Küchenzeile. Hannah holt vier Schalen Cremé brûlée aus dem Kühlschrank, verteilt das braune Zuckerpulver auf jeder Schale und ich flambiere ihn. Hannah reicht Stephan und Janis jeweils eine Schale. Dann nimmt sie die anderen beiden Schalen und setzt sich breit grinsend gegenüber von Janis. Ich setzte mich also wieder gegenüber von Stephan und vermeide, ihn anzusehen. Jetzt hat Janis aber bemerkt, dass zwischen Stephan und mir etwas nicht stimmt.

„Was ist los, ihr zwei?", fragt er schließlich und schaut abwechselnd Stephan und dann mich an.

„Stimmt. Irgendwie seid ihr zwei komisch.", fügt Hannah hinzu. Verlegen kratze ich mit dem Löffel auf der harten Zuckerschicht meiner Cremé brûlée herum und schweige.

„Nun sag schon, Stephan. Was ist los?", fragt Janis nun Stephan direkt. Ich hebe den Kopf und schaue Stephan besorgt an. *-Bitte sag jetzt nichts über unsere gemeinsame Nacht-,* flehe ich ihn im Gedanken an. Mit einem vorwurfsvollen Blick sieht Stephan zu mir rüber. Janis stößt mit seinem Ellenbogen in Stephans Rippen.

„Raus damit.", drängt Janis.

„Na los, Nora. Sag schon. Was habt ihr für ein Geheimnis?", fragt Hannah grinsend.

„Ja. Na los, Nora. Erzähl den beiden von unserem Geheimnis.", sagt Stephan und schaut mich spöttisch grinsend an.

„Hör auf damit, Stephan.", sage ich leise.

„Aber warum denn, Nora? Stehst du denn nicht mehr dazu, was du gesagt hast?", fragt er weiter mit diesem spöttischen Unterton.

„Stephan. Lass es.", fordere ich ihn ernst, aber immer noch mit einer leisen Stimme auf. Stephan lacht kurz resigniert auf.

„Es tut mir ja sehr leid, dass wir uns nun doch noch einmal begegnet sind. Ich werde…" Ich falle Stephan ins Wort und schreie ihn wütend an.

„Verdammt nochmal, Stephan! Es reicht jetzt!" Hannah, Janis und Stephan schauen mich erschrocken an.

„Um Himmels willen! Was ist denn passiert", fragt Hannah geschockt. Stephans Blick verdunkelt sich.

„Du willst wissen, was passiert ist!? Das kann ich dir gerne sagen!" schreit Stephan nun. -*Oh nein. Jetzt kann ich ihn nicht mehr aufhalten*-

„Ich hatte die Nacht meines Lebens mit dieser Frau und am nächsten Morgen erklärte sie mir, dass es ein Fehler war, weil ich ein berechnender, verlogener Mistkerl bin, der sie einfach nur ins Bett kriegen wollte!" Ich sacke auf meinem Stuhl zusammen. Hannah und Janis starren erst Stephan an. Dann mich.

„Das habe ich so nicht gesagt.", antworte ich leise.

„Doch, Nora. Du hast nur andere Worte benutzt, aber im Grunde hast du genau das gesagt.", antwortet Stephan und steht auf.

„Ich muss hier raus.", sagt er und stürmt durch die Wohnungstür. Kurz darauf hört man ihn mit quietschenden Reifen davonfahren.

Jetzt schauen Hannah und Janis mich mit weit aufgerissenen Augen an.

„Ich gehe dann jetzt auch mal. Danke für das leckere Essen.", sage ich leise und verschwinde nach draußen.

Oh, man. Stephan ist so sauer. Aber er hat ja auch irgendwie recht. Ich habe zwar eigentlich harmlosere Worte benutzt, aber im Grunde bedeuteten sie das gleiche wie die Worte, die er gerade benutzt hatte. Mir war nicht klar, wie sehr ich ihn verletzt habe. Ich sollte mich bei ihm entschuldigen. *-Er hatte mit mir die Nacht seines Lebens, hat er gesagt- U*nwillkürlich ziehen sich die Muskeln in meinem Unterleib zusammen, als ich an unsere gemeinsame Nacht denke. Auch ich habe noch nie so liebevollen und zugleich leidenschaftlichen Sex gehabt. Tränen steigen mir in die Augen. Endlich bin ich zuhause und kann sie laufen lassen. *-Ja. Ich muss mich bei ihm entschuldigen.-* denke ich mir und trockne meine Tränen. Ich bin ja am kommenden Freitag auf Rügen. Emil hat Geburtstag und hat mich eingeladen. Am besten fahre ich anschließend noch kurz zu Stephan.

Nach dem Zähneputzen verkrieche ich mich unter meine Bettdecke. Ich hasse es, dass ich zu feige bin, mich auf eine neue Beziehung einzulassen. Stephan hat mir klar signalisiert und auch gesagt, dass er es ernst mit mir meint. Ich hätte es doch wenigstens mal versuchen können. Aber ich kann es noch hundertmal bereuen. Das ändert ja nichts. Ich werde wohl für den Rest meines Lebens Single bleiben. Mit Tränen in den Augen schlafe ich ein.

Die Sonne scheint mir ins Gesicht, als ich langsam die Augen wieder öffne. Nach einer ausgiebigen Dusche und einem ersten Kaffee nehme ich mir ein paar Unterlagen aus dem Büro und arbeite sie durch.

Plötzlich klingelt es an meiner Wohnungstür. Ich lege die Unterlagen auf den Esstisch und öffne die Tür.

„Guten Morgen, Nora.", sagt Hannah kurz und geht an mir vorbei. Seufzend lässt sie sich auf mein Sofa fallen.

„So. Und jetzt würde ich gerne die ganze Geschichte von dir hören." Mir ist natürlich klar, was Hannah meint und es hat auch keinen Sinn, sich zu wehren.

„Möchtest du einen Kaffee?", frage ich etwas genervt.

„Gerne.", antwortet sie und kommt zu mir in den Küchenbereich. Geduldig wartet Hannah, bis die Kaffees fertig sind.

„Lass uns auf die Terrasse gehen.", sage ich ruhig und gehe mit den beiden Kaffeetassen voraus. Ich setzte mich an meinen langen Terrassentisch mit Blick in den Garten. Hannah setzt sich mir gegenüber und nimmt einen ersten Schluck Kaffee.

„Nun sag schon, Nora. Was ist denn los?" Hannah schaut mich mitleidig an.

„Naja. Stephan hat es ja gestern schon angedeutet. Wir haben miteinander geschlafen.", beginne ich also.

„Ja. Das habe ich schon verstanden. Aber warum ist er so sauer auf dich? Hast du wirklich gesagt, dass er ein verlogener Mistkerl ist?"

„Nein. Natürlich nicht. Aber ganz unrecht hat er trotzdem nicht. Ich habe gesagt, dass ich mich schäme, dass ich ihm nicht widerstanden habe, dass er gewonnen hat und dass es besser ist, wenn wir uns nicht wiedersehen.", antworte ich verlegen.

„Mensch, Nora. Aber warum?"

„Ich habe eben Angst. Stephan sieht einfach zu gut aus. So einer hat doch nur so lange Interesse an einer Frau, bis er sie im Bett hatte. Dann geht er weiter zur nächsten Eroberung."

„Nora! Du musst deine vergangenen Beziehungen endlich loslassen. Nicht jeder Kerl ist so."

„Ja, vielleicht. Aber Stephan und ich passen doch auch gar nicht zusammen.", antworte ich traurig.

„Wie meinst du das denn schon wieder?", fragt Hannah verwirrt.

„Stephan ist ein verboten gutaussehender, sportlicher Anwalt auf Rügen und ich bin eine unsportliche, etwas zu dünne Büroangestellte in Hamburg. Das passt eben einfach nicht.", antworte ich.

„Spinnst du, Nora. Mal abgesehen davon, dass du eine Büroleiterin bist und nicht nur eine kleine Büroangestellte, bist du auch noch wunderschön, intelligent und witzig. Also genau das, was sich ein Mann wie Stephan wünscht." -Blödsinn-, denke ich. Ich halte mich nicht für hässlich und bin eigentlich auch in einem gesunden Maße selbstbewusst, aber meine vergangenen Beziehungen haben mich tatsächlich unsicher gemacht, was die Männer angeht.

„Nora. Ich kenne dich lange genug, um zu wissen, dass du niemals mit einem Mann schlafen würdest, wenn du nicht auch etwas für ihn empfindest. Also, warum versuchst du es nicht einfach mal mit Stephan? Er hat selbst eine Menge durchgemacht und ist ganz und gar nicht so, wie du denkst."

„Ach, Hannah. Du glaubst gar nicht, wie gerne ich über die Schatten meiner vergangenen Beziehungen springen würde. Aber das ist nicht so einfach. Außerdem ist Stephan eh sauer und will mich nicht mehr sehen."

„Hat er das so zu dir gesagt?", fragt Hannah. Ich schüttle nur langsam den Kopf.

„Dann rede mit ihm, Nora. Ich bin mir sicher, dass Stephan der Richtige für dich ist.", antwortet Hannah überzeugt. Ich zucke mit den Schultern. Dann möchte Hannah wissen, wie es dazu gekommen ist, dass Stephan und ich zusammen im Bett gelandet sind. Ich erzähle ihr vom Gespräch mit Emil, seinen Eltern und Frau Sander. Von Stephans Anruf, als ich mit Emil in der Eisdiele war. Von seinem Auftritt in seinem Büro und von unserer Unterhaltung bei ihm zu Hause.

„Ich bin schwach geworden und es ist eben passiert." erzähle ich.

„Und wie war es, Nora?"

„Es war einfach nur wunderschön. Sowas habe ich tatsächlich noch nie erlebt.", antworte ich mit einem leicht beseelten Gesichtsausdruck.

„Genauso wie Stephan.", sagt Hannah schließlich. Ich schaue sie fragend an.

„Na Stephan hat doch gestern gesagt, dass er mit dir die Nacht seines Lebens hatte. Genauso wie du offensichtlich mit ihm. Also noch ein Zeichen dafür, dass ihr perfekt zusammenpasst.", sagt Hannah schmunzelnd und steht auf.

„Ich muss jetzt leider los. Rede mit Stephan, Nora.", bittet sie noch einmal. Dann verabschieden wir uns.

Ich bin unsicher, ob es wirklich noch Sinn macht, mit Stephan zu reden. Er ist gestern so wütend abgehauen.

Ich grüble noch lange nach. Auch als ich schon im Bett liege, überlege ich, was ich Stephan denn genau sagen soll, falls er überhaupt noch einmal mit mir reden will. Irgendwann schlafe ich dann aber ein.

Der Montagmorgen begrüßt mich mit herrlichem Sonnenschein, als ich die Vorhänge im Schlafzimmer aufziehe. Es soll heute auch wieder um die dreißig Grad draußen werden. Nach dem Duschen schlüpfe ich in einen beigefarbenen Rock, der mir bis über die Knie geht und in eine weiße Bluse mit Ärmeln, die bis zu den Ellenbogen reichen. Anschließend ziehe ich noch den zum Rock gehörenden Blazer über, springe in meine beigen Ballerinas und schnappe mir meine rotbraune Umhängetasche aus Kunstleder. Ich habe heute ein wichtiges Meeting im Büro mit meinem Chef und einem neuen Kunden und bin schon spät dran. Also mache ich mich zügig auf den Weg.

Es ist Freitag und ich bin gerade auf dem Weg nach Rügen zu Emils Geburtstag. Da das Meeting mit meinem Chef und dem neuen Kunden am Montag sehr gut gelaufen ist, hatte ich in den folgenden Tagen viel zu tun. Mein Chef hat mich mehrfach gelobt und meinte, dass ich das Büro und die Angestellten gut im Griff habe. Das macht mich natürlich sehr stolz, denn mein Chef ist keiner, den man leicht beeindrucken kann.

Ich habe anschließend beschlossen, dieses Lob von meinem Chef ein wenig zu feiern und übers Wochenende auf Rügen zu bleiben. Jasmin war so lieb und hat bereits am Mittwoch ein Zimmer in einem hübschen Hotel in Binz für mich gebucht. Mit Emil habe ich am Mittwoch nach seinem Termin mit Frau Sander vom Jugendamt telefoniert. Ich habe nicht wirklich alles verstanden, weil Emil so aufgeregt und schnell geplappert hat, aber es scheint wohl aktuell gut für ihn zu laufen. Ich freue mich riesig auf Emil, den Strand und das Meer.

Ich fahre zunächst ins Hotel und checke ein. Anschließend mache ich mich auf den Weg zum betreuten Wohnhaus. Ich trage mein beigefarbenes Sommerkleid mit breiten Trägern und beige Ballerinas. Meine langen, hellblonden, welligen Haare trage ich offen.

An der Haustür hängt ein großes weißes Plakat mit einem dicken, roten Pfeil, der nach links zeigt. Darunter steht in roten Druckbuchstaben

Zu Emils Geburtstagsparty!

Ich gehe mit meiner Geschenktüte links um das Haus herum und komme in einen großen Garten, in dem sich schon eine Menge Jugendliche tummeln. Auf der Wiese stehen mehrere Partytische mit Bänken auf jeder Seite. Links am Ende der Wiese steht ein großer, breiter Gasgrill. Rechts in der Ecke des Gartens stehen zwei weitere Partytische nebeneinander. Auf dem linken Tisch sind bereits einige Geschenke aufgereiht

184

und auf dem rechten stehen mehrere Schüsseln mit verschiedenen Salaten, Dips, Rohkost, Baguettes und ein paar Kuchen und Kekse.

„Nora!", höre ich Emils Stimme und drehe mich um. Emil kommt mit ausgebreiteten Armen auf mich zu gelaufen. Ich stelle die Geschenktüte rechts neben mir ab und wir umarmen uns.

„Toll, dass du da bist, Nora.", sagt er und strahlt mich freudig an.

„Herzlichen Glückwunsch zum Geburtstag, Emil.", antworte ich und überreiche ihm feierlich die Geschenktüte. Zunächst holt er die CD des neuesten Albums seiner Lieblingsband *Imagine Dragons*, raus.

„Klasse! Die habe ich mir so gewünscht!" Das wusste ich natürlich. Sie sind auch meine Lieblingsband. Wenn Emil in Koblenz bei mir war und wir gemeinsam mit meinen Mädels kochten, lief meistens eine CD von den *Imagine Dragons*. Emil war sofort von der Musik begeistert. Seitdem habe ich immer zwei CDs von einem neuen Album der Band gekauft und eine davon Emil geschenkt.

Er greift ein zweites Mal in die Tüte und zieht den Umschlag mit dem Gutschein über zwei Eintrittskarten für das Musical *König der Löwen* in Hamburg heraus. Als ich Emil damals erzählte, dass ich bald nach Hamburg ziehe, war sein erster Kommentar, wie toll das doch wäre, weil er mich dann dort besuchen kommen will und endlich das Musical *König der Löwen* sehen möchte.

Emils Augen weiten sich, als er erkennt, was er in den Händen hält.

„Endlich!!!!" ruft er und hüpft aufgeregt von einem Fuß auf den anderen. Seine drei Mitbewohner haben sich mittlerweile neugierig zu uns gesellt. Emil greift nun ein drittes Mal in die Geschenktüte und zieht die schwarze, knielange Kochschürze mit Latz heraus. Aufmerksam beobachten seine Mitbewohner, wie er die Schürze auseinanderfaltet. Langsam liest Emil, was auf dem Latz der Schürze in dunkelroten, leicht geschwungenen Buchstaben geschrieben steht:

Du schaffst das, Emil!

Emil strahlt übers ganze Gesicht. Sofort wirft er sich die Schlaufe am Latz der Schürze über den Kopf, nimmt die beiden Seitenbänder in Höhe der Hüfte, wickelt sie einmal um sich und bindet sie vorne zu. Stolz dreht er sich einmal um sich selbst. Dann fällt er mir um den Hals.

„Danke, danke, danke, Nora!"

„Gern geschehen, Emil.", antworte ich lachend. Emil rennt zu dem älteren Herrn, der mittlerweile hinter dem Grill steht und gerade die ersten Bratwürstchen auflegt. Ich kann zwar nicht verstehen, was sie sagen, aber ich erkenne deutlich, dass Emil ihm freudig seine neue Schürze mit der Aufschrift zeigt. Der alte Herr übergibt Emil die Grillzange und er wendet vorsichtig, mit einem breiten Grinsen im Gesicht, die Würste, obwohl sie ja gerade erst auf dem Grill gelandet sind. Mir wird richtig warm ums Herz. Mit einem zufriedenen Lächeln beobachte ich, wie Emil konzentriert ein paar Filets mit der Zange auf den Grill legt. Es ist so schön, ihn so glücklich zu sehen.

Ich frage mich plötzlich, ob Laura und Matthias auch heute herkommen. Sie werden doch sicher ihren Sohn an seinem Geburtstag sehen wollen. Wie sie wohl auf mich reagieren werden? Ich habe die beiden seit dem Gespräch mit Frau Sander nicht mehr gesehen oder gehört.

„Hallo Frau Petersen. Schön, dass sie hier sind." Ich drehe mich um und schaue in das freundlich lächelnde Gesicht von Frau Giebler.

„Hallo Frau Giebler." Liebevoll schaut sie rüber zu Emil.

„Ist es nicht schön, wie glücklich der Junge ist?" Ich nicke leicht.

„Ja. Das ist es.", antworte ich und schaue ebenfalls rüber zu Emil. In dem Moment sieht er auf und winkt uns mit der Grillzange zu. Wir winken beide zurück.

„Wer hätte gedacht, dass es noch ein so schöner Tag für Emil wird nach dem Besuch seiner Eltern heute Morgen." Ich schaue verwundert rüber zu ihr.

„Seine Eltern waren heute Morgen schon hier?", frage ich überrascht.

187

„Ja. Sie hatten mit Frau Sander einen Termin für heute Morgen um neun Uhr ausgemacht. Sie haben dann zusammen mit Emil und Frau Sander gefrühstückt.", erzählt Frau Giebler. In mir keimt eine leichte Hoffnung auf, dass Laura und Matthias sich vielleicht doch dazu entschieden haben, Emil zu unterstützen und ihn die Ausbildung zum Beikoch machen zu lassen.

„Ich war ja nicht dabei, aber Frau Sander meinte, dass es eine sehr krampfige Veranstaltung war und sie seine Mutter immer wieder darauf hinweisen musste, dass die Ausbildung und eine Rückkehr nach Koblenz bei diesem Frühstück nicht thematisiert werden sollen. Seine Mutter hat ihn dann irgendwann gefragt, ob er denn wissen würde, was er ihr mit seinem Verhalten antut. Emil war völlig überfordert. Frau Sander hat das Frühstück dann beendet und Emil zurück in sein Zimmer gebracht. Er hat sich große Vorwürfe gemacht. Er konnte nicht verstehen, was seine Mutter ihm vorwirft. Er meinte dann verzweifelt zu Frau Sander, dass er doch einfach nur Koch werden will. Es hat sie wohl einige Mühe gekostet, Emil zu beruhigen." Fassungslos habe ich Frau Giebler mit geweiteten Augen zugehört. Der arme Junge. Was muss er nur gerade alles aushalten. Ich schüttle langsam den Kopf.

„Ich hole mal Emil. Wir sollten uns hinsetzen. Elli kommt gleich mit der Geburtstagstorte.", sagt Frau Giebler, lächelt mich kurz an und geht dann rüber zum

Grill. Dann trommelt sie alle Gäste zusammen, indem sie durch den Garten ruft: *„Alle hinsetzen bitte! Jetzt kommt die Torte!"* Emil kommt fröhlich und leicht hüpfend auf mich zugelaufen, während die anderen alle Platz nehmen. Emil nimmt meine Hand und zieht mich mit sich. Er setzt sich an das Kopfende eines Tisches und deutet auf die Bank, links übereck, neben ihm. Ich schmunzle kurz und setze mich hin.

„Schau mal, wen ich vor dem Haus gefunden habe, Emil.", ruft Frau Giebler, während sie mit einem Tortenheber zurück in den Garten kommt. Links neben ihr geht Stephan. Mit seiner linken Hand schiebt er ein schwarzes Trekkingrad mit einer dunkelroten Schleife auf dem Lenkrad neben sich her. Sofort schlägt mein Puls etwas schneller.

„Stephan!!!", ruft Emil und springt von seinem Stuhl auf. Emil umarmt Stephans Oberkörper und drückt seinen Kopf, nach rechts gedreht, an seine Brust. Stephan legt seinen rechten Arm liebevoll um ihn.

„Happy Birthday, junger Mann.", sagt Stephan leise.

„Ist das Fahrrad für mich?", fragt Emil breit grinsend.

„Natürlich. So eins hast du dir doch gewünscht.", antwortet Stephan lachend. Emil streichelt ehrfürchtig über das Lenkrad.

„Es ist toll. Danke, Stephan.", sagt Emil leise und umarmt Stephan noch einmal. Ein Fahrrad hatten ihm seine Eltern auch immer verboten. Ich frage mich, ob Stephan bewusst ist, dass Emil deshalb nie Fahrrad fahren gelernt hat. Er wird es ihm erst beibringen müssen. Ich schmunzle bei der Vorstellung, wie das wohl aussehen mag.

„Na dann setzt euch erstmal hin. Ich stelle das Rad zu den anderen Geschenken.", sagt Frau Giebler kurz und schnappt sich das Fahrrad. Stephans Blick fällt auf die Schürze von mir, die Emil immer noch trägt.

„Tolle Schürze, oder? Die hat Nora mir geschenkt.", sagt Emil und streckt ihm seinen Brustkorb entgegen.

„Schau mal, was da steht." Stephan sieht auf die roten Buchstaben und liest.

„Na dann kann ja nichts mehr schiefgehen.", sagt Stephan leicht lachend und legt seinen linken Arm um Emils Schultern. Emil grinst stolz vor sich hin, während sie an den Tisch kommen. Emil setzt sich wieder auf seinen Stuhl am Kopfende des Tisches und bittet Stephan, sich rechts übereck neben ihn auf die Bank zu setzen. Während Stephan sich also direkt mir gegenüber niederlässt, schaut er mich kurz an und nickt mir freundlich zu. Was für eine kühle Begrüßung. Aber das habe ich wohl verdient. Ich sollte mich wirklich bei ihm entschuldigen. Vielleicht habe ich ja heute die Gelegenheit dazu. Ich nicke verlegen zurück.

Elli kommt langsam mit einer himmelblauen Torte in den Garten. Feierlich beginnt sie zu singen: „Happy

Birthday to you…" Nach und nach stimmen wir alle mit ein. „Happy Birthday to you. Happy Birthday, lieber Emil. Happy Birthday to you." Elli stellt die Torte mit den sechzehn kleinen, brennenden Kerzen, die am Rand der Torte einen Kranz bilden, vor Emil ab. In der Mitte der Torte liegt eine Kochmütze aus weißem Fondant und ein kleiner Kochlöffel aus Marzipan. Emil holt tief Luft. Er braucht zwei Atemzüge. Dann hat er alle sechzehn Kerzen ausgepustet. Alle klatschen fröhlich und Emil strahlt übers ganze Gesicht. Und wieder wird mir ganz warm ums Herz. Ich glaube, dass ich Emil noch nie so glücklich gesehen habe. Plötzlich bemerke ich, dass Stephan mich ansieht und meine, ein leichtes Lächeln in seinem Gesicht zu erkennen. Ich lege meinen Kopf etwas schief und schaue ihn fragend an.

Frau Giebler unterbricht unseren Blickkontakt, indem sie sich mit einem großen Messer rechts neben Emil stellt.

„So, wer will ein Stück Torte?" Sofort ertönen mehrere Stimmen, die laut „Ich!" rufen. Nachdem Stephan und ich die Kerzen vom Kuchen gesammelt haben, schneidet Frau Giebler zunächst ein großes Stück ab und legt es auf Emils Teller. Die anderen Stücke schneidet sie ganz schmal, was mir auch sehr recht ist. Es ist eine Buttercremetorte. Die mag ich nicht so. Ich esse dennoch mein schmales Stück Kuchen brav auf.

„Wolltest du nicht noch etwas sagen, Emil.", fragt Frau Giebler, die rechts neben Stephan sitzt.

„Oh ja. Stimmt. Das wollte ich." Emil steht auf und räuspert sich.

„Also. Alle mal zuhören. Ich habe was zu sagen.", beginnt Emil und ich muss schmunzeln.

„Eigentlich will ich mich nur bei euch allen vom Haus bedanken. Ihr seid alle so toll und lieb und ihr hört mir zu. Aber ganz doll bedanke ich mich bei Nora und Stephan. Wenn ich bei Nora war, haben wir immer zusammen gekocht und ich durfte auch das Gemüse und die Zwiebeln schneiden." Einige Gäste lachen kurz.

„Ja. Bei Mama und Papa durfte ich das nie. Nora konnte ich auch alles erzählen. Sie hat mich immer verstanden." Gerührt lächle ich ihn an.

„Als Nora nach Hamburg gezogen ist, war plötzlich alles doof. Ich hatte niemanden mehr, der mich versteht und mir hilft, das zu machen, was ich möchte.", sagt Emil und schaut traurig zu mir runter.

Überrascht sehe ich ihn an. Erst jetzt verstehe ich, was ich für Emil bedeutet habe. Solange ich neben ihm wohnte, hatte er einen Zufluchtsort, an dem er sein konnte, wie er wollte, wo er offen und ehrlich über seine Ziele und Wünsche reden konnte und sich ernstgenommen fühlte.

„Ich finde es toll, dass wir uns jetzt wieder so oft sehen.", sagt Emil nun wieder grinsend. Ich bin noch immer etwas betroffen von meiner Erkenntnis und lächle ihn unsicher kurz an.

„Und Stephan ist auch toll. Er hat mir sofort geholfen, als ich auf Rügen angekommen bin und mich mit Anna hierher gebracht. Stephan beschützt mich jetzt zusammen mit Nora und euch. Ich will hier nie wieder weg." So beendet er seine Ansprache und setzt sich wieder hin. Alle fangen an zu klatschen und Emil senkt verlegen den Kopf. Ich lege meine rechte Hand auf seine linke Hand, die er locker links neben dem Kuchenteller liegen hat. Ich lächle ihn an und drücke sanft seine Hand. Langsam hebt er den Kopf und schaut mich an. Dann lächelt er zufrieden. Ein paar Jungs versammeln sich plötzlich um Emil und einer ruft aufgeregt:

„Komm, Emil! Du hast noch gar nicht alle Geschenke ausgepackt!"

„Oh ja!", antwortet Emil, springt auf und rennt mit den Jungs rüber zum Tisch mit den Geschenken. Frau Giebler und ein paar andere Gäste stehen auch auf und verteilen sich im Garten. Emil sagte eben, dass er nie wieder hier wegwill. Ob das wirklich geht? Ich frage Stephan, der immer noch mir gegenüber sitzt und zu Emil rüber lächelt.

„Meinst du, dass er eine Chance hat, für immer hier zu bleiben, Stephan?" Stephan schaut mich an und scheint einen Moment zu überlegen.

„Für immer kann er nicht hier bleiben. Dieses Haus betreut nur Jugendliche bis einundzwanzig

Jahre. Aber bis dahin könnte er hier bleiben. In vier Wochen ist die Verhandlung vor Gericht. Seine Eltern scheinen es nicht anders zu wollen.", antwortet Stephan. Er klingt vorwurfsvoll und man spürt deutlich, was er von Laura und Matthias hält.

„Wenn er einundzwanzig ist, könnte er aber in eine Erwachsenenbetreuung. Er muss nicht mehr zurück zu seinen Eltern, wenn er das nicht will. Dafür werde ich sorgen.", sagt Stephan mit einem ernsten Druck in der Stimme. Ich runzle nachdenklich die Stirn. Stephan setzt sich wirklich sehr stark für Emil ein. Ich frage mich, ob er eigene Kinder hat, traue mich aber nicht, ihn jetzt danach zu fragen. Ich nicke also nur kurz und schaue rüber zu Emil. Er und die Jungs begutachten gerade Emils neues Fahrrad.

„Ein tolles Rad hast du Emil geschenkt.", sage ich und schmunzle. Stephan schaut mich kurz an. Dann sieht er rüber zu Emil.

„Ja. Als wir letztens nach Göhren gefahren sind, um eine Tour mit dem *Rasenden Roland* zu machen, sind wir an einem Fahrradgeschäft vorbeigekommen. Ich brauchte eine neue Lampe für mein Rad, also habe ich kurz angehalten und wir sind zusammen in den Laden gegangen. Emil war so begeistert von diesem Rad. Ich konnte einfach nicht widerstehen und musste es ihm holen. Also bin ich gleich am nächsten Tag noch einmal alleine in den Laden gegangen und habe es gekauft." Ich lächle Stephan an.

194

„Du weißt aber schon, dass Emil nicht Fahrrad fahren kann, oder?" frage ich ihn belustigt. Denn ich gehe davon aus, dass er es nicht weiß. Stephans Augen weiten sich.

„Du machst Witze?", fragt er. Ich schüttle grinsend den Kopf. Fassungslos schaut er rüber zu Emil, der mittlerweile schon fast alle Geschenke ausgepackt hat. Das Fahrrad steht einsam am linken Ende des Tisches.

„Nun wirst du es ihm wohl beibringen müssen.", sage ich mit einem leichten Lachen in der Stimme. Stephan sieht mich überrascht an. Dann lacht er aber und nickt.

Stephan hat auch von einem Roland gesprochen. Diesen Namen habe ich aber noch nie von Emil gehört.

„Und wer ist Roland?", frage ich Stephan schließlich. Er lacht kurz.

„Der *Rasende Roland* ist eine alte Dampflokomotive, mit der man eine Tour über die Insel machen kann. Anna hat Emil von der Lokomotive erzählt und Emil wollte dann unbedingt mit mir zusammen mal dorthin fahren.", erzählt Stephan schmunzelnd. Ich lächle kurz.

Der Moment scheint gut zu sein. Vielleicht sollte ich die Gelegenheit nutzen und mich bei Stephan für mein Verhalten nach unserer gemeinsamen Nacht entschuldigen. Als ich gerade Luft hole, klingelt sein Handy. Er holt es aus seiner rechten Hosentasche und schaut auf das Display.

„Entschuldige mich bitte.", sagt er, während er auf das Display tippt, aufsteht und sich das Handy ans rechte Ohr hält.

„Hallo Luisa. Danke, dass du zurückrufst.", höre ich Stephan noch sagen, bevor er außer Hörweite ist. So ein Mist. Das war der perfekte Moment für meine Entschuldigung. Es ist ein herrlicher, warmer Sommertag, wir sind beide entspannt und wir haben uns bisher sehr nett unterhalten. Aber wer ist diese Luisa? Vielleicht brauche ich mich gar nicht bei Stephan entschuldigen. Womöglich ist Luisa schon die nächste Eroberung. Bei dem Gedanken zieht sich mein Magen unangenehm zusammen und ich habe einen Kloß im Hals. Ich kann nicht verhindern, dass eine leichte Wut in mir aufsteigt. Er meinte, dass er sich ernsthaft in mich verliebt hätte. Von wegen. Dann hat man nicht gleich kurz darauf die nächste am Start. Stephan kommt zurück in den Garten und geht zielstrebig rüber zu Emil. Stephan sagt etwas zu ihm. Traurig schaut Emil Stephan an. Dann umarmen sie sich kurz und Stephan kommt zurück an den Tisch.

„Ich muss los. Dann noch viel Spaß und komm gut nach Hause.", sagt er und nimmt seinen Schlüsselbund vom Tisch. Ich bin überrascht, enttäuscht und sauer. Wenn er sich doch in mich verliebt hat, wie kann das denn so schnell alles wieder weg sein?

„Vielen Dank. Dir auch noch einen schönen Abend", antworte ich und bemerke, dass meine

Stimme ungewollt schnippisch klingt. Stephan schaut mich verwirrt an. Dann nickt er nur kurz und geht. Ich wollte gar nicht so schnippisch klingen, wie eine eifersüchtige Ex. Was soll's. Nun ist es eh zu spät. Soll er doch von mir denken, was er will.

Ich bleibe auch nur noch etwa eine halbe Stunde und fahre dann zurück nach Binz. Nach dem Abendessen gehe ich runter an den Strand, der mittlerweile etwas leerer geworden ist. Ich ziehe meine Ballerinas aus und laufe barfuß durch den warmen, weichen Sand. Es ist so wunderschön hier. Langsam gehe ich näher ans Wasser und betrete den nassen, festen Sand. In dem Moment kommt eine weitere Welle an den Strand und umspült meine Füße. Das Wasser ist kühl und herrlich erfrischend. Ein junges Paar kommt mir entgegen. Sie lächeln mich freundlich an und ich lächle zurück, während wir aneinander vorbei gehen. Ich glaube, ein mitleidiges Lächeln bei den beiden erkannt zu haben. Als ob auf meiner Stirn steht >Armer, hoffnungsloser Single<. - *Darf man hier als Single etwa nicht alleine spazieren gehen? Ist das nur verliebten, glücklichen Paaren erlaubt?-*, schimpfe ich im Gedanken. Unerlaubt steigt die Erinnerung an die Nacht mit Stephan wieder in mir hoch und mein Magen zieht sich wehleidig zusammen. Warum konnte ich uns nicht einfach eine Chance geben? In der kurzen Zeit, die ich Stephan nun kenne, hat er sich so tief in mein Herz

197

geschlichen, dass ich ihn nun ständig vermisse. Egal, wie sehr ich mich dagegen wehre.

Am nächsten Morgen gehe ich nach dem Frühstück direkt wieder an den Strand. Ich muss den Anblick genießen, solange ich noch hier bin. Die Sonne scheint und es ist schon angenehm warm. Ich schaue auf das glitzernde Meer hinaus und fühle mich innerlich so vollkommen entspannt und ruhig, wie schon lange nicht mehr. Beruflich habe ich alles gegeben, was ich konnte. Oft habe ich nach meiner Arbeitszeit im Büro zuhause noch weiter an Projekten gearbeitet. Und es hat sich ja auch gelohnt. Nun habe ich die Büroleitung in Hamburg anvertraut bekommen. Das macht mich sehr stolz, aber es bedeutet nun auch noch etwas mehr Arbeit. Das war mir vorher gar nicht so bewusst. Immer öfter sitze ich abends nur noch alleine im Büro und arbeite, bis mein Kopf zu macht. Ich merke dann immer, dass sich in meinem Gehirn kein klarer Gedanke mehr formt. Das ist dann der Moment, in dem ich Feierabend mache.

Mir bleibt einfach nicht viel Zeit für Entspannung und Erholung. Das Klingeln meines Handys reißt mich aus meinen Gedanken. Vor Schreck zucke ich kurz zusammen. Mir fällt auf, dass ich generell in letzter Zeit ziemlich schreckhaft geworden bin.

„Hallo?"

„Hey Nora! Du hast doch gesagt, dass du das ganze Wochenende auf Rügen bleibst, oder?", fragt Emil aufgedreht.

„Ja. Warum?"

„Wir wollen Minigolf spielen gehen und uns fehlt noch eine Person. Kommst du mit, Nora? Bitte." Oh, man. Minigolf ist nicht gerade eines meiner Lieblingsspiele. Als meine Mädchen noch klein waren, haben wir es öfter mal gespielt. Wenn Peer aber dabei war, artete es immer zu einem ernsten Wettkampf aus. Peer kann nicht verlieren, also habe ich hin und wieder absichtlich schief geschlagen, damit Peer am Ende gewinnt und den Mädchen nicht den Spaß verdirbt, mit seinem Gemaule, weil er nicht der Beste war. Als Jana und Lisa älter wurden, haben sie ihren Vater aber nicht geschont und ihn gnadenlos verlieren lassen. Den Rest des Tages war Peer dann immer schlecht gelaunt.

„Sag bitte ja, Nora." Na ja. Aber wenn ich Emil damit nun eine Freude machen kann, dann mache ich es natürlich.

„Okay. Wann wollt ihr denn los?"

„Toll!!! Um dreizehn Uhr wollen wir losfahren."

„Gut. Dann bis gleich, Emil."

„Super! Bis gleich, Nora.", ruft Emil noch und legt dann auf. Eigentlich habe ich keine große Lust, aber was soll's. Dieses eine Mal werde ich schon überleben.

Ich bin bereits um zehn Minuten vor dreizehn Uhr dort, also gehe ich zunächst ins Sekretariat und begrüße Frau Giebler. Plötzlich hören wir zwei Autos hupen.

„Ach. Das sind sicher Antonio und Herr Horner.", sagt Frau Giebler fröhlich und kommt hinter ihrem Schreibtisch hervor. Ich bleibe abrupt stehen, während Frau Giebler einen Schritt in den Flur geht. -*Stephan kommt auch mit!?*- denke ich erschrocken.

„Nun kommen sie, Frau Petersen.", meine Starre löst sich etwas und ich folge ihr durch den Flur zur Haustür hinaus. Anna und Emil rennen gerade auf Stephans Auto zu und steigen hinten auf die Rückbank. Frau Giebler geht auf den kleinen, roten Fiat 500 zu. Hinter dem Steuer sitzt der ältere Mann, der gestern bei Emils Geburtstagsparty hinterm Grill stand. Fröhlich begrüßt Frau Giebler ihn und steigt auf der Beifahrerseite ein.

-*Was für ein Mist. Wie soll ich mir Stephan aus dem Kopf schlagen, wenn ich ihm immer wieder begegne?*-
Langsam gehe ich den Weg vom Haus hinunter auf den Bürgersteig. Als ich gerade auf dem Bürgersteig nach rechts abbiegen möchte, ruft Emil laut:

„Nora. Steig bitte hier ein. Anna und ich haben uns extra nach hinten gesetzt."

„Nein, nein. Ich fahre euch mit meinem Wagen hinterher.", antworte ich und will den Bürgersteig weiter hoch gehen. Stephan steigt aus seinem Wagen und geht lässig um die Motorhaube seines Audi-SUV herum, auf mich zu. Wie gut er wieder aussieht. Er trägt eine lockere, helle Jeans, ein hellblaues T-Shirt und weiße Sneakers. In seinem markanten Gesicht mit dem Dreitagebart und den warmen, braunen Augen, kann ich jedoch keine Mimik erkennen. Er drängt sich an mir vorbei und öffnet die Beifahrertür seines Wagens. Mein Blick fällt wieder auf seine starken Arme und seine trainierte Brust. Ein Hauch seines Aftershaves steigt mir in die Nase und ich atme diesen angenehmen Duft tief ein.

„Steig schon ein, Nora." Ein leichtes Lächeln umspielt seine Mundwinkel, während er mich ansieht. Ich schaue unsicher zu ihm hoch. Ich sollte mich von ihm fernhalten. Das wäre besser für mich. Gerade jetzt, da es ja schon eine neue potenzielle Trophäe zu geben scheint. Wieder steigt eine leichte Wut in mir hoch.

„Komm, Nora. Wir wollen los.", ruft Emil vom Rücksitz. Ich steige also etwas widerwillig ein. Stephan schließt die Beifahrertür und geht wieder um die Motorhaube herum zur Fahrertür. Als er sich hinter das Steuer setzt, sehe ich ein leichtes Grinsen in seinem Gesicht. -*Frechheit!*-, denke ich mir. Mein Verhalten gerade scheint ihn zu amüsieren, was meine Wut noch weiter ansteigen lässt.

Nach nicht ganz dreißig Minuten sind wir am Minigolfplatz angekommen und Frau Giebler übernimmt sofort das Kommando.

„So. Wir machen Zweierteams. Ich spiele mit Antonio, Anna mit Emil und Frau Petersen mit Herrn Horner.", bestimmt sie und verteilt die Schläger.

„Möge das beste Team gewinnen.", sagt Frau Giebler noch und macht sich mit Antonio auf den Weg zur ersten Bahn, gefolgt von Anna, Emil und Stephan.

-Super. Was mache ich hier eigentlich? Ich könnte jetzt ganz entspannt am Strand sitzen und mit einem kühlen Drink in der Hand aufs Meer hinausschauen. Stattdessen hänge ich nun auf einer staubigen Minigolfanlage herum.- Ich seufze schwer, dann folge ich ihnen.

Komischerweise habe ich das Spiel sehr genossen. Es war so lustig und niemand war wirklich ernsthaft sauer oder enttäuscht, wenn der Ball zum zehnten Mal nicht da landete, wo er hinsollte. Immer wieder spürte ich Stephans Blick auf mir und auch ich sah ihn immer wieder an und bewunderte seine starken Arme, in denen er den dünnen Golfschläger hielt, mit dem er den Golfball kontrolliert dahin schickte, wo er ihn haben wollte. Hin und wieder trafen sich unsere Blicke und ich hatte das Gefühl, dass es auch ihm schwerfiel, sich von mir abzuwenden. Gewonnen haben am Ende Frau Giebler und Antonio.

Nun sitzen wir alle zusammen in einem netten kleinen Restaurant und essen leckere Pizza. Entspannt schaue ich in die Runde. Zwischen Frau Giebler und Antonio scheint etwas zu laufen. Wie ich mittlerweile erfahren habe, ist Antonio auch ein Betreuer in dem

Wohnhaus, in dem Anna und Emil leben. Antonio ist genau wie Frau Giebler 60 Jahre alt und ein herzensguter Mensch.

Anna scheint in Emil einen kleinen Bruder zu sehen, den sie unterstützen und beschützen möchte und Emil genießt seine Zeit hier auf Rügen einfach nur.

So unfassbar glücklich habe ich Emil seit vielen Jahren nicht mehr gesehen. Immer lag so ein trauriger Schleier über seinen Augen. Oft brach es mir fast das Herz, wenn er mal wieder bei uns war und von einem weiteren Verbot seiner Eltern erzählte. Sehr schlimm war es, als er nicht in den Fußballverein durfte, in den sein bester Freund aus dem Jugendzentrum ging. Oder auch als in der Grundschule die Fahrradschulung stattfand und er nicht mitmachen durfte, weil ihm seine Eltern verboten hatten, Fahrrad zu fahren.

Als ich zu Stephan schaue, bemerke ich, dass er mich ansieht. Seine Lippen formen sich zu einem leichten Lächeln, während wir uns in die Augen sehen. Wieder spüre ich diesen Schauer auf meiner Haut und dieses Kribbeln im Bauch.

„So. Ab nach Hause mit uns.", sagt Frau Giebler plötzlich und springt von ihrem Stuhl auf. Alle schauen sie kurz an. Dann stehen wir auch auf und folgen ihr zum Ausgang. Ich wundere mich, dass Frau Giebler und die anderen einfach zur Tür rausgehen möchten, ohne zu bezahlen.

„Wartet. Wir haben noch nicht bezahlt.", rufe ich ihnen hinterher. Stephan kommt lächelnd auf mich zu und ergreift meine rechte Hand, was sofort hunderte kleine elektrische Blitze durch meinen Körper jagt.

„Das habe ich schon geklärt. Die Rechnung geht auf meine Kanzlei.", sagt Stephan schmunzelnd und zieht mich nach draußen. Frau Giebler lächelt breit, als sie uns Händchen haltend aus dem Restaurant kommen sieht. Ich ziehe meine Hand aus Stephans Hand und gehe zu seinem Wagen. Nachdem er es mit der Fernbedienung am Autoschlüssel geöffnet hat, steige ich eilig auf der Beifahrerseite ein. Ich sehe durch das Fenster der Fahrerseite, dass Emil leise etwas zu Stephan sagt. Stephan schmunzelt nur und schüttelt leicht den Kopf. Dann kommt er zum Auto und setzt sich hinters Steuer. Ich schaue ihn fragend an.

„Was ist los?", frage ich.

„Anna und Emil möchten bei Antonio mitfahren.", antwortet er und startet immer noch schmunzelnd den Wagen.

Dieses Schweigen während der Fahrt ist sehr unangenehm. Eigentlich wäre nun der perfekte Moment, mich bei ihm zu entschuldigen. Doch als ich gerade anfangen möchte, klingelt sein Handy wieder. Er drückt den grünen Knopf an der Freisprechanlage.

„Horner.", sagt er und kurz darauf erklingt eine junge, melodische Frauenstimme.

„Hallo Stephan. Luisa hier." Sofort habe ich einen heftigen Druck im Bauch und mein Magen zieht sich unangenehm zusammen.

„Hallo Luisa, bist du gestern gut nach Hause gekommen?", fragt Stephan lächelnd. -*Na toll. Jetzt muss ich auch noch live miterleben, wie Stephan sich an seine nächste Trophäe ranmacht?*-.

„Ja. Danke nochmal, dass du spontan Zeit für mich hattest, Stephan."

„Immer wieder gern, Luisa." Stephan lächelt immer noch.

„Das trifft sich gut. Hast du heute Abend Zeit?", fragt diese Luisa mit einer zauberhaften, samtweichen Stimme. In mir kocht die Wut hoch und ich möchte am liebsten sofort aussteigen.

Stephan schaut plötzlich fragend, aber irgendwie auch unsicher, kurz zu mir rüber. Unsere Blicke treffen sich für einen kurzen Augenblick, bevor ich meinen Kopf schnell nach rechts wegdrehe.

„Ja. Okay. Vor neunzehn Uhr schaffe ich es aber nicht.", antwortet er schließlich etwas unsicher.

„Das passt super. Dann bis gleich, Stephan.", erwidert Luisa und legt auf. Aus dem Augenwinkel sehe ich, dass Stephan immer wieder zu mir rüber schaut. Ich ignoriere es aber und sehe stumm geradeaus. Ich bin mir nun ziemlich sicher, dass ich mich gar nicht zu entschuldigen brauche, weil ich nämlich recht hatte.

Stephan hält vor dem blauen Mehrfamilienhaus und ich springe sofort aus seinem Wagen. Zügig gehe ich rüber zu Emil, Anna, Frau Giebler und Antonio. Von Emil und Anna verabschiede ich mich mit einer Umarmung. Antonio kommt mit ausgebreiteten Armen auf mich zu und umarmt mich kurz.

„Ciao Bella.", sagt er und geht dann rüber zu Stephan, der mittlerweile mit Anna und Emil auf dem Bürgersteig steht. Frau Giebler sieht mich lächelnd an und breitet ebenfalls ihre Arme aus.

„Darf ich?", fragt sie. Ich nicke ihr schmunzelnd zu. Dann kommt sie näher und umarmt mich kurz. Frau Giebler geht nun auch rüber zu Stephan und den anderen. Ich drehe mich noch einmal zu ihnen um. Stephan schaut zu mir rüber, mit einem Blick, den ich nicht deuten kann. Schaut er fragend, irritiert, verständnislos oder vielleicht doch traurig? Ich drehe mich wieder um, gehe zu meinem Auto, steige schnell ein und fahre los.

Es war so ein schöner Nachmittag und ich hatte gerade das Gefühl, dass Stephan und ich uns wieder näherkommen. Und dann platzt diese Luisa wieder dazwischen. Aber eigentlich ist doch alles so, wie ich es haben will. Stephan lässt mich in Ruhe und widmet sich zufrieden dieser Luisa und ich mache weiter meinen Job und konzentriere mich auf meine Karriere. Alles ist gut, so wie es ist. Wenn die Angelegenheit zwischen Emil und seinen Eltern geklärt ist, brauche ich Stephan auch nicht mehr wiederzusehen.

Am nächsten Morgen checke ich direkt nach dem Frühstück im Hotel aus, lege meinen Trolley schon mal in den Kofferraum meines Wagens und gehe dann runter an den Strand. Nur noch ein paar Stunden und ich muss mich auf den Heimweg machen. Der Gedanke daran macht mir mein Herz schwer. Ich liebe den Strand, die Wellen, das Meer und die Möwen. Ich mag die klare, frische Luft und die entspannte Art der Leute hier. Am liebsten würde ich nie wieder von hier wegfahren. Ich mag meinen Job zwar, aber an diesem Wochenende ist mir bewusst geworden, dass er mir kaum Luft zum Atmen lässt und ich so gut wie keine Freizeit mehr habe. Ich sollte dringend etwas daran ändern. Wieder klingelt mich mein Handy aus meinen Gedanken. Es ist Stephan. Ich zögere einen Moment. Ich bin unsicher, ob ich wirklich jetzt mit ihm sprechen will. Dann gehe ich aber doch ran.

„Petersen.", sage ich kühl, als ob ich nicht wüsste, wer am Telefon ist.

„Hallo Nora. Stephan hier. Bist du noch auf Rügen?"

„Ja. Warum?"

„Können wir uns bitte kurz sehen?", fragt er. Seine Stimme klingt irgendwie besorgt.

„Wieso? Was ist denn los?", frage ich mit einem abweisenden Unterton.

„Bitte, Nora.",

„Okay. Wann und wo?"

„Wo bist du denn jetzt?", fragt Stephan hastig.

„Am Strand in der Nähe des Ostseebades Binz?", antworte ich.

„Okay. Kannst du hoch auf die Promenade kommen? Ich bin in fünfzehn Minuten dort.",

„Ja. Na gut." Meine Stimme klingt leicht genervt, was ich aber eigentlich gar nicht beabsichtigt habe.

„Super. Dann bis gleich, Nora.", sagt er noch kurz und legt dann auf. Was will er denn von mir? Er sollte sich doch eigentlich lieber um diese Luisa kümmern.

Ich mache mich auf den Weg zur Strandpromenade und setze mich auf eine Bank gegenüber einer hohen Säule, in deren oberem würfeligen Ende sich auf allen vier Flächen eine runde Uhr befindet. Die Säule wird von zwei halbrunden Wasserbecken umrahmt. Kurz darauf sehe ich auch schon Stephan auf mich zukommen.

„Danke, Nora, dass du gekommen bist." Sein Blick wirkt beunruhigt.

„Schon okay. Was gibt es denn?"

„Lass uns ein paar Schritte gehen.", sagt er leise und wir gehen die Promenade entlang.

„Nun sag schon, Stephan. Was ist los?" Er schaut mich an und räuspert sich kurz.

„Ich weiß nicht, was ich machen soll und bräuchte deinen Rat. Du kennst Emil, seit er auf der Welt ist." Ich runzle die Stirn ein wenig und schaue zu ihm hoch. Er sieht konzentriert gerade aus. Dann fährt er fort.

„Ich habe heute erst meine gestrige Post aus der Kanzlei geöffnet. Da war ein Brief des Anwaltes von Emils Eltern bei." Sofort überkommt mich ein unangenehmes Gefühl.

„Und? Nun sag schon. Was stand in dem Brief?", frage ich angespannt.

„Emils Eltern haben eingelenkt. Emil darf die Ausbildung zum Beikoch machen."

„Das ist doch super!", rufe ich begeistert. Stephan sieht irgendwie hilflos zu mir runter.

„Ich weiß nicht. Sie haben eine Bedingung daran geknüpft. Er darf die Ausbildung nur machen, wenn er zurück zu seinen Eltern geht und das letzte Schuljahr in seiner alten Schule in Koblenz absolviert." Ich überlege, wie ich das finde. Eigentlich ist es doch ganz vernünftig, wenn er wieder zurück zu seinen Eltern geht. Sie lieben ihn und haben nun offensichtlich auch eingesehen, dass sie Fehler gemacht haben. Ich frage mich, warum Stephan dennoch so besorgt aussieht.

„Das sind doch gute Neuigkeiten. Warum freust du dich nicht für Emil?", frage ich ihn also.

„Das ist nicht ganz das, was Emil will. Er will doch hier auf Rügen bleiben. Ich habe ihm versprochen, dass ich alles dafür tue, dass er in seiner jetzigen WG bleiben kann. Ich kann ihn doch jetzt nicht enttäuschen.", antwortet er und schaut mich mit einem traurigen Blick an. Ich bin irritiert. Emil wollte doch eigentlich nur auf Rügen bleiben, weil seine

Eltern so stur waren und ihn nicht diese Ausbildung zum Koch machen lassen wollten. Aber da sie nun doch einverstanden sind, sollte er doch auch zurückgehen.

„Was ist los, Stephan? Hier geht es doch nicht mehr nur um Emil, oder?" Stephan bleibt stehen. Dann setzt er sich auf eine weiße Bank mit Blick zum Meer. Ich setzte mich links neben ihn und schaue zu ihm rüber. Sein Blick ist aufs Meer gerichtet.

„In der Zeit, seitdem ich Emil nun begleitet und unterstützt habe, ist er mir sehr ans Herz gewachsen. Ich habe selbst leider keine Kinder und irgendetwas in mir hat mich unvorsichtig und unprofessionell werden lassen.", gesteht Stephan. Ich sehe ihn verständnisvoll an. Stephan sieht zu mir rüber. Sein Blick ist voller Traurigkeit und Schuldgefühle. Mein Herz blutet bei diesem Anblick.

„Stephan. Es ist ja eigentlich schön, dass dir Emil so ans Herz gewachsen ist, aber vielleicht will er jetzt auch wieder zurück zu seinen Eltern gehen und die Schule in Koblenz fertig machen. Er hat dort doch auch Freunde in der Schule und im Jugendzentrum."

„Ich weiß nicht, Nora. Seine Eltern haben gezeigt, dass sie nicht gut für Emil sind. Warum sollte das so plötzlich komplett anders sein? Ich mache mir Sorgen um den Jungen. Das ist neu für mich."

„Emil ist hier auf Rügen gewachsen. Er ist viel stärker geworden und weiß sich nun durchzusetzen. Wenn es wieder Probleme mit seinen Eltern gibt, wird er nun wissen, an wen er sich wenden kann, um Hilfe zu bekommen. Nämlich an dich.", antworte ich und lege tröstend meine rechte Hand auf seinen starken linken Unterarm. Stephan sieht zu mir rüber. Unsere Blicke treffen sich und in mir flattert ein riesiger Schwarm Schmetterlinge wild umher. Ein leichtes Lächeln umspielt seine Mundwinkel. Stephan legt seine rechte Hand auf meine, sieht mich liebevoll an und drückt meine Hand etwas.

„Danke, Nora. Du hast sicher recht.", sagt er leise, ohne den Blick von mir abzuwenden. Plötzlicch kribbelt es überall in mir. Ich will ihn küssen. Jetzt. Hier. Sofort.

Das Klingeln seines Handys unterbricht unseren Blickkontakt.

„Horner."

„Hallo Emil. Ja klar. Das brauchst du aber nicht. Sie sitzt gerade neben mir. Ich frag sie." Verwundert schaue ich Stephan an.

„Emil möchte uns zum Eisessen einladen. Er will uns etwas Wichtiges erzählen. Hast du noch etwas Zeit?" Ich schmunzle nur und nicke leicht.

„Alles klar, Emil. Nora kommt mit. Sollen wir dich abholen?", fragt Stephan fröhlich.

„Okay. Dann bis gleich, Emil." Stephan legt auf und lächelt mich an.

„Emil möchte sich in einer Stunde mit uns an der Eisdiele in Bergen treffen. Antonio bringt ihn gleich dorthin. Möchtest du bei mir mitfahren?", fragt Stephan. Ich schüttle den Kopf.

„Nein. Ich werde danach von der Eisdiele aus direkt nach Hause fahren.", antworte ich und stehe auf.

„Okay. Dann treffen wir uns in einer Stunde vor der Eisdiele. Ich muss vorher noch in die Kanzlei, also beeile ich mich jetzt besser.", sagt Stephan und steht ebenfalls auf. Sanft legt er seine rechte Hand auf meinen linken Oberarm und schaut mich mit einem freudigen Funkeln in den Augen an.

„Danke nochmal, Nora. Dann bis gleich." Ich schaue ihm noch einen Moment lang nach und gehe dann langsam zurück an den Strand. Ich fühle mich immer noch so unfassbar stark zu Stephan hingezogen. Jeder Blick und jede Berührung von ihm lösen die heftigsten und wundervollsten Gefühle in meinem Körper aus, sodass mein Verstand nicht mehr richtig funktioniert. Aber ich muss ihn mir aus dem Kopf schlagen. Er ist einfach nicht der Richtige für mich.

Als ich an der Eisdiele ankomme, sitzen Stephan und Emil schon zusammen an einem der Tische ganz rechts außen. Emil und Stephan stehen beide auf und wir begrüßen uns mit einer kurzen Umarmung. Emil rückt den Stuhl rechts neben sich etwas vom Tisch ab und bittet mich, dort Platz zu nehmen. Ein großgewachsener, sportlicher Kellner mit kurzen, dunklen Haaren kommt zu uns an den Tisch. Ich nehme wieder ein Spaghettieis und einen Kaffee Crema. Stephan nimmt das gleich und Emil bestellt sich wieder diesen riesigen Eisbecher, den er beim letzten Mal auch hatte.

„Nun leg mal los, Emil. Was möchtest du uns denn erzählen?", frage ich schmunzelnd.

„Ja genau. Wir sind schon ganz gespannt, Emil.", sagt Stephan und zwinkert Emil zu.

„Also gut. Ich will es euch beiden als Erstes erzählen. Ich habe jetzt eine richtige, feste Freundin. Wir haben uns auch schon geküsst.", berichtet Emil schließlich und strahlt übers ganze Gesicht. Ich freue mich so sehr für Emil.

„Wie schön, Emil. Ich freue mich für dich. Wie heißt sie denn? Wohnt sie auch im betreuten Wohnhaus?"

„Ja. Sie wohnt in der WG genau über mir und heißt Jennifer.", antwortet er stolz. Erst jetzt bemerke ich Stephans besorgten Blick, mit dem er Emil ansieht.

„Stephan. Ist alles in Ordnung.", frage ich also.

„Ja. Natürlich. Das ist toll, Emil."

„Du freust dich gar nicht, Stephan.", sagt Emil enttäuscht.

„Doch, Emil. Ich freue mich auch sehr für dich. Das sind tolle Neuigkeiten.", antwortet Stephan lächelnd, obwohl in seiner Stimme eine gewisse Skepsis mitschwingt, was Emil aber nicht zu bemerken scheint. Emil grinst und erzählt nun aufgeregt, wie er Jennifer kennengelernt hat, was sie zunächst alles zusammen unternommen haben und wie es schließlich zu ihrem ersten Kuss gekommen ist. Zwischendurch wurde unser Eis serviert. Obwohl wir uns überwiegend ausgelassen unterhalten, bemerke ich immer wieder einen besorgten Blick in Stephans Gesicht. Ich würde zu gerne wissen, was mit ihm los ist. Ich sollte ihn aber jetzt und hier besser nicht danach fragen.

„Ciao, ihr drei!" Antonio steht plötzlich neben mir und lächelt uns drei abwechselnd an.

„Bist du fertig, Emil? Wir müssen zurück.", sagt Antonio.

„Ja. Bin ich.", antwortet Emil und winkt den Kellner zu uns.

„Lass mal, Emil. Ich mache das schon.", sagt Stephan und schaut ihn liebevoll an. Emil steht auf und geht rüber zu Stephan, der nun ebenfalls aufsteht und Emil kurz umarmt.

„Ich hab dich lieb, Stephan.", sagt Emil leise und ich meine, einen feuchten Glanz in Stephans Augen zu erkennen. Fröhlich kommt Emil mit ausgebreiteten Armen zu mir. Ich stehe auch auf und er umarmt mich fest.

„Dich habe ich auch so lieb, Nora. Bis bald."

„Ich hab dich auch sehr lieb, Emil. Kommt gut nach Hause." Emil grinst wieder.

„Arrivederci!", ruft Antonio kurz und hebt seinen rechten Arm winkend in die Höhe. Dann eilen die beiden über den Marktplatz davon.

Stephan schaut nachdenklich auf seine Kaffeetasse. Jetzt nutze ich die Gelegenheit und frage ihn, was mit ihm los ist.

„Stephan?", er hebt den Kopf und sieht mich fragend an.

„Was ist mit dir? Warum freust du dich nicht für Emil?", frage ich schließlich.

„Ach, Nora. Ich freue mich ja eigentlich für ihn, aber überleg doch mal. Wenn wir nun auf die Forderung seiner Eltern eingehen, dann muss er zurück nach Koblenz. Wie soll ich ihm das erklären? Es wäre auch ohne diese Jennifer schon schwer genug geworden, aber nun?" Stephan wirkt verzweifelt und nun kann ich ihn auch verstehen.

„Du hast Emil wirklich sehr gerne, oder?"

„Ja. Leider. Das macht mich unprofessionell und hindert mich daran, sachliche und vernünftige Entscheidungen zu treffen. Das ist schlecht."

„Das stimmt nicht, Stephan. Das ist nicht schlecht. Im Gegenteil. Das ist sogar sehr sympathisch." Stephan sieht mich überrascht an. Ich muss schmunzeln.

„Emil ist ein toller Junge. Man muss ihn einfach mögen. Und weil du ihn so gerne hast, wirst du auch das Beste für ihn tun. So wie ich das verstanden habe, können seine Eltern doch eh fordern, was sie wollen. Wenn Emil das nicht möchte, können sie nichts dagegen tun, richtig?", frage ich. Stephan legt seine Stirn leicht in Falten und zieht eine Augenbraue hoch.

„Ja. Im Grunde schon. Aber so einfach ist das trotzdem nicht.", antwortet Stephan.

„Okay. Dann sprich doch erstmal mit dieser Frau Sander vom Jugendamt. Sie ist wirklich sehr nett.", schlage ich vor. Stephan legt den Kopf etwas schief und schaut mich mit einem leichten Lächeln an.

„Ja. Das ist wohl das Beste. Ich rufe sie gleich morgen an." Ich nicke schmunzelnd. Stephan winkt den Kellner zu uns und ich hole schnell mein Portemonnaie aus meiner Handtasche.

„Nein, Nora. Ich zahle.", sagt Stephan streng. Ich möchte mich aber nicht wieder von ihm einladen lassen.

„Nein, Stephan. Ich bezahle selbst. Wenn du magst, dann kannst du ja Emils Eis übernehmen.", antworte ich also ebenfalls in einem leicht strengen Ton und lege einen Zehn-Euro-Schein auf den Tisch. Stephan sieht mich irritiert an. Dann schmunzelt er aber. Stephan legt sein Geld dazu und der Kellner bedankt sich für das großzügige Trinkgeld. Langsam gehen Stephan und ich nebeneinander über den Markt zu meinem Wagen. Eigentlich dachte ich ja, dass ich mich für meine Worte nach unserer gemeinsamen Nacht nicht mehr entschuldigen müsste, da es ja so aussieht, dass ich gar nicht so falsch lag und Stephan in mir wirklich nur eine weitere Trophäe für seine Sammlung sah. Aber ich fühle mich immer noch schlecht wegen dem, was ich ihm unterstellt habe, ob es nun stimmt oder nicht. Ich habe immer noch das

Bedürfnis, noch einmal mit ihm darüber zu sprechen und mich zu entschuldigen.

Mittlerweile sind wir an meinem Wagen angekommen und Stephan will sich gerade von mir verabschieden.

„Warte, Stephan." Er bleibt stehen und dreht sich zu mir um. Er steht in einem Abstand von etwa einem Meter vor mir und schaut mich fragend an.

„Ich wollte… Also ich meine… Naja wegen unserer gemeinsamen Nacht…" Stephan hebt mahnend seine rechte Hand.

„Nein, Nora. Lass es."

„Das geht nicht. Ich will doch nur…", wieder fällt er mir ins Wort.

„Ich muss los, Nora."

„Stephan warte. Können wir denn nicht noch einmal in Ruhe miteinander reden?" Ich bin erleichtert, dass ich meine Frage zumindest schon mal vollständig aussprechen konnte. Stephan seufzt.

„Lieber nicht, Nora. An dem Abend bei Hannah habe ich mich vor mir selbst erschrocken. Ich bin eigentlich nicht der Typ, der rumschreit. Aber ich war so enttäuscht und wütend. Es tut weh, als skrupelloser Aufreißer bezeichnet zu werden." Ich spüre, wie mein Gesicht heiß wird und schäme mich.

„Es tut mir so leid, Stephan.", sage ich leise. Stephan nickt nur kurz, dreht sich um und geht über den Markt zurück zu seinem Büro. Ich hätte ihm eigentlich noch so viel sagen wollen, aber dafür ist es wohl generell zu spät. Ich spüre einen dicken Kloß in meinem Hals. Langsam steige ich in meinen Wagen und fahre los. Für Stephan gibt es nichts mehr zu reden. Also mache ich mich auf den Heimweg.

Zuhause stürze ich mich sofort auf die Unterlagen zweier neuer Projekte, damit ich nicht weiter über Stephan nachdenke.

Die letzten Tage im Büro waren wieder sehr lang und anstrengend. Es ist Donnerstag und ich mache diesmal bereits um fünfzehn Uhr Feierabend. Als ich zuhause auf meinem Stellplatz parke, traue ich meinen Augen kaum. Vor der Haustür steht Emil mit einem prallgefüllten Rucksack auf dem Rücken. Zügig steige ich aus. Als Emil mich sieht, kommt er sofort auf mich zugelaufen und fällt mir um den Hals.

„Nora! Ich bin so froh, dass du endlich da bist."

„Emil! Was machst du denn hier?" Emil senkt den Kopf, antwortet aber nicht.

„Dann lass uns erstmal reingehen." Emil nickt nur und wir gehen in meine Wohnung. Mit einer Flasche Wasser und zwei Gläsern gehe ich mit Emil raus auf die Terrasse. Emil setzt sich an den Terrassentisch, mit Blick in den Garten und ich setze mich ihm gegenüber.

„Nun erzähl mal. Was ist passiert?", frage ich, während ich uns etwas Wasser einschenke.

„Stephan hat mich angelogen. Er ist gar nicht mein Freund", antwortet Emil traurig.

„Wie kommst du denn darauf, Emil?"

„Er will mir nicht mehr helfen, dass ich in der WG auf Rügen bleiben kann."

„Bist du sicher, Emil? Ich kann mir das nicht vorstellen."

„Doch. Mama und Papa wollen mich nur die Ausbildung zum Koch machen lassen, wenn ich wieder zurück nach Hause komme. Das will ich aber nicht. Ich will bei Jennifer und den anderen vom Haus bleiben. Stephan hat gesagt, dass es aber besser ist, wenn ich zurück nach Koblenz gehe. Er will mich nicht mehr."

„Hörzu, Emil. Ich weiß ganz genau, dass Stephan dich sehr gerne hat und es toll finden würde, wenn du für immer auf Rügen bleiben würdest. Ich denke, dass Stephan nur versucht zu erreichen, dass du deine Ausbildung machen kannst, ohne dich jetzt noch wochenlang mit deinen Eltern vor Gericht herumstreiten zu müssen.", antworte ich. Emil schaut mich nachdenklich an.

„Ja. Streiten ist doof.", entgegnet er schließlich. Plötzlich klingelt mein Handy, das drinnen auf dem Esstisch liegt.

„Entschuldige mich kurz, Emil."

„Petersen."

„Nora! Ich bin es, Stephan. Lüg mich jetzt bitte nicht an. Ist Emil bei dir?", fragt Stephan aufgeregt. Ich überlege einen Moment, ob ich ihm wirklich sagen soll, dass Emil bei mir ist. Schließlich hatte er mich damals auch im Ungewissen gelassen, als er Emil bei Anna im Restaurant angetroffen hatte. Aber ich weiß auch noch, wie ich mich damals gefühlt habe.

„Ja. Er ist hier.", antworte ich also.

„Gott sei Dank. Kann er heute Nacht bei dir bleiben? Ich hole ihn dann morgen im Vormittag ab", fragt Stephan erleichtert.

„Natürlich bleibt er heute hier. Ob er aber morgen mit dir mitfahren will, ist noch fraglich.", antworte ich.

„Ja. Ich weiß. Ich habe mich gestern wohl irgendwie falsch ausgedrückt. Ich habe keine Erfahrung mit sowas. Das tut mir alles so leid." Stephans dunkle Stimme wirkt traurig, fast verzweifelt.

„Du bist doch auch Anwalt für Familienrecht. Und dann hast du keine Erfahrung mit so einem Fall?", frage ich irritiert.

„Mit solchen Fällen schon, aber da ging es nie um Jugendliche mit Trisomie 21 und mir lag auch nie ein Mandant so am Herzen wie Emil. Klar taten mir die Jugendlichen leid und ich habe auch immer alles gegeben, um das Beste für sie zu erreichen. Aber bei Emil ist es eben alles etwas anders." Ich bin überrascht von seiner Offenheit und schweige einen Moment.

„Nora? Bist du noch da?", fragt Stephan schließlich.

„Ja. Bin ich. Das Ganze ist für alle Beteiligten nicht leicht. Am besten lassen wir das Thema erstmal bis morgen ruhen und reden dann nochmal gemeinsam mit Emil darüber.", schlage ich vor.

„Okay. Das ist wohl das Beste. Ich gebe Frau Giebler gleich Bescheid. Dann bis morgen."

„Bis morgen, Stephan." Ich lege auf und gehe wieder zu Emil auf die Terrasse.

„Das war Stephan. Er kommt uns morgen besuchen." Emils Augen formen sich zu kleinen Schlitzen, während er zu mir hochschaut. Ich muss mich stark zusammenreißen, um mein Grinsen zu verbergen.

„Ich wollte heute eine Lasagne kochen. Hilfst du mir?", frage ich ihn schließlich. Sofort entspannt er seine Augen wieder und springt vom Stuhl auf.

„Klar will ich das.", ruft Emil fröhlich. Zusammen schneiden wir das Gemüse und Emil erzählt mir von seiner geliebten Jennifer. Es ist so süß, wie liebevoll er von ihr spricht.

Nach dem Abendessen mache ich Emil wieder das Sofa für die Nacht zurecht.

„Danke, Nora."

„Sehr gerne. Nun schlaf erstmal schön." Emil nickt und will gerade etwas antworten, als sein Handy klingelt.

„Das ist Jennifer. Ich habe ihr versprochen, dass wir heute Abend noch telefonieren.", sagt Emil verlegen.

221

„Na dann, liebe Grüße an Jennifer.", antworte ich kurz und mache mich langsam auf den Weg in mein Schlafzimmer.

„Hi Jenni. Ja. Ich bin gut angekommen. Nein. Nora ist nicht böse auf mich.", höre ich Emil noch sagen, bevor ich die Schlafzimmertür schließe.

Emil muss sich schrecklich gefühlt haben, als er dachte, dass Stephan sich gegen ihn gestellt hat. So schrecklich, dass er wieder keinen anderen Ausweg sah, als wegzulaufen. Schon wieder. Das sollte er künftig irgendwie in den Griff bekommen. Emil lernt so doch nur, dass er mit Weglaufen seine Ziele erreicht. Das ist auf Dauer nicht gut. Naja. Ich bin gespannt, wie das morgige Gespräch mit Stephan verläuft. Einerseits freue ich mich sehr darauf, ihn zu sehen, andererseits wünschte ich, dass ich ihm nie wieder begegnen müsste, um ihn schneller vergessen zu können. Über meine Grübelei schlafe ich dann schließlich doch irgendwann ein.

Vier

„Guten Morgen, Jasmin. Ich komme heute nicht ins Büro. Über mein Handy bin ich aber den ganzen Tag erreichbar."

„In Ordnung, Nora. Dann wünsche ich dir schon mal ein schönes Wochenende."

„Danke, Jasmin. Das wünsche ich dir auch."

„So. Das ist erledigt.", sage ich erleichtert, während ich die Brötchen auf den reichgedeckten Frühstückstisch auf der Terrasse stelle. Emil grinst und greift sich sofort eines der Brötchen. Ich gieße mir erstmal etwas Kaffee in meine Tasse. In dem Moment klingelt es an der Wohnungstür. Emil schaut mich erschrocken an.

„Ist das schon Stephan?", fragt Emil verunsichert.

„Keine Ahnung.", antworte ich nur kurz, stehe auf und gehe zur Tür.

„Hallo Stephan. Du bist früh dran."

„Guten Morgen, Nora. Darf ich trotzdem reinkommen?", fragt er mit einem charmanten Lächeln, das sofort ein leichtes Kribbeln in meinem Bauch auslöst. Ich trete einen Schritt zur Seite und bitte ihn mit einer Armbewegung in meine Wohnung.

„Emil ist auf der Terrasse. Wir frühstücken gerade. Möchtest du auch etwas essen?", frage ich höflich.

„Nein. Danke. Aber einen Kaffee würde ich nehmen.", antwortet er und geht raus auf die Terrasse. Ich hole schnell eine Tasse aus dem Küchenschrank und folge ihm.

„Guten Morgen, Emil.", sagt Stephan leise, während er sich ans Kopfende des Tisches setzt. Ich stelle die Tasse vor ihm ab und gieße ihm etwas Kaffee aus der himmelblauen Thermoskanne ein, die auf dem Tisch steht.

„Vielen Dank, Nora." Ich nicke nur freundlich lächelnd und setze mich wieder auf meinen Platz, gegenüber von Emil. Emil starrt schweigend auf seinen Teller und kaut vor sich hin. Stephan nimmt erstmal einen Schluck Kaffee. Ich muss schmunzeln, habe aber nicht vor, mich nun einzumischen. Ich habe keine Ahnung, was Stephan wirklich alles gestern zu Emil gesagt hat. Also halte ich mich lieber da raus.

„Emil. Es tut mir wirklich sehr leid, dass ich mich gestern wohl falsch ausgedrückt habe." Emil sieht weiter nur auf seinen Teller und schweigt. Hilfesuchend schaut Stephan mich an. Ich nicke ihm nur ermutigend zu.

„Wirklich, Emil. Ich will doch nur das Beste für dich." Nun hebt Emil den Kopf und schaut Stephan mit verkniffenen Augen wütend an.

„Das sagen Mama und Papa auch andauernd! Was sie wollen, ist aber nicht das Beste für mich!" schimpft Emil und lehnt sich bockig zurück. Stephan sieht mich verzweifelt an. Er hat scheinbar keine Ahnung, was er darauf antworten soll.

„Emil?" Emil hebt den Kopf und sieht mich an. Sein Blick ist immer noch bockig.

„Du bist ein fast erwachsener, junger Mann, Emil. Du kannst nicht mehr immer vor allen Problemen weglaufen. Man muss sich seinen Problemen stellen, um sie zu lösen. Und wenn man die Probleme nicht alleine lösen kann, sucht man sich eben Hilfe.", erkläre ich und deute rüber zu Stephan. Emils Blick wirkt nun traurig.

„Aber Stephan will mir nicht mehr helfen!"

„Das habe ich nicht gesagt, Emil.", wirft Stephan sofort ein.

„Doch! Du hast gesagt, ich soll zurück zu meinen Eltern gehen!" schimpft Emil wieder und funkelt Stephan böse an.

„Emil. Hast du Stephan denn gestern gesagt, dass du trotzdem auf Rügen bleiben möchtest, auch wenn es einfacher wäre, zurück nach Koblenz zu gehen?" Emil schüttelt den Kopf.

„Hast du Stephan denn gefragt, ob er dir trotzdem noch weiterhin helfen will?" Wieder schüttelt Emil mit dem Kopf.

„Dann frag ihn doch jetzt.", schlage ich vor. Emil schaut mich irritiert an. Dann sieht er rüber zu Stephan.

Ohne dass Emil die Fragen noch einmal stellen muss, antwortet Stephan:

„Natürlich helfe ich dir weiterhin. Und wenn du wirklich auf Rügen bleiben möchtest, freut mich das sehr und ich werde alles tun, was in meiner Macht steht, damit du auf Rügen bleiben kannst. Versprochen, Emil." Emil sieht Stephan erleichtert an. Dann steht er auf und fällt Stephan um den Hals. Auch ich bin erleichtert.

Nach dem Frühstück räumen wir noch gemeinsam den Tisch ab. Anschließend verschwindet Emil ins Badezimmer. Mit zwei frisch gebrühten Kaffees gehe ich raus auf die Terrasse, wo Stephan bereits wieder am Kopfende des Terrassentisches sitzt. Als er mich bemerkt, steht er sofort auf und kommt auf mich zu. Ich reiche ihm eine der Kaffeetassen, die er mir mit einem unsicheren Lächeln aus der Hand nimmt.

„Vielen Dank, Nora.", sagt Stephan leise, während er sich mit seiner Kaffeetasse links neben mich stellt. Ich lächle nur kurz zu ihm rüber, antworte aber nicht. Stephan steht dicht neben mir und wieder flattert eine wilde Horde Schmetterlinge durch meinen Körper. Mein Puls schlägt mir bis zum Hals und am liebsten würde ich ihn jetzt ganz fest in den Arm nehmen und küssen.

„Nora. Ich wollte dich noch etwas fragen.", sagt Stephan schließlich. Sofort sind meine Antennen auf vollem Empfang und kleine Blitze durchziehen meinen Körper. Erwartungsvoll schaue ich zu ihm hoch. Stephan lächelt etwas verlegen zu mir runter. Dann stellt er sich vor mich und sieht mir in die

Augen. Mein Puls schlägt so schnell, dass ich kaum atmen kann.

„Nora, ich.....“

„Du hast doch heute frei, oder, Nora!“, ruft Emil, der plötzlich an der Terrassentür steht. Ich zucke vor Schreck kurz zusammen. Stephan dreht sich zu Emil um.

„Ja.“, antworte ich nur kurz.

„Prima! Kannst du dann nicht bitte mit nach Rügen kommen? Wir könnten dann alle zusammen mit diesem Roland fahren und in den Tierpark in Sassnitz gehen. Bitte, Nora!“, ruft Emil aufgeregt.

Ich bin unsicher. Eigentlich wollte ich mich doch lieber von Stephan fernhalten. Stephan wendet sich wieder mir zu und lächelt zuckersüß zu mir runter. Verzückt beobachte ich, wie sich an Stephans Augen- und Mundwinkeln kleine Fältchen bilden.

„Ich würde mich jedenfalls sehr freuen, Nora.“, sagt Stephan mit einer butterweichen, dunklen Stimme. Sofort wird die Horde Schmetterlinge in mir wieder aufgescheucht. Wild flattern sie in meinem Bauch herum. Noch etwas unsicher lächle ich zurück.

„Dann muss ich erstmal schauen, ob ich ein Zimmer auf der Insel bekomme.“, antworte ich schließlich.

„Okay! Dann mach das schnell!“, drängelt Emil. Stephan lächelt mich an. Ich schmunzle kurz und gehe in die Wohnung an den Esstisch, wo mein Laptop steht. -*Stephan will also, dass ich mitkomme. Ob er jetzt vielleicht doch auch noch einmal über uns sprechen möchte?-* Ich habe Glück und bekomme noch ein Zimmer in einem kleinen Hotel in Binz. Ich packe also schnell ein paar Sachen für das Wochenende ein. Emil fährt bei mir im Auto mit und Stephan fährt uns mit seinem Wagen hinterher. Auf der Fahrt nach Rügen erzählt Emil wie ein Wasserfall von seiner Jennifer. Der Junge ist echt total verliebt und es ist schön, ihn so zu sehen.

Nach etwas über dreieinhalb Stunden kommen wir an dem hellblauen Mehrfamilienhaus an. Im selben Moment öffnet sich die Haustür und Jennifer kommt aus dem Haus gestürmt. Hastig öffnet Emil die Beifahrertür, springt aus dem Auto und rennt Jennifer entgegen. Sie fallen sich in die Arme und halten sich einen Moment lang einfach nur fest. Dann küssen sie sich kurz auf den Mund. Jennifer hat lange, braune Haare, ist etwas kleiner als Emil und hat ebenfalls Trisomie 21. Verlegen sieht Jennifer zu Stephan und mir rüber. Wir sind auch bereits ausgestiegen und stehen auf dem Bürgersteig neben meinem Wagen.

„Es gibt heute Abend selbstgemachte Pizza. Möchtet ihr mitmachen?", fragt Jennifer Stephan und mich.

„Nein. Danke. Heute nicht. Ich muss jetzt erstmal in mein Hotel einchecken und kurz im Büro anrufen. Aber wir sehen uns auf jeden Fall morgen.", antworte ich.

„Ja. Dann können wir ja morgen gleich nach dem Frühstück mit dem Roland fahren, ja?", fragt Emil aufgeregt. Ich lache kurz und nicke.

„Von mir aus gerne.", antworte ich.

„Das ist eine gute Idee, Emil. Ich muss nämlich auch heute noch etwas arbeiten. Dann hole ich euch morgen um zehn Uhr hier ab.", sagt Stephan lächelnd. Emil verabschiedet sich von uns mit einer Umarmung und geht dann mit Jennifer Arm in Arm ins Haus.

„Dann sehen wir uns morgen, Nora. Ich freue mich. Soll ich dich abholen und wir fahren zusammen?", fragt Stephan und wieder erscheint dieses verboten charmante Lächeln in seinem Gesicht.

„Okay. Gerne.", antworte ich. Stephan nickt mir zu, dreht sich um und geht zu seinem Wagen. Ich gehe um mein Auto und öffne die Fahrertür. Als ich gerade einsteigen will, ruft Stephan mir zu:

„Wollen wir vielleicht heute Abend zusammen essen gehen?" Ich bin überrascht. Obwohl alles in mir schreit, *JAAAA!Yippie!!!* Zögere ich einen Moment.

„Entschuldige, Nora. Es war nur so eine Idee. Schließlich müssen wir ja beide heute noch zu Abend essen, also warum dann nicht einfach zusammen.", erklärt er. Nun muss ich doch schmunzeln.

„Okay. Gerne, Stephan.", antworte ich schließlich.

„Schön. Dann hole ich dich um achtzehn Uhr am Hotel ab, okay?" Ich nicke nur lächelnd und steige dann in mein Auto. Wieder pocht mein Herz heftig, während ich nach Binz in mein Hotel fahre. Stephan will also mit mir essen gehen. Das heißt, dass er meine Entschuldigung angenommen hat. Ich bin so voller Glück und Schmetterlinge, dass ich die Treppe zu meinem Zimmer regelrecht hinauf tanze. Gleich treffe ich Stephan und diesmal werde ich nicht wieder von unserer gemeinsamen Nacht anfangen. Ich lasse ihn die Richtung der Unterhaltung bestimmen und folge einfach dem Fluss.

Als ich um kurz vor achtzehn Uhr aus dem Hotel komme, sehe ich Stephan, wie er lässig mit übereinandergeschlagenen Beinen an der Beifahrerseite seines Autos angelehnt steht. Er lächelt, als er mich sieht und ich gehe langsam auf ihn zu.
Ich trage mein beigefarbenes, knielanges Sommerkleid mit weißen Ballerinas und eine weiße Umhängetasche.
Stephan richtet sich auf und öffnet die Beifahrertür.

„Bitte sehr, Madam.", sagt er schmunzelnd. Ich kann mein Grinsen nicht ganz verbergen und steige schnell ein. Mit geschmeidigen Schritten geht Stephan um die Motorhaube seines Wagens herum und setzt sich hinter das Steuer.

Wir fahren auf ein riesiges Hafengelände und ich bin ziemlich irritiert. Stephan schmunzelt zu mir rüber, parkt seinen Wagen nahe einem Steg und steigt aus. Noch immer schaue ich mich verwirrt um. -*Wo soll denn hier ein Restaurant sein?*- frage ich mich. In dem Moment öffnet Stephan die Beifahrertür und reicht mir seine linke Hand. Ich ergreife sie und steige aus. Stephan lässt meine Hand nicht los, während er mit seiner anderen Hand die Beifahrertür schließt. Ein wohliges Kribbeln durchflutet meinen Körper. Wir gehen langsam rechts hoch, am Rande des kleinen Hafens entlang. Ich sollte schon längst meine Hand aus seiner gezogen haben, aber ich kann nicht. Es fühlt sich so wundervoll an, mit ihm Hand in Hand hier am Hafen entlang zu spazieren. In der Ferne erkenne ich nun rechts ein paar rote Markisen sowie Tische und Stühle. Noch ein kleines Stück dahinter sehe ich orangefarbene Markisen, unter denen ein paar wenige Tische und Stühle stehen. Zielstrebig steuert Stephan das hintere, kleinere Restaurant an.

„Hallo Stephan!" Ein älteres Pärchen, das an einem kleinen Zweiertisch ganz links sitzt, winkt uns zu. Ohne genau drüber nachzudenken, ziehe ich meine Hand aus Stephans Hand. Stephan sieht kurz fragend zu mir rüber, wendet sich dann aber direkt wieder dem immer noch wild winkenden Pärchen zu. Als wir bei ihnen am Tisch ankommen, stehen beide auf und umarmen erst Stephan, dann mich. Ich bin völlig überrumpelt von dieser ungefragten Vertraulichkeit.

„Nehmt unsere Plätze. Sonst könnt ihr heute wieder mal ewig auf einen Tisch warten. Wir sind eh fertig.", sagt die ältere Dame.

„Das ist ja perfekt.", antwortet Stephan.

„Darf ich euch Nora vorstellen? Sie kommt aus Hamburg und besucht gerade Emil.", ich lächle die beiden freundlich an.

„Nora, Das sind Gerda und Erich. Meine lieben Nachbarn." Warmherzig lächelt Gerda mir zu.

„Es freut mich wirklich sehr, dich kennenzulernen, Nora. Wie gefällt es dir auf der Insel?", fragt Gerda.

„Es ist wirklich wunderschön hier.", antworte ich.

„Ja. Wenn man sich erstmal in die Insel verliebt hat, lässt sie einen nicht mehr los. Wir sind vor fünfundzwanzig Jahren hier im Urlaub gewesen. Fünf Jahre später sind wir auf die Insel gezogen und haben es bis heute nicht eine Sekunde bereut.", erzählt Erich.

„Das kann ich sehr gut verstehen.", antworte ich. Erich lächelt kurz und wendet sich dann wieder Stephan zu.

„Sehen wir uns morgen, Stephan, oder bist du wieder mit deinem Ziehsohn unterwegs?", fragt Erich schließlich und zwinkert Stephan zu. Mit leicht hochgezogenen Augenbrauen schaue ich zu Stephan hoch. Er sieht mich an wie ein kleiner Junge, der gerade dabei ertappt wurde, wie er sich einen Schokoriegel gemopst hat.

„Das ist doch nicht mein Ziehsohn!", antwortet Stephan mit einem verlegenen Lachen.

„Na wie auch immer. Ihr seid jedenfalls beide herzlich eingeladen und wir würden uns sehr freuen, wenn ihr kommt. Gerne auch mit Emil.", entgegnet Erich, während er einen Schritt vom Tisch weggeht.

„Vielen Dank für die Einladung.", antworte ich, obwohl ich nicht die geringste Ahnung habe, wozu ich gerade eingeladen wurde.

„Na dann vielleicht bis morgen, ihr zwei.", sagt Erich. Dann gehen er und Gerda langsam runter zum Hafen. Stephan winkt den beiden noch einmal und setzt sich dann mir gegenüber.

„Wozu wurde ich denn eingeladen?", frage ich Stephan schließlich. Stephan lacht kurz.

„Gerda und Erich machen jedes Jahr eine kleine Sommerparty. Morgen findet sie bereits zum zehnten Mal statt.", erklärt Stephan.

„Hast du Lust zu kommen?"

„Mal schauen.", antworte ich etwas unsicher und nehme mir die kleine Speisekarte, die auf dem Tisch liegt. Stephan schmunzelt nur. Während wir essen, erzählt Stephan mir von seinem Gespräch mit Emil. Ich kann nun verstehen, warum Emil glaubte, dass Stephan ihn im Stich lassen will. Stephan räumt ein, dass er Emil empfohlen hat, zurück zu seinen Eltern zu gehen, damit der Konflikt mit seinen Eltern ein Ende hat. Emil hat es aber so verstanden, dass Stephan keinen Nerv mehr auf den Streit hat und Emil einfach nur loswerden will.

„Als Emil aufsprang und laut losschimpfte, war ich total überrumpelt und konnte gar nicht reagieren. Emil rannte auch sofort aus seinem Zimmer. Ich dachte, dass es besser wäre, wenn ich ihn erstmal in Ruhe lasse und ihm später noch einmal erkläre, wie ich meine Aussagen meinte, aber da war er schon verschwunden.", erzählt Stephan weiter.

„Wie geht es denn nun weiter? Kann er auf Rügen bleiben?", frage ich besorgt.

„Ja. Das werden wir schon hinbekommen. Mir ist es tatsächlich auch lieber. Hier bekommt er die Hilfe, die er wirklich braucht." Ich nicke kurz zustimmend und nehme noch einen Schluck aus meinem Wasserglas.

Plötzlich wirkt Stephan irgendwie nervös. Er hibbelt mit dem rechten Bein auf und ab und schiebt die Gabel auf seinem leeren Teller hin und her.

„Darf ich dich etwas fragen, Nora?",

„Ja. Natürlich.", antworte ich.

„Warum wolltest du letztens mit mir über unsere gemeinsame Nacht sprechen?" -*Wow! Mit der Frage habe ich jetzt nicht gerechnet.*- Mit weit offenen Augen schaue ich ihn an.

„Sie geht dir auch nicht mehr aus dem Kopf, richtig?", fragt er leise. Sein Blick wirkt so zerbrechlich und traurig. Am liebsten würde ich ihn sofort ganz fest in meine Arme schließen und an mich drücken. Was soll ich jetzt bloß antworten? Das ich immer noch ständig an diese wundervolle Nacht denke und ihn sehr vermisse? Das wäre zwar die Wahrheit, aber ist es gut, ihm jetzt die Wahrheit zu sagen? Ich habe doch gerade erst beschlossen, mich voll und ganz auf meine Karriere zu konzentrieren. Ein Mann hat da im Moment doch keinen Platz. Plötzlich wird Stephans Blick wieder heller und er lächelt mich erleichtert an.

234

„Dein Schweigen kann ich wohl als ein JA deuten, richtig, Nora?" -*Nein! Das kannst du nicht!*- denke ich und will es eigentlich auch gerade aussprechen. Aber mein Körper scheint mir mal wieder nicht zu gehorchen, denn stattdessen nicke ich einfach nur und schaue verlegen auf das Wasserglas vor mir. Stephan greift mit seiner rechten Hand über den Tisch und nimmt vorsichtig meine linke Hand. Sanft streicht er mit dem Daumen über meinen Handrücken. Ich schaue auf. Als sich unsere Blicke treffen, spüre ich mein Herz heftig gegen meine Brust schlagen. Stephan lächelt mich liebevoll an. Ich bin sofort wieder gefangen von diesem Lächeln und den kleinen Fältchen um seine Augen- und Mundwinkel.

„Nora, ich..." Stephans Handy klingelt und unterbricht ihn. Stephan seufzt auf.

„Horner." Stephans Stimme klingt genervt.

„Was!? So ein Mist! Wann ist er los?" Mir ist sofort klar, dass es um Emil geht.

„Was ist passiert?", frage ich nervös. Stephan hebt den rechten Zeigefinger, um mir zu signalisieren, dass ich einen Moment warten soll und hört der Anruferin oder dem Anrufer angespannt zu.

„Nein. Nora ist hier auf Rügen. Das weiß er aber eigentlich auch. Haben Sie versucht, ihn über sein Handy zu erreichen?" Emil ist scheinbar mal wieder weggelaufen.

„Okay. Versuchen Sie es weiter. Ich suche ihn. Melden Sie sich bitte sofort, wenn Sie ihn erreicht haben." Stephan legt auf und schaut mich beunruhigt an.

„Nun sag schon, Stephan! Was ist passiert?", frage ich nun etwas energischer.

„Das war Frau Giebler. Emil ist wieder abgehauen. Jennifer hat wohl mit ihm Schluss gemacht. Frau Giebler meinte, dass Emil seinen Kleiderschrank in seinem Zimmer leer gemacht hat. Ich gehe schnell bezahlen. Hilfst du mir dann, ihn zu suchen?", fragt Stephan hektisch.

„Aber natürlich!", antworte ich. -*Als ob ich mich jetzt entspannt an den Strand setzen könnte.*- denke ich mir und stehe auf.

Zügig gehen wir zurück zu Stephans Auto.

„Wir fahren am besten erstmal zu mir und schauen, ob er dort ist.", schlägt Stephan vor und setzt sich hinter das Steuer seines Wagens. Ich nicke nur, während ich mich auf dem Beifahrersitz anschnalle. Aber bei Stephan zuhause ist er nicht. Wir fahren noch weitere Plätze ab, an denen Emil sein könnte. Ohne Erfolg.

„Wo kann der Junge nur stecken? Ob er die Insel vielleicht doch schon längst verlassen hat?", sagt Stephan plötzlich. Ich starre ihn an. Dann hole ich hastig mein Handy aus meiner Handtasche und rufe Hannah an.

„Hallo Hannah!"

„Hallo Nora. Wie geht es dir? Ist alles okay?"

„Ja. Danke. Mir geht es gut. Ist bei dir auch alles in Ordnung?"

„Ja. Bei mir ist alles bestens, Nora."

„Prima. Ich brauche mal deine Hilfe, Hannah. Könntest du bitte jetzt kurz zu mir nach Hause gehen und nachschauen, ob Emil dort ist?"

„Ach herrje! Ist er wieder weggelaufen?"

„Ja. Wir suchen ihn jetzt schon eine ganze Weile auf Rügen. Aber vielleicht ist er gar nicht mehr hier."

„Okay, Nora. Ich gehe sofort los und melde mich dann bei dir."

„Danke, Hannah. Bis gleich."

„Aber Emil weiß doch, dass du hier bist.", sagt Stephan leise.

„Eigentlich schon, aber vielleicht hat er es vergessen.", antworte ich und zucke mit den Schultern.

„Wollen wir wieder zu mir nach Hause fahren und auf Hannahs Rückruf warten?", schlägt Stephan schließlich vor. Ich nicke nur und steige wieder in Stephans Wagen.

Stephan öffnet die Haustür und bittet mich hinein. Zögerlich gehe ich ins Haus. Hier hatten wir unsere unglaubliche Nacht miteinander, die mir seitdem nicht mehr aus dem Kopf geht.

„Möchtest du auch einen Espresso, Nora?"

„Ja. Danke.", antworte ich. Stephan nickt kurz und geht dann in die Küche. Ich bleibe im Rahmen der Küchentür stehen und schaue Stephan dabei zu, wie er zwei kleine Tassen aus einem Hängeschrank holt und unter die Düsen des Kaffeevollautomaten stellt. Kurz dreht er sich zu mir um. Ein leichtes Lächeln umspielt seine Mundwinkel. Es kann seinen besorgten Blick aber nicht verbergen. Stephan nimmt die beiden Tassen und kommt auf mich zu.

„Lass uns ins Wohnzimmer gehen." Ich drehe mich um und folge seiner Anweisung. Stephan stellt die beiden Tassen auf dem Esstisch, gleich vorne links im Raum, ab. Dann setzt er sich an das Kopfende des Esstisches, mit dem Rücken zum Sofa. Ich setze mich links übereck neben ihn. Langsam frage ich mich, warum Hannah sich noch nicht zurückgemeldet hat. Sie wohnt doch nur zehn Minuten Fußweg von meiner Wohnung entfernt.

Stephan und ich schauen beide schweigend auf unsere Kaffeetassen.

„Vielleicht ist das jetzt gerade der falsche Moment, aber ich würde gerne etwas von dir wissen, Nora.", unterbricht Stephan unser Schweigen. Ich hebe den Kopf und schaue ihn erwartungsvoll an. *-Geht es ihm wieder um unsere gemeinsame Nacht?-*

„Ich frage mich das schon seit dem Tag nach unserer gemeinsamen Nacht. Warum....." Mein Handy klingelt. Stephan verstummt und starrt auf mein Smartphone. Auf dem Display steht in großen Buchstaben HANNAH.

„Hannah! Endlich!"

„Hallo Nora. Sorry, dass es etwas länger gedauert hat. Emil ist hier und er hat mir erstmal erzählt, warum er abgehauen ist.", erzählt Hannah sofort. Ich atme erleichtert aus.

„Ich kann mir schon denken, warum.", antworte ich.

„Okay, Hannah. Ich mache mich dann jetzt auf den Heimweg. Kann Emil so lange bei dir bleiben?"

„Natürlich. Aber willst du wirklich heute noch nach Hause fahren, Nora? Emil kann gerne heute Nacht bei mir schlafen.", bietet Hannah an. Sie hat recht. Es ist schon sehr spät und ich wäre erst weit nach Mitternacht bei ihr.

„Du kannst ihn dann morgen bei mir abholen. Aber bitte nicht vor zehn Uhr. Es ist schließlich Wochenende.", fügt Hannah noch lachend hinzu.

„Okay. Dann bin ich morgen um zehn Uhr bei dir. Danke, Hannah."

„Sehr gerne, Nora. Bis morgen. Und grüß Stephan von mir." Mit ihren Worten schwingt ein breites Grinsen durch das Telefon mit. Ich verdrehe die Augen und verabschiede mich.

„Emil ist jetzt erstmal bei Hannah. Kannst du mich kurz zurück zum Hotel bringen. Ich fahre dann morgen früh direkt nach Hause.", bitte ich Stephan.

„Dieser Junge macht mich wahnsinnig!", ruft Stephan, schmunzelt aber dann.

„Ich bin so erleichtert. Ist es okay, wenn ich morgen mitkomme?", fragt Stephan unsicher.

„Ja. Von mir aus, gerne.", antworte ich schnell und stehe auf. Erleichtert lächelt Stephan mich an und steht ebenfalls auf.

Schweigend sitze ich neben Stephan im Auto. Ich überlege, ob ich ihn fragen soll, was er von mir wissen wollte, bevor Hannah anrief. Stephan wirkt sehr nachdenklich. Ich frage ihn also jetzt besser nicht.

Stephan hält vor meinem Hotel an.

„Reicht es, wenn ich morgen dann um halb sieben wieder hier bin?", fragt Stephan und dreht seinen Oberkörper zu mir rüber.

„Ja. Das passt. Dann bis morgen, Stephan."

„Gute Nacht, Nora." Ich steige aus und gehe zügig ins Hotel.

Als ich in meinem Hotelzimmer in meinem Bett liege, frage ich mich noch kurz, was Stephan wohl von mir wissen wollte. Dann schlafe ich aber ein.

Das Bimmeln des Weckers befreit mich aus einem unangenehmen Traum, in dem mich mein Chef anbrüllt und mir vorwirft, dass ich meinen Job nicht gut genug mache. Ich bin so erleichtert, dass es nur ein Traum war. Aber ich mache mir dennoch Sorgen, dass mein Job unter dem ganzen Stress mit Emil und meinen Gedanken an Stephan leiden könnte.

Ich nehme mein Handy vom Nachttisch, um den Wecker auszumachen und sehe, dass ich eine Nachricht von Stephan erhalten habe.

4.35 Uhr

Nachricht von: Stephan Horner

Nachricht an: Nora Petersen

Hallo Nora,

ich muss heute erstmal noch kurz zu meinem Bruder und bin deshalb nun schon auf dem Weg nach Hamburg. Wir sehen uns dann um zehn Uhr bei Hannah. Fahr schön vorsichtig.

Bis gleich.

Stephan

Ich antworte ihm noch kurz, bevor ich unter die Dusche springe.

5.45 Uhr

Nachricht von: Nora Petersen

Nachricht an: Stephan Horner

Guten Morgen Stephan, okay. Wünsche dir eine gute Fahrt.

Bis nachher. Nora

Ich bin fast pünktlich und klingele fünf Minuten nach zehn Uhr bei Hannah an der Tür.

„Nora!", ruft Emil, nachdem er die Tür geöffnet hat und fällt mir um den Hals.

„Guten Morgen, Emil."

„Guten Morgen, Nora!", ruft Hannah, während sie gerade eine Thermoskanne auf den reich gedeckten Esstisch gegenüber der Küchenzeile stellt. Ich sehe, dass sie für sechs Personen eingedeckt hat.

„Guten Morgen, Hannah. Wenn erwartest du denn noch?", frage ich also. Ich weiß, dass Stephan noch kommt und Janis möglicherweise auch. Aber für wen soll das sechste Gedeck sein?

„Janis, Stephan und Luca kommen noch.", antwortet sie schmunzelnd. In dem Moment klingelt es auch schon an der Tür und Hannah öffnet sie.

-*Wer ist Luca?*-, frage ich mich.

„Guten Morgen, Jungs. Rein mit euch.", sagt Hannah fröhlich. Janis nimmt Hannah breit grinsend in den Arm und küsst sie auf den Mund. Stephan drängelt sich schmunzelnd an den beiden vorbei und kommt zu mir und Emil an den Esstisch.

„Guten Morgen, ihr zwei.", sagt Stephan nur kurz und setzt sich auf den ganz linken Stuhl, mit dem Rücken zur Küchenzeile. Emil setzt sich ihm gegenüber.

Plötzlich kommt ein großgewachsener, sportlicher und gutaussehender Mann mit kurzem, dunkelbraunem Haar, zur Tür herein. Janis dreht sich zu ihm um.

„So. Dann stelle ich dich mal vor.", sagt Janis zu ihm und führt ihn zu mir.

„Das ist Luca Marino. Er ist vor vier Wochen aus Italien ausgewandert und unterstützt mich seitdem in der Hotelleitung. Luca. Das ist Nora. Hannahs beste Freundin, von der wir dir schon erzählt haben." Ich werfe Janis einen fragenden Blick zu. -*Wie bitte!?*

Warum haben sie ihm von mir erzählt?-, frage ich mich im Gedanken. Janis grinst nur belustigt.

„Buongiorno, bella signora.", sagt Luca und ergreift ungefragt meine linke Hand, führt sie zu seinem Mund und küsst kurz meine Fingerknöchel. Ich bin völlig überrumpelt. Er lässt meine Hand wieder los, hebt seinen linken Mundwinkel leicht an und schmunzelt.

„Freut mich, sie kennenzulernen.", sage ich etwas irritiert. Luca schaut hilfesuchend rüber zu Janis, der meine Begrüßung übersetzt. Janis spricht mehrere Sprachen fließend. Darunter auch Italienisch. Luca lächelt mich freundlich an. Janis führt Luca nun rüber zu Emil und stellt auch ihn vor. Dann setzt sich Luca neben Emil und Janis setzt sich links neben Luca.

Ich nehme noch den Korb mit den Brötchen und den Croissants von der Küchenarbeitsplatte und stelle ihn mittig auf den Esstisch. Hannah setzt sich gegenüber von Janis. Mir bleibt also nur noch der Platz rechts neben Stephan und gegenüber von Luca.

Zunächst erzählen Hannah und Janis begeistert von ihrem Wanderurlaub in Österreich. Die Stimmung ist recht ausgelassen. Luca beugt sich immer wieder rüber zu Janis und flüstert ihm etwas zu, was ich aber nicht verstehe. Dabei bräuchte er gar nicht flüstern, da ihn hier eh niemand versteht, außer Janis.

„Was flüstert ihr beiden denn die ganze Zeit?", fragt Hannah schließlich mit einer gespielten

Empörung in der Stimme. Janis übersetzt wieder und Luca grinst. Dann nickt Luca Janis zu.

„Mein italienischer Freund würde gerne wissen, ob die wunderschöne Dame ihm gegenüber Single ist.", sagt Janis schließlich und zwinkert mir grinsend zu. Ich schaue ihn zunächst überrascht an, während Hannah rechts neben mir anfängt zu kichern.

„Das geht deinen italienischen Freund gar nichts an.", antworte ich streng, kann mir ein leichtes Schmunzeln aber nicht verkneifen. Luca sieht rüber zu Janis. Janis lacht und übersetzt dann meine Antwort.

„Che peccato", sagt Luca und lächelt mich an. Janis übersetzt Lucas' Worte sofort.

„Er findet es schade.", sagt Janis. Ich schüttle nur leicht lächelnd den Kopf. Einerseits fühle ich mich geschmeichelt, andererseits ist es mir immer sehr unangenehm, so offen angeflirtet zu werden. Stephan greift nach seiner Kaffeetasse und grinst zufrieden.

Irgendwann bemerke ich, dass Emil sehr ruhig und nachdenklich geworden ist.

„Ich will zurück zu Mama und Papa.", sagt Emil plötzlich. Sofort wird es ganz still am Tisch und wir schauen alle zu Emil. Sein Blick ist auf seinen Teller vor ihm gerichtet. Luca sieht fragend zu Janis. Diesmal übersetzt Janis jedoch nicht. Stephan fängt sich als Erster wieder.

„Komm mal mit raus, Emil.", sagt Stephan ernst, während er aufsteht und in Richtung Terrasse geht.

Emil steht wortlos auf und folgt Stephan, raus auf die Terrasse.

„Der arme Junge.", sagt Hannah mitleidig. Janis und ich nicken nur zustimmend.

Nachdem Hannah, ich, Janis und Luca den Tisch abgeräumt haben, kommt Stephan an die Terrassentür.

„Nora. Kommst du bitte mal." Ich drücke Hannah das Marmeladenglas in die Hand, dass ich gerade vom Esstisch genommen habe und gehe zügig auf die Terrasse. Stephan wirkt besorgt und irgendwie hilflos.

„Nora. Bitte bring Emil zur Vernunft. Er will zurück zu seinen Eltern, weil Jennifer sich von ihm getrennt hat und er sie nicht mehr wiedersehen will.", erklärt Stephan mit einem abwertenden Unterton. Ich wundere mich über Stephan. Wieso soll ich Emil zur "Vernunft" bringen? Vielleicht ist es ja wirklich das Beste für Emil.

„Hast du dir das gut überlegt, Emil?" frage ich ihn also.

„Ja. Ich will weg von Rügen und wieder in meine Schule gehen. Mama und Papa haben doch gesagt, dass ich dann auch die Ausbildung zum Koch machen darf." Emil schaut mich ernst an.

„Gut. Wenn du das so möchtest.", antworte ich. Stephan sieht mich entsetzt an.

„Geh doch schon mal rein, Emil. Wir kommen gleich nach.", bitte ich Emil, um mit Stephan alleine sprechen zu können. Emil nickt kurz und geht zurück zu Hannah, Janis und Luca, in die Küche.

„Was soll das, Nora? Du weißt doch, wie seine Eltern sind. Es wäre ein Fehler, wenn er jetzt zu ihnen zurückgeht."

„Das weißt du nicht, Stephan. Und selbst wenn es ein Fehler ist. Dann muss er ihn machen und wird daraus lernen. Stephan, wir können ihn nicht vor allem beschützen. Er muss seine eigenen Erfahrungen machen." Stephan schüttelt verständnislos den Kopf.

„Das gilt vielleicht für einen normalen Teenager.", antwortet Stephan. Ich bin fassungslos und schaue ihn wütend an.

„Wenn du das wirklich so siehst, dann bist du kein bisschen besser als Laura! Auch mit Trisomie 21 ist Emil doch ein normaler Teenager, hat seinen eigenen Willen und ist sehr wohl in der Lage, seine eigenen Entscheidungen zu treffen!", schimpfe ich.

„Nora. Er hat bloß Liebeskummer! Er kann die Tragweite seiner Entscheidung doch gar nicht abschätzen." Ich verstehe Stephans heftige Reaktion nicht.

„Meine Güte, Stephan! Emil hat nicht vor, auszuwandern oder von einer Brücke zu springen. Er will zurück zu seinen Eltern, um seinen Schulabschluss an seiner alten Schule zu machen und anschließend die Ausbildung zum Beikoch anzufangen! Das klingt für mich sehr vernünftig." Stephan schaut resigniert zu Boden. Dieser große, starke und umwerfend gutaussehende Mann steht nun völlig hilflos vor mir. Ich gehe einen Schritt näher zu ihm und nehme ihn einfach in den Arm. Im ersten Moment scheint er überrascht zu sein und versteift sich etwas. Dann wird er aber wieder locker und legt seine gut trainierten Arme um mich. Ich drehe meinen Kopf nach rechts und lege ihn an seine Brust. Ich spüre seinen Herzschlag. Ein wohliges Kribbeln durchzieht meinen ganzen Körper.

„Danke, Nora. Du hast recht.", sagt Stephan leise. Ich löse meinen Kopf von seiner Brust und schaue zu ihm auf. Mit einem sanften Blick sieht er zu mir runter. Ich schaue in seine dunklen, liebevollen Augen. Mein Blick wandert weiter und bleibt an seinen Lippen haften. Wie gerne würde ich diese Lippen jetzt hemmungslos küssen.

Stephan räuspert sich und lässt mich los. Auch ich löse mich von ihm. Verlegen schaue ich zur Terrassentür.

„Wir sollten wieder reingehen.", sage ich leise. Stephan nickt nur.

Emil sitzt wieder an seinem Platz am Esstisch und Hannah steht mit Janis und Luca an der Wohnungstür und verabschiedet sich gerade von ihnen.

„Ciao, Jungs!", ruft Stephan den beiden kurz zu, während er an ihnen vorbei zum Esstisch geht. Beide winken ihm kurz zu.

„Bis bald, Nora.", sagt Janis und öffnet die Wohnungstür.

„Machs gut, Janis.", antworte ich. Luca kommt auf mich zu. Wieder ergreift er meine linke Hand und küsst erneut meine Fingerknöchel.

„Arrivederci, Nora. Ci vediamo." sagt Luca in einem ruhigen und sanften Ton. Wieder schaue ich fragend zu Janis. Das Wort "Arrivederci" kenne ich. Das heißt "Auf Wiedersehen", aber den Rest habe ich wieder nicht verstanden.

„Auf Wiedersehen und bis bald, hat er gesagt.", übersetzt Janis netterweise und schmunzelt zu mir rüber.

„Arrivederci, Luca.", antworte ich nur mit einem leichten Lächeln. Dann gehen Luca und Janis durch die Tür und ich setze mich wieder an den Esstisch, gegenüber von Emil.

Stephan hat meine Verabschiedung von Luco argwöhnisch beobachtet. Mit einem leicht mürrischen Blick setzt er sich nun rechts neben mich.

„Es ist alles gut, Emil. Wenn du erstmal zurück nach Koblenz möchtest, dann fahre ich mit dir. Wir reden erstmal in Ruhe mit deinen Eltern und sehen dann weiter, okay.", sage ich und lächle Emil zu.

„Können wir sofort losfahren?" fragt Emil mit einem entschlossenen, festen Blick. Ich schaue fragend rüber zu Stephan, der mit einem gequälten Gesichtsausdruck neben mir sitzt.

„Es wäre nicht gut, wenn wir deine Eltern unangemeldet überfallen. Wir sollten zudem erstmal mit Frau Sander vom Jugendamt sprechen.", sagt Stephan ruhig. Emil nickt kurz.

„Es wird sicher alles gut, Emil.", sagt Hannah aufmunternd und setzt sich an das Kopfende des Esstisches. Emil schaut sie kurz an.

„Wir fahren morgen früh erstmal in deine WG. Am Montag rufe ich dann sofort Frau Sander an und mache einen Termin mit ihr, okay?", fragt Stephan vorsichtig.

„Nein! Ich will nicht dahin zurück. Kann ich nicht bei Nora bleiben?", ruft Emil und schaut mich flehend an. Ich bin überrascht, aber im Grunde wäre das ja kein Problem. Stephan sieht irritiert zu Emil rüber, dann zu mir.

„Bitte, Nora.", bettelt Emil.

„Von mir aus ist das okay.", antworte ich.

„Danke, Nora!", sagt Emil mit einem breiten Grinsen im Gesicht. Stephan starrt ihn an. Dann schüttelt er verständnislos den Kopf.

„Also gut. Ich rufe dann am Montag Frau Sander an und melde mich danach bei euch.", erwidert Stephan mit einem genervten Gesichtsausdruck.

„Ich bin dann jetzt auch erstmal weg. Danke für das Frühstück, Hannah.", sagt Stephan kühl und nimmt seinen Autoschlüssel vom Esstisch.

„Gerne, Stephan.", antwortet Hannah etwas irritiert.

„Dann bis morgen, Stephan.", sage ich freundlich.

„Bis morgen." antwortet Stephan irgendwie mürrisch. Ich bin genervt von Stephans Stimmungswechsel und verstehe einfach nicht, warum er plötzlich hier so rumzickt.

„Bis morgen, Stephan!", ruft Emil ihm fröhlich zu. Stephan winkt Emil noch kurz, bevor er die Wohnungstür öffnet und geht. Verwundert sitzen Hannah, ich und Emil am Esstisch.

„Was ist denn mit dem los?", fragt Hannah schließlich. Ich zucke nur kurz mit den Schultern, stehe auf und nehme meine Handtasche von der Stuhllehne.

„Wir machen uns dann auch auf den Weg. Magst du nachher auf einen Kaffee und ein Stück Kuchen bei mir vorbeikommen?", frage ich Hannah, die sofort begeistert nickt. Ich lache kurz.

„Tschö, Hannah! Und danke, dass ich bei dir schlafen durfte.", sagt Emil und geht rüber zu seiner Reisetasche, die rechts neben dem Sofa steht.

„Sehr gerne, Emil.", antwortet Hannah. Ich umarme Hannah kurz, die mittlerweile auch aufgestanden ist.

Nachdem wir bei mir zuhause angekommen sind, mache ich uns eine Kanne Wasser mit Eiswürfeln und Zitrone und setze mich mit Emil auf meine gemütlich gepolsterte Bank, rechts auf der Terrasse.

Nun würde ich aber doch gerne wissen, warum Emil wirklich abgehauen ist.

„Möchtest du mir erzählen, was zwischen dir und Jennifer vorgefallen ist?", frage ich also vorsichtig.

„Ich weiß nicht, was plötzlich mit ihr los ist. Sie hat mir nur eine WhatsApp-Nachricht geschrieben, in der stand, dass sie Schluss macht.", erzählt Emil und starrt in den Garten. Ich sehe skeptisch nach rechts, zu ihm rüber. Emil bemerkt, dass ich ihn ansehe und dreht sich zu mir. Mein Blick scheint ihm nicht zu gefallen. Seine Augen formen sich zu schmalen Schlitzen. Er nimmt sein Handy aus der rechten vorderen Hosentasche und tippt auf dem Display herum. Dann hält er es mir vor die Nase und zeigt mir Jennifers Nachricht.

18.22 Uhr
Nachricht von: Jenni
Nachricht an: Emil
Ich mache Schluss und will dich nicht mehr sehen!!!
LG. Jenni

-*Wow. Das ist deutlich.*- denke ich mir. Aber irgendwie auch seltsam. Als wir Emil gestern zuhause abgesetzt haben, war doch noch alles in Ordnung. So sah es zumindest aus, als Jennifer Emil begrüßt hat.

Ich schaue mitleidig zu Emil rüber. Er senkt das Handy und packt es zurück in seine rechte vordere Hosentasche. Dann starrt er wieder in den Garten.

„Habt ihr euch gestritten?", frage ich. Emil schüttelt den Kopf.

„Nein. Wir hatten viel Spaß beim Pizza machen, haben gegessen und dann noch etwas in meinem Zimmer Musik gehört und geredet. Dann hat sie *bis morgen* gesagt und ist gegangen. Ein paar Minuten später kam dann diese blöde Nachricht. Ich bin sofort zu ihr gegangen. Weil sie die Tür nicht aufmachen wollte, habe ich feste geklopft. Dann hat sie aufgemacht und gesagt, dass ich verschwinden soll und sie nichts mehr mit mir zu tun haben will. Frau Giebler stand plötzlich hinter mir und hat mich weggeschickt. Ich verstehe das alles nicht, Nora. Es war doch alles so schön. Wir haben wirklich noch nie gestritten.", erzählt Emil. Seine Stimme klingt so verzweifelt. Wenn die zwei sich wirklich nicht gestritten haben, dann kommt mir Jennis Verhalten wirklich sehr komisch vor. Ich weiß aber nicht, was ich dazu sagen soll. Also nehme ich Emil einfach nur in den Arm.

„Lass uns zusammen den Kuchen für heute Nachmittag backen, okay.", schlage ich vor. Mit Kochen oder Backen konnte ich Emil schon immer aufmuntern und es klappt auch dieses Mal hervorragend.

Ich reiche Emil die Äpfel, die auf der Arbeitsplatte der Kochinsel stehen, ein großes Holzbrett, eine leere Schüssel und ein Messer. Emil setzt sich an das linke Kopfende des Esstisches und greift nach einem Apfel. Ich gehe zurück an die Kochinsel und rühre den Teig für den Apfelstreuselkuchen an. Immer wieder schaue ich zu Emil rüber. Er schält die Äpfel und schneidet sie dann langsam und sorgfältig in fast gleichmäßige, kleine Würfel. Man merkt, dass er es liebt.

Ich ärgere mich ein wenig über diese Leute, die meinen, dass Menschen mit Trisomie 21 dumm, unselbstständig und unfähig sind, ein normales Leben zu führen. Aber wer führt denn schon ein "normales" Leben? Und wer entscheidet überhaupt, was ein "normales" Leben ist? Ich habe durch Emil jedenfalls viel über Trisomie 21 gelernt und auch eine Menge tolle Menschen kennenlernen dürfen. In dem betreuten Wohnhaus auf Rügen gibt es einige Jugendliche und junge Erwachsene mit Trisomie 21, die sehr wohl ein ziemlich selbstständiges Leben führen und einen ganz normalen Beruf erlernen, wie Tischler, Einzelhandelskauffrau oder auch Hebamme. Ja. Es gibt Menschen, bei denen Trisomie 21 stärker ausgeprägt ist und die deshalb stärker eingeschränkt sind als andere. Von einer Betreuerin aus dem betreuten Wohnhaus auf Rügen habe ich erfahren, dass dies aber meist auch nur daran liegt, dass diese Menschen nicht bereits als Kleinkind rechtzeitig entsprechend gefördert wurden. Betroffene Eltern finden oft nur schwer zu nötigen Angeboten. Es gibt aber mittlerweile Gott sei Dank Organisationen, die sich dafür einsetzen, dass sich das ändert.

Ich schaue rüber zu Emil. Er greift nach der Schüssel mit den Apfelwürfeln, steht auf und kommt freudestrahlend zu mir. Ich muss auch sofort grinsen.

Nachdem ich den Kuchen in den Backofen geschoben habe, lege ich eine CD meiner Lieblingsband "Imagine Dragons" ein. Sofort fängt Emil an zu tanzen und ich lasse mich mitreißen. Wir tanzen durch die Wohnung und lachen.

Als der Kuchen dann fertig ist, stelle ich ihn zum Abkühlen auf die Theke der Kochinsel. Um fünfzehn Uhr kommt dann Hannah.

„Kann ich mir den Fernseher etwas anmachen?", fragt Emil, nachdem er sein drittes Stück Kuchen verputzt hat.

„Natürlich.", antworte ich kurz. Emil steht lächelnd auf und geht in die Wohnung.

„Es scheint ihm besser zu gehen.", sagt Hannah leise, während sie Emil nachschaut.

„Ja. Im Moment schon.", antworte ich.

„Sag mal, Nora. Glaubst du, dass es richtig ist, dass er zu seinen Eltern zurückgeht?"

„Nein. Eigentlich nicht. Aber ich denke, dass es falsch wäre, ihn nicht selbst entscheiden zu lassen. Er ist ein Teenager, der ernstgenommen werden möchte und nicht bevormundet werden will.", antworte ich.

„Da sind eben alle Teenager gleich.", sagt Hannah lachend. Ich schmunzle und nicke zustimmend.

„Sag mal, Nora. Weißt du, warum Stephan vorhin auf einmal so zickig war?". Ich zucke mit den Schultern.

„Keine Ahnung, Hannah."

„Worum ging es denn, als ihr auf der Terrasse wart?", fragt Hanna weiter.

„Stephan wollte, dass ich Emil zur..." ich deute mit den Zeige- und Ringfingern meiner beiden Hände Anführungszeichen an... „"Vernunft" bringe. Ich finde es aber nicht gut, Emil in seine Entscheidung reinzureden. Als Emil dann wieder bei euch drinnen war, habe ich versucht, Stephan zu erklären, warum ich es nicht gut finde und ich hatte eigentlich den Eindruck, dass er mich versteht und mir auch zustimmt.", antworte ich.

„Findest du nicht, dass er etwas überreagiert, wenn es um Emil geht?", fragt Hannah nun und schaut mich mit hochgezogenen Augenbrauen an. Nun fällt es also auch anderen auf. Stephan hängt sehr an Emil.

„Ja. Das ist mir auch schon aufgefallen.", antworte ich nur kurz.

„Irgendwie seltsam, oder?", fragt Hannah nachdenklich. Ich nicke nur und starre in den Garten.

„Ich muss jetzt nach Hause, Nora. Janis wollte nochmal vorbeikommen."

„Okay. Dann grüß ihn bitte ganz lieb von mir."

„Das mache ich. Willst du mit Stephan vielleicht mal über sein Verhalten in Bezug auf Emil sprechen?", fragt sie leise, während sie aufsteht.

„Ich weiß nicht, ob mir das zusteht.", antworte ich unsicher.

„Natürlich steht dir das zu, Nora. Du kennst Emil seit seiner Geburt!" Ich nicke kurz.

„Wenn es sich ergibt, werde ich es vielleicht ansprechen. Aber erstmal ist es wichtig, dass alle Rahmenbedingungen für Emils Rückkehr zu seinen Eltern stimmen.", antworte ich.

„Da hast du natürlich recht, Nora. Das ist jetzt erstmal das Wichtigste." Wir gehen rein und Hannah verabschiedet sich von Emil.

Zum Abendessen machen Emil und ich zusammen eine Gemüsepfanne mit kleinen Pellkartoffeln.

Satt und müde falle ich an diesem Abend ins Bett. Meine Gedanken kreisen um Stephan und seine Bindung zu Emil. Über die ganze Grübelei schlafe ich ein.

Der Sonntag ist ein grauer Regentag. Emil sitzt entweder vorm Fernseher oder zeichnet wunderschöne Bleistiftbilder. Ich nutze die Gelegenheit und arbeite an zwei Projekten weiter.

Fünf

Emil ist schon wach, als ich am nächsten Morgen um halb sieben frisch geduscht und angezogen ins Wohnzimmer gehe. Das Bettzeug liegt schon ordentlich gefaltet am rechten Ende des Sofas. Emil sitzt am linken Ende und starrt auf sein Handy, dass vor ihm auf dem Couchtisch liegt.

„Guten Morgen, Emil."

„Guten Margen, Nora.", antwortet er leise, ohne von seinem Handy aufzuschauen. Ich mache Emil erstmal einen Kakao und mir einen Kaffee. Dann setze ich mich neben ihn und reiche ihm die Tasse Kakao. Emil sieht nur ganz kurz zu mir, nimmt mir die Tasse aus der Hand und schaut dann wieder auf sein Handy. Er tut mir so leid. Liebeskummer ist ein schreckliches Gefühl. Schweigend sitzen wir nebeneinander.

„Glaubst du, dass ich mich richtig entschieden habe, Nora?"

„Ich weiß es nicht, Emil. Das weiß niemand. Du musst es einfach ausprobieren." Emil schaut mich ängstlich an.

„Hab keine Angst, Emil. Du kannst deine Entscheidung jederzeit zurücknehmen. Wir sind alle für dich da." Er wirkt erleichtert. Wortlos steht er auf und geht ins Bad. Als Emil wieder zurück ins Wohnzimmer kommt, frühstücken wir noch zusammen. Danach rufe ich Jasmin an und sage ihr Bescheid, dass ich heute im Homeoffice arbeiten werde. Um kurz vor halb neun steht dann Stephan vor meiner Tür.

„Guten Morgen, ihr zwei.", sagt Stephan und schaut mich irgendwie verunsichert an.

„Darf ich dich kurz alleine sprechen?", fragt er leise.

„Schon kapiert!" ruft Emil grinsend und geht raus auf die Terrasse. Stephan kommt näher zu mir.

„Nora. Ich möchte mich für mein Verhalten am Samstag entschuldigen."

„Was war denn los?", frage ich.

„Ich glaube, ich war eifersüchtig." Ich schaue Stephan überrascht an. Er schmunzelt.

„Hast du denn nicht gemerkt, wie offensiv Luca mit dir geflirtet hat. Der war ja ziemlich aufdringlich." Ich muss lachen. Stephan sieht mich verwirrt an.

„Lachst du mich jetzt etwa aus?", fragt er schmunzelnd.

„Ja. Das tue ich. Luca ist Italiener. Was für uns hier Flirten ist, ist für Italiener nichts weiter als Höflichkeit. Das darf man doch nicht ernstnehmen.", antworte ich immer noch lachend. Stephan stellt sich dicht vor mich und schaut mir in die Augen. Mein Lachen verstummt und ich versinke in seinen wunderschönen, dunkelbraunen Augen. Ich atme seinen Duft tief ein. In meinem Bauch tummeln sich Unmengen an Schmetterlingen und Hummeln, die

258

wild durcheinander fliegen. Mein Blick wandert auf seine Lippen. Ich will, dass er mich sofort küsst. Aber er lächelt nur zu mir runter. Verzückt von seinem charmanten Lächeln schmelze ich förmlich dahin.

„Na wie du meinst, Nora. Ich habe aber das Gefühl, dass er dich sehr wohl angeflirtet hat und muss zugeben, dass es mir nicht gefallen hat." Mein Puls wird schneller. Ich sehe wieder in seine dunklen Augen. -*Was bedeutet das jetzt? Ist Stephan in mich verliebt, oder ärgert es ihn nur, dass sich jemand anderes an seine Trophäe ran macht?*-, frage ich mich.

„Seid ihr fertig?", ruft Emil von der Terrassentür aus zu uns rüber. Stephan geht einen Schritt zurück und räuspert sich. Schmunzelnd geht er zu Emil. Stephan setzt sich ans Kopfende des Terrassentisches und Emil setzt sich rechts übereck neben ihn, mit dem Rücken zur Fensterfront. Ich folge den beiden und setzte mich Emil gegenüber.

„Also, Emil. Ich habe mit Frau Sander nun das weitere Vorgehen besprochen. Sie telefoniert wahrscheinlich gerade mit deinen Eltern. Danach meldet sie sich wieder bei mir. Wenn alles passt, dann bringe ich dich morgen früh zu deinen Eltern und du bleibst auch erstmal dort. Das mit der Schule regelt Frau Sander dann mit der Kollegin aus Koblenz.", erklärt Stephan. Emil wirkt unsicher, nickt aber.

Stephan erklärt noch in allen Einzelheiten, was er mit Frau Sander besprochen hat und eigentlich wird nun alles so gemacht, wie Emil es möchte. Aber irgendwie wirkt Emil bedrückt.

„Was ist los, Emil?", frage ich ihn also.

„Ich habe Angst, dass es ein Fehler ist.", antwortet er. Stephan legt seine rechte Hand auf Emils linken Unterarm.

„Hörzu, Emil. Du kannst das Ganze jederzeit abbrechen. Ich komme dich dann sofort abholen.", sagt Stephan und sieht Emil eindringlich an. Emil nickt nur.

Stephan will gerade noch etwas sagen, als sein Handy klingelt, das vor ihm auf dem Tisch liegt. Er schaut kurz auf das Display.

„Das ist Frau Sander.", sagt er leise und geht dann ran.

„Hallo Frau Sander. Wie ist das Telefonat mit Emils Eltern gelaufen?" Leider verstehen Emil und ich nicht, was Frau Sander antwortet. Mit großen Augen schauen wir Stephan an.

„Okay. So machen wir es. Dann bis morgen.", sagt Stephan und legt auf. Erwartungsvoll starren wir ihn an.

„So, Emil. Frau Sander ist morgen um halb acht hier. Wir fahren dann zusammen mit ihr zu deinen Eltern. Wir werden erstmal alle gemeinsam miteinander sprechen. Wenn du dann immer noch dortbleiben möchtest, fahre ich mit Frau Sander alleine wieder."

„Nein. Ich möchte, dass Nora mitkommt!", ruft Emil. Stephan schaut ihn irritiert an. Ich bin unsicher, ob es eine gute Idee wäre, wenn ich dabei bin. Schließlich war Laura zuletzt recht sauer auf mich.

„Das ist eine gute Idee.", entgegnet Stephan aber plötzlich. Verwirrt schaue ich zu ihm rüber.

„Wirklich, Nora. So sehen seine Eltern direkt, was für eine große Unterstützung Emil hat." Stephan hat recht. Dann trauen sie sich vielleicht auch nicht, Emil wieder einzuengen.

„Okay. Ich komme mit.", antworte ich also.

„Danke, Nora.", sagt Emil erleichtert.

„Ach! Ich habe ja vollkommen vergessen, dass ich dir noch etwas mitgebracht habe, Emil.", sagt Stephan plötzlich und steht hastig auf. Zügig geht er hinein in meine Wohnung, verlässt sie durch die Wohnungstür und kommt mit einem Zeichenblock und einem schwarzen Ledermäppchen zurück auf die Terrasse. Emil geht ihm strahlend entgegen. Stephan übergibt Emil zunächst das schwarze Mäppchen, das Emil sofort hastig öffnet. In kleinen Schlaufen, fein säuberlich einsortiert, befinden sich mehrere Bleistifte darin, in verschiedenen Größen, zwei Radiergummis und für jede Bleistiftgröße der passende Spitzer darin. Emil strahlt.

„Darf ich die sofort ausprobieren?", fragt Emil aufgeregt.

„Aber natürlich.", antwortet Stephan und reicht ihm auch noch den Zeichenblock. Hastig nimmt Emil ihm den Block aus der Hand, eilt fröhlich in die Wohnung und setzt sich an den Esstisch. Sofort beginnt er eifrig zu zeichnen. Stephan lächelt ihm liebevoll nach. Ich überlege kurz, ob ich Stephan jetzt auf seine Bindung zu Emil ansprechen soll, entscheide mich aber doch dagegen.

Ich mache Stephan und mir noch einen Kaffee und setze mich mit ihm wieder auf die Terrasse.

„Nora?"

„Ja, Stephan?"

„Erinnerst du dich, dass ich noch eine Frage an dich hatte?", fragt er leise. Wieder klopft mein Herz etwas schneller. Ich nicke nur und schaue ihn erwartungsvoll an. Plötzlich klingelt sein Handy wieder. Er seufzt einmal schwer und geht dann ran.

„Horner", sagt er genervt.

„Oh. Entschuldigung, Luisa. Ich habe nicht gesehen, dass du es bist." -*Na toll!*- Wieder funkt diese Luisa dazwischen. -*Vielleicht will ihm das Schicksal ja damit sagen, dass er sich lieber auf sie konzentrieren soll, anstatt hier bei mir rumzusitzen.*- denke ich mürrisch.

„Nein, nein. Du störst nicht. Du brauchst dir keine Gedanken machen. Das Picknick wird toll. Janis Köche stellen gerade ein paar Köstlichkeiten zusammen. Ich hole es gleich ab." -*Wie schön. Sie gehen heute also picknicken. Wie romantisch!*-, denke ich schnippisch, während sich mein Magen verknotet und ich einen heftigen Druck in meiner Brust spüre. -

262

Findet er das etwa okay, vor mir so offensichtlich mit seiner Neuen rumzuflirten?- Ich kann mir das nicht länger anhören. Wütend stehe ich auf und gehe rein. Emil zeichnet konzentriert ein Portrait. Man kann bereits jetzt die Ähnlichkeit mit Jennifer erkennen.

„Prima, Luisa. Dann bis gleich.", höre ich Stephan sagen, während er auch in die Wohnung kommt.

„Ich muss jetzt erstmal los, ihr zwei. Wir sehen uns dann morgen früh wieder." Emil schaut nur kurz auf und wirft Stephan ein kurzes *Tschö* zu. Innerlich koche ich vor Wut auf Stephan. *-Wie kann er immer wieder so tun, als ob da noch etwas zwischen uns ist und dann so offen, in meiner Gegenwart mit dieser Luisa anbändeln!?-* Ich versuche aber, so freundlich wie möglich zu wirken.

„Dann wünsche ich dir noch einen schönen Nachmittag.", sage ich zu Stephan und bemerke die Anspannung in meiner Stimme. Stephan scheint sie aber nicht aufzufallen.

„Dann bis morgen, Nora.", sagt Stephan, während er langsam zur Tür geht. An seinem Blick erkenne ich, dass er darauf wartet, von mir zur Tür gebracht zu werden. Ich mache aber keine Anstalten, hinter der Kücheninsel hervorzukommen.

„Ja. Bis morgen.", antworte ich kurz, drehe mich zur Küchenzeile um und stelle unsere Tassen in die Spülmaschine. Ich höre, wie er die Wohnungstür öffnet und kurz darauf wieder schließt. *-Mistkerl!-*, denke ich.

Zum Abendessen mache ich mit Emil zusammen Spaghetti mit einer vegetarischen Bolognese-Soße. Wir reden nicht viel beim Essen. Emil scheint sehr mit seinen Gedanken beschäftigt zu sein und ich versuche immer noch, meine Wut auf Stephan zu verdauen.

Am nächsten Morgen ist Stephan bereits um sieben Uhr bei mir. Meine Wut auf ihn habe ich hinter hohen Mauern weggesperrt. Jetzt ist erstmal Emil wichtig.

Er wird immer nervöser und auch meine Anspannung steigt. Schließlich weiß ich nicht, wie Laura und Matthias auf mich reagieren werden.

Pünktlich um halb acht steht dann Frau Sander vor meiner Tür. Sie begrüßt uns alle kurz und steigt dann wieder in ihren dunkelblauen VW Beatle.

„Wollen wir zusammen mit meinem Wagen fahren?", fragt Stephan leise. Ich nicke nur leicht. Stephan lächelt mich an, dreht sich dann um und geht zu seinem Wagen. Ich seufze leise und schaue ihm nach. Emil rennt an mir vorbei nach draußen und öffnet die hintere Tür von Stephans Auto, der gerade die Beifahrertür öffnet und zu mir rüber sieht. Ich lege meinen Schlüssel in meine Handtasche und verlasse die Wohnung. Eilig steige ich ein und Stephan schließt die Tür.

Wir kommen erstaunlich gut durch den Verkehr und so sind wir nach knapp fünf Stunden in Koblenz. Stephan parkt seinen Wagen in einer Haltebucht, direkt gegenüber von Lauras und Matthias' Haus. Frau

Sander parkt gleich links neben ihm. Langsam steige ich aus. Emil kann man seine Nervosität deutlich ansehen. Er sitzt immer noch im Auto und starrt auf das Haus seiner Eltern. Stephan öffnet die hintere Tür.

„Komm, Emil. Wir bleiben bei dir, solange du willst.", sagt Stephan ruhig mit einem Lächeln. Emil steigt aus und wir gehen gemeinsam auf die andere Straßenseite. Plötzlich geht die Haustür auf und Laura kommt auf uns zu gerannt.

„Emil!", ruft sie und fällt ihm um den Hals. Wir bleiben alle vier stehen. Emil steht stocksteif da und lässt seine Arme angespannt links und rechts an seinem Körper herunterhängen. Er erwidert die Umarmung seiner Mutter nicht. Dann erscheint Matthias im Haustürrahmen.

„Hallo Junge.", sagt er nur und lächelt sanftmütig. Laura lässt Emil los. Zu meiner Überraschung begrüßt Laure mich ebenfalls mit einer Umarmung, die ich vorsichtig erwidere. Dann wendet sie sich Stephan zu und reicht ihm höflich die Hand. Auch Frau Sander reicht sie die Hand und begrüßt sie lächelnd.

Im Haus duftet es herrlich würzig.

„Setzt euch doch bitte. Das Essen ist fast fertig.", ruft Laura und verschwindet in der Küche. Matthias geht vor, an den Esstisch und setzt sich ans Kopfende. Emil will sich gerade an seinen früheren Stammplatz, recht übereck neben seinem Vater, setzen. Plötzlich bleibt er stehen und starrt auf den Stuhl. Dann legt er seine Hand auf den Stuhl rechts daneben, zieht ihn

265

zurück und setzt sich hin. Matthias hat Emil nachdenklich beobachtet. Stephan sieht Emil prüfend an. Dann setzt er sich auf Emils früheren Stammplatz. Ich setze mich gegenüber von Emil und Frau Sander setzt sich links neben mich. Keiner sagt ein Wort.

„Wie geht es dir, Emil?", fragt Matthias schließlich. Emil zuckt nur mit den Schultern. Dann kommt Laura mit einer großen Pfanne mit Bratkartoffeln und einer Schale mit Zitronenscheiben ins Esszimmer.

Die Pfanne stellt sie auf eins der breiten Holzbretter auf dem Esstisch. Die Schale mit den Zitronenscheiben stellt sie links daneben ab. Sie lächelt unsicher. Irgendwie tut sie mir fast ein wenig leid. Sie scheint auch ziemlich nervös zu sein.

„Ach, Matthias. Es fehlt noch ein Gedeck. Komm doch bitte kurz mit in die Küche.", bittet Laura ihren Mann, der sofort aufsteht. Das ist ein klares Zeichen dafür, dass sie mit mir nicht gerechnet haben, was mir fast schon etwas unangenehm ist. Gemeinsam verschwinden Laura und Matthias in der Küche. Matthias kommt mit einem Teller, Besteck und einem Glas zurück ins Esszimmer und platziert alles ordentlich vor Frau Sander, die sich höflich bedankt. Kurzdarauf kommt Laura mit einer Servierplatte voller Schnitzel und einer Sauciere wieder zurück. Sie stellt beides auf den Esstisch und setzt sich rechts neben mich.

„Das sind vegane Schnitzel. Die mochtest du doch immer so gerne, Emil.", sagt Laura und sieht zu ihm rüber. Emil hebt seinen Kopf aber nicht an und schaut schweigend auf den Teller vor ihm. Er scheint sich gerade sehr unwohl zu fühlen. Ich kann mir im Moment nicht vorstellen, Emil hier zurückzulassen, wenn die Stimmung so bleibt, wie sie jetzt ist. Stephan legt aufmunternd seine rechte Hand auf Emils linke Schulter. Emil schaut unsicher zu Stephan rüber. Stephan lächelt Emil an, der sich Mühe gibt, zurückzulächeln, was ihm nicht wirklich gut gelingt.

„Guten Appetit.", sagt Laura schließlich. Ich habe eigentlich überhaupt keinen Hunger, was sicher an dieser seltsamen Stimmung hier am Tisch liegt. Aber aus Höflichkeit esse ich ein kleines Schnitzel und eine kleine Portion Bratkartoffeln. Während des Essens sagt niemand ein Wort.

Die Stimmung ist immer noch sehr beklemmend, als alle aufgegessen haben. Ich helfe Laura, den Tisch abzuräumen.

„Danke, Nora.", sagt Laura plötzlich, als wir alleine in der Küche sind. Ich schaue sie fragend an.

„Wofür?", frage ich irritiert.

„Das du für Emil da warst. Es war sicher eine schwere Zeit für ihn. Er muss sich von mir und Matthias schrecklich im Stich gelassen gefühlt haben.", antwortet sie mit zittriger Stimme.

„Ich werde auch weiterhin für Emil da sein.", antworte ich.

„Ja. Aber das brauchst du ja jetzt nicht mehr.", antwortet sie mit einem selbstbewussten Lächeln und verlässt die Küche. Ich bin unsicher, was ich von dieser Aussage halten soll. Meint sie damit, dass ich mir selbst nun etwas mehr Ruhe gönnen kann, oder möchte sie vielleicht, dass ich mich ab jetzt aus der Sache raushalte und mich von Emil fernhalte? Ich gehe ebenfalls zurück und setze mich wieder an meinen Platz am Esstisch. Stephan hat einige Unterlagen auf dem Esstisch ausgebreitet und erklärt Laura und Matthias gemeinsam mit Frau Sander, wie es nun weitergeht. Emil soll noch ein Jahr in seine alte Schule gehen. Nach den Halbjahreszeugnissen wird dann ein passender Ausbildungsbetrieb für Emil gesucht und nach seinem Abschluss beginnt er die Ausbildung zum Beikoch. Zudem gibt es eine mehrseitige Vereinbarung mit Verhaltensregeln für Laura, Matthias und Emil, die Frau Sander verfasst hat. Nachdem alle Parteien alles unterzeichnet haben, verabschiedet sich Frau Sander und macht sich auf den Rückweg. Emil ist mittlerweile etwas aufgetaut und albert sogar ein wenig mit seinem Vater herum.

Stephan fragt Emil nun, ob er wirklich hier bei seinen Eltern bleiben möchte. Emil nickt sofort. Dennoch habe ich einen dicken Kloß im Hals, denn die Stimmung im Hause Burkhardt gefällt mir immer noch nicht, aber es ist Emils Entscheidung. Stephan wirkt fast schon enttäuscht über Emils Antwort. -

Wieso hängt er bloß so sehr an Emil?-, frage ich mich mal wieder.

„Na dann machen wir uns jetzt auch auf den Weg.", sagt Stephan schließlich und sieht Emil dabei fragend an.

Emil kommt zu mir und nimmt mich in den Arm.

„Du kannst mich jederzeit anrufen, Emil, oder auch vorbeikommen. Bei Hannah im Hof, unter der Treppe ist ein Schlüssel zu meiner Wohnung deponiert.", flüstere ich Emil ins Ohr. Emil löst sich aus der Umarmung und lächelt mich an.

„Danke, Nora.", flüstert er zurück. Dann dreht er sich zu Stephan. Auch ihn nimmt er in den Arm.
Ich sehe, wie Tränen über Emils Wangen laufen und es zerreißt mir das Herz. Stephan legt tröstend seine Arme um Emil.

„Mach dir keine Sorgen, Emil. Wenn es hier doch nicht so gut läuft, hole ich dich sofort wieder ab, versprochen.", sagt Stephan absichtlich laut und deutlich, damit auch Laura und Matthias es hören können. Ich schaue zu den beiden rüber. Lauras Blick verdunkelt sich etwas. Matthias' Blick ruht aber weiterhin wohlwollend auf Stephan und Emil.

„Also dann! Frau Burkhardt. Herr Burkhardt. Ich hoffe, sie nutzen ihre Chance." Geschockt starre ich Stephan an und im nächsten Augenblick feiere ich ihn innerlich für seine deutlichen Worte.

„Aber natürlich.", antwortet Matthias und reicht Stephan die Hand, die er kurz ergreift und Matthias zufrieden zunickt.

„Auf Wiedersehen, Frau Burkhardt.", sagt Stephan und streckt auch Laura seine rechte Hand entgegen. Laura sieht Stephan mit einem überheblichen Blick an und nimmt seine Hand. Am plötzlichen Wechsel von Lauras Gesichtsausdruck von überheblich zu schmerzverzerrt erkenne ich, dass Stephan ihre Hand feste drückt, während er ihr eindringlich von oben herab in die Augen sieht. Ich muss schmunzeln. Stephan lässt ihre Hand wieder los und wir verlassen das Haus. Emil begleitet uns noch auf die andere Straßenseite, zu Stephans Auto.

„Du kannst mich Tag und Nacht erreichen, Emil. Wenn du hier wegwillst, kann ich dich sofort wieder abholen.", sagt Stephan noch einmal, während er auf dem Fahrersitz Platz nimmt. Emil nickt nur. Ich setze mich auf den Beifahrersitz und schnalle mich an.

„Wir sind beide Tag und Nacht für dich erreichbar, Emil. Mach dir keine Sorgen.", rufe ich Emil zu. Er nickt noch einmal und geht mit gesenktem Kopf wieder zur Haustür, wo seine Eltern nebeneinanderstehen und auf ihn warten. Wir winken uns noch gegenseitig zu und Stephan fährt los. Eine ganze Weile sitzen Stephan und ich schweigend im Auto. Versunken in unsere Gedanken, die sich ganz sicher um das gleiche Thema drehen. Emil.

„Ich fühle mich nicht wohl bei der Sache.", unterbricht Stephan plötzlich unser Schweigen.

„Ich auch nicht.", antworte ich nur. Stephan schaut kurz verwundert zu mir rüber.

„Ich dachte, du befürwortest diese Aktion.", fragt er irritiert.

„Das schon. Aber trotzdem habe ich meine Bedenken. Dennoch ist es sicher wichtig, dass Emil lernt, eigene Entscheidungen zu treffen und die Konsequenzen zu tragen. Gehört das nicht auch zum Erwachsenwerden dazu?", antworte ich. Stephan sieht fragend zu mir rüber, sagt aber nichts dazu. Den Rest der Fahrt schweigen wir wieder. Irgendwann habe ich wohl genug über Emil nachgedacht und frage mich nun, was Stephan gestern von mir wissen wollte, bevor er wieder von seiner Luisa unterbrochen wurde. Ich überlege hin und her, ob ich ihn jetzt danach fragen soll. Plötzlich hält er an. Verwirrt schaue ich zu ihm rüber, dann aus dem Fenster. Wir sind bereits bei mir zuhause angekommen. *-Soll ich ihn vielleicht einfach noch zu mir rein bitten?-* frage ich mich.

„Gute Nacht, Nora. Schlaf gut.", sagt Stephan mit einer leicht rauen Stimme. Sofort räuspert er sich.

-Nagut. Dann frage ich ihn also lieber nicht.- Ich schaue auf die Uhr. Es ist bereits kurz nach einundzwanzig Uhr. Da auch ich morgen wieder arbeiten muss, ist es sicher besser, wenn ich sofort ins Bett gehe. Alleine.

„Gute Nacht, Stephan. Schlaf du auch gut.", antworte ich also und öffne die Beifahrertür, um brav auszusteigen.

„Warte, Nora.", ruft Stephan plötzlich. Ich setze mich wieder vollständig auf den Beifahrersitz und schaue zu ihm rüber. Stephan dreht seinen Oberkörper zu mir.

„Wann sehen wir uns wieder?", fragt er schließlich. Sein Blick löst ein leichtes Kribbeln in mir aus. Er wirkt besorgt. *-Läuft da vielleicht doch nichts mit dieser Luisa?-* Obwohl ich seine Frage doch eigentlich einfach beantworten könnte, stelle ich ihm eine Gegenfrage:

„Möchtest du denn wirklich, dass wir uns wiedersehen?"

„Oh ja, Nora. Das will ich.", antwortet Stephan mit rauer, dunkler Stimme. Mein Herz schlägt mir bis zum Hals. Die Schmetterlinge und Hummeln in meinem Bauch tanzen wild um die Wette.

Stephan lächelt mich wieder mit diesen zuckersüßen Fältchen um die Mundwinkel an. Er beugt sich zu mir rüber und streicht mir mit der linken Hand eine Haarsträhne von der Stirn. Langsam legt er seine Hand in meinen Nacken und zieht mich zu sich. Ich spüre seinen warmen Atem in meinem Gesicht. Mein Puls rast und ich kann kaum atmen. Ganz sanft berühren seine Lippen die meinen. Tausend kleine Blitze durchziehen meinen Körper. Dann presst Stephan seine Lippen fest auf meine. Wir küssen uns innig. Stephan löst sich wieder von mir und sieht mich liebevoll an.

„Darf ich dich morgen anrufen?", fragt er. Ich sehe ihn einfach nur an.

„Darf ich, Nora?", fragt Stephan noch einmal. Verlegen schaue ich auf meine Hände, die in seinen Händen liegen. Sanft streichelt er mit seinen Daumen meine Fingerknöchel.

„Natürlich, Stephan.", antworte ich nur. Ich ziehe meine Hände aus seinen und steige aus dem Auto aus.

„Dann bis morgen, Nora."

„Bis morgen, Stephan.", antworte ich, bevor ich die Beifahrertür zuwerfe. Stephan winkt mir noch einmal zu und fährt dann los. Mit butterweichen Knien gehe ich in meine Wohnung. Ich bin einerseits enttäuscht, dass er nicht noch mit zu mir in die Wohnung gekommen ist, andererseits bin ich aber auch einfach nur glücklich, dass er scheinbar wirklich mehr von mir will als nur diese eine Nacht. Vielleicht bedeute ich ihm als Person, Nora Petersen, wirklich etwas.

Ich grinse wie ein Honigkuchenpferd bei diesem Gedanken und diese Luisa ist vergessen.

Ich bin zu müde, um zu Abend zu essen, gehe also nur noch Zähne putzen und klettere in meinen kurzen Pyjama. Da es schon so spät ist, beschließe ich, erst morgen Mittag ins Büro zu fahren. Ich mache also den frühen Wecker aus und kuschle mich unter meine

Bettdecke. Grinsend denke ich an Stephan und unseren Kuss von eben. Selig schlafe ich ein.

Ich öffne meine Augen und schaue auf den Wecker, rechts neben mir auf dem Nachttisch. Es ist kurz nach neun Uhr. Ich strecke mich genüsslich und denke sofort wieder an Stephan und den Kuss von gestern Abend. Breit grinsend gehe ich ins Bad. Nach einer ausgiebigen Dusche ziehe ich meinen beigefarbenen Bleistiftrock an, eine weiße Bluse mit kurzen Ärmeln und die beigefarbenen Pumps. Dann gehe ich in die Küche und mache mir erstmal einen Kaffee. Ich wasche mir ein paar frische Heidelbeeren, werfe sie in eine Schüssel mit Haferflocken und gieße etwas Hafermilch darüber. Mit der Schüssel und der Tasse Kaffee gehe ich auf die Terrasse und esse entspannt mein Frühstück. Ich genieße diesen langsamen Start in den Tag.

Nachdem ich das Geschirr in die Spülmaschine gestellt habe, hole ich mein Handy, dass noch auf dem Esstisch liegt und sehe, dass ich eine Nachricht von Jasmin erhalten habe. Zudem hat sie auch schon dreimal angerufen. Ich lese zunächst ihre Nachricht.

9.50 Uhr

Nachricht von: Jasmin Benedikt

Nachricht an: Nora Petersen

Hey Nora. Wo steckst du?"

-Hätte ich ihr vielleicht doch Bescheid geben sollen, dass ich heute erst mittags ins Büro komme?-, frage ich mich. Es scheint etwas Dringendes zu sein. Also rufe ich sie besser sofort zurück.

„Mensch, Nora! Wo bleibst du?", ruft Jasmin direkt, nachdem sie ans Telefon gegangen ist, ohne mich vorher zu begrüßen.

„Ich bin noch zuhause. Was ist passiert?", frage ich angespannt.

„Ist das dein Ernst, Nora? Du veräppelst mich doch hoffentlich jetzt!", ruft sie.

„Nein. Was ist denn los?", frage ich verwirrt.

„Das kann ich dir sagen. Herr Jenneborg und Herr Gustavsson sind hier und warten auf dich! Du hast einen Termin mit den beiden!"

Plötzlich wird mir heiß und kalt zugleich und mir wird übel. *-Ach du meine Güte! Ich habe den Termin mit meinem Chef und einem unserer größten Kunden vergessen!-* Nachdem ich den ersten Schock verdaut habe, bin ich auch schnell wieder bei klarem Verstand.

„Ich bin in etwa fünfundvierzig Minuten da. Sag ihnen bitte, dass ich bei einem Termin aufgehalten wurde. Du musst die zwei beschäftigen. Serviere ihnen Kaffee oder Tee und Kekse. In ungefähr fünfzehn Minuten gibst du den beiden dann die zwei Exposés, die rechts auf meinem Schreibtisch liegen."

„Okay. Mache ich. Aber beeil dich bitte, Nora."

„Ja. Ich bin schon im Auto.", antworte ich noch kurz, lege auf und starte meinen Wagen.

Völlig gestresst renne ich ins Bürogebäude und hetze direkt nach oben. Jasmin ist nirgends zu sehen. Ich gehe zum Konferenzraum. Vor der geschlossenen Tür bleibe ich kurz stehen, strecke die Schultern nach hinten und atme tief ein und wieder aus. Dann öffne ich die Tür. Mit weit offenen Augen starre ich in den leeren Raum.

„Sie sind weg.", höre ich Jasmins Stimme hinter mir und drehe mich zu ihr um.

„Scheiße!", bricht es aus mir heraus. Sofort entschuldige ich mich für diesen Fäkalausdruck.

„Sie sind vor etwa zwanzig Minuten los. Herr Jenneborg war stinksauer.", berichtet Jasmin. Ein unangenehmer Schauer durchzieht meinen Körper.

„Ich habe den Herren gesagt, dass du aufgehalten wurdest, aber bereits auf dem Weg ins Büro bist. Irgendwann wollte Herr Gustavsson aber nicht mehr länger warten. Ich weiß nicht, was Herr Jenneborg mit Herrn Gustavsson ausgemacht hat. Herr Jenneborg hat mir nur aufgetragen, dir mitzuteilen, dass du ihn morgen früh um acht Uhr anrufen sollst. Und du sollst es dir nicht einfallen lassen, nicht pünktlich zu sein."

„Danke, Jasmin.", entgegne ich nur, gehe frustriert in mein Büro und schließe die Tür hinter mir. Ich lasse meinen Blick durch den Raum wandern. -*Ob ich mich nun von meinem tollen Büro verabschieden kann?*-, frage ich mich im Gedanken. Mein Chef ist zurecht sauer. Ich habe meinen Job vernachlässigt und das nicht zum ersten Mal. Die anderen Male konnte ich es nur gut kaschieren, sodass mein Chef nichts davon mitbekommen hat.

Die Sache mit Emil und dem, was da zwischen mir und Stephan läuft, lenkt mich einfach zu sehr von meiner Arbeit ab. Ich lasse mich auf meinen Bürosessel fallen und lehne mich zurück. Ich wollte meinem Chef beweisen, dass er die richtige Entscheidung getroffen hat, als er mich zur Büroleiterin ernannt hat. Stattdessen bin ich immer seltener im Büro und vergesse nun auch noch wichtige Termine. *-Was ist, wenn ich jetzt meinen Job verliere?-* Panik breitet sich in mir aus. Ich beuge mich vor, stelle meine Ellbogen auf dem Schreibtisch ab und lasse mein Gesicht in meine offenen Hände fallen. *-Ich darf meinen Job nicht verlieren.-* Abgesehen von der Peinlichkeit, versagt zu haben, wäre da dann auch noch die finanzielle Katastrophe. Ich kann jetzt nur hoffen, dass mir mein Chef noch eine Chance gibt, die ich dann auf jeden Fall auch nutzen werde. Ich muss mich wieder voll und ganz auf meinen Job konzentrieren. Bei Emil ist ja im Moment erstmal alles okay und diesen Flirt mit Stephan muss ich beenden. Es hat doch eh keine Zukunft.

Ich schaue mir die beiden Exposés, die Jasmin wieder zurück auf meinen Schreibtisch gelegt hat, noch einmal an. Sie sind perfekt. Der Termin wäre sicher super gelaufen. Es hilft ja nichts. Noch habe ich meinen Job. Also kümmere ich mich den Rest des Tages um die aktuell laufenden Aufträge und mache erst Feierabend, als schon alle anderen Kollegen weg sind. Als ich mein Handy aus meiner Handtasche hole, sehe ich, dass ich eine Nachricht von Stephan erhalten habe.

16.50 Uhr
Nachricht von: Stephan Horner
Nachricht an: Nora Petersen
Hallo Nora, ich hoffe, du hast gut geschlafen. Ich bin noch bei meinem Bruder im Hotel. Wollen wir heute zusammen essen gehen, bevor ich zurück nach Rügen fahre?
Liebe Grüße
Stephan

Was soll ich jetzt bloß antworten? Ich habe eigentlich beschlossen, die "Sache" mit Stephan zu beenden. Ich schaue auf die Uhr. Es ist bereits nach zwanzig Uhr. Bis ich zuhause bin, ist es eh zu spät.

20.10 Uhr
Nachricht von: Nora Petersen
Nachricht an: Stephan Horner
Hallo Stephan, ich bin noch im Büro. Heute geht es also nicht. Sorry.
Liebe Grüße
Nora

Ich frage mich, ob meine Nachricht sehr abweisend wirkt. Ich hätte ihn so gerne heute noch gesehen.

Wieder denke ich an unseren zärtlichen Kuss von gestern Abend. Sofort flattert die Horde Schmetterlinge wieder los und es kribbelt überall in mir. Ich muss das unter Kontrolle bekommen. Ich habe im Moment keine Zeit für eine Beziehung. Ich muss mich auf meinen Job konzentrieren. Sollte ich also nach meinem morgigen Telefonat mit Herrn Jenneborg noch einen Job haben, werde ich fairerweise offen mit Stephan reden und die "Sache" mit ihm beenden.

Mein Handy piept kurz auf, als Stephans Antwort eingeht.

20.13 Uhr
Nachricht von: Stephan Horner
Nachricht an: Nora Petersen
Hey Nora, das habe ich mir schon gedacht und bin bereits auf dem Heimweg. Ich wünsche dir dann gleich einen schönen Feierabend. Bis bald :)

Seine Antwort wirkt verständnisvoll. Er scheint nicht sauer oder enttäuscht zu sein. Ich bin erleichtert und mache mich ebenfalls auf den Heimweg.

Mit Bauchschmerzen liege ich im Bett und denke an das morgige Telefonat mit meinem Chef. Mit diesem unguten Gefühl schlafe ich ein und habe wieder diesen blöden Traum, in dem mich mein Chef anschreit.

Ich öffne langsam die Augen. Rechts neben mir schreit mein Wecker, um mir mitzuteilen, dass es nun Zeit ist, aufzustehen. Ich mache ihn aus, schlage die Bettdecke zur Seite und schleppe mich unter die Dusche. Es war eine kurze und unruhige Nacht.

Um halb acht bin ich im Büro und gehe mit Jasmin die heutigen Termine durch.

„Soll ich dir noch einen Kaffee bringen, bevor du Herrn Jenneborg anrufst?", fragt Jasmin mit einem mitleidigen Gesichtsausdruck. Ich schaue auf meine Armbanduhr. Es ist fünf Minuten vor acht. Ich atme tief ein und wieder aus. Dann nicke ich kurz. Mit einem aufmunternden Lächeln verlässt Jasmin mein Büro und kehrt kurz darauf mit einer Tasse Kaffee zurück.

„Danke, Jasmin." sage ich, während ich mit einem unwohlen Gefühl im Magen nach dem Telefonhörer greife.

„Viel Glück.", flüstert Jasmin, bevor sie die Bürotür hinter sich schließt. Ich wähle die Kurzwahlnummer einunddreißig, unter der ich meinen Chef abgespeichert habe und warte. Während es klingelt, spüre ich, wie mein Herz heftig schlägt.

„Sekretariat Gustav Jenneborg. Sie sprechen mit Lisa Winter."

„Hallo Lisa. Nora hier. Ist Herr Jenneborg zu sprechen?"

„Hallo Nora. Ja. Er ist im Büro. Aber pass bloß auf. Er hat heute verdammt miese Laune. Keine

Ahnung, warum. Ich stelle dich durch. Mach's gut, Nora."

„Danke, Lisa. Du auch." Schon ertönt die Melodie der Warteschleife. Es ist das Lied, Yesterday, von den Beatles in der instrumentalen Pianoversion. Ich verdrehe die Augen. Was für ein passendes Stück.

„Guten Morgen, Frau Petersen. Wenigstens haben Sie es heute geschafft, pünktlich zu sein.", höre ich meinen Chef mit ernster Stimme in den Hörer brummen.

„Guten Morgen, Herr Jenneborg. Ich entschuldige mich in aller Form für gestern. Es tut mir wirklich sehr leid.", antworte ich unterwürfig.

„Sie glauben doch nicht ernsthaft, dass mir das ausreicht! Ich möchte sofort eine Erklärung dafür, dass Sie mich und unseren wichtigsten Kunden versetzt haben!", schreit er. Ich atme tief ein und halte kurz die Luft an. -*Was sage ich jetzt bloß?*- Mir fällt auf die Schnelle keine gute Ausrede ein. Ich sage ihm also einfach grob die Wahrheit.

„Ich verstehe ihre Wut, Herr Jenneborg...." Er unterbricht mich.

„Mich interessiert nicht, ob Sie mich verstehen!", ich zucke kurz vor Schreck zusammen. Dann fahre ich fort.

„Ich habe Ihnen doch mal von dem Sohn einer Freundin von mir erzählt. Der Junge, der Trisomie 21 hat." Ich warte kurz auf eine Reaktion von meinem

Chef, aber es bleibt still in der Leitung. Also rede ich weiter.

„Der Junge hat große Probleme mit seinen Eltern und ist weggelaufen. Er stand plötzlich vor meiner Haustür. Ich habe mich also erstmal um den Jungen gekümmert.", erkläre ich. Okay. Ich habe die Wahrheit etwas verdreht, aber im Grunde ist doch alles auch so passiert. Nur, dass es nicht gestern Morgen passiert ist. Aber das habe ich ja auch nicht behauptet. Es ist immer noch still in der Leitung. Dann höre ich Herrn Jenneborg tief einatmen.

„Frau Petersen! Sie wollen mir also allen Ernstes weismachen, dass Sie mich und Herrn Gustavsson wegen eines pubertierenden Teenagers versetzt haben?!!!", schreit Herr Jenneborg in den Hörer. Ich bin starr vor Schreck und kann nicht antworten. Plötzlich lacht Herr Jenneborg. Ich bin irritiert. -*Wieso lacht er jetzt?*-

„Frau Petersen. Das klingt so bescheuert, dass es wahr sein muss. Wie geht es dem Jungen denn jetzt?", fragt er schließlich. Ich bin noch immer irritiert, komme aber langsam wieder zu mir und antworte ihm.

„Soweit gut. Ich habe ihn mit seinem Anwalt zusammen wieder nach Hause gebracht."

„Seinem Anwalt? Jetzt bin ich neugierig.", sagt Herr Jenneborg. Also erzähle ich ihm die Geschichte um Emil und seinen Berufswunsch und von der Organisation, die ihn dabei unterstützt.

282

„Beeindruckend. Senden Sie mir doch bitte mal die Kontaktdaten dieser Organisation. Das ist unterstützenswert. Da hatten Sie ja in der letzten Zeit tatsächlich einiges zu tun, Frau Petersen. Ich gebe zu, dass ich mir nicht mehr so sicher war, ob es richtig war, Ihnen die Büroleitung zu geben."

„Das verstehe ich, Herr Jenneborg und ich trage selbstverständlich die Konsequenzen."

„Nun mal langsam, Frau Petersen. Das war eine Ausnahmesituation, die ja nun vorbei ist. Außerdem haben Sie trotz allem ein fantastisches Exposé erstellt. Herr Gustavson war gestern begeistert. Er fand es nur sehr schade, dass er Sie nicht kennenlernen konnte. Wir sind daher gestern so verblieben, dass ich mit Ihnen nächste Woche Montag in sein Büro komme, Sie ihm die Entwürfe persönlich vorstellen und ihm seine Fragen beantworten." Ich bin so erleichtert und sage natürlich sofort freudig zu.

„Ich hoffe, dass Sie sich nun wieder voll und ganz Ihrem Job widmen können, Frau Petersen. Ich möchte nicht, dass ich meine Entscheidung doch noch bereue."

„Natürlich, Herr Jenneborg."

„Also gut. Dann bis nächste Woche, Frau Petersen.", sagt er noch und legt auf, ohne eine Antwort von mir abzuwarten. Mit einem heftigen Seufzer lasse ich mich in meinem Bürosessel nach hinten fallen. Die Rückenlehne des Stuhles schwingt leicht nach hinten weg. Dann klopft es an meine Tür.

„Ja, bitte!" Die Tür geht langsam auf und Jasmin steckt vorsichtig ihren Kopf durch den Spalt.

„Ich habe gesehen, dass du nicht mehr telefonierst.", sagt sie leise. Jasmin hat vorne im Flur an ihrem Telefon die volle Kontrolle über alle Telefone im Haus und sieht immer, wer gerade telefoniert.

„Wie ist es denn gelaufen?", fragt sie etwas unsicher. Ich lächle kurz. Jasmin öffnet die Tür nun ganz und kommt einen Schritt in den Raum.

„Es ist alles gut. Ich fahre mit Herrn Jenneborg nächste Woche zu Herrn Gustavsson ins Büro und stelle ihm die Entwürfe vor.", antworte ich.

„Dann ist Herr Jenneborg nicht mehr sauer?", fragt Jasmin ungläubig. Ich schüttle nur mit dem Kopf.

In der Mittagspause gehe ich mit Jasmin zusammen wieder in das Bistro in der Nähe des Büros.

„Was war denn gestern los, dass du diesen wichtigen Termin vergessen hast?", fragt Jasmin schließlich. Ich erzähle auch ihr von Emil.

„Wow. Das ist ja filmreif. Fehlt nur noch die Liebesgeschichte am Rande.", sagt Jasmin lachend. -*Wenn sie wüsste.*- denke ich mir nur und nehme den letzten Schluck aus meiner Kaffeetasse.

Der Rest meines Bürotages verläuft ruhig und ich mache zusammen mit Jasmin um sechzehn Uhr Feierabend. Auf dem Heimweg denke ich an mein heutiges Telefonat mit Herrn Jenneborg, das wirklich sehr gut gelaufen ist. Dann denke ich an Emil und frage mich, wie es ihm wohl bei seinen Eltern geht. Als ich zuhause ankomme und gerade die Wohnungstür aufschließe, klingelt mein Handy. Umständlich wühle ich in meiner Handtasche umher und ziehe es eilig heraus.

„Petersen."

„Hallo Nora. Stephan hier." Sofort kribbelt es wieder in meinem Bauch und ich bemerke, wie gut es sich anfühlt, seine Stimme zu hören.

„Hallo Stephan. Wie geht es dir."

Sehr gut. Wie geht es dir? Wie war dein Tag im Büro?"

„Mir geht es auch gut und mein Bürotag war auch in Ordnung. Wie war denn dein Tag. Konntest du alles für Emil klären?", frage ich.

„Ja. Erstmal schon.", antwortet er nur kurz.

„Wann sehen wir uns wieder, Nora?" Oh, man. Vor dieser Frage habe ich mich gefürchtet. Was sage ich nun? Ich sollte ehrlich sein und ihm sagen, dass ich ihn nicht mehr sehen will. Obwohl das gar nicht stimmt. Ich würde ihn so gerne wiedersehen und wieder spüren. Die Horde Schmetterlinge in meinem Bauch flattert wieder wild umher.

„Ich weiß es nicht. Ich habe diese Woche sehr viel zu tun im Büro.", antworte ich mit dünner Stimme.

„Sieht bei mir auch nicht anders aus. Wie wäre es am Samstag zum Mittagessen bei Janis im Hotel?" Mein Verstand will NEIN sagen, aber wieder einmal gehorcht mir mein Körper nicht und ich hauche ein zartes "Ja, gerne" ins Telefon.

„Sehr schön. Ich freue mich auf dich, Nora.", antwortet er mit ruhiger, dunkler Stimme.

„Ich mich auch.", erwidere ich leise. Wir verabschieden uns noch kurz voneinander und legen auf. -*Nun gut. Dann werde ich ihm am Samstag sagen, dass wir uns nicht mehr treffen können.-*

Sechs

Meine Arbeitswoche war mal wieder der Hammer. Ich bin von einem Termin zum nächsten gehetzt und wenn ich dann wieder im Büro war, standen die Kollegen vor meiner Bürotür fast schon Schlange, um endlich ihre Fragen beantwortet zu bekommen. Für eine Mittagspause war die ganze Woche keine Zeit und abends war ich vor zweiundzwanzig Uhr nicht zuhause. Daher habe ich mich auf den heutigen Samstag gefreut, obwohl ich doch auch geplant habe, heute den Flirt mit Stephan zu beenden.

Mist! Ich bin spät dran. Um zwölf Uhr bin ich mit Stephan verabredet. Wir treffen uns im Waldhotel und essen gemeinsam mit Hannah und Janis zu Mittag.

Als ich in der Lobby ankomme, werde ich sofort von einer netten, blonden Empfangsdame begrüßt und ins Restaurant geführt. Hannah, Janis und Stephan sitzen bereits ganz rechts an einem Tisch neben der Fensterfront zur Terrasse. Langsam gehe ich zu ihnen rüber und es ist mir ziemlich peinlich, dass ich mich tatsächlich um fünfzehn Minuten verspätet habe.

Hannah entdeckt mich als erste, als sie den Kopf anhebt.

„Hey Nora. Da bist du ja endlich!", ruft sie. Stephan sitzt mit dem Rücken zu mir und dreht sich hastig um. Verlegen senke ich den Blick. Stephan springt auf und zieht den Stuhl rechts neben sich etwas vom Tisch ab. Dann kommt er mir einen Schritt entgegen und nimmt mich in den Arm.

„Schön dich zu sehen, Nora. Flüstert er mir ins Ohr und mich überkommt eine leichte Gänsehaut. Ich antworte nicht und lächle ihn nur etwas unsicher an. Hannah und Jamis sind auch aufgestanden und kommen zu mir.

„Ich bin so froh, dich zu sehen, Nora.", sagt Hannah, während sie mich feste an sich drückt. Nachdem auch Janis mich umarmt hat, setzen wir uns alle hin.

„Du wirkst sehr gestresst, Nora. Ist alles in Ordnung?", fragt Hannah schließlich, die mir gegenüber sitzt.

„Ja. Es war nur eine anstrengende Woche.", antworte ich kurz. Hannah schaut mich skeptisch an, lässt es aber erstmal gut sein. Das Essen ist, wie zu erwarten war, sehr köstlich. Hannah und Janis haben eine Menge zu erzählen und wir lachen viel. Es tut so gut, hier zu sein.

„Wie lief eigentlich der zehnte Hochzeitstag von eurem Bruder? Hat alles geklappt?", fragt Hannah und sieht Janis und Stephan abwechselnd an.

„Also Sören meinte, dass die Fahrt mit der Limousine nach der Fahrt mit dem Heißluftballon, ein tolles Erlebnis war und das Essen im *Haerlin* war wohl der Hammer. Die haben ihre zwei Sterne anscheinend zu recht.", erzählt Stephan.

„Aber Luisa meinte, dass die Köstlichkeiten aus meiner Küche für das Picknick im Heißluftballon, hoch oben am Himmel, einfach der Knaller waren.", berichtet Janis mit stolz geschwellter Brust und lacht. -*Moment mal... Luisa?.... Picknick?....-* Mich überkommt plötzlich ein Verdacht.

„Wann hatte euer Bruder denn Hochzeitstag?", frage ich.

„Am Montag. Nachdem ich bei dir war, habe ich bei Janis die Picknickkörbe für die beiden abgeholt und bin mit Luisa zum Startplatz des Heißluftballons gefahren. Janis hat dann Sören abgeholt und ihn zum Startplatz gebracht. Luisa hat Sören zum Hochzeitstag die Fahrt mit dem Heißluftballon und das Picknick dort oben geschenkt und Sören hat Luisa die Fahrt mit der Limousine und das Essen im *Haerlin* geschenkt.", erzählt Stephan.

Ich komme mir so blöd vor. Ich war auf Stephans Schwägerin eifersüchtig?! Dabei hat sie mit ihm bloß das Hochzeitsgeschenk für ihren Mann organisiert. - *Warum habe ich Stephan nicht einfach mal gefragt, wer Lisa ist!?-*, frage ich mich nun. Verlegen schaue ich Stephan an. Stephan schmunzelt nur. Ob er ahnt, dass ich eifersüchtig war? Das wäre mir schrecklich peinlich. Schnell sind wir aber wieder beim Thema Urlaub.

Es ist bereits weit nach dreiundzwanzig Uhr, als Hannah und Janis sich verabschieden.

„Ich werde mich jetzt auch auf den Heimweg machen.", sage ich, als Hannah und Janis das Restaurant verlassen haben. Stephan dreht seinen Oberkörper zu mir und nimmt vorsichtig meine linke Hand in seine rechte Hand.

„Magst du nicht lieber heute hierbleiben?", fragt er und setzt wieder sein zuckersüßes Lächeln auf, mit diesen umwerfenden kleinen Fältchen um die Mund- und Augenwinkel. Ich schmelze förmlich dahin. -*Mein Gott! Ich glaube, ich habe mich in diesen verboten gutaussehenden, verführerischen Mann verliebt!*- denke ich entsetzt. Das darf aber nicht sein! Ich kann mich nicht auf eine Beziehung mit ihm einlassen. Nicht jetzt, wo ich doch gerade erst eine zweite Chance von meinem Chef bekommen habe, mich zu beweisen.

Mit seiner linken Hand greift Stephan in meinen Nacken und zieht mich an sich. Sanft berühren sich unsere Lippen und ein leises, raues Stöhnen entweicht Stephans Kehle.

„Ich habe dich so vermisst, Nora.", flüstert er. In diesem Augenblick ist es um mich geschehen. Ich kann mich nicht mehr wehren. Händchenhaltend gehen wir hoch in Stephans Hotelzimmer. Wieder verbringe ich eine unfassbare, atemberaubende Nacht mit ihm. Noch nie in meinem ganzen Leben hatte ich so liebevollen und intensiven Sex wie mit ihm. Ich fühle mich wirklich auf allen Ebenen von Stephan geliebt.

Den Sonntag starten Stephan und ich so, wie wir den Samstag beendet haben und wieder ist es unglaublich aufregend und leidenschaftlich.

„Es ist gleich zwölf Uhr mittags. Ich sollte jetzt nach Hause fahren, Stephan."

„Ja. Ich mache mich auch besser auf den Heimweg." Sanft streicht er mir eine Haarsträhne hinter mein rechtes Ohr und lächelt mich liebevoll an.

„Am liebsten würde ich dich mitnehmen, Nora." Ich lächle verlegen. Dann verlassen wir sein Hotelzimmer. In der Lobby begegnen wir Hannah und Janis, die sich gerade voneinander verabschieden.

„Hallo ihr zwei!", ruft Hannah und schaut uns erst überrascht, dann breit grinsend an. Janis schmunzelt nur. Stephan bleibt ein paar Schritte vor Hannah und Janis stehen. Vorsichtig nimmt er meine rechte Hand und stellt sich vor mich.

„Die kommende Woche ist wieder sehr voll bei mir, aber das Wochenende halte ich für dich frei, wenn du magst.", sagt er leise und lächelt zu mir runter. Dahin ist mein Plan, den Flirt mit Stephan zu beenden. Abgesehen davon, dass es schon lange nicht mehr nur ein Flirt ist. Jedenfalls nicht für mich. Ich nicke nur langsam, ohne meinen Blick von ihm zu nehmen. Seine Augen halten meinen Blick fest, während er seinen Kopf zu mir runter senkt und mich ganz sanft küsst. Dieses unfassbare Kribbeln durchflutet wieder meinen ganzen Körper und meine Knie werden weich. Dann richtet er sich wieder auf und lächelt mich zufrieden an.

Ich löse mich aus Stephans Umarmung und drehe mich zu Hannah und Janis um, die gerade ihren Abschiedskuss beenden. Zusammen mit Hannah verlasse ich das Hotel.

„Oh, Nora! Ich freue mich so für dich und Stephan.", sagt Hannah, während wir zu unseren Autos gehen, die nebeneinander auf der Parkfläche vor dem Hotel stehen. Plötzlich überrollt mich ein schlechtes Gewissen Stephan gegenüber. Ich will mich doch eigentlich voll und ganz meiner Karriere widmen. Ich habe es meinem Chef versprochen. Ich hätte das mit Stephan beenden sollen. Stattdessen lasse ich mich immer tiefer in Stephans Arme fallen. Aber vielleicht funktioniert es ja auch, wenn wir uns wirklich immer nur an den Wochenenden sehen. Wobei ich ihn jetzt schon vermisse, obwohl wir uns doch vor wenigen Minuten erst voneinander verabschiedet haben.

„Alles okay, Nora", fragt Hannah, der scheinbar meine Grübelei aufgefallen ist. Ertappt schaue ich sie an.

„Ja. Ich denke schon.", antworte ich.

„Du denkst?", fragt Hannah.

„Ich bin unsicher, ob Stephan gerade wirklich in mein Leben passt." Hannah sieht mich verwirrt an.

„Wie meinst du das, Nora?" Ich erzähle Hannah von den ganzen Situationen, in denen ich wegen Emil oder Stephan meinen Job vernachlässigt habe und dann auch noch von dem Termin mit meinem Chef und dem wichtigen Kunden, den ich vergessen habe.

„Mein Chef hat mir nun eine letzte Chance gegeben. Das darf ich jetzt nicht vermasseln, sonst bin ich meinen Job los."

„Aber, Nora! Du machst dich kaputt, wenn du so weitermachst. Das ist doch nur ein Job!"

„Ja. Und der finanziert mir ein recht ordentliches Leben.", antworte ich.

„Oh man, Nora. Du solltest deinem Privatleben aber auch etwas mehr Zeit widmen."

„Das geht aber im Moment nicht.", antworte ich traurig und senke den Blick. Hannah nimmt mich in den Arm.

„Ach, Nora. Pass bloß auf, dass das Ganze nicht noch in einem Burnout endet."

„Keine Sorge, Hannah. Das wird schon nicht passieren.", antworte ich. Dann verabschieden wir uns.

Ich finde Hannahs Sorge etwas übertrieben. Von einem Burnout bin ich schließlich meilenweit entfernt.

Als ich zuhause ankomme, mache ich mir erstmal ein Sandwich mit Frischkäse und Tomaten, lege noch zwei Blätter frischen Basilikum darauf und setze mich auf meine Terrasse. Ich genieße die Sonne und den angenehmen Wind in meinem Gesicht. Eine ganze

Weile sitze ich auf der Terrasse und tue gar nichts. Plötzlich klingelt mein Handy, dass in der Wohnung auf dem Couchtisch liegt. Die angezeigte Nummer ist mir unbekannt.

„Petersen"

„Guten Tag. Polizei Hamburg. Bergmann, mein Name. Sind Sie Nora Petersen?"

„Ja.", antworte ich verwirrt.

„Sehr gut. Wir haben hier einen Emil Burkhardt, der ausdrücklich nach Ihnen verlangt. Könnten Sie bitte jetzt zu uns auf die Wache kommen?" Ich bin geschockt und schweige.

„Frau Pertersen? Sind Sie noch dran?"

„Ja. Entschuldigung. Natürlich kann ich vorbeikommen. Was ist denn passiert?", frage ich unruhig.

„Das erkläre ich Ihnen alles, wenn Sie hier sind.", antwortet der Polizist und gibt mir die Adresse der Polizeiwache. Ich fahre sofort los. Während der Fahrt überlege ich, was passiert sein könnte. Ein erneuter Streit mit Laura ist für mich im Moment am wahrscheinlichsten.

Nach etwa dreißig Minuten komme ich an der Wache an.

„Hallo. Nora Petersen ist mein Name. Man hat mich eben angerufen. Es geht um Emil Burkhardt." Die blonde, großgewachsene Polizistin lächelt mich freundlich an.

„Ja. Ich weiß Bescheid. Schön, dass Sie so schnell kommen konnten. Wir haben auch schon versucht, diesen Stephan Horner zu erreichen.", erklärt sie, während sie mich durch einen schmalen Flur führt. Plötzlich bleibt sie stehen und klopft an die Tür rechts am Ende des Flurs.

„Herein!", höre ich eine dunkle männliche Stimme. Die Polizistin öffnet die Tür und bittet mich hineinzugehen. Emil sitzt an einem rechteckigen, weißen Tisch mit Blick zur Tür. Neben ihm sitzt ein dunkelhaariger Polizist.

„Nora!", ruft Emil sofort, springt auf und kommt zügig zu mir. Wir nehmen uns kurz in den Arm.

Der Polizist ist ebenfalls aufgestanden und kommt nun zu uns.

„Was ist denn passiert?", frage ich Emil besorgt. Emil will gerade anfangen zu erzählen, da fällt ihm der Polizist ins Wort.

„Eins nach dem anderen, junger Mann.", sagt er und streckt mir seine rechte Hand entgegen, die ich verwirrt ergreife.

„Marco Bergmann. Wir haben eben telefoniert. Setzen Sie sich doch bitte erstmal.", sagt er freundlich lächelnd und deutet auf den rechteckigen Tisch mitten im Raum. Ich setze mich auf den ganz rechten Stuhl mit Blick auf ein großes, doppelflügeliges Fenster und der Zimmertür im Rücken.

„Emil, du gehst bitte kurz mit meiner Kollegin mit." Emil sieht mich verängstigt an.

295

„Sie bringt dich gleich wieder zu uns. Versprochen." Ich nicke Emil lächelnd zu.

„Komm, Emil.", sagt die Polizistin, verlässt mit Emil den Raum und schließt die Tür. Schmunzelnd setzt sich der Polizist mir gegenüber.

„Danke erstmal, dass Sie so schnell vorbeikommen konnten."

„Was ist denn hier los?", frage ich ungeduldig.

„Wir haben Emil am Hauptbahnhof aufgegriffen. Er lief dort verwirrt herum. Als er dann hier auf der Wache ankam, hat er völlig aufgeregt versucht, uns etwas zu erzählen. Wir konnten aber nicht alles verstehen. Er sagte irgendetwas über ein Handy, das ihm weggenommen wurde, über einen Zimmerschlüssel und ein Jugendzentrum. Dann erzählte er noch ein paar abenteuerliche Dinge über seine Eltern und einen Anwalt, falls wir das überhaupt richtig verstanden haben. Plötzlich war er bockig und wollte nicht mehr mit uns reden. Er meinte nur noch, dass eine Nora das alles bestätigen kann und gab uns diese Kladde, in der vorne, auf der ersten Seite, nur zwei Telefonnummern stehen. Ihre und die von einem Stephan Horner, den wir aber bisher noch nicht erreichen konnten.", erklärt Kommissar Bergmann und schiebt die Kladde mit einem leicht spöttischen Grinsen im Gesicht zu mir rüber. Ich öffne die DIN-A5-Kladde und sehe lauter tolle Bleistiftzeichnungen von Emil. Ganz vorne, auf der ersten Seite, steht erst meine Handynummer rechts neben meinem Namen und darunter Stephans Handynummer mit seinem Namen.

„Nun. Das Verhältnis zwischen Emil und seinen Eltern ist wirklich nicht sehr gut. Das kann ich auf jeden Fall schon mal bestätigen. Aber was hat Emil denn berichtet? Was ist passiert?", Das Grinsen in Kommissar Bergmanns Gesicht verschwindet. Dann beginnt er zu erzählen, was Emil ihm genau berichtet hat. Als er fertig ist, setzt er wieder dieses spöttische Grinsen auf. Aber mein Blick bleibt ernst.

„Ja. Da kann ich einiges von tatsächlich so bestätigen. Die jüngsten Geschehnisse aber natürlich nicht", antworte ich. Die Augen des Polizisten weiten sich und er sieht mich ungläubig an.

„Ihr Ernst?", fragt er. Ich nicke nur.

„Mein Gott. Ich verstehe." Dann klopft es an der Tür.

„Ja, bitte", ruft Kommissar Bergmann streng. Sofort öffnet sich die Tür und eine kleine, schwarzhaarige Polizistin betritt den Raum.

„Die Dame vom Jugendamt ist jetzt da.", sagt sie und lächelt mir freundlich zu.

„Super. Danke. Ich komme gleich rüber.", entgegnet Kommissar Bergmann. Die Polizistin nickt kurz und schließt die Tür wieder. Verwirrt schaue ich Kommissar Bergmann an.

„Da Emil sich so vehement dagegen wehrte, zurück zu seinen Eltern gebracht zu werden, haben wir das Jungendamt bereits informiert.", sagt er und zuckt mit den Schultern.

„Warten Sie hier bitte einen Moment. Ich bin gleich wieder bei Ihnen.", bittet er mich und verlässt den Raum. Ich hatte es mir ja schon gedacht, dass es mal wieder Stress mit Laura gab. Aber nun hat sie Emil auch noch das Handy abgenommen, das Stephan ihm geschenkt hat, und ihn in sein Zimmer eingeschlossen, damit er nicht wieder abhauen kann. Und ich dachte die ganze Zeit, dass bei Emil alles in Ordnung sei, weil er sich nicht meldet. Dabei konnte er sich gar nicht melden. Nur um auf die Toilette zu gehen, hat Laura ihn aus dem Zimmer gelassen und vor der Tür auf ihn gewartet. Sie hat scheinbar nicht gedacht, dass Emil sich trauen würde, durch das Fenster im Badezimmer auf das Garagendach zu springen und an dem großen Kastanienbaum runter in den Vorgarten zu klettern.

Kommissar Bergmann kommt mit einer etwas kräftigeren, blonden, älteren Dame zurück in sein Büro.

„Das ist Nora Petersen. Eine Freundin der Familie des Jungen. Frau Petersen. Das ist Frau Mertens vom Jugendamt." Ich stehe auf und wir reichen uns kurz die Hände. Dann setze ich mich wieder auf meinen Platz.

Kommissar Bergmann rückt den Stuhl am Kopfende etwas ab und bittet Frau Mertens, dort Platz zu nehmen, bevor er sich wieder mir gegenüber hinsetzt.

Plötzlich wird die Tür aufgestoßen und Emil stürmt herein, gefolgt von der blonden Polizistin.

„NEIN! Ich gehe nicht zurück zu meinen Eltern. Ich will bei Nora bleiben!", ruft Emil und setzt sich wütend links neben mich. Erschrocken schauen wir alle zu Emil.

„Schön, dass du zurück bist, Emil.", sagt Kommissar Bergmann schließlich und lächelt Emil gutmütig an. Dann wendet er sich Frau Mertens zu.

„Was sagen Sie denn dazu?"

„Es ist Sonntag. Also würden wir ihn sowieso heute erstmal in einer Notunterkunft unterbringen, bis die zuständigen Kollegen den Fall dann am Montag übernehmen können.", erklärt Frau Mertens. Mir gefällt der Gedanke gar nicht, dass Emil einfach irgendwo untergebracht wird.

„Nein! Bitte, Nora. Darf ich bei dir bleiben?" Ich schaue Emil an. Dann sehe ich fragend rüber zu Frau Mertens.

„Also von mir aus wäre das in Ordnung. Ich bräuchte von Ihnen dann nur ein paar Informationen und Ihre Kontaktdaten, damit sich meine Kollegen am Montag mit Ihnen in Verbindung setzen können.", erklärt Freu Mertens. Emil strahlt sie an.

„Zudem würde ich dann gerne jetzt kurz mit zu Ihnen nach Hause kommen. Ist das für Sie okay, Frau Petersen?", fragt sie. Ich bin erleichtert, dass Emil nicht in irgendeine Unterkunft muss.

„Natürlich", antworte ich also.

„Sehr gut. Dann lassen Sie uns losfahren.", erwiedert sie kurz und lächelt rüber zu Emil. Wir stehen alle auf und verabschieden uns von Kommissar Bergmann.

Als wir bei mir zuhause ankommen, schaut Frau Mertens sich kurz in meiner Wohnung um und verabschiedet sich dann. Es ist mittlerweile Abend geworden. Ich mache Emil und mir nur ein paar Sandwiches zum Abendessen und Emil erzählt mir, was in den letzten Tagen bei seinen Eltern zuhause los gewesen ist. Ich bin fassungslos und kann Emil verstehen, dass er abgehauen ist.

„Danke, dass ich bei dir sein darf, Nora."

„Sehr gerne, Emil. Ich habe dir doch versprochen, dass ich immer für dich da bin.", antworte ich. Emil senkt den Kopf.

„Darf ich Jennifer von deinem Handy aus mal kurz anrufen? Sie macht sich sicher Sorgen." Überrascht schaue ich Emil an. Emil grinst ein wenig.

„Wir haben uns wieder vertragen. Sie hat nur mit mir Schluss gemacht, weil sie nicht der Grund dafür sein wollte, warum ich meine Ausbildung zum Koch nicht machen kann. Ich hatte ihr damals erzählt, dass meine Eltern mich nur die Ausbildung machen lassen, wenn ich wieder zu ihnen gehe. Jenni dachte, dass es leichter für mich ist, wenn sie Schluss macht. Sie hat mich aber so sehr vermisst, dass sie mich dann doch wieder angerufen hat. Wir haben in der letzten Zeit viel telefoniert. Mama wollte das aber nicht und ist sauer geworden. Dann hat sie mir das Handy abgenommen. Ich hasse Mama!" mit hochgezogenen Augenbrauen schaue ich Emil an. Was für eine harte Aussage von ihm. Aber ich kann ihn auch irgendwie verstehen. -*Was ist bloß in Laura gefahren?*-, frage ich mich im Gedanken.

„Oh man, Emil. Ich bin so froh, dass du da raus bist. Und ich freue mich für dich und Jennifer, dass ihr wieder zusammen seid." Jetzt grinst Emil breit. Ich reiche ihm mein Handy und räume den Tisch ab, während Emil mit Jennifer telefoniert.

„Danke, Nora.", sagt Emil nachdem er aufgelegt hat und legt mein Handy auf den Couchtisch. Ich lächle ihm nur kurz zu.

„Ich muss morgen früh erstmal ins Büro, Emil. Dann bist du hier bis mittags alleine. Ist das okay für dich?"

„Ja. Klar.", antwortet er. Ich hole noch schnell das Bettzeug für Emil aus dem Schlafzimmer. Dann wünsche ich ihm noch eine gute Nacht und gehe ins Bett.

Emil schläft noch, als ich am nächsten Morgen aufstehe. Ich gehe schnell duschen und mache mich fertig für die Arbeit. Dann verlasse ich leise die Wohnung. Meinen ersten Kaffee für heute bekomme ich also erst im Büro.

Ich sitze hinter meinem Schreibtisch und atme einmal tief durch. -*So. Jetzt schön brav den Fokus auf die Arbeit richten. Was gerade bei mir zuhause los ist,*

ist jetzt erstmal völlig egal.- Mein Handy mache ich lautlos und lege es in meine Handtasche. Tatsächlich schaffe ich es, mich den ganzen Vormittag nur auf die Arbeit zu konzentrieren. Mittags mache ich mich dann auf den Heimweg.

Als ich in meine Wohnung komme, sitzen Stephan und eine mir unbekannte Frau mit Emil an meinem Esstisch.

„Nora, Nora! Ich muss nicht mehr zu Mama und Papa. Ich kann die Schule woanders fertig machen und dabei schon mal anfangen, Koch zu werden.", ruft er, während er auf mich zu gerannt kommt. Stephan und die fremde Frau folgen ihm.

„Guten Tag, Frau Petersen. Ich bin Julia Sandholz vom hiesigen Jugendamt.", stellt sie sich vor und reicht mir ihre rechte Hand, die ich kurz ergreife.

„Ich habe mich mit meinen beiden Kollegen, die Emils Fall ja bereits schon kennen, besprochen. Diesmal sind Emils Eltern eindeutig zu weit gegangen. Mit Hilfe von Herrn Horner werden wir nun veranlassen, dass Emil auf eine tolle Schule kommt, mit dem Schwerpunkt auf Ernährung. Anschließend kann er die Ausbildung zum Beikoch in einem kleinen Restaurant in Hamburg machen.", erklärt mir die schlanke, dunkelhaarige Schönheit.

„Das ist toll.", erwidere ich nur kurz, da ich etwas verwirrt bin von Stephans ernstem, ja fast schon wütendem Blick.

„Ich habe für ihn auch bereits ein Zimmer in einer tollen Wohngruppe organisiert. Dort kann er sofort einziehen.", berichtet sie stolz weiter. Emil hüpft aufgeregt neben mir auf und ab. Ich lächle zu ihm rüber.

„Das ist toll, Emil. Wann soll es denn losgehen?", frage ich Frau Sandholz.

„Jetzt sofort. Wir haben nur auf Sie gewartet, um Ihnen das alles persönlich zu erklären.", antwortet sie und wendet sich dann wieder Emil zu.

„Na dann. Hast du alles zusammengepackt, Emil?", fragt Frau Sandholz. Emil nickt aufgeregt. Sie lächelt ihn liebevoll an. Dann wendet sie sich wieder mir zu und reicht mir ihre Visitenkarte.

„Melden Sie sich gerne, wenn Sie Fragen haben oder irgendein anderes Anliegen. Ach. Und entschuldigen Sie bitte, dass wir Sie hier so überfallen haben. Man hat wohl heute Vormittag mehrfach versucht, Sie zu erreichen, aber leider ohne Erfolg.", erklärt Frau Sandholz mit einem sanften Lächeln im Gesicht. Die Frau scheint nicht nur wunderschön zu sein, sondern auch noch zauberhaft nett. Ich spüre, wie eine leichte Eifersucht in mir aufsteigt und schaue rüber zu Stephan, der mich immer noch mit diesem grimmigen Blick ansieht. Ich bin verunsichert, bedanke mich aber erstmal höflich bei Frau Sandholz und verabschiede mich von Emil, der fröhlich mit Frau Sandholz zusammen meine Wohnung verlässt.

Ich drehe mich zu Stephan um und schaue ihn fragend an.

„Was ist los, Stephan?"

„Das fragst du noch!?" Ich bin verwirrt. Ich habe doch nichts Falsches gemacht.

„Du nimmst Emil bei dir auf und hältst es nicht für nötig, mich darüber in Kenntnis zu setzen!? Verdammt nochmal, Nora! Du hättest mich umgehend informieren müssen!" Völlig überrascht von seinem Ausbruch kann ich zunächst gar nicht antworten. Dann spüre ich Wut in mir aufsteigen. Was fällt ihm ein, hier in meiner Wohnung so rumzuschimpfen.

„Jetzt aber mal langsam, Stephan. Nachdem mich gestern Mittag die Polizei angerufen hatte, hatte ich erstmal andere Sorgen. Außerdem hat man mir auf der Polizeiwache gesagt, dass man bereits versucht hatte, dich zu erreichen. Ich konnte also davon ausgehen, dass man dich informiert hat. Es ist nicht meine Schuld, wenn man dich nicht erreichen konnte. Und wenn dich tatsächlich jemand hätte informieren müssen, dann vielleicht das Jugendamt, aber ganz sicher nicht ich!"

„Na fein. Okay. Rechtlich warst du nicht dazu verpflichtet, mich zu informieren. Als meine Freundin hättest du es aber tun müssen." Fassungslos starre ich ihn an. Nach der gestrigen Aufregung und einem stressigen Vormittag im Büro muss ich mir nun auch noch Stephans absurde Vorwürfe anhören. Ich kann meine Wut nicht mehr in Zaum halten.

„Das reicht. Geh jetzt, Stephan." Stephan starrt mich ungläubig an.

„Du sollst verschwinden!", schimpfe ich.

„Was soll das jetzt, Nora?", fragt er nun mit einer etwas ruhigeren Stimme. Meine Empörung ist jedoch unverändert.

„Das fragst ausgerechnet du?! Lass gut sein für heute und geh jetzt einfach.", antworte ich. Stephan sieht mich irritiert an.

„Also gut, Nora. Ich melde mich dann morgen nochmal bei dir, okay?"

„Meinetwegen.", antworte ich nur schnippisch. Stephan zieht eine Augenbraue hoch, dreht sich um und geht. Mit Schwung werfe ich die Wohnungstür hinter ihm zu.

-Unfassbar. Da komme ich von der Arbeit nach Hause, freue mich auf meinen freien Nachmittag und dann kommt sowas!- Ich bin immer noch fassungslos und wütend. Nachdem ich mir einen Kaffee gemacht habe, setze ich mich damit auf meine Terrasse. Nun bereue ich schon ein wenig, dass ich Stephan vorhin so schroff rausgeworfen habe. Naja. Wir sprechen morgen einfach noch einmal in Ruhe darüber und dann sollte es auch gut sein. Ich mache mir zum Abendessen nur noch ein Sandwich und gehe dann früh ins Bett.

Ich bin pünktlich um acht Uhr im Büro. Kurz nachdem ich mich hinter meinen Schreibtisch gesetzt habe, steht Jasmin auch schon mit einer Tasse Kaffee in meinem Büro.

„Danke, Jasmin. Den kann ich jetzt gut gebrauchen." Jasmin schmunzelt und verlässt mein Büro wieder. Ich lasse mich in meinem Bürosessel nach hinten fallen und nehme einen ersten Schluck von dem herrlich duftenden Kaffee Crema. Irgendwie habe ich das Gefühl, dass mir der gestrige Stress und der Streit mit Stephan noch in den Gliedern hängen. Ich fühle mich erschöpft und matt, obwohl der Tag gerade erst angefangen hat.

Ich frage mich, wann Stephan sich heute melden wird. Ein heftiges Klopfen reißt mich aus meinen Gedanken. Dann geht auch schon die Tür auf und mein Chef stürmt in mein Büro. Ich stelle meine Tasse Kaffee sofort auf meinem Schreibtisch ab und stehe hastig auf.

„Herr Jenneborg! Guten Morgen!", panisch spannen sich sämtliche Muskeln in meinem Körper an. *-Habe ich etwa schon wieder einen Termin vergessen?-*

„Guten Morgen, Frau Petersen. Schnappen Sie sich die Lichtberg-Unterlagen und kommen Sie mit. Wir müssen sofort los. Es gibt Probleme." Ich frage nicht weiter nach, suche die Unterlagen raus, nehme meine Handtasche und folge Herrn Jenneborg in den Flur.

„Frau Benedikt! Wir sind für den Rest des Tages außer Haus und nicht erreichbar. Vertrösten Sie also alle, die etwas von Frau Petersen möchten, auf morgen.", ruft Herr Jenneborg Jasmin zu, die ihn überrascht anschaut.

„Okay. Mache ich.", antwortet sie kurz und sieht mich dann fragend an. Ich zucke nur mit den Schultern und folge Herrn Jenneborg die Treppe hinunter. Eilig gehen wir zusammen aus dem Haus. Herr Jenneborg steht mit seinem Mercedes direkt neben meinem Auto.

„Fahren Sie mir hinterher, Frau Petersen. Ich muss anschließend noch woanders hin."

Nachdem wir uns einen Überblick über die Problematik verschafft haben, gehen Herr Jenneborg und ich noch mit dem Kunden Mittagessen, um über Lösungsmöglichkeiten zu diskutieren. Es ist schnell klar, dass es nicht einfach wird, diesen Kunden zufriedenzustellen.

Um fünfzehn Uhr verabschiedet sich der Kunde von uns. Herr Jenneborg wirkt sehr unzufrieden. Ich habe immer wieder Lösungsvorschläge gemacht, die meinem Chef aber alle nie so richtig zugesagt haben.

„So, Frau Petersen. Ich muss auch jetzt los. Ich verlasse mich in dieser Sache auf Sie. Lichtberg ist ein sehr wichtiger Kunde für uns. Vermasseln Sie es nicht!". Herr Jenneborgs eindringlicher Blick jagt mir einen eiskalten Schauer über den Rücken.

„Ich setze mich sofort dran, Herr Jenneborg." Er nickt und verlässt dann das Restaurant. Ich räume noch die ganzen Unterlagen auf dem Tisch zusammen und packe sie zurück in die Aktenmappe. Langsam schlürfe ich zu meinem Wagen. *-Ich bekomme Kopfschmerzen. So ein Mist.-* Ich fahre schnell nach Hause und nehme erstmal eine Schmerztablette ein. Dann breite ich die Unterlagen auf meinem Esstisch aus und versuche, Lösungen für die vielen Probleme zu finden. Es ist schon kurz vor Mitternacht, als ich meine Augen kaum noch aufhalten kann und ins Bett gehe.

Dieses fiese Piepen macht mich wahnsinnig. Langsam öffne ich die Augen und realisiere, dass dieses Piepen von meinem Wecker kommt, der sich große Mühe gibt, mich aus dem Bett zu jagen.

„Ja, ja. Du hast gewonnen.", sage ich zu meinem Wecker, gebe ihm einen Klaps auf den Knopf zum Ausschalten und stehe auf. Minutenlang stehe ich einfach nur unter der Dusche, bewege mich nicht und lasse einfach nur das Wasser über meinen Körper rieseln.

Nachdem ich geduscht und angezogen bin, schleppe ich mich in die Küche und mache mir erstmal einen Kaffee. Ich bin so unfassbar müde. Selbst die Dusche hat nicht geholfen, richtig wach zu werden. Vielleicht schafft es ja ein starker Kaffee. Tatsächlich habe ich das Gefühl, nach dem Kaffee etwas munterer zu sein, und fahre ins Büro. Im Büro habe ich kaum eine ruhige Minute, da die Kollegen immer wieder Fragen an mich haben. Meistens kann ich diese auch direkt schnell beantworten, aber manchmal muss ich selbst erst ein paar Sachen prüfen, um dann die passende Antwort geben zu können. Gegen Mittag kommt Jasmin zu mir und bittet mich, mit ihr und den Kollegen in die Mittagspause zu gehen. Ich lehne aber dankend ab und wünsche ihr eine schöne Pause. Mit einer skeptischen Miene schließt sie meine Bürotür wieder.

Während alle anderen nun also in der Mittagspause sind, nehme ich mir die Lichtberg-Akte und suche weiter nach Lösungen. Ich bemerke gar nicht, dass die Kollegen nach und nach wieder im Büro eintrudeln. Plötzlich klingelt mein Bürotelefon. Es ist Jasmin.

„Hey Jasmin"

„Hallo Nora. Ich habe hier einen Stephan Horner in der Leitung, der unbedingt mit dir sprechen will. Darf ich ihn durchstellen?" Vor Schreck fällt mir fast der Hörer aus der Hand. -*Verdammt! Den habe ich ja total vergessen. Wir wollten doch gestern telefonieren. Mist. Er ist jetzt sicher sauer und das diesmal auch zurecht.-*

„Ja. Danke Jasmin. Stell ihn bitte durch."

„Okay."

„Hallo Stephan."

„Hallo Nora." Stephan klingt mürrisch.

„Wir wollten doch gestern miteinander telefonieren. Wieso warst du den ganzen Tag nicht erreichbar, Nora?"

„Wir haben große Probleme mit einem Auftrag und mein Chef hat mich bereits morgens vom Büro abgeholt. Wir waren den ganzen Tag unterwegs und abends habe ich noch über den Unterlagen gebrütet.", erkläre ich.

„Und dein Handy hast du im Klo runtergespült?" Seine Stimme wird etwas lauter und irgendwie fühle ich mich gerade wie ein Kind, das vergessen hat, Bescheid zu sagen, dass es später nach Hause kommt.

„Nein. Ich habe mein Handy nicht das Klo hinuntergespült. Es ist lediglich lautlos, weil ich gestern den ganzen Tag mit meinem Chef und einem wichtigen Kunden unterwegs war. Ich habe abends einfach vergessen, es wieder lauter zu stellen.", antworte ich leicht genervt.

„Möchtest du die Angelegenheit von vorgestern überhaupt klären?", fragt er schließlich und ehrlich gestanden, weiß ich gerade gar nicht mehr, worum es überhaupt vorgestern ging.

„Hörzu Stephan. Wenn du da noch etwas klären möchtest, können wir gerne nachher telefonieren. Jetzt ist es echt ungünstig."

„Ach. "Wenn ich noch etwas klären möchte? Das heißt also, dass du es nicht möchtest?", fragt er schnippisch.

„Mensch, Stephan. Jetzt dreh mir doch nicht die Worte im Mund um. Ich habe jetzt einfach keine Zeit für Privatgespräche.", antworte ich in einem sachlichen Tonfall.

„Wow. Alles klar. Ich habe verstanden. Dann wünsche ich dir noch einen erfolgreichen Arbeitstag, Nora." Wieder einmal habe ich mich scheinbar zu kühl und distanziert ausgedrückt und es tut mir sofort leid. Ich antworte also mit sanfter Stimme:

„Danke, Stephan. Das wünsche ich dir auch. Dann bis heute Abend."

„Na, mal sehen.", antwortet er nur kurz und legt dann auf. -*Meine Güte. Ist der aber beleidigt.*- denke ich und lege ebenfalls auf. Das er erstmal sauer war, kann ich ja verstehen. Aber ich habe ihm doch erklärt, warum ich nicht erreichbar war. Er muss doch einsehen, dass ich während der Arbeitszeit keine Privatgespräche führen kann. Und schon gar nicht gestern, als ich mit meinem Chef unterwegs war. Mich nervt, dass ich nun schon wieder viel zu lange von meiner eigentlichen Arbeit abgehalten wurde. Ich atme also tief durch und widme mich wieder dem Lichtberg-Auftrag.

Wieder einmal haben bereits alle anderen Kollegen Feierabend gemacht, als ich mich auch endlich auf den Heimweg begebe. Es ist nach einundzwanzig Uhr, als ich zuhause ankomme. Da ich es versprochen habe, rufe ich also Stephan an.

„Hey, Nora." Stephan klingt müde.

„Hallo Stephan. Habe ich dich geweckt?"

„Nein. Wie war dein Tag, Nora?"

„Nun lass uns nicht lange um den heißen Brei reden. Du wolltest doch etwas klären.", sage ich kühl.

Ich merke sofort, dass ich zudem sehr genervt geklungen habe. Ich bin zwar wirklich etwas genervt, weil ich mich nach einem anstrengenden Arbeitstag nun auch noch wieder Stephans Vorwürfen aussetzen muss, aber das wollte ich eigentlich nicht so deutlich zeigen.

„Nein, Nora. Wenn es für dich nichts zu klären gibt, dann brauchen wir nicht weiterreden."

„Wie meinst du das, Stephan?", frage ich verwirrt. *-Was war denn vorgestern so schlimm, dass er so sauer ist?-*, frage ich mich.

„Ich meine es genauso, wie ich es gesagt habe. Wir können dann jetzt auflegen und schlafen gehen."

„Mensch, Stephan. Komm doch bitte einfach zum Punkt." Tatsächlich habe ich keine Lust mehr auf dieses Telefonat und würde am liebsten einfach auflegen.

„Gut, Nora. Ich finde es immer noch nicht in Ordnung von dir, dass du mir nicht Bescheid gegeben hattest, als Emil bei dir übernachtet hat. Ich, als sein Anwalt, hätte das wissen müssen.",

„Das kann ja sein, Stephan. Aber ich war total überrumpelt von der Situation und abends war ich einfach nur hundemüde. Außerdem bin ich wirklich davon ausgegangen, dass die Polizei oder das Jugendamt dich bereits informiert haben."

„Ja. Das haben sie versucht. Ich hatte mein Handy aber noch aus. Das mache ich ab und an mal für einen Tag. Sie haben dann am nächsten Morgen Alva im

Büro erreicht. Sie hat es mir dann ausgerichtet, als ich ins Büro kam."

„Moment mal, Stephan. Du hattest also an dem Tag dein Handy aus und beschwerst dich nun, dass ich dir nicht Bescheid gegeben habe, dass Emil bei mir ist?" Einen Moment lang ist es ganz still in der Leitung.

„Oh man, Noro. Du hast recht. Das war blöd von mir. Ich habe mir nur so große Sorgen um Emil gemacht. Alva hat mir nur gesagt, dass die Polizei und das Jugendamt wegen Emil angerufen haben. Als ich bei der Polizei angerufen habe, hat man mich an das Jugendamt verwiesen. Die zuständige Mitarbeiterin dort war aber erstmal nicht erreichbar. Irgendwann rief mich dann endlich Frau Sandholz vom Jugendamt zurück und erklärte mir, was passiert ist und das Emil bei dir ist. Ich hatte mir den ganzen Morgen so große Sorgen um Emil gemacht, mir vorgestellt, was alles passiert sein könnte und dann erfahre ich, dass er seit dem Vorabend bei dir ist. Ich war so sauer auf dich, dass du nicht mal versucht hast, mich zu erreichen. Aber du hast natürlich recht. Ich darf mich eigentlich nicht beschweren. Tut mir leid, Nora." Stephans Stimme klingt nun niedergeschlagen und sofort ist meine Wut verschwunden.

„Schon okay, Stephan. Aber wenn du immer sofort über alles informiert werden möchtest, dann solltest du dein Handy nicht ausmachen." Stephan antwortet nicht darauf.

„Na gut, Stephan. Ich bin müde und gehe jetzt ins Bett. Ich wünsche dir eine gute Nacht."

„Dir auch eine gute Nacht, Nora. Und nochmal Sorry, für meine Vorwürfe."

„Ist schon vergessen, Stephan. Gute Nacht.", antworte ich noch. Dann legen wir auf.

Nun tut Stephan mir irgendwie leid. Er hatte einfach nur Angst um Emil. Wenn ich diese Situation mit meinen Mädels gehabt hätte, wäre ich auch krank vor Sorge gewesen. *-Aber Emil ist nicht Stephans Sohn. Also warum hängt er so an ihm?-*, frage ich mich wieder. Vielleicht sollte ich ihn bei Gelegenheit doch mal darauf ansprechen. Nun muss ich aber erstmal ins Bett. Ich habe morgen wieder einen vollen Tag. Gott sei Dank schlafe ich auch schnell ein.

Ich bin pünktlich um acht Uhr im Büro und setze mich sofort wieder an den Lichtberg-Auftrag. Leider fällt es mir aber sehr schwer, mich auf meine Arbeit zu konzentrieren. Immer wieder muss ich an Stephan denken und dann wieder an Emil. Ich gehe mittags wieder nicht mit den Kollegen ins Bistro, um weiter nach Lösungen für die Probleme bei dem Lichtberg-Auftrag zu suchen. Mein Kopf ist aber irgendwie zu. Ich kann kaum noch einen klaren Gedanken fassen. Ich gehe also in die Büroküche und mache mir erstmal einen Kaffee. Dann gehe ich zurück an meinen Schreibtisch.

-Wie es Emil wohl gerade geht?"-, frage ich mich.

Ich nehme spontan die Visitenkarte von Frau Sandholz vom Jugendamt aus meinem Portemonnaie und rufe sie an.

„Sandholz"

„Hallo Frau Sandholz. Nora Petersen hier. Ich wollte mal nachfragen, wie es Emil Burkhardt geht."

„Hallo Frau Petersen. Wie schön, Sie zu hören. Emil geht es prima. Er hat auch schon mehrmals nach ihnen gefragt."

„Kann ich ihn denn mal besuchen kommen?", frage ich.

„Im Moment leider noch nicht. Emil soll sich erstmal in Ruhe eingewöhnen. Das habe ich ihm auch schon gesagt.", erklärt Frau Sandholz mit einer sanftmütigen Stimme.

„Aber ist es denn wirklich gut, dass er gar keinen Kontakt zu vertrauten Personen hat?", frage ich skeptisch.

„Ja. Das ist es. Aber er sieht ja seinen Anwalt heute auch wieder. Mir scheint, dass die beiden eine enge Bindung zueinander haben."

Ich bin überrascht. Stephan hat mir gar nicht erzählt, dass er Emil heute besucht.

„Okay. Wenn es so besser für Emil ist. Aber dann grüßen Sie ihn doch bitte ganz lieb von mir.", bitte ich Frau Sandholz.

„Das mache ich sehr gerne. Sie können mich auch weiterhin jederzeit anrufen, wenn Sie wissen möchten, wie es Emil geht.", antwortet sie.

„Vielen Dank, Frau Sandholz."

Wir verabschieden uns und legen auf.

Jetzt könnte ich sauer sein, dass Stephan mir nicht gesagt hat, dass er heute Emil besucht. Ich frage mich, warum er es mir nicht erzählt hat. Hat es vielleicht etwas mit der wunderschönen Frau Sandholz zu tun? Sofort habe ich ihre langen, braunen Haare vor Augen, die in glänzenden Wellen bis knapp über ihren Po fallen. Ihre sanften, braunen Augen, über denen perfekt geformte Brauen liegen und dann diese vollen, rosaroten Lippen, mit denen sie ein hinreißendes Lächeln zaubern kann. Auch als absolute Heterofrau kann man ihrem Charme kaum entgehen und muss sie einfach mögen. Da schafft es Stephan doch sicher schon gar nicht. Sieht er in ihr vielleicht sogar schon seine nächste Trophäe und ist dabei, sie zu erobern? Ich spüre ein unangenehmes Ziehen im Bauch und egal wie sehr ich mich auch anstrenge, ich kann mich einfach nicht mehr auf meine Arbeit konzentrieren. Ich mache also bereits um fünfzehn Uhr Feierabend und fahre nach Hause. Aber auch da gehen mir Stephan und Frau Sandholz nicht aus dem Kopf. -*Ob er vielleicht gerade mit ihr zusammensitzt und seinen Eroberungsfeldzug startet?*- Wieder zieht es heftig und sehr unangenehm in meinem Bauch. Ein unerträglicher Druck liegt auf meiner Brust und macht mir das Einatmen schwer. -*Ich fasse es nicht! Ich bin tatsächlich eifersüchtig!*- Ich kann mich nicht daran erinnern, wann ich das letzte Mal eifersüchtig gewesen bin. Wenn ich es überhaupt schon mal war. Ich meine, so richtig. Wie jetzt. Es fühlt sich schrecklich an. Ich versuche, dieses unangenehme Gefühl schnell zu verdrängen, indem ich mir eine CD meiner Lieblingsband *"Imagine Dragons"* einlege und durch meine Wohnung tanze. Tatsächlich hilft es. Wenn Stephan wirklich Interesse an dieser Frau Sandholz hat, dann ist das eben so und ich kann mich wieder voll und ganz auf meinen Job konzentrieren. Ich habe doch eh keine Zeit für eine Beziehung. Und schon scheint die Eifersucht verflogen zu sein. Es ist lediglich eine leichte Traurigkeit geblieben. Ich kann nicht leugnen, dass ich es schade finde, dass aus mir und Stephan nichts Dauerhaftes werden kann.

Den Rest der Woche stürze ich mich in meine Arbeit und komme kaum zum Durchatmen. An Stephan habe ich nur ab und zu mal ganz kurz gedacht und mich dann aber wieder schnell meiner Arbeit gewidmet.

Es ist Freitag und ich mache bereits um vierzehn Uhr Feierabend. Eigentlich wollte Stephan an diesem Wochenende wieder zu mir kommen. Da ich aber seit unserem Telefonat am Dienstag nichts mehr von ihm gehört habe, denke ich nicht, dass er kommen wird. Ich überlege, wie ich mich damit fühle. Ist es okay für mich? Bin ich enttäuscht oder traurig? Ehrlich gesagt weiß ich es nicht. Irgendwie fühle ich gerade gar nichts.

Das Klingeln meines Handys reißt mich aus meinen Gedanken.

„Petersen"

„Hey, Nora." Sofort zwirbelt es leicht in meinem Bauch, als ich Stephans Stimme höre. Er klingt recht fröhlich.

„Hallo Stephan.", erwidere ich verwundert.

„Treffen wir uns morgen wieder zum Mittag bei Janis im Hotel, oder soll ich direkt zu dir kommen?", fragt er immer noch in dieser fröhlich schwingenden Tonlage. Damit habe ich nicht gerechnet. Er will also tatsächlich herkommen. Will ich das überhaupt? Eigentlich wollte ich das mit uns schon am letzten Wochenende beenden.

„Nora. Bist du noch da?" Ich zucke kurz zusammen.

„Ja. Ich bin noch da. Treffen wir uns doch erstmal wieder bei Janis zum Mitagessen.", antworte ich schnell.

„Ist alles in Ordnung, Nora?", sein fröhlicher Tonfall ist einer unsicheren Stimme gewichen. *-Was soll ich darauf bloß antworten? Sowas verkündet man doch nicht am Telefon.-*

„Ja. Ich hatte nur eine sehr anstrengende Woche.", antworte ich also nur.

„Ach so. Okay. Dann sehen wir uns morgen. Ich freue mich auf dich, Nora."

„Okay. Ich mich auch. Dann bis morgen, Stephan.", antworte ich und lege auf.

Ein Teil von mir freut sich so sehr auf ihn. Auf seine Berührungen und seine leidenschaftlichen Küsse. Ein anderer Teil von mir sieht aber meine Karriere und die notwendige Trennung von Stephan.

Ich beschließe, erstmal ins Fitnessstudio zu fahren, um nicht weiter über Stephan nachzudenken und mich mal wieder richtig auszupowern. Mit Erfolg. Völlig erledigt und tiefenentspannt fahre ich wieder nach Hause. Fischgeduscht mache ich mir ein Sandwich, nehme mir ein Glas gekühlten Weißwein und setze mich in meiner schlabbrigen, hellblauen Pyjamahose und dem weißen, engen Top auf die Terrasse. Ich genieße die letzten Sonnenstrahlen des Tages, die noch einen Teil meiner Terrasse erreichen. Ein angenehmer, zarter Wind weht durch mein noch leicht feuchtes, offenes Haar. Ich starre auf die Hecke aus Kirchlorbeer, die mein kleines Gartenstück umrandet. Unwillkürlich muss ich an den herrlichen, weiten Blick aufs Meer denken, den ich am Strand in Binz genießen durfte. Ich war in meinem Leben noch nicht oft am Meer, aber wenn ich mal dort war, habe ich es stets geliebt und es fiel mir immer sehr schwer, wieder abzureisen. Ich sollte öfter ans Meer fahren. Es muss ja nicht immer unbedingt Rügen sein, obwohl ich zugeben muss, dass mich diese Insel mit ihrem Charme, der Natur, den Bauwerken und den Bewohnern in ihren Bann gezogen hat. Aber es gibt noch so viele schöne Orte und Inseln an der Ost- und Nordsee, die ich erkunden könnte. -*Usedom könnte doch mein nächstes Ziel sein.*-, denke ich und lächle sehnsuchtsvoll.

Nachdem ich mein Sandwich aufgegessen und mein Glas Weißwein ausgetrunken habe, spüre ich eine tiefe Müdigkeit. Es war wieder ein anstrengender, aber auch erfolgreicher Tag. Also räume ich mein Geschirr weg, verschließe alle Türen und gehe ins Bett.

Ich bin so nervös, als ich auf dem Weg zum Waldhotel bin, wo ich mich mit Stephan treffe. Ich sollte unseren Flirt wirklich schleunigst beenden, bevor es zu ernst zwischen uns wird, wobei es gerade für meinen Teil eigentlich schon zu spät ist. Ich weiß, dass ich mich hoffnungslos in Stephan verliebt habe und würde mir nichts sehnlicher wünschen, als mit ihm zusammen zu sein. Jeden Tag und jede Nacht. Mein Herz pocht heftig in meiner Brust beim Gedanken an ihn. Ich denke an sein verschmitztes Lächeln. Seine verführerischen Fältchen in den Mund- und Augenwinkeln. An seine sanften Berührungen und seine zärtlichen Küsse und an seine dunkelbraunen Augen. Beim Gedanken an unsere gemeinsamen Nächte spüre ich wieder dieses Kribbeln in meinem Bauch. Ich schüttle den Kopf. -*Mensch! Reiß dich zusammen, Nora.*- sage ich zu mir selbst, während ich rechts neben der Treppe des Hotels parke.

Langsam gehe ich die Treppe zum Haupteingang hoch. Als ich das Hotel betrete, sehe ich Stephan und Janis mitten in der Lobby stehen. Sie unterhalten sich zunächst angeregt. Dann lachen beide herzhaft. Janis trägt einen schwarzen Anzug. Das Jackett, unter dem er ein weißes Hemd mit einer schwarzen Krawatte trägt, hat er offen. Seine polierten, schwarzen Schnürschuhe schimmern im Licht, das durch die große, breite Fensterfront des Eingangsbereiches in die Lobby scheint. Stephan sieht in seiner dunkelblauen Jeans, dem weißen T-Shirt und den weißen Sneakern etwas underdressed aus, neben ihm. Aber dafür passt er eindeutig besser zu meinem Outfit. Ich trage eine weiße Jeans, ein beigefarbenes T-Shirt mit V-Ausschnitt und beigefarbene Sneakers.

„Hallo Nora!", ruft Janis, als er mich auf sie zukommen sieht. Stephan steht mit dem Rücken zum Eingang. Hastig dreht er sich um. Er lächelt mich so liebevoll an, dass ich augenblicklich dahinschmelze. Mit zwei großen Schritten kommt er auf mich zu, legt seine beiden Hände rechts und links an meinem Gesicht entlang in meinen Nacken und küsst mich sanft auf den Mund. Ich fühle mich etwas überrumpelt, aber sein Kuss fühlt sich so wundervoll und erlösend an. Ja. Ich habe ihn und seine Küsse so sehr vermisst. Nachdem Stephan mich wieder losgelassen hat, begrüßt Janis mich mit einer kurzen

Umarmung und führt uns dann ins Restaurant, an einen Tisch am Fenster zur Terrasse. Ich setze mich mit dem Rücken zum Eingang und Stephan setzt sich mir gegenüber.

„Na dann einen guten Appetit, ihr zwei.", sagt Janis und will gerade gehen.

„Warte. Wo ist denn Hannah? Esst ihr beiden denn nicht mit uns?", frage ich verwundert.

„Nein. Hannah hat im Blumenladen zu tun und ich habe leider auch einen Berg voll Arbeit in meinem Büro liegen.", antwortet er und zuckt mit den Schultern.

„Was ist denn mit deinem italienischen Herzensbrecher? Ist er etwa schon davongelaufen?", fragt Stephan lachend. Janis stimmt mit ein und lacht kurz auf.

„Nein, nein. Luca ist noch da. Er ist mir zwar auch schon eine große Unterstützung, aber einige Sachen muss ich schon noch selber machen." antwortet Janis, während er sich langsam umdreht, um zu gehen.

„Na dann viel Spaß.", sagt Stephan noch schmunzelnd. Janis hebt kurz den linken Arm und verlässt dann das Restaurant. Stephan schmunzelt immer noch. Ich habe Luca bisher nur dreimal gesehen. Eine Unterhaltung war schwer, da er eigentlich nur Italienisch und ein klein wenig Englisch spricht. Wie ein Herzensbrecher wirkte er aber nicht auf mich. Okay. Er hat bei jeder Begegnung wohl offensiv mit mir geflirtet, wenn Janis wirklich alles wahrheitsgemäß übersetzt hat, aber dennoch wirkte er eher unsicher. Obwohl er gar nicht so unsicher sein muss, denn er sieht zweifellos gut aus.

„Warum nennst du Luca einen Herzensbrecher? Und warum sollte er weglaufen?" frage ich Stephan also. Stephan lacht kurz.

„Du glaubst gar nicht, wie der arme Junge hier von den Damen angeschmachtet wird. Viele sind da tatsächlich auch etwas offensiver. Der arme Kerl kann einem manchmal echt leidtun." Ich muss grinsen.

„Aber ist es denn nicht toll für einen Mann, so umschwärmt zu werden?", frage ich, ziehe die Augenbrauen etwas hoch und werfe Stephan einen provokanten Blick zu. Sofort schießt mir das Gesicht von Frau Sandholz vom Hamburger Jugendamt in den Kopf. Vielleicht habe ich mich getäuscht, aber ich hatte schon ein wenig das Gefühl, dass sie Stephan anflirtete, als sie Emil bei mir abholte.

„Ja. Vielleicht ein wenig, aber was Luca hier mitmachen muss, geht manchmal schon etwas zu weit. Auf sowas steht niemand wirklich. Da Luca bisher auch jede Dame abgewiesen hat, hat er sicher bereits jede Menge Herzen gebrochen und ich könnte verstehen, wenn er das Weite suchen würde.", erklärt Stephan. Ich schmunzle nur kurz, weil ich meine Gedanken einfach nicht von Frau Sandholz wegbekomme. Stephan ist zwar an dem Tag, als sie Emil abholte, nicht wirklich auf ihre zuckersüße Art eingegangen, aber wer weiß, was alles passiert ist, als die beiden weg waren. Bei meinem letzten Telefonat mit Frau Sandholz erzählte sie mir auch, dass sie Stephan am nächsten Tag bei Emil sehen würde. Ich spüre einen unangenehmen Druck im Bauch und einen Kloß im Hals.

Ein Kellner kommt an unseren Tisch und nimmt unsere Bestellung auf. Wir nehmen beide die Spaghetti mit vegetarischem Hack und eine Apfelsaftschorle. Gedankenverloren schaue ich aus dem Fenster. Ich bin eifersüchtig. Das darf Stephan aber auf keinen Fall merken. Aber eigentlich will ich das mit ihm, was auch immer es bereits ist, beenden. Meine Karriere ist mir wirklich wichtig. Das wird er sicher verstehen. Nervös kaue ich auf meiner Unterlippe.

„Alles okay, Nora." Ich schaue hastig zu ihm.

„Ja, ja. Natürlich.", antworte ich schnell. Er runzelt die Stirn, legt den Kopf schief und schaut mich skeptisch an. Oh, man. Ich muss es ihm sagen. Aber ich will nicht. Ich sollte es aber tun.

„Nora. Jetzt sag mir bitte, was mit dir los ist. Du bist andauernd so abwesend. Was beschäftigt dich? Rede mit mir." Ich kann es ihm jetzt nicht sagen. Nicht hier im Restaurant.

„Lass uns später darüber reden.", sein Blick zeigt mir, dass er absolut nicht damit einverstanden ist. Doch als er gerade etwas sagen will, kommen unsere Getränke.

Während des Essens lenke ich das Thema geschickt auf Emil und Stephan erzählt, wie es Emil geht und wie es jetzt für ihn weitergeht. Der Plan steht und Emil freut sich wohl auf die neue Schule. Irgendwie beneide ich Emil. Noch einmal komplett neu anfangen. Das würde mir auch gefallen. Vielleicht würde ich irgendwo ans Meer ziehen und in einem Café einfach nur als Bedienung arbeiten. Außer in ein paar Stoßzeiten hat man dort nicht diesen Dauerstress, den ich in meinem jetzigen Job habe. *-Mein Gott! Was sind das denn für blödsinnige Gedanken?-* Ich liebe meinen Job. Auch wenn es oft stressig ist. Aber so ist es eben. Es wird sicher besser, wenn ich erstmal in meine neue Position als Büroleiterin hineingewachsen bin. Außerdem habe ich noch die Stelle als Herrn Jenneborgs Nachfolgerin im Auge, wenn er bald in Rente geht.

Als wir gerade das Hotel verlassen wollen, kommt uns Janis hinterhergelaufen.

„Stephan! Warte!", ruft Janis. Stephan und ich drehen uns um.

„Gut, dass ich dich noch erwische. Du hast dein Handy in meinem Büro liegen lassen und es bimmelt nun schon zum fünften Mal. Es muss wichtig sein.", sagt Janis und reicht Stephan sein Handy. Stephan nimmt es ihm ab, schaut auf das Display und verdreht die Augen.

„Danke, Janis." Janis nickt kurz, dreht sich um und geht wieder.

„Da muss ich zurückrufen, Nora. Entschuldige mich bitte einen Moment."

„Ja. Okay. Ich gehe dann schon mal zu meinem Wagen." Stephan nickt mir nur kurz zu, hält sich das Handy an sein rechtes Ohr und geht langsam in Richtung der Rezeption. Ich begebe mich also schon mal raus auf den Parkplatz und schlendere zu meinem Wagen. Obwohl Samstag ist, lassen ihn seine Mandanten scheinbar nicht in Ruhe. Vielleicht wäre es für ihn beruflich auch besser, wenn wir das mit uns beenden.

Ich sitze bereits in meinem Wagen, als Stephan angerannt kommt.

Er kommt zu mir an die Fahrertür und nimmt meine linke Hand. Vorsichtig zieht er an meinem Arm, um mir zu verstehen zu geben, dass ich aussteigen soll.

Ich gehorche und stehe auf. Stephan schlingt seine starken Arme um meine Taille und zieht mich fest an sich. Ich muss meinen Kopf weit in den Nacken legen, um ihm in die Augen zu schauen. Ich bemerke ein neckisches Flackern in ihnen. Mit seiner rechten Hand legt er mir eine Haarsträhne hinter mein linkes Ohr und sieht liebevoll zu mir runter. In meinem ganzen Körper kribbelt es und mein Verlangen nach seinen Lippen und seinem Körper wächst. Langsam senkt er seinen Kopf. Ich spüre seinen Atem in meinem Gesicht. Voller Vorfreude strecke ich mich ihm entgegen. Unsere Lippen treffen sich und er küsst mich wieder so sanft und doch leidenschaftlich, dass meine Knie weich werden.

„Oh, Nora!", raunt er und drückt erneut seine Lippen auf meine. Unsere Zungen tanzen leidenschaftlich umeinander und wieder spüre ich dieses wundervolle Kribbeln in meinem Bauch. -*Nein! Diesen Mann kann ich doch nicht einfach aufgeben.*- Stephan richtet sich wieder auf.

„Das habe ich so sehr vermisst. Lass uns endlich zu dir fahren.", sagt Stephan schließlich mit einer kehligen, dunklen Stimme. Ich lächle nur, da ich genau weiß, worauf er aus ist. Sofort meldet sich die Muskeln in mein Unterleib wieder und senden mir eindeutige Signale. Ich steige also wieder in meinen Wagen und fahre los. Stephan folgt mir mit seinem Audi-SUV.

Kaum, dass wir meine Wohnung betreten haben, packt Stephan mich, reißt mich an sich und küsst mich so wild, dass mir der Atem stockt. Seine Leidenschaft und seine Art, mich zu verführen und zu verwöhnen, treiben mich schier in den Wahnsinn.

Sieben

Ich öffne die Augen und blicke links neben mich. Stephan schläft noch und ich kann ihn in aller Ruhe betrachten. Dieser wunderschöne Mann liegt in meinem Bett und ist scheinbar genauso verrückt nach mir, wie ich nach ihm. Die Muskeln in meinem Unterleib zucken wieder leicht zusammen beim Gedanken an die letzte Nacht. Plötzlich öffnet Stephan die Augen und blinzelt mich an.

„Guten Morgen, mein Schatz.", flüstert er. Ich schmunzle. -*Mein Schatz, hat er gesagt.*- Ich überlege, ob mir dieser Kosename gefällt. Doch noch bevor ich eine Antwort gefunden habe, legt Stephan seine linke Hand in meinen Nacken, zieht mich zu sich runter und küsst mich. Erst ganz sanft. Dann immer wilder. Schließlich machen wir dort weiter, wo wir letzte Nacht aufgehört haben. Den Sonntag verbringen wir fast den ganzen Tag im Bett. Nur zu den Mahlzeiten stehen wir kurz auf.

Von einem schrillen Geräusch werde ich wach. -*Was ist das?*-, frage ich mich. Meinen Wecker habe ich gestern Abend ausgemacht. Der kann es nicht sein.

Nun wird auch Stephan wach. Er streckt sich kurz, greift links neben sich auf den Boden, packt seine Jeans und zieht sein Handy aus seiner Hosentasche.

„Tut mir leid, Nora. Den Wecker hatte ich gestern kurz gestellt, als du im Bad warst. Ich muss gleich zurück nach Rügen, in die Kanzlei."

„Okay. Aber ein schnelles Frühstück schaffst du doch noch, oder?", frage ich, während ich aus dem Bett steige.

„Sehr gerne.", antwortet er und legt wieder sein zuckersüßes Lächeln auf. Ich kann nicht anders, krabble wieder zu ihm rüber und gebe ihm einen zärtlichen Kuss auf den Mund. Noch bevor er mich packen kann, weiche ich zurück und husche aus dem Schlafzimmer.

Nach einer schnellen Dusche ziehe ich mich an und decke den Frühstückstisch, während Stephan unter der Dusche steht. -*Eigentlich hätten wir auch zusammen duschen können. Natürlich nur, um Zeit zu sparen. Wobei.... Es hätte am Ende womöglich doch alles viel länger gedauert.-*, denke ich und grinse schelmisch.

„Na, Nora. Woran denkst du gerade?" Ich zucke vor Schreck kurz zusammen und drehe mich zur rechten Seite, wo Stephan plötzlich steht. Er trägt eine dunkelblaue Anzughose und ein weißes Hemd. Sein volles, noch feuchtes, dunkles Haar hat er nach hinten gekämmt. Ein paar Strähnen fallen ihm allerdings auf die Stirn. Ich fühle mich ertappt und schaue ihn verlegen an.

„So schlimm?", fragt er.

„Nein. Im Gegenteil.", antworte ich nur und gehe auf ihn zu. Mit einem hinreißenden Lächeln schlingt er seine starken Arme um meine Taille und zieht mich dicht an sich. Wir küssen uns innig. Ich fühle mich so wohl und glücklich in seinen Armen und genieße jede Minute mit ihm.

Nach dem Frühstück macht Stephan sich auf den Weg nach Rügen und ich fahre ins Büro nach Hamburg.

Den ganzen Vormittag denke ich immer wieder an Stephan. Ich habe manchmal sogar das Gefühl, immer noch seine Hände auf meiner Haut zu spüren.

Die Mittagspause lasse ich ausfallen, weil ich noch etwas für das Meeting am Nachmittag vorbereiten muss. Um kurz vor dreizehn Uhr klingelt mein Handy. Es ist Stephan. Mit einem breiten Grinsen im Gesicht gehe ich ran.

„Hey Stephan."

„Hallo Nora. Wie war dein Vormittag?" Ich überlege kurz, ob ich ihm erzählen soll, dass ich fast den ganzen Morgen an ihn gedacht habe, entscheide mich dann aber dagegen.

„Mein Vormittag lief gut. Wie war deiner denn?

„Abgesehen davon, dass ich die meiste Zeit an dich gedacht habe, lief alles prima. Ich habe auch mit Emil telefoniert. Es geht ihm gut. Ich fahre heute

Nachmittag mit Julia zu ihm." Ein unangenehmes Gefühl breitet sich in meinem Bauch aus.

„Wer ist Julia?", frage ich verwundert.

„Julia Sandholz vom Hamburger Jugendamt.", antwortet er mit einer fröhlichen Stimme. Sofort entsteht ein fieses Ziehen in meinem Bauch und ein beklemmendes Gefühl erfasst meinen ganzen Körper. *-Sie sind also schon per DU!?-* Vor meinem inneren Auge sehe ich das perfekte Gesicht der schönen Julia Sandholz, wie sie sich Stephan mit verführerischen Schritten nähert. Ein dicker Kloß bildet sich in meinem Hals.

„Nora? Bist du noch da?" Ich schüttle den Kopf, um diese dummen Gedanken abzuwerfen.

„Ja. Entschuldige. Dann grüß Emil doch bitte nachher ganz lieb von mir.", antworte ich schnell.

„Ist alles in Ordnung, Nora?", fragt er besorgt. - *Soll ich ihm offen und ehrlich von meinen dummen Gefühlen erzählen? Nein. Lieber nicht. Sie sind albern.-*

„Ja. Natürlich, Stephan. Ich bin mit den Gedanken nur schon bei dem Meeting, das ich gleich habe. Sorry. Ich muss dann jetzt auch mal weitermachen."

„Okay, Nora. Dann wünsche ich dir gleich viel Erfolg bei dem Meeting. Vielleicht können wir heute Abend ja noch einmal telefonieren?", fragt er etwas verunsichert.

„Ja klar. Gerne. Dann bis nachher.", antworte ich hastig. Ich warte nur noch kurz, bis Stephan sich verabschiedet hat und lege schnell auf.

Wieder sehe ich die süße Julia Sandholz vor meinem inneren Auge, wie sie Stephan mit ihrem liebreizenden Lächeln anflirtet. Erneut spüre ich diesen unangenehmen Druck in mir. Sie ist wirklich wunderschön. Da kann ich bei weitem nicht mithalten. Ich halte mich nicht für hässlich. Nein. Eigentlich bin ich ganz zufrieden mit meinem Aussehen. Aber neben so einer Frau wie Julia Sandholz verschwindet mein Selbstbewusstsein binnen weniger Sekunden.

„Nora?", erschrocken drehe ich mich um. Jasmin steht hinter mir und schaut mich verwundert an.

„Ich habe geklopft, aber du hast nicht reagiert.", erklärt sie ihre Anwesenheit in meinem Büro.

„Oh. Tut mir leid. Ich war in Gedanken." Jasmin nickt kurz mit einem zaghaften und skeptischen Lächeln.

„Die drei Herren von Kenneberg sind da. Sie sitzen bereits im Konferenzraum."

„Ach so. Ja. Okay. Ich komme sofort.", antworte ich hastig. *-So. Nun muss ich ganz schnell umschalten. Von der verunsicherten, eifersüchtigen Freundin zur charmanten und erfolgreichen Geschäftsfrau-.* Ich nehme die Projektunterlagen von meinem Schreibtisch, atme noch einmal tief ein und wieder aus und gehe dann in den Konferenzraum.

Nachdem wir uns alle höflich begrüßt haben setze ich mich an das Kopfende des ovalen Konferenztisches. Einer der Herren setzt sich rechts neben mich, der andere links. Herr Leveling, mit dem ich in den vergangenen Wochen schon hin und wieder telefoniert habe, geht an die Flipchart, die am anderen Ende des Tisches steht und beginnt ein paar Zahlen und Zeichnungen darauf zu kritzeln. Wild gestikulierend beschreibt er, was sie sich vorstellen.

„Es soll eine absolute Schönheit sein, mit der neuesten Technik.", erklärt Herr Leveling. Bei dem Begriff "Schönheit", muss ich wieder an Julia Sandholz denken. Ob Stephan schon bei ihr ist. Wieder spüre ich diesen ziehenden Schmerz im Bauch. -*Warum mache ich mir nur solche Gedanken? Traue ich Stephan denn wirklich zu, dass er sich nach unserem atemberaubenden Wochenende gleich der nächsten an den Hals wirft?*-

„Frau Petersen?", reist mich die Stimme von Herrn Leveling aus meinen Gedanken.

„Ja.", antworte ich erschrocken.

„Wenn ich Sie langweile, können Sie das ruhig sagen. Wir können uns auch an ein anderes Unternehmen wenden.", sagt Herr Leveling schließlich schnippisch.

-*So ein Mist. Das war sehr unprofessionell von mir. Jetzt reiß dich zusammen, Petersen!*-, schimpfe ich im Gedanken mit mir.

„Entschuldigen Sie, Herr Leveling. Ich war gedanklich bereits bei verschiedenen Möglichkeiten für Sie hängengeblieben." Herr Leveling mustert mich skeptisch.

„Nun gut, Frau Petersen. Ich lasse Ihnen meine Notizen hier und Sie kommen am Mittwoch in mein Büro mit Ihren ersten Ideen, okay?!"

„In Ordnung, Herr Leveling. So machen wir es." Die drei Herren verabschieden sich und gehen mit erhobenen Nasen aus dem Konferenzraum. Seufzend lasse ich mich wieder auf den Stuhl fallen. *-Das lief gar nicht gut. Ich hoffe, dass Herr Jenneborg nichts davon erfährt.-* Jasmin kommt langsam ins Konferenzzimmer und sieht mich fragend an.

„Ist alles in Ordnung, Nora?", fragt sie besorgt. Mit leicht hochgezogenen Augenbrauen und einem gezwungenen Lächeln stehe ich auf und gehe zu ihr.

„Ja. Es ist alles okay, Jasmin.", antworte ich, gehe an ihr vorbei in den Flur und verschwinde in meinem Büro.

Herr Jenneborg hat mir eine letzte Chance gegeben, mich in meiner Position zu beweisen. Wenn er erfährt, wie das Meeting heute gelaufen ist, wirft er mich sicher raus. Ich muss mich endlich voll und ganz auf meinen Job konzentrieren. Ich darf mich unter keinen Umständen mehr ablenken lassen.

Es klopft an meiner Bürotür und noch bevor ich etwas sagen kann, streckt Jasmin ihren Kopf durch den Türspalt. Zunächst bin ich genervt und schaue sie mit gerunzelter Stirn an.

„Kaffee?", fragt sie unterwürfig und streckt eine Tasse durch den Spalt. Ich muss schmunzeln. Jasmin lächelt erleichtert, kommt auf mich zu und reicht mir die Tasse Kaffee über den Schreibtisch.

„Vielen Dank, Jasmin."

„Sehr gerne, Nora. Und hier sind noch die Unterlagen aus dem Konferenzraum."

„Oh. Danke, Jasmin. Die habe ich total vergessen."

„Geht es dir wirklich gut, Nora? Du wirkst in letzter Zeit immer so abwesend. Vielleicht solltest du mal eine oder besser zwei Wochen Urlaub machen."

„Urlaub!? Ich kann doch jetzt keinen Urlaub machen!", antworte ich mit einem gequälten Lachen. Ich bemerke selbst die Verzweiflung, die in meinem Lachen mitschwingt. Aber es hilft ja nichts. Ich habe ein neues, klares Karriereziel. Ich will in die Geschäftsleitung, wenn Herr Jenneborg in Rente geht. Die Entscheidung über seine Nachfolge soll noch in diesem Jahr fallen. Er möchte seinen Nachfolger oder seine Nachfolgerin im nächsten Jahr bereits einarbeiten. Ich muss mich nun darauf fokussieren.

Den Rest des Nachmittages verbringe ich also mit den Notizen von Herrn Leveling.

Es ist mal wieder bereits einundzwanzig Uhr, als ich endlich Feierabend mache und nach Hause fahre. Ich schaue auf mein Handy. *-Komisch. Stephan hat gar nicht angerufen. Er wollte sich doch heute Abend* *noch einmal melden. Eine Nachricht hat er auch nicht geschrieben.*- Sofort spüre ich wieder diesen drückenden Schmerz im Bauch. Ich frage mich, ob er nicht nur den Nachmittag, sondern auch den Abend mit Frau Sandholz verbracht hat. Vielleicht ist sie ja sogar immer noch bei ihm oder er bei ihr. Mein Herz scheint sich in meiner Brust schmerzhaft zusammenzuziehen und ich habe einen dicken Kloß im Hals. -*Schluss jetzt, Nora!*-, schimpfe ich mit mir selbst. Ich bin ziemlich müde. Also gehe ich schnell Zähne putzen, ziehe mein übergroßes Snoopy-T-Shirt an und krabble unter meine Bettdecke. Ich kann mich ja morgen Mittag mal bei Stephan melden. Völlig erledigt schlafe ich ein.

Als ich am nächsten Morgen im Büro ankomme, telefoniert Jasmin gerade. Ich winke ihr kurz zu und will direkt durch in mein Büro gehen.

„Natürlich ist Frau Petersen schon im Büro. Ich stelle sie sofort durch.", sagt sie und leitet den Anruf an mein Bürotelefon weiter. Ich höre das Telefon auf meinem Schreibtisch klingeln, bleibe stehen und schaue Jasmin fragend an.

„Das ist Herr Jenneborg und er klingt irgendwie sauer." Ich kneife kurz die Augen zu, atme tief durch und gehe in mein Büro. Eilig schließe ich die Tür und renne an meinen Schreibtisch.

„Guten Morgen, Herr Jenneborg."

„So gut war mein Morgen bisher leider nicht. Herr Leveling von Kenneberg und Sohn hat mich angerufen und von seinem Termin mit Ihnen berichtet. Er fühlte sich nicht besonders gut aufgehoben bei Ihnen. Können Sie mir das erklären?", fragt er streng. Natürlich weiß ich, warum Herr Leveling sich nicht gut aufgehoben fühlte, aber wenn ich das Herrn Jenneborg jetzt gestehe, kann ich gleich meinen Schreibtisch räumen und nach Hause fahren. Ich entscheide mich also für eine Halbwahrheit.

„Wie schade. Das kann ich Ihnen leider nicht erklären. Nachdem er seine Vorstellungen erläutert hatte, gingen in meinem Kopf sofort die ersten Ideen umher. Das hatte ich ihm auch gesagt. Wir haben dann vereinbart, dass ich am Mittwoch mit meinen Vorschlägen in sein Büro komme. Ich hatte nicht den Eindruck, dass er unzufrieden war.", flunkere ich.

„Ach so. Na dann. Dieser Leveling ist schon ein komischer Kauz, nicht wahr?", fragt Herr Jenneborg lachend.

„Ja. Er ist schon recht speziell.", antworte ich ebenfalls mit einem Lachen in der Stimme. Herr Jenneborg lacht laut auf.

„So kann man es natürlich auch ausdrücken. Dann läuft also alles nach Plan, Frau Petersen?"

„Ja.", antworte ich nur kurz.

„Prima. Dann will ich auch nicht weiter stören. Melden Sie sich aber bitte am Mittwoch nach Ihrem Termin mit Herrn Leveling bei mir."

„In Ordnung, Herr Jenneborg. Dann bis Mittwoch." Nachdem wir uns verabschiedet und aufgelegt haben, nehme ich mir also sofort den Kenneberg-Auftrag wieder vor, damit ich Herrn Leveling am Mittwoch auch tatsächlich etwas vorlegen kann. Erst als Jasmin um sechzehn Uhr Feierabend macht und sich von mir verabschiedet, bemerke ich, dass ich einen riesigen Hunger habe. Eine Zeit lang haben die Kollegen mich mittags gefragt, ob ich in der Mittagspause mit ins Bistro komme. Da ich aber die letzten Male abgelehnt habe, weil ich irgendwelche Unterlagen durcharbeiten musste, fragen sie mittlerweile nicht mehr. Also bekomme ich gar nicht mehr mit, wann Mittagszeit ist.

Ich gehe in die Büroküche, mache mir eine Tasse Kaffee und nehme mir die Schale mit den Butterkeksen mit Schokoladenüberzug mit in mein Büro. Ich schaue auf mein Handy. Stephan hat sich immer noch nicht gemeldet. Eigentlich wollte ich ihn ja heute Mittag mal anrufen. -*Nun ja. Wir müssen ja auch nicht unbedingt jeden Tag miteinander telefonieren.*-, denke ich mir und arbeite weiter.

Wieder mache ich erst spät Feierabend, falle erschöpft ins Bett und schlafe auch schnell ein.

Am Mittwoch bin ich dann schon um sieben Uhr morgens im Büro, um mich auf den Termin mit Herrn Leveling vorzubereiten. Ich packe die Pläne mit meinen Ideen in die lange Papprolle und trinke den letzten Schluck Kaffee aus meiner Tasse. Plötzlich klingelt mein Handy. Es ist Stephan. Ich überlege, ob ich drangehen soll. Eigentlich müsste ich mich auf den Weg machen, damit ich pünktlich bei Kenneberg und Sohn ankomme. Da wir aber seit Montagmorgen nicht mehr miteinander gesprochen haben, gehe ich also dran.

„Hallo Stephan. Wie geht es dir?"

„Hey Nora. Soweit gut. Ist bei dir alles in Ordnung?"

„Natürlich. Ich bin nur etwas in Eile.", antworte ich kurz.

„Ach so. Schade. Ich dachte, wir könnten etwas telefonieren. Du hast dich ja am Montag nicht mehr gemeldet.", sagt Stephan mit einem leicht vorwurfsvollen Unterton.

„Wieso ich. Du hattest doch einen Termin mit dieser Frau Sandholz. Woher sollte ich wissen, wie lange der geht.", antworte ich etwas schnippischer als beabsichtigt.

„Ja. Aber der Termin ging doch nicht bis abends. Ich hätte schon noch gerne mit dir telefoniert an dem Abend.", erwidert Stephan.

„Nun ja. War dein Termin mit Frau Sandholz wenigstens erfolgreich." Wieder bemerke ich einen leicht zickigen Unterton in meiner Stimme, was Stephan aber wohl nicht auffällt.

„Ja. Sehr sogar.", antwortet er begeistert. Ich weiß nicht recht, warum, aber seine Antwort versetzt mir einen schmerzhaften Schlag in die Magengrube.

„Schön. Das freut mich. Jetzt muss ich aber Schluss machen. Sonst komme ich zu spät zu meinem Termin.", sage ich hektisch.

„Okay. Dann melde dich, wenn du etwas mehr Zeit hast, okay?", bittet Stephan.

„Ja. Okay. Mache ich.", antworte ich schnell, verabschiede mich und lege auf. Ich muss mich jetzt wirklich beeilen.

Der Termin mit Herrn Leveling läuft super. Nach dem Termin telefoniere ich noch kurz mit Herrn Jenneborg und mache dann Feierabend. Zufrieden fahre ich nach Hause.

Nachdem ich etwas gegessen habe, rufe ich Stephan an. Wir telefonieren lange und Stephan erzählt völlig entspannt von dem Termin mit Emil und Frau Sandholz. Zwischendurch erwähnt er immer wieder, wie sehr er mich vermisst.

In den folgenden eineinhalb Wochen versinke ich mal wieder in Arbeit. Die Telefonate mit Stephan halte ich kurz und ab und zu gehe ich auch einfach nicht dran, wenn er anruft. Ich merke natürlich, dass es Stephan mehr und mehr nervt. Manchmal ist er sogar richtig sauer, worauf ich aber nie eingehe. Ich habe einfach keine Zeit und keine Nerven für so einen Stress. Ich muss mich auf meine Arbeit konzentrieren.

Da. Nun aber alle Aufträge auf den Weg gebracht sind und auch ohne mich laufen, habe ich mir tatsächlich eine Woche Urlaub genommen. Ich habe mit Stephan verabredet, dass ich diese Zeit zusammen mit Emil bei ihm auf Rügen verbringe.

Es ist Freitag und ich fahre zur Wohngruppe, in der Emil wohnt, die nur dreißig Autominuten von mir entfernt liegt. Emil sitzt bereits mit seinem Koffer unten im Sekretariat bei Frau Janosh. Sie ist eine der Betreuerinnen im Haus und leitet zudem noch das Büro. Mit ihrer kleinen Nase und ihren gütigen Augen erinnert sie mich ein wenig an meine verstorbene Großmutter mütterlicherseits. Frau Janosh ist etwas kleiner als ich, schlank und hat dunkelblonde, kurze, gewellte Haare, die schon stark von grauen Haaren durchzogen sind. Ich schätze sie auf Mitte sechzig Jahre.

„Na dann wünsche ich euch nun ein paar schöne Tage.", sagt Frau Janosh lachend, während sie Emil hinterherschaut, der mittlerweile aufgesprungen ist und ohne ein Wort raus zu meinem Wagen rennt. Ich schmunzle kurz, verabschiede mich von Frau Janosh und folge Emil zu meinem Auto. Während ich den Wagen starte und losfahre, nimmt Emil eine CD von den *Imagine Dragons* aus dem Handschuhfach und legt sie in den CD-Player ein. Mit den ersten Klängen von dem Song, *Take me to the Beach*, beginnt Emil, fröhlich mit dem Kopf zu wippen. Dann nimmt er seine Hände hinzu und singt leise mit. Ich lächle zu ihm rüber und freue mich, dass er so glücklich ist.

Ich setze Emil zunächst bei Jennifer im betreuten Wohnhaus ab und fahre weiter zu Stephan nach Sassnitz hoch. Stephan öffnet gerade die Haustüre, als ich mit meinem Trolley in der rechten Hand auf den Bürgersteig gehe. Sein charmantes Lächeln löst sofort ein angenehmes Kribbeln in meinem Bauch aus. Mit lässigen Schritten kommt er auf mich zu und bleibt dicht vor mir stehen. Er schlingt seine starken Arme um meine Taille und schaut mit einem sanftmütigen Lächeln zu mir runter. Ich lege meine Hände auf seine gut trainierten Oberarme und blicke in seine liebevollen, dunkelbraunen Augen. Stephan senkt den Kopf und küsst mich sanft auf den Mund. Dann drückt er mich noch fester an sich. Während ich mein Gesicht nach links drehe und meinen Kopf an seine Brust lege, atme ich seinen Duft tief ein. Er riecht so unglaublich gut.

„Endlich bist du da.", flüstert er und drückt mich noch fester an sich.

Eine ganze Woche werden wir nun zusammen verbringen. Ich bin gespannt, wie das wird. Bisher haben wir nur die Wochenenden miteinander verbracht und das war mir ja auch eigentlich recht so. In letzter Zeit waren mir die Telefonate während der Woche manchmal schon zu viel.

Beruflich war ich in den letzten Wochen sehr eingespannt. Jeder wollte etwas von mir. Allen voran mein Chef, der mich mit immer mehr Terminen und Aufträgen zugeschüttet hat. Wenn ich dann nur kurz mit Stephan telefonieren konnte, war er beleidigt. Deshalb bin ich hin und wieder auch gar nicht erst ans Telefon gegangen, wenn er anrief. Irgendwie habe ich deswegen schon ein schlechtes Gewissen, aber ich konnte einfach nicht anders.

„Nun komm erstmal rein, Nora.", sagt Stephan schließlich, greift meine linke Hand und führt mich ins Haus.

„Ich bringe deinen Trolley schon mal hoch ins Schlafzimmer." Unsicher bleibe ich im Flur stehen. Stephan kommt zurück und schaut mich lächelnd an.

„Na ich glaube, du fremdelst noch ein wenig, richtig?", fragt er. Ich muss schmunzeln. Aber ich glaube, er hat recht. Ich fühle mich noch sehr fremd bei ihm. Ich nicke also kurz.

„Was möchtest du denn nun als Erstes machen?", fragt er und setzt wieder sein charmantes Lächeln auf.

„Lass uns bitte an den Strand gehen. Ich möchte gerne das Meer sehen.", antworte ich. Stephan nickt, nimmt seinen Hausschlüssel von der weißen Kommode im Flur und bittet mich, vor ihm durch die Haustür hinauszugehen. Hand in Hand schlendern wir die Straße entlang und gehen hinunter an den Strand. Beim Anblick des Meeres kribbelt es angenehm in mir. Ich atme die frische Luft tief ein und entspannt wieder aus.

„Wann müssen wir eigentlich Emil abholen?", fragt Stephan schließlich.

„Er darf dort heute mit zu Abend essen. Um einundzwanzig Uhr muss er aber gehen.", antworte ich.

„Okay. Dann haben wir ja noch Zeit.", sagt Stephan schelmisch grinsend, bleibt stehen und zieht mich vor sich. Während seine linke Hand auf meinem Rücken knapp über meinem Po ruht, streicht er mir mit seiner rechten Hand eine Haarsträhne von der Stirn. Ein verführerisches Lächeln umspielt seine Mundwinkel. Langsam senkt er seinen Kopf. Ich spüre seinen Atem in meinem Gesicht, bevor seine warmen Lippen, die meinen, ganz sanft berühren. Sein gepflegter Dreitagebart kitzelt leicht in meinem Gesicht. Ich fühle mich gerade so wohl in seinen Armen.

Plötzlich klingelt mein Handy. Wir zucken beide kurz vor Schreck zusammen. Ich ziehe schnell mein Handy aus meiner hinteren, rechten Hosentasche. Auf dem Display erkenne ich, dass es mein Chef ist. Was er wohl will? Habe ich etwa irgendetwas vergessen, bevor ich mich in den Urlaub verabschiedet habe.

„Entschuldige, Stephan. Das ist mein Chef. Da muss ich kurz rangehen.". Stephan verdreht die Augen, dreht sich um und geht runter ans Wasser.

„Hallo Herr Jenneborg."

„Frau Petersen! Gut, dass ich Sie erreiche. Es gibt leider Probleme mit einem Auftrag in Hamburg. Sind Sie schon auf Rügen?"

„Ja.", antworte ich.

„Mist. Haben Sie dann wenigstens Ihren Laptop dabei?"

„Ja. Den habe ich mit."

„Gut. Dann schauen Sie sich bitte die Pläne vom Berger-Auftrag noch einmal an. Da gibt es einen technischen Fehler. Das hätte Ihnen eigentlich auffallen müssen. Wir brauchen noch heute die überarbeiteten Pläne. Die Jungs müssen morgen loslegen!", schimpft Herr Jenneborg.

„In Ordnung, Herr Jenneborg. Ich setze mich sofort dran."

„Sehr gut, Frau Petersen. Senden Sie die korrigierten Pläne dann direkt an die Jungs und setzen Sie mich in CC."

„Okay.", antworte ich nur kurz. Wir verabschieden uns noch und legen dann auf. *-Oh, man! Wie soll ich das jetzt Stephan erklären?-*, frage ich mich. Wenn wir telefoniert haben und er sauer war, weil ich wegen der Arbeit auflegen musste, konnte ich das durch die Entfernung gut verdrängen. Nun steht er aber vor mir und ich kann nicht einfach weg. Aber es hilft ja nichts. Ich habe ein klares Ziel. Ich will Geschäftsführerin der Jenneborg GmbH werden. Dafür muss ich nun mal ein paar Opfer bringen. Es geht ja auch nur um einen halben Tag, den ich opfern muss. Ich atme also tief durch und gehe zu Stephan.

„Und? Musst du zurück nach Hamburg?", fragt er schnippisch, ohne seinen Blick vom Meer abzuwenden.

„Nein. Ich muss nur kurz ein paar Pläne überarbeiten. Das geht aber sicher schnell.", antworte ich und schaue zu ihm hoch. Ohne mich anzusehen, dreht er sich um und geht den Strand wieder hoch in Richtung Straße. Ich seufze etwas verzweifelt und folge ihm.

Als wir wieder bei ihm sind, gehe ich zügig ins Schlafzimmer und hole den Laptop aus meinem Trolley. Ich gehe ins Wohnzimmer und sehe durch die bodentiefe Fensterfront, gegenüber der Wohnzimmertür, Stephan mit einem Glas Wasser draußen auf der Terrasse sitzen. Es tut mir ja leid und ich habe auch ein schlechtes Gewissen, aber ich muss das jetzt tun, wenn ich Herrn Jenneborgs Nachfolgerin werden möchte.

Ich setze mich also an den Esstisch und lege los. Mein Chef hat recht. Der Fehler hätte mir auffallen müssen. So kann die Steuerung des Bootes nicht funktionieren. Wahrscheinlich war ich durch einen Anruf von Stephan mal wieder abgelenkt und habe bei der letzten Prüfung der Pläne deshalb den Fehler übersehen.

Ich erschrecke mich heftig, als Stephan plötzlich ein Glas und eine Flasche Wasser neben mir auf den

Esstisch abstellt. Irritiert schaue ich zu ihm hoch. Mit einer Mischung aus Wut, Enttäuschung und Traurigkeit sieht er mich an.

„Ich fahre jetzt Emil abholen.", sagt er nur kurz, dreht sich um und verlässt das Haus. *–Wie bitte? Er will Emil abholen? Aber der muss doch erst um einundzwanzig Uhr abgeholt werden.-*, wundere ich mich und schaue auf meine Armbanduhr. Ich traue meinen Augen kaum. Es ist bereits dreißig Minuten vor einundzwanzig Uhr. Ich habe tatsächlich den ganzen Nachmittag an dieser dummen Steuerung gearbeitet. Auf dem Tisch draußen auf der Terrasse sehe ich einen Teller und eine Kaffeetasse. Stephan muss also zwischendurch ins Haus und an mir vorbeigekommen sein. Davon habe ich aber gar nichts mitbekommen. Und wieder überrollt mich ein schlechtes Gewissen. Das Gute ist, dass ich eine Lösung gefunden habe.

Ich sende die neuen Pläne also schnell per E-Mail raus und fahre meinen Laptop runter. Mit einem Glas Wasser setze ich mich draußen auf die Terrasse. Ich bin zufrieden mit den neuen Plänen und hoffe, dass mein Chef auch sehr zufrieden sein wird. Ich will so unbedingt seine Nachfolge antreten.

Hoffentlich ist Stephan nicht mehr sauer, wenn er gleich wieder zurück ist. Er muss doch verstehen, dass mir meine Karriere wichtig ist. Außerdem habe ich jetzt eine ganze Woche Zeit für ihn. Ich lehne mich zurück, schließe die Augen und lausche den Rufen der Möwen.

„Gute Nacht, Nora!", höre ich plötzlich Emils Stimme hinter mir und drehe mich um. Emil grinst breit und huscht wieder ins Haus.

„Gute Nacht, Emil!", rufe ich ihm noch hinterher. Ich sehe, wie Stephan mit einer großen Servierplatte durch das Wohnzimmer schreitet. Er kommt raus auf die Terrasse und stellt die Servierplatte auf dem Tisch ab. Auf der Platte stehen mehrere kleine Schalen mit verschiedenen Antipasti und Dips sowie zwei Messer, eine aufgeschnittene Rolle Kräuterbutter und ein Körbchen mit Baguettescheiben. Ich bin erleichtert, als ich die kleinen Lachfältchen in Stephans Augenwinkel erkenne. Schmunzelnd geht er zurück ins Haus und kommt mit zwei Gläsern kühlem Weißwein wieder. Mit einem Seufzer lässt er sich auf den Stuhl mir gegenüber fallen.

„Bist du noch sauer?", frage ich ihn schließlich etwas verlegen.

„Ich war nicht sauer. Nur enttäuscht. Ich hatte mir den Tag eben anders vorgestellt.", antwortet er.

„Es tut mir leid, Stephan."

„Schon okay. Konntest du das Problem wenigstens lösen?"

„Ich denke schon. Wir sollten nun also Ruhe haben.", antworte ich und proste ihm mit meinem Weinglas zu. Stephan schmunzelt und hebt sein Glas.

„Na dann.", sagt er mit einer dunklen, rauen Stimme. Sofort ziehen sich die Muskeln in meinem Unterleib verräterisch zusammen. In seinem Blick sehe ich, dass er sehr gut weiß, wie dieser raue Ton in seiner Stimme auf mich wirkt. Am liebsten würde ich sofort über ihn herfallen.

Um mich abzulenken, nehme ich mir schnell eine Scheibe Baguette und ein Messer. Vorsichtig bestreiche ich die Scheibe mit etwas Kräuterbutter und nehme einen Bissen. Stephan beobachtet jeden meiner Handgriffe mit seinen wunderschönen, dunkelbraunen Augen.

„Hast Du keinen Hunger, Stephan?"

„Oh doch. Einen mächtig großen Hunger sogar.", antwortet er. Seine Stimme klingt dunkel und kehlig. Mir ist sofort klar, dass sich sein Hunger nicht auf das Baguette und die Antipasti bezieht. Schmunzelnd lege ich meine Scheibe Baguette auf der Servierplatte ab. Stephan steht sofort auf und streckt mir seine rechte Hand entgegen. Ich ergreife sie, stehe auf und lasse mich von ihm in sein Schlafzimmer führen. Mit einem verschleierten Blick sieht er mir tief in die Augen.

Wieder verbringe ich eine unglaubliche Nacht mit Stephan. Der Sex mit ihm ist so unfassbar leidenschaftlich, sanft und intensiv. Nach jedem Mal denke ich, dass es nun keine Steigerung mehr geben kann. Aber beim nächsten Mal toppt er es dann doch wieder. Dicht an ihn gekuschelt, mit dem Kopf auf seiner muskulösen Brust, schlafe ich selig ein.

Langsam öffne ich die Augen. Durch die kleinen Schlitze der Rollläden scheint bereits das Tageslicht ins Schlafzimmer. Stephan liegt nicht mehr neben mir.

Ich stehe auf, werfe mir mein hellblaues T-Shirt von gestern über und schlüpfe in meine kurzen Pyjamashorts.

Als ich die Schlafzimmertür öffne, höre ich Emils und Stephans Stimmen. Sie sind scheinbar beide in der Küche.

„Guten Morgen, die Herren.", sage ich, als ich im Türrahmen zur Küche stehe. Hastig drehen sich beide zu mir um.

„Guten Morgen, Nora!", ruft Emil und drängelt sich mit drei Tellern an mir vorbei. Mit großen, lässigen Schritten kommt Stephan auf mich zu.

„Guten Morgen.", sagt er leise mit einem verführerischen Lächeln im Gesicht und gibt mir einen sanften Kuss auf den Mund. Ich schmelze wieder dahin.

„Guten Morgen, Stephan.", flüstere ich.

„Hast du gut geschlafen, Nora?"

„Ja. Wie ein Stein. Habe ich noch Zeit, vor dem Frühstück zu duschen?", frage ich, während er immer noch seine Arme um mich geschlungen hat und zu mir runter lächelt.

„Ja. Hast du. Am liebsten würde ich mitkommen.", antwortet er. Wie gerne würde ich Stephan jetzt mit unter die Dusche nehmen. Aber das geht wegen Emil nicht. Ich grinse also nur, befreie mich aus Stephans Umarmung und gehe ins Bad.

Nach dem Frühstück bringen wir Emil zu Jenni, wo er wieder den Tag verbringen möchte. Stephan und ich fahren anschließend einkaufen. Nachdem wir alle Einkäufe in Stephans Küche verstaut haben, gehen wir wieder an den Strand. Die Sonne glitzert auf dem Meer und es weht ein herrlicher, angenehmer Wind. Wir schauen ein paar Möwen zu, die sich um ein Fischbrötchen streiten, das eine von ihnen vermutlich gerade eben erst dem Mann geklaut hat, der mit einer leeren Papiertüte in der rechten Hand und offenem Mund regungslos dasteht und auf die Möwen starrt. Stephan und ich müssen kurz lachen. Ja. Auf sein Essen muss man schon gut aufpassen, wenn man es hier im Freien genießen möchte. Möwen sind zweifellos wunderschöne Tiere, aber sie sind eben auch ziemlich frech.

Zum Mittagessen fahren wir also lieber in ein gemütliches, kleines Restaurant in Binz. Als der Kellner gerade unsere leeren Teller abräumt, klingelt mein Handy. Eilig ziehe ich es aus meiner Handtasche. Stephan verdreht schon wieder die Augen.

„Ist das mal wieder dein Chef?", fragt er genervt. Ich schaue auf das Display meines Handys.

„Nein. Es ist Emil.", antworte ich und gehe schnell ran.

„Hallo Emil. Ist alles okay?"

„Nein. Kannst du mich bitte abholen?", fragt Emil hastig.

„Ja. Natürlich, Emil. Bei Jenni?"

„Ja. Ich warte vor dem Haus."

„Okay. Wir machen uns auf den Weg."

„Danke.", sagt Emil noch kurz und legt dann auf.

„Was ist passiert?", fragt Stephan besorgt.

„Keine Ahnung. Emil möchte abgeholt werden.", antworte ich nur kurz und zucke mit den Schultern.

Stephan nickt und winkt den Kellner zu uns. Ich hole mein Portemonnaie aus meiner Handtasche und ernte sofort einen bitterbösen Blick von Stephan. Er deutet auf mein Portemonnaie.

„Das packst du mal schnell wieder weg. Du hast schon den ganzen Wocheneinkauf bezahlt, was mir immer noch nicht gefällt. Das Mittagessen übernehme ich jetzt. Basta!", schimpft er, aber in seinen Mund- und Augenwinkeln erkenne ich wieder diese sexy Lachfältchen. Ich grinse, bedanke mich und stecke mein Portemonnaie wieder ein.

Emil steht tatsächlich vorm Haus, als wir dort ankommen. Zügig steigt er hinten in Stephans Wagen ein.

„Was ist passiert?", fragt Stephan, nachdem Emil sich angeschnallt hat. Emil antwortet ihm aber nicht. Er schaut einfach nur schweigend hinten links aus dem Fenster.

„Fahr einfach, Stephan.", bitte ich ihn mit ruhiger Stimme. Stephan sieht mich kurz etwas irritiert an, fährt dann aber los. Als wir bei Stephan zuhause ankommen, geht Emil sofort hoch in sein Zimmer. Stephan sieht ihm zunächst nach und geht dann kopfschüttelnd in die Küche.

„Was hat der Junge bloß?", murmelt Stephan vor sich hin, während er den Kaffeevollautomaten anstellt.

„Er wird sich mit Jenni gestritten haben.", sage ich und schlinge meine Arme von hinten um Stephans Brust.

„Ja. Bestimmt. Ob ich mal mit ihm reden soll?", fragt er unsicher und dreht sich zu mir um. Mit sorgenvollem Blick schaut er zu mir runter.

„Mach dir keine Gedanken, Stephan. Er wird von selbst kommen, wenn er reden möchte."

„Bist du sicher, Nora? Er ist schließlich kein normaler Junge. Vielleicht sind Jungs mit Trisomie 21 da ganz anders als andere Teenager."

„Das glaube ich nicht. Ich denke eher, dass er sich da in keiner Weise von anderen Teenagern unterscheidet.", entgegne ich beruhigend. Stephan runzelt leicht die Stirn.

„Na, gut. Wie du meinst, Nora. Dann gehe ich jetzt mal kurz rüber zum Bäcker und hole uns etwas Kuchen, okay?" Ich nicke nur und schon ist Stephan unterwegs.

Mit meiner Tasse Kaffee setze ich mich auf die Terrasse. Plötzlich setzt sich Emil rechts neben mich.

„Geht es dir etwas besser, Emil?" Emil nickt nur.

„Ich habe mich von Jennifer getrennt.", bricht es aus Emil heraus. Verwundert schaue ich zu ihm rüber.

„Warum?"

„Sie will, dass ich auf Rügen noch ein Jahr zur Schule gehe und dann erst die Ausbildung zum Beikoch anfange. Ich soll die Ausbildung auch auf Rügen machen, dort, wo Anna arbeitet. Jennifer meint, dass wäre vernünftiger.", erklärt Emil.

„Vernünftiger als was?", frage ich.

„Ich will die Schule nicht weiter machen. In Hamburg gibt es ein Restaurant, in dem ich auch mit meinem jetzigen Schulabschluss eine Ausbildung zum Beikoch machen kann. Das will ich machen. Ich kann dann aber nicht mehr so oft zu Jennifer fahren. Das gefällt ihr nicht. Ich will die Ausbildung in Hamburg aber unbedingt jetzt machen. Deshalb habe ich mit Jennifer Schluss gemacht." Verwundert sehe ich Emil an.

„Okay. Aber bist du dir sicher, dass du die Schule nicht weiter machen möchtest und dass du für die Ausbildung wirklich mit Jennifer Schluss machen musst?"

„Ja. Sie versteht mich einfach nicht. Das tut mir nicht gut. Ich habe auch letzte Woche mit Frau Sandholz gesprochen. Sie sagt, dass das kein Problem ist mit der Ausbildung.", antwortet Emil. Ich bin sehr überrascht von Emils Klarheit und Konsequenz, mit der er sein Ziel verfolgt. Irgendwie bewundere ich ihn gerade für seine Entschlossenheit.

354

„Dann musst du das wohl auch so machen.", erwidere ich. Emil lächelt mich an und nimmt mich in den Arm.

„Danke, Nora. Du bist toll."

„Und du bist ein toller junger Mann, Emil. Ich bin sehr stolz auf dich.", antworte ich.

„Na, was ist denn hier los? Muss ich etwa eifersüchtig werden?", höre ich plötzlich Stephan, der mit drei Stücken Kirschstreuselkuchen hinter uns auf der Terrasse steht. Emil und ich müssen lachen.

„Ja. Musst du. Nora hat gerade gesagt, dass ich ein toller Mann bin.", witzelt Emil und grinst zu mir rüber. Ich nicke lachend und stehe auf.

„Ich mache mal Kaffee.", sage ich, drängle mich an Stephan vorbei und gehe ins Haus. Stephan stellt den Kuchen auf dem Terrassentisch ab und folgt mir in die Küche.

„Hat Emil dir erzählt, was bei Jennifer vorgefallen ist?", fragt Stephan neugierig.

„Ja. Ich berichte es dir aber später in Ruhe. Jetzt gibt es erstmal Kaffee und Kuchen.", antworte ich und lächle ihm zu. Stephan fasst mich um die Hüfte, zieht mich an sich und drückt mir einen sanften Kuss auf den Mund. Ich schließe die Augen und lasse meinen Kopf leicht nach hinten fallen.

„Hmmmmm… Bitte mehr davon.", flüstere ich. Im nächsten Augenblick spüre ich Stephans Lippen wieder auf meinen und wir küssen uns innig. Und wieder stört das Klingeln meines Handys. Ich ziehe es aus meiner rechten, hinteren Hosentasche und gehe ran. Stephans Augen formen sich zu kleinen Schlitzen. Mit einem grimmigen Blick nimmt er die beiden Kaffeetassen unter dem Vollautomaten hervor, dreht sich um und verlässt die Küche.

„Petersen."

„Hey, Nora. Daniel hier." Daniel ist ein Arbeitskollege von mir, der für die ordnungsgemäße Umsetzung meiner Pläne zuständig ist.

„Hallo Daniel. Was gibt es?"

„Ich habe deine E-Mail bekommen und habe noch ein paar Fragen zur Steuerung." Ich beantworte schnell Daniels Fragen. Dann verabschieden wir uns und legen auf.

Langsam gehe ich zurück auf die Terrasse. Emil und Stephan sitzen nebeneinander, mit Blick in den Garten. Ihren Kuchen haben sie bereits aufgegessen.

„Hey, ihr zwei.", sage ich leise, als ich die Terrasse betrete.

„Dein Kaffee ist jetzt bestimmt kalt.", sagt Emil und lächelt zu mir rüber. Ich setze mich auf den Stuhl gegenüber von Stephan und versuche in seinem Gesicht zu erkennen, ob er sauer ist. Er sitzt einfach nur schweigend vor mir und schaut auf seine Kaffeetasse.

„Das war ein Arbeitskollege. Er hatte nur noch ein paar Fragen zu den Plänen, die ich ihm gestern per E-Mail gesendet habe.", erkläre ich. Stephan hebt den Kopf und sieht mich an.

„Natürlich. Kein Problem.", antwortet er ohne die geringste Mimik im Gesicht. Skeptisch beobachte ich ihn. Stephan wendet den Blick von mir ab und schaut rüber zu Emil.

„Lasst uns noch etwas an den Strand gehen. Es ist noch so herrliches Wetter.", schlägt Stephan vor. Emil springt sofort begeistert auf. Stephan schmunzelt und steht ebenfalls auf. Dann streckt er mir seine rechte Hand entgegen. Verwundert schaue ich zu ihm hoch. Ich erkenne ein vorsichtiges Lächeln in seinem Gesicht. Erleichtert ergreife ich seine Hand und stehe auf.

Wir gehen wieder Hand in Hand die Straße hinunter. Emil rennt voraus. Am Strand ziehen wir dann unsere Schuhe aus und gehen barfuß durch den weichen Sand. Der trockene Sand ist sehr heiß, also gehen wir weiter runter ans Wasser und laufen lieber dort über den festen, feuchten Sand. Emil rennt immer wieder weit voraus.

„Es ist schön, Emil so zu sehen, nicht wahr?"

„Ja. Ist es.", antworte ich und schaue zu, wie Emil durch die kleinen Wellen springt, die flach an den Strand rollen.

„Wolltest du mir nicht noch erzählen, was heute bei Jennifer vorgefallen ist?", fragt Stephan schließlich. Ich erzähle ihm, dass Emil mit Jennifer Schluss gemacht hat und warum.

„Wow. Das nenne ich "konsequent".", sagt Stephan erstaunt. Ich nicke nur zustimmend. Emil hat sich mittlerweile in den trockenen Sand gesetzt und schaut aufs Wasser. Als wir bei ihm ankommen, blinzelt er, geblendet von der Sonne, zu uns hoch.

„"Ich habe großen Hunger. Können wir etwas essen gehen?", fragt Emil leicht jammernd.

„Na klar.", antwortet Stephan. Zum Abendessen gehen wir in ein kleines Restaurant in Sassnitz.

Emil geht sofort hoch in sein Zimmer, als wir wieder bei Stephan zuhause ankommen. Stephan und ich setzen uns mit einem Glas gekühltem Weißwein auf die kleine Terrasse im Garten. Wir reden nicht viel. Stephan hat seinen linken Arm um meine Schultern gelegt und ich schmiege mich an ihn. So sitzen wir eine ganze Weile einfach nur da und trinken unseren Wein.

Wir sind heute beide sehr müde. Also kuscheln wir uns im Bett nur eng aneinander und schlafen schnell ein.

Acht

Ich öffne die Augen und sehe wieder das Tageslicht durch die Schlitze der Rollläden im Schlafzimmer schimmern. Stephan liegt neben mir und schläft noch seelenruhig. Während ich ihn so betrachte, frage ich mich, was dieser attraktive Mann von einer gewöhnlichen Frau wie mir will, wenn er doch so eine atemberaubend schöne Frau wie Julia Sandholz haben könnte? Bei dem Gedanken an Julia Sandholz bekomme ich einen unangenehmen Druck im Bauch. Ich verdränge den Gedanken also schnell und gehe duschen.

Es ist erst halb sieben, als ich mich mit einer Tasse Kaffee auf die Terrasse setze. Stephan gibt mir eigentlich absolut keinen Grund, an seiner Treue zu zweifeln. Dennoch fällt es mir schwer zu glauben, dass sich nicht jeder Mann sofort in Julia Sandholz verliebt, sobald er ihr begegnet.

„Guten Morgen, mein Schatz.", höre ich plötzlich Stephans Stimme hinter mir. In einem weißen T-Shirt, einer dunkelblauen Shorts und mit einer Tasse Kaffee in der Hand steht er barfuß in der Terrassentür. Ich muss schmunzeln, als ich sein wirres Haar auf dem Kopf sehe. Stephan kommt raus auf die Terrasse, stellt seine Tasse auf dem Tisch ab und beugt sich zu mir runter. Mit seinen starken, sehnigen Armen stützt er sich links und rechts auf den Lehnen meines Stuhles ab. Er schaut mir tief in die Augen und kommt mit seinem Gesicht langsam näher. Sanft berühren sich unsere Lippen und ein wohliges Kribbeln wandert durch meinen Körper. Mit einem smarten Lächeln im Gesicht richtet Stephan sich wieder auf und setzt sich auf den Stuhl rechts neben mir. Kurz darauf stürmt Emil auf die Terrasse.

„Guten Morgen! Wann gibt es Frühstück? Ich habe riesigen Hunger.", fragt Emil und lässt sich in den Stuhl vor mir fallen.

„Jetzt.", antwortet Stephan und steht grinsend auf.

Wir decken gemeinsam den Tisch auf der Terrasse. Die Stimmung ist fröhlich und ausgelassen. Wir überlegen gerade, was wir heute unternehmen wollen, als es an der Haustür klingelt. Stephan eilt zur Tür. Nach ein paar Minuten kehrt er zurück.

„Das war Gerda von nebenan. Sie und Erich haben Besuch von Freunden aus Bonn. Sie wollen gleich in den Tierpark hier in Sassnitz und fragen, ob du mitkommen möchtest, Emil."

„Ja klar! Gerne!", ruft Emil begeistert. Nach dem Frühstück geht Emil also direkt rüber zu Gerda und Erich.

Ich bringe die Frühstücksteller in die Küche, wo Stephan gerade die Spülmaschine einräumt, als mein Handy klingelt. Mit einer grimmigen Miene nimmt Stephan mir die Teller aus der Hand. Zügig ziehe ich mein Handy aus meiner linken, hinteren Hosentasche und gehe ran.

„Pertersen", sage ich, während ich die Küche verlasse und ins Wohnzimmer gehe. Es ist wieder Daniel.

„Tut mir leid, Nora. Ich störe ungern an einem Sonntag, aber Herr Berger hat Änderungswünsche. Die Pläne müssen leider noch einmal überarbeitet werden.", erklärt Daniel.

„Oh, man! Dieser Berger hat ja Nerven.", antworte ich genervt.

„Ja. Aber er ist nun mal leider einer von Jenneborgs Lieblingskunden.", entgegnet Daniel. Leider hat er recht. Egal was Herr Berger möchte, wir müssen es irgendwie möglich machen.

„Ich weiß. Dann sende mir seine Änderungen. Ich setze mich sofort dran.", antworte ich also.

„Super, Nora. Danke." Wir verabschieden uns und legen auf.

So ein Mist. Nun wird Stephan wirklich sauer sein. Aber ich kann es jetzt nicht ändern. Wenn ich mein berufliches Ziel erreichen möchte, muss ich jetzt alles geben. Bislang hatte ich mich auf die Familie und meine Kinder im Speziellen konzentriert. Erst seit meine beiden Mädels selbstständiger geworden waren, habe ich angefangen, mich beruflich mehr einzubringen und seit beide ausgezogen sind und ihre eigenen Leben führen, gebe ich beruflich Vollgas.

Ich bin stolz auf meine bisherigen Erfolge, aber das eine, große Ziel habe ich noch.

Ich drehe mich um und erschrecke kurz. Stephan steht mit einem ernsten Blick vor mir.

„Was soll das heißen? Wo setzt du dich sofort dran?"

„Es tut mir leid, Stephan. Ein Kunde hat ein paar Änderungswünsche und ich muss die Pläne nun noch einmal überarbeiten. Ich beeile mich aber. Danach ist ganz sicher Ruhe.".

„Nora! Du hast Urlaub und es ist Sonntag!"

„Für die Jungs im Werk gibt es kein Wochenende.", antworte ich leise. Stephan verdreht die Augen.

„Hast du denn keine Urlaubsvertretung, die diese Pläne überarbeiten kann?"

„Nein, Stephan. Habe ich nicht. Aber es ist doch nur noch diese eine Überarbeitung. Das ist doch nicht so wild.", antworte ich verständnislos.

„Nora. Das geht doch schon länger so. Wenn wir in der Woche telefonieren, bist du meistens im Stress. Wenn ich am Wochenende bei dir bin, vergeht kein Tag, an dem nicht jemand von der Arbeit anruft. Du bist die ganze Zeit unter Dauerstress. Das macht dein Körper nicht mehr lange mit. Du brauchst mal eine Pause, Nora." Geschockt starre ich Stephan an.

„Du übertreibst, Stephan. Mir geht es gut. Ich muss nur kurz ein paar Pläne überarbeiten. Das dauert doch nicht lange. Es gibt also keinen Grund, ein Drama daraus zu machen.", antworte ich genervt. Ich verstehe ja, dass es blöd für ihn ist, dass ich heute wieder etwas arbeiten muss, aber wir haben doch noch die gesamte Woche und das kommende Wochenende Zeit füreinander.

„Aber warum kann das nicht warten, bis du aus dem Urlaub zurück bist?", fragt Stephan energisch.

„Weil die Arbeiten an diesem Auftrag bereits begonnen haben und Herr Berger ein sehr wichtiger Kunde ist.", antworte ich.

„Oh man, Nora. Ich verstehe nicht, warum du dich da so reinhängst. Es ist doch einfach nur ein Job." Ich sehe Stephan fassungslos an.

„Du willst wissen, warum ich mich so reinhänge? Herr Jenneborg geht bald in Rente und sucht einen Nachfolger. Er wird Ende des Jahres eine Entscheidung treffen und ich habe aktuell sehr gute Chancen, seine Nachfolge anzutreten. Dafür muss ich aber dann jetzt vollen Einsatz zeigen!" Stephan sieht mich verständnislos an und schüttelt leicht mit dem Kopf.

„Ist das alles, was du dir für deine Zukunft wünschst, Nora? Eine noch höhere Position im Unternehmen und noch mehr Arbeit?" Verwundert schaue ich ihn an. Ich verstehe seine Frage nicht. Wünscht sich denn nicht jeder eine hohe Position im Job und ein sehr gutes Gehalt? Das man dafür auch etwas mehr arbeiten muss, ist doch normal. Stephan senkt resigniert den Kopf.

„Ich schließe mich Emil und den Nachbarn an und begleite sie in den Tierpark. Dann kannst du in Ruhe arbeiten.", sagt Stephan ruhig, dreht sich um und verlässt das Haus. Regungslos stehe ich mitten im Wohnzimmer. Ich weiß nicht, warum er mich nicht verstehen kann, aber das muss mir jetzt erstmal egal sein. Ich packe also meinen Laptop auf den Esstisch und lege los.

Die Änderungen von Herrn Berger sind recht umfangreich und so sitze ich tatsächlich bis siebzehn Uhr an den Plänen. Schnell sende ich die neuen Pläne an Daniel und setze Herrn Jenneborg wieder in CC.

Ich klappe gerade den Laptop zu, als Stephan ins Haus kommt. Ich stehe vom Esstisch auf und gehe in den Flur.

„Hallo Stephan."

„Hey.", antwortet er kurz und sieht mich fragend an.

„Bist du fertig geworden?", fragt er.

„Ja. Es ist alles erledigt.", antworte ich. Wieder nickt Stephan nur.

„Gerda und Erich haben uns zum Grillen eingeladen. Emil ist gleich drüben geblieben. Kommst du mit rüber?" Jetzt nicke ich nur. Stephan dreht sich um und will gerade die Haustür öffnen.

„Warte, Stephan." Stephan dreht sich zu mir um. Ich gehe ein paar Schritte auf ihn zu und schaue in seine traurigen, braunen Augen. Ich will mich entschuldigen, aber irgendwie auch nicht. Mein Job ist mir nun mal wichtig. Dafür muss ich mich doch eigentlich nicht entschuldigen.

Ein angestrengtes, leichtes Lächeln umspielt Stephans Mundwinkel. Mit seiner rechten Hand streicht er mir eine Haarsträhne von der Stirn. Sanft küsst er mich auf den Mund.

„Schon okay, Nora", flüstert er. Dann nimmt er meine Hand und wir gehen rüber zu Gerda und Erich. Deren Besuch aus Bonn ist ein sehr liebes, älteres Ehepaar, das mit seinem Enkel David Urlaub macht. David ist vierzehn Jahre alt und versteht sich super mit Emil. Es ist eigentlich ein sehr netter Abend. Zwischen Stephan und mir liegt jedoch eine seltsame Stimmung. Hin und wieder bemerke ich, dass Stephan mich fragend ansieht. Es ist kurz nach zweiundzwanzig Uhr, als wir zurück in Stephans Haus gehen. Da wir alle sehr müde sind, gehen wir auch direkt ins Bett.

Ich bin zu müde, um Stephan heute noch auf seine fragenden Blicke von heute Abend anzusprechen. Vielleicht mache ich es aber morgen.

Stephan lässt seinen linken Arm auf mein Kopfkissen fallen und ich lege meinen Kopf auf seine Brust. Sanft legt Stephan seinen Arm um mich.

„Gute Nacht, Nora.", flüstert er.

„Gute Nacht, Stephan.", antworte ich leise.

Das Klingeln von Stephans Handy reißt uns aus dem Schlaf. Noch recht unkoordiniert greift er nach seinem Telefon, das auf dem Nachttisch rechts neben ihm liegt. Es ist aber zu spät. Der Anrufer hat bereits aufgelegt. Mit einem angestrengten Seufzer steht er auf. Ohne mich zu beachten, geht er mit seinem Handy aus dem Schlafzimmer. Langsam stehe ich auf und gehe in den Flur. Auf dem Weg ins Badezimmer höre ich Geklapper in der Küche. Ich überlege kurz, ob ich erstmal zu Stephan gehen soll. -*Nein. Ich gehe lieber schnell duschen.*-, entscheide ich.

Als ich gerade die Badezimmertür öffne, höre ich Stephans Stimme.

„Guten Morgen, Julia. Du hast gerade angerufen. Was gibt es?" Ich bleibe regungslos stehen. -*Julia?! Etwa Julia Sandholz?! Die wunderschöne, sexy Julia Sandholz!?, oder "Süßholz", wie ich sie insgeheim spöttisch nenne-* Ich höre Stephan kurz lachen. Dann ertönt das laute Mahlwerk des Kaffeevollautomaten. Was Stephan weiter sagt, kann ich daher nicht mehr hören. Frustriert gehe ich ins Badezimmer und schließe die Tür hinter mir ab. -*Was will sie schon so früh am Morgen von Stephan? Sie konnte es wohl kaum erwarten, seine Stimme zu hören.*-, denke ich und bekomme sofort wieder diesen beklemmenden Druck im Bauch. -*Oh, man! Wie albern und kindisch von mir. Ich benehme mich wie ein eifersüchtiger Teenager. Julia ist Emils Betreuerin beim Jugendamt und Stephan ist sein Anwalt. Natürlich haben die beiden daher einige Themen, die es zu besprechen gibt.*- tadle ich mich selbst. Unwillkürlich muss ich an

Peer und Isabell denken. Nachdem Sie damals das gemeinsame Architekturbüro eröffnet hatten, gab es auch immer wieder viele Dinge zu besprechen. Wie das endete, weiß ich ja. *-Schluss jetzt mit diesen dummen Gedanken! Stephan ist schließlich nicht Peer!-*

Als ich nach dem Duschen aus dem Badezimmer komme, höre ich Emil und Stephan draußen auf der Terrasse reden. Ich gehe schnell zurück ins Schlafzimmer, ziehe mich an, kämme mein handtuchtrockenes Haar und lege ein wenig Mascara auf. Langsam gehe ich auf die Terrasse. Auf dem Tisch ist ein reichhaltiges Frühstück ausgebreitet und eine dampfende Tasse Kaffee wartet bereits an meinem Platz, gegenüber von Stephan.

„Guten Morgen, ihr zwei."

„Guten Morgen, Nora! Ich gehe gleich Minigolf spielen mit David und seinen Großeltern!", erzählt Emil begeistert.

„Wie schön. Das ist ja lieb von den Dreien. Das wird sicher lustig.", antworte ich. Wenn ich nicht mitbekommen würde, dass Emil zwischendurch auch immer mal wieder traurig und nachdenklich dasitzt, könnte ich denken, dass ihm die Trennung von Jennifer gar nichts ausmacht. Aber ich weiß, dass er schon sehr leidet. Diese Ablenkungen tun ihm daher sehr gut. „Guten Morgen, Nora.", sagt Stephan schmunzelnd.

Emil ist sehr aufgeregt und isst nur schnell ein Brötchen. Plötzlich springt er auf.

„Ich gehe jetzt rüber. Bis nachher.", ruft Emil und rennt ins Haus. Kurz darauf hören wir die Haustür zuknallen. Stephan und ich grinsen uns kurz an. Dann sitzen wir uns schweigend gegenüber.

-Warum erzählt Stephan mir nicht, dass ihn Julia Sandholz heute Morgen angerufen hat?-, frage ich mich.

„Wer hat uns heute Morgen eigentlich wachgeklingelt?, frage ich also.

Stephan schaut mich zunächst etwas irritiert an. Dann scheint er aber zu wissen, was ich meine.

„Ach so. Das war Julia Sandholz. Es ging um Emils neue Pläne mit der Ausbildung in Hamburg.", erklärt er.

„Aha.", antworte ich nur. Ich denke, es ist besser, wenn ich jetzt nicht weiter darauf eingehe. Schließlich hat auch Stephan Urlaub und außerdem fühle ich wieder diesen unangenehmen Druck im Bauch.

Wieder klingelt Stephans Handy, das noch im Wohnzimmer auf dem Esstisch liegt. Zügig geht Stephan ins Haus.

„Hey Julia. Und? Hat alles geklappt?.... Super!...... Ach. Das musst du nicht. Das mache ich doch gerne.", höre ich Stephan sagen. Ich kann nicht verhindern, dass eine leichte Wut in mir aufsteigt. Ich weiß zwar nicht, was diese Julia "Süßholz" zu Stephan sagt, aber nach seinen Antworten zu urteilen, scheint sie sich für seinen Einsatz bedanken zu wollen.

„Also gut, Julia. Dann melde dich, wenn es soweit ist.", antwortet Stephan. *-Ich fasse es nicht! Er gibt nach und lässt sich von ihr einwickeln!-* Wieder lacht Stephan kurz auf.

„Okay. Bis dann, Julia.", sagt Stephan noch und legt dann auf. Lächelnd kommt er zurück auf die Terrasse.

„Alles okay?", frage ich und versuche, so freundlich wie möglich zu klingen.

„Ja. Alles super. Emil kann die Ausbildung zum Beikoch in diesem Restaurant in Hamburg machen und kann auch weiter in der jetzigen Wohngruppe bleiben.", erzählt Stephan begeistert. Meine Freude für Emil wird von diesem dummen Druck im Bauch überdeckt und ich fühle mich schlecht deswegen.

„Nora, ist alles okay?", fragt Stephan mich schließlich.

„Ja. Alles in Ordnung.", antworte ich schnell. Stephan nickt zufrieden.

„Hast du Lust auf eine kleine Ausstellung? Ein Mandant von mir ist Maler und stellt seine Werke gerade in Stralsund aus.", fragt Stephan und nimmt noch einen Schluck Kaffee. Mein Blick fällt auf die Beschriftung auf seiner Tasse.

Alles, was ich brauche,
sind Liebe und das Meer.

Eigentlich ein wenig unpassend, da er es doch so vehement ablehnt, aufs Meer hinauszufahren.

„Nora?" Als ich ihm gerade antworten will, klingelt mein Handy. Eilig ziehe ich es aus meiner rechten, hinteren Hosentasche und schaue auf das Display.

„Das ist mein Chef. Da muss ich kurz rangehen.", sage ich und gehe ins Wohnzimmer, während ich den Anruf annehme.

„Guten Morgen, Herr Jenneborg."

„Guten Morgen, Frau Petersen. Wie geht es Ihnen?"

„Danke, der Nachfrage. Mir geht es gut. Ihnen auch?"

„Ja, natürlich, Frau Petersen. Mir geht es prima. Ich muss Sie auch mal wieder loben. Das mit dem Berger-Auftrag haben Sie sehr gut gemacht."

„Vielen Dank, Herr Jenneborg."

„Ja, Frau Petersen. Aktuell stehen Sie ganz weit oben auf meiner Liste meiner möglichen Nachfolger, oder Nachfolgerinnen." Ein freudiges Grinsen breitet sich in meinem Gesicht aus. Das, was Stephan gerade so sehr an mir kritisiert, wird von meinem Chef nun begeistert gelobt. Das tut richtig gut.

„Das freut mich.", antworte ich.

„Ich bin wirklich sehr zufrieden mit Ihrer Arbeit, Frau Petersen. Deshalb möchte ich Ihnen nun auch einen sehr persönlichen Auftrag anvertrauen. Ein sehr lieber und langjähriger Freund von mir möchte seiner

Frau eine ganz besondere Jacht schenken, mit allem Luxus, den man sich vorstellen kann und trotzdem romantisch. Ich habe ihm versprochen, dass ich meine besten Mitarbeiter daransetzen werde.", erklärt er.

„Danke für Ihr Vertrauen, Herr Jenneborg. Ich werde Sie nicht enttäuschen."

„Das hoffe ich sehr, Frau Petersen. Wir treffen uns mit meinem Freund dann morgen um zehn Uhr in Ihrem Büro in Hamburg." Erschrocken halte ich die Luft an. Ein kalter Schauer läuft mir über den Rücken, bevor ich wieder Luft hole.

„Morgen schon?", frage ich überrascht.

„Ja.", antwortet Herr Jenneborg.

„Ich weiß, Frau Petersen. Sie sind im Urlaub. Aber wenn Sie meine Nachfolgerin werden möchten, dann müssen Sie schon ein paar kleine Opfer bringen. Die Urlaubstage können Sie ja irgendwann nachholen.", fügt er streng hinzu.

„Also, Frau Petersen. Kann ich auf Sie zählen?" Ich weiß, dass es Stephan nicht gefallen wird, aber er wird sich auch wieder beruhigen.

„Ja. Natürlich, Herr Jenneborg.", antworte ich also.

„Prima. Dann bis morgen, Frau Petersen.", sagt er noch kurz und legt dann auf. Ich packe mein Handy zurück in meine Hosentasche. Nun muss ich Stephan sagen, dass ich zurück nach Hamburg muss. Mein Magen zieht sich unangenehm zusammen, während ich zurück auf die Terrasse gehe.

„Und? Wie viele Änderungswünsche hat euer VIP-Kunde heute?", fragt Stephan schnippisch.

„Keine. Um Berger geht es gar nicht.", antworte ich. Stephan sieht mich mit einem fragenden Blick an. *-Oh, man. Wie fange ich jetzt am besten an?-*

„Nun ja, Stephan. Ich… Also… Es geht um einen noch wichtigeren Auftrag. Meine Zukunft in der Firma hängt davon ab."

„Und was bedeutet das?", fragt Stephan mürrisch.

„Ich muss morgen früh zurück nach Hamburg.", antworte ich zügig.

Mit hochgezogenen Augenbrauen und weit offenen Augen starrt Stephan mich an.

„Das ist jetzt nicht dein Ernst, Nora! Du brauchst auch mal Urlaub. Das es dir nicht wichtig genug ist, Zeit mit mir zu verbringen, habe ich ja nun verstanden. Aber deine Gesundheit sollte dir doch wenigstens wichtig genug sein!"

„Was redest du denn da, Stephan?! Ich bin vollkommen gesund. Es stimmt auch nicht, dass ich keine Zeit mit dir verbringen möchte! Ich habe im Moment eben einfach nur wenig Zeit. Das wird doch auch irgendwann wieder anders!", antworte ich mit einem energischen Unterton.

„Tut mir leid, Nora. Aber so kann ich das nicht." Irritiert schaue ich ihn an.

„Wie meinst du das, Stephan?"

„Nora. Ich möchte mit dir zusammen sein. Aber nicht nur ab und zu für ein paar Stündchen, wenn du mal zufällig eine Lücke in deinem Terminkalender hast." Stephan steht auf, stellt sich vor mich und legt seine Hände auf meine Schultern.

„Bitte bleib, Nora.", sein Blick versetzt mir einen Stich ins Herz.

„Stephan. Ich kann nicht. Der Auftrag ist wirklich sehr wichtig für mich." Traurig nimmt er seine Hände von meinen Schultern und tritt einen Schritt zurück.

„Ich gehe jetzt runter an den Strand und lasse dich etwas allein. Denk bitte noch einmal in Ruhe darüber nach, was dir wichtiger ist. Möchtest du wirklich unsere Beziehung für deine Karriere opfern?"

„Stephan. Ich will hier gar nichts opfern. Wir können doch zusammenbleiben. Ich werde nur nicht mehr so viel Freizeit haben. Aber die Zeit, die ich dann habe, können wir doch zusammen sein."

„Du hast doch jetzt schon kaum Zeit für ein Privatleben, Nora. So kann das mit uns nicht funktionieren." Frustriert dreht er sich um und geht ins Haus. Schweigend schaue ich ihm nach. Dann höre ich die Haustür zufallen. -*Habe ich das gerade richtig verstanden? Hat er mich vor die Wahl gestellt. Entweder er oder meine Karriere?*- Ich kann das alles nicht glauben. Das ist nicht fair. Ich habe mein gesamtes bisheriges Berufsleben auf so eine Chance hingearbeitet und soll sie jetzt so kurz vorm Ziel einfach sausen lassen?! Das kann er doch nicht allen Ernstes von mir verlangen! Was ist, wenn ich diese Chance jetzt nicht ergreife? Mein Chef wäre sehr enttäuscht. Ich würde weiter viel arbeiten, aber nicht mehr Geld verdienen. Wenn Stephan sich dann irgendwann doch umentscheidet und lieber mit der bezaubernden Julia "Süßholz" zusammen sein will, serviert er mich ab und ich habe meine berufliche Chance verpasst. Wenn ich mich aber jetzt richtig anstrenge, bin ich bald an meinem Karriereziel angelangt. Und wenn ich dann endlich die Nachfolge von Herrn Jenneborg angetreten habe, werde ich mir auch mal wieder etwas mehr Freizeit nehmen können. Ich entscheide mich also, noch heute zurück nach Hamburg zu fahren. Stephan wird das schon irgendwann verstehen. Ich gehe ins Schlafzimmer und packe meinen Trolley. Als ich gerade in den Flur gehe, öffnet sich die Haustür und Stephan kommt herein. Sein Blick fällt auf meinen Trolley. Stephan nickt nur kurz und geht dann in die Küche.

„Es tut mir leid, Stephan.", sage ich leise.

„Was ist mit Emil?", fragt Stephan nur, während er den Kaffeevollautomaten anstellt.

„Ich rufe ihn gleich an und sage ihm, dass ich zurück muss.

„Emil kann gerne och hier bleiben, wenn er möchte."

„Okay. Danke, Stephan. Das richte ich ihm aus." Ich drehe mich um und gehe zur Haustür. Langsam lege ich meine rechte Hand auf die Türklinke.
Ich spüre, wie sich etwas in mir dagegen wehrt, die Türklinke runterzudrücken und ich bin so unsicher, ob

ich das Richtige tue. Mein Herz sagt "BLEIB BEI IHM" und soll man nicht eher auf sein Herz hören? Aber was ist, wenn es sich doch irrt? Das laute Geräusch des Mahlwerkes der Kaffeemaschine reißt mich aus meinen Gedanken. Ich atme einmal tief ein und wieder aus. Dann öffne ich die Tür und verlasse das Haus. Schnell verstaue ich meinen Trolley im Kofferraum und fahre los. Über die Freisprechanlage in meinem Auto rufe ich Emil an.

„Hey Nora!", ruft Emil fröhlich ins Telefon.

„Hallo Emil. Ich habe leider schlechte Nachrichten. Ich muss zurück nach Hamburg."

„Och nö!!! Ich möchte noch nicht zurück!", jammert Emil.

„Schon okay, Emil. Stephan hat angeboten, dass du noch bei ihm bleiben kannst.", antworte ich.

„Ja!!! Prima!!!", ruft Emil.

„Also gut, Emil. Dann wünsche ich dir noch ganz viel Spaß hier."

„Danke, Nora. Bis bald."

„Bis bald, Emil."

Ich fahre quer über die Insel und über die Rügener Brücke rüber aufs Festland. Jeder Kilometer, den ich mich weiter von Stephan entferne, tut verdammt weh. Was ist, wenn ich doch einen Fehler gemacht habe? Hätte ich bei ihm bleiben sollen? Andererseits kann man ja auch nicht wissen, wie lange Stephan noch dieser wunderschönen und zuckersüßen Julia

Sandholz widerstehen kann. -*Nein, nein. Ich habe sicher die richtige Entscheidung getroffen.*-

Während der Heimfahrt werden meine Kopfschmerzen immer stärker. Als ich endlich zu Hause angekommen bin, nehme ich sofort eine Schmerztablette und gehe ins Bett.

Jasmin starrt mich verwundert an, als ich am nächsten Morgen ins Büro komme.

„Nora! Was machst du denn hier? Du hast doch Urlaub."

„Der ist erstmal gestrichen.", antworte ich und gehe in mein Büro. Kurz darauf kommt Jasmin mit einer Tasse Kaffee zu mir. Mit einem mitleidigen Blick stellt sie ihn vor mir auf dem Schreibtisch ab.

„Du hättest so dringend Urlaub gebraucht. Was ist denn passiert?", fragt sie besorgt. Ich erzähle ihr von dem wichtigen Auftrag für den Freund von Herrn Jenneborg.

„Na das ist ja sehr nett von seinem Freund, aber hat das denn keine Zeit bis nach deinem Urlaub?", fragt sie verständnislos. Ich zucke nur mit den Schultern. Kopfschüttelnd verlässt Jasmin mein Büro wieder.

Neun

Das Meeting mit Herrn Jenneborg und seinem Freund Robin Olsen ist nun vier Wochen her. Nach mehreren Meetings mit Herrn Olsen, zahlreichen Kopfschmerztabletten, Kreislaufproblemen und Magenkrämpfen sind alle Pläne nun endlich fertig.

So erschöpft wie jetzt gerade habe ich mich noch nie gefühlt. Ich könnte das ganze Wochenende durchschlafen. Ich habe Hannah aber versprochen, mit ihr am Samstagmorgen zu frühstücken. Also nehme ich eine weitere Schmerztablette und bin pünktlich um neun Uhr bei ihr.

„Meine Güte, Nora! Bis du blass! Schrecklich dünn geworden bist du auch.", ruft sie, nachdem sie die Wohnungstür geöffnet hat.

„Dir auch einen wunderschönen guten Morgen, Hannah.", entgegne ich und gehe schmunzelnd an ihr vorbei zum reichgedeckten Esstisch.

Kopfschüttelnd schließt Hannah die Tür und kommt zu mir rüber. Nach einer kurzen Umarmung setze ich mich an den Tisch, während Hannah noch die Kaffeekanne von der Küchenarbeitsplatte holt. Sie gießt mir etwas Kaffee ein und setzt sich mir gegenüber.

Wir haben uns lange nicht gesehen und so gibt es wirklich eine Menge zu erzählen. Natürlich weiß sie von Janis, dass Stephan und ich nicht mehr zusammen sind.

„Hast du mal wieder etwas von Stephan gehört?", fragt sie schließlich.

„Nein.", antworte ich leise. Hannah wirft mir einen mitleidigen Blick zu, was mir ganz und gar nicht gefällt. Ich brauche kein Mitleid. Auch wenn ich immer wieder an Stephan denken muss und ihn sehr vermisse, ist schon alles richtig so, wie es ist.

„Aber mit Emil habe ich telefoniert. Er hat die Ausbildung angefangen und es gefällt ihm sehr gut.", erzähle ich.

„Prima. Das freut mich für Emil."

Es war ein toller Vormittag und es hat sehr gut getan, mal wieder mit Hannah zu quatschen.

Als ich am Montagmorgen ins Büro komme, ist Herr Jenneborg schon dort. Er sitzt mit ein paar Kolleginnen und Kollegen aus Koblenz im Konferenzraum. Sofort steigt Panik in mir auf. -*Habe ich etwa wieder ein Meeting vergessen!?-*

„Was ist denn hier los?", frage ich Jasmin leise, die gerade zwei Tassen unter den Kaffeevollautomaten stellt.

„Herr Jenneborg hat sich bereits entschieden, wer seine Nachfolge antreten soll.", flüstert sie zurück.

-Was! Wie bitte! Jetzt schon?!- Mein Puls schnellt augenblicklich in die Höhe. Nach einem tiefen Atemzug betrete ich den Konferenzraum und begrüße alle. Als Jasmin jedem eine Tasse mit Kaffee serviert hat, verlässt sie den Raum und schließt die Tür hinter sich.

Herr Jenneborg steht auf, begrüßt alle feierlich und beginnt dann seine Rede über sein Lebenswerk "Schiffsbau Gustav Jenneborg und Partner". Zugegeben. Sein Werdegang ist schon ziemlich beeindruckend, aber da er schon fast siebzig Jahre alt ist, ist er auch sehr lang. Nachdem wir bereits seit fünfundvierzig Minuten seinen Anekdoten lauschen, kommt er endlich zur Verkündung seines Nachfolgers. Ich kann vor Aufregung kaum atmen.

„Ich habe lange überlegt, wer meine Nachfolge antreten soll. Ich hatte das Problem, dass ich sehr viele geeignete Mitarbeiter in meinem Unternehmen habe, die ich auch menschlich alle sehr schätze. Zum Schluss blieben dann aber nur noch zwei Personen übrig." Sein Blick fällt erst auf mich, dann auf Peter, einen Kollegen aus Koblenz. Ohne Namen zu nennen, fährt er fort.

„Beide sind fachlich hervorragend, haben sprichwörtlich gesehen ein breites Kreuz und sind sehr empathisch, was mir auch sehr wichtig ist. Entschieden habe ich mich letzten Endes aber für die Person, die meines Erachtens Beruf und Privatleben in einer perfekten Balance hält, was ich ebenfalls für sehr wichtig halte. Meine Nachfolge tritt also an......

.....Peter Bielstein"! Diese Worte wirken wie ein Fausthieb in meine Magengrube.

Peter steht auf und reicht Herrn Jenneborg seine rechte Hand, die er freudestrahlend ergreift. Alle klopfen auf den Tisch, was bei uns das Klatschen ersetzt. Ich fühle mich wie gelähmt. Da ich aber nicht auffallen möchte, klopfe ich also ebenfalls mit der rechten Faust auf den Tisch. In diesem Moment kommt Jasmin mit einem großen, silbernen Tablett voller gefüllter Sektgläser in den Konferenzraum.

Nachdem wir alle noch mit einem Glas Sekt angestoßen haben und ich Peter gratuliert habe, ziehe ich mich wie ein verletztes Wildtier in mein Büro zurück, um meine unsichtbaren Wunden zu lecken. - *All meine Anstrengungen waren umsonst. Ich habe so viel geopfert. Meine Freizeit, meine Gesundheit, meine Beziehung. Und letztlich hat Herr Jenneborg sich scheinbar genau deswegen gegen mich entschieden.-* Das Klopfen an meiner Bürotür reißt mich aus meinen Gedanken. Herr Jenneborg öffnet die Tür, kommt hinein und schließt die Tür wieder hinter sich.

„Alles gut bei Ihnen, Frau Petersen?"

„Ja. Alles gut."

„Ich hoffe, Sie nehmen mir meine Entscheidung nicht übel. Es war wirklich sehr knapp. Machen Sie einfach weiter wie bisher. Einer der Partner geht auch bald in Rente und ich werde mich persönlich bei ihm für Sie einsetzen."

Ich bemühe mich, mir ein Lächeln ins Gesicht zu pressen.

„Vielen Dank, Herr Jenneborg.", antworte ich brav.

„Sie können ja nun Ihren Urlaub nachholen. Das haben Sie sich verdient, Frau Petersen."

„Ja. Mal sehen.", antworte ich nur kurz. Herr Jenneborg nickt und verabschiedet sich mit einem wohlwollenden Lächeln im Gesicht.

Nachdem er mein Büro verlassen hat, lege ich meine Arme angewinkelt auf die Schreibtischplatte vor mir und lasse meinen Kopf auf meine Unterarme fallen. Ich habe alles riskiert, alles auf diese eine Karte gesetzt und nun alles verloren. Nun ja. Meinen aktuellen Job habe ich ja wenigstens noch. Aber soll ich wirklich so weitermachen wie bisher, in der Hoffnung, dass ich vielleicht in ein paar Jahren die Nachfolge eines anderen Partners antreten kann? Mein Körper hat ja jetzt schon andauernd wieder schlappgemacht.

Erst jetzt bemerke ich meinen automatischen Griff zu den Schmerztabletten. Ich zögere einen Moment. Die Kopf- und Bauchschmerzen sind aber zu stark. Also nehme ich die zwei Schmerztabletten mit einem großen Schluck Wasser und lasse mich erschöpft in meinem Sessel zurückfallen. Mein Blick wandert über meinen Schreibtisch, auf dem rechts ein Stapel Akten liegt, mit Projekten, die ich noch durchsehen muss.

Plötzlich kommt mir das alles so sinnlos vor. Mein Verstand sagt mir, dass ich dann nun eben weiter Vollgas geben muss und die Akten auf meinem Schreibtisch durcharbeiten soll. Mein Bauch und vor allem mein Herz rufen aber nach Urlaub und nach Stephan. Aber sieht das nicht blöd aus, wenn ich mich jetzt bei Stephan melde? Er wird sicher denken, dass ich nur wieder angekrochen komme, weil ich beruflich gescheitert bin. Ich seufze resigniert. Dann nehme ich mir die erste Akte vom rechten Stapel und arbeite sie durch. Danach die nächste, dann die übernächste und so weiter.

Plötzlich steht Jasmin in meinem Büro. Ich habe ihr Klopfen gar nicht gehört.

„Ich bin jetzt weg, Nora. Bis morgen."

„Bis morgen, Jasmin. Einen schönen Feierabend wünsche ich dir."

„Den wünsche ich dir auch, Nora." Ich glaube, ein mitleidiges Lächeln in ihrem Gesicht zu erkennen, bevor sie meine Bürotür wieder hinter sich schließt. Ich schaue auf die Uhr. Es ist siebzehn Uhr. Kurz überlege ich, ob ich auch jetzt Feierabend mache. Aber was soll ich zu Hause? Da ist nichts und niemand, der auf mich wartet. Ich stelle meinen linken Ellbogen auf der Schreibtischplatte ab und stütze meinen Kopf mit der offenen linken Hand ab. Meine Handfläche schmiegt sich um meine Wange und meine Fingerkuppen massieren meine linke Schläfe. Mit der rechten Hand greife ich durch den Henkel meiner Kaffeetasse. Mit einem leeren Blick starre ich auf meinen Daumen, der den Schriftzug auf dem Bauch meiner Kaffeetasse umkreist. *"Das Leben ist schön!"* steht dort in goldenen Buchstaben. Im Hintergrund ist ein Bild von leicht begrünten Dünen am Meer. Ich erinnere mich an den Strand auf Rügen und den fast schon heilsamen Blick aufs Meer. Plötzlich zieht es unangenehm in meiner Brust und ich muss an Stephan denken. Ich vermisse ihn so sehr. Ein dicker Kloß bildet sich in meinem Hals und ich spüre, wie Tränen in mir aufsteigen. Bevor sie aber rauskommen können, packe ich schnell meine Sachen zusammen und fahre nach Hause.

Meine Bauchschmerzen sind wieder so stark, dass ich nur noch meine Schmerztabletten nehme und ohne Abendessen ins Bett gehe.

Meine Nacht war sehr unruhig. Ich bin immer wieder wach geworden und hatte starke Bauchschmerzen. Es ist nun sieben Uhr morgens. Zu den Bauchschmerzen haben sich jetzt auch noch Kopfschmerzen gesellt und mir ist übel. Eigentlich müsste ich mich jetzt auf den Weg ins Büro machen. Die Bauchschmerzen sind aber trotz Schmerzmittel immer noch so stark, dass ich nun doch lieber mal einen Arzt aufsuchen sollte. Ich rufe also sofort bei meiner Hausärztin an und kann auch direkt vorbeikommen. Nachdem meine Ärztin meinen Bauch abgetastet und einen Ultraschall gemacht hat, schaut sie mich besorgt an.

„Ich lasse Ihnen sofort einen Termin zur Magenspiegelung machen. Wir melden uns dann bei Ihnen, sobald wir einen Termin haben." Sie legt ein DIN-A4-Blatt vor mich auf den Tisch und sieht mich eindringlich an.

„Halten Sie sich erstmal an diesen Essensplan. Bis zum Termin zur Magenspiegelung sollten Sie sich ausruhen und Ihren Magen schonen. Ich schreibe Sie erstmal zwei Wochen krank." Erschrocken starre ich meine Ärztin an.

„Nein! Das geht nicht!", platzt es aus mir heraus. Irritiert schaut Frau Dr. Renaldin mich an.

„Frau Petersen! Ich muss Ihnen davon abraten, weiterzuarbeiten.", sagt sie energisch. Ich schüttle den Kopf.

„Ich kann jetzt nicht zwei Wochen zuhause bleiben! Ich nehme mir heute frei und dann noch zwei Tage für die Magenspiegelung. Mehr geht aber wirklich nicht." Mit einem unzufriedenen Blick steht Frau Dr. Renaldin auf.

„Wie Sie meinen, Frau Petersen."

Mit einem Rezept für ein anderes Schmerzmittel und einem Mittel zur Reduzierung der Säureproduktion im Magen verlasse ich die Praxis und löse es in der Apotheke, die sich direkt unter der Arztpraxis befindet, ein.

Noch im Auto hole ich die Flasche Wasser aus meiner Handtasche, nehme eine von den Schmerztabletten und fahre nach Hause.

Als ich zuhause ankomme, rufe ich erstmal Jasmin an und gebe ihr Bescheid, dass ich mir heute frei nehme. Anschließend lege ich mich auf mein Sofa. Ich bin plötzlich so unfassbar müde.

Langsam öffne ich die Augen und höre mein Handy in meiner Handtasche klingeln. Unter Schmerzen stehe ich auf und gehe zum Esstisch, wo meine Handtasche auf einem der Stühle steht. Aber ich bin zu spät. Der Anrufer hat bereits aufgelegt. Ich schaue auf das Display meines Handys und sehe, dass meine ältere Tochter Jana gerade angerufen hat. Ich rufe sie also sofort zurück.

„Hey Mama! Schön, dass du zurückrufst."

„Hallo Jana. Wie geht es dir?" Jana erzählt von ihrem Job, ihrem Freund und ihrem Hund. Bei ihr scheint gerade eine Menge zu passieren.

„Aber jetzt genug von mir. Wie geht es dir, Mama? Gibt es schon etwas Neues wegen Herrn Jenneborgs Nachfolge?" Sofort spüre ich wieder diesen unangenehmen Druck im Bauch.

„Ja. Herr Jenneborg hat sich für Peter aus Koblenz entschieden.", antworte ich so gelassen wie möglich.

„Oh. Das tut mir leid. Und wie geht es dir damit?"

„Das ist schon in Ordnung so. Mir geht es gut.", flunkere ich.

„Ich muss jetzt leider Schluss machen, Jana. Ich melde mich die Tage nochmal bei dir, okay?"

„Na klar, Mama. Dann bis bald."

„Bis bald, meine Große.", antworte ich und lege auf. Da die Schmerzen trotz der Schmerztabletten nicht ganz weg sind, ziehe ich meinen Pyjama an und lege mich ins Bett. Ich bin sehr müde und schlafe schnell ein.

Wieder werde ich mit starken Schmerzen wach und nehme erstmal zwei Schmerztabletten. Es ist fünf Uhr morgens. Ich schleppe mich unter die Dusche und mache mir einen Kamillentee, da ich laut der Ernährungsliste meiner Ärztin keinen Kaffee darf.
Ich frage mich, wie ich ohne Koffein den Tag überstehen soll.

Pünktlich um acht Uhr morgens sitze ich im Büro an meinem Schreibtisch. Ich lasse meinen Blick durch mein Büro wandern und bleibe an dem Stapel Akten rechts neben mir, auf dem Schreibtisch, hängen. Diesen Stapel muss ich heute komplett durcharbeiten. Ich bin aber so müde. So ganz ohne Kaffee werde ich einfach nicht richtig wach. Aber es hilft ja nichts. Ich muss heute damit fertig werden. Plötzlich klopft es an meiner Bürotür.

„Ja bitte!", rufe ich. Kurz darauf kommt Jasmin herein und schließt die Tür hinter sich.

„Hey Nora. Es gibt Probleme mit den Plänen, die du am Montag freigegeben hast. Kannst du bitte dringend Daniel anrufen?"

„Ja. Natürlich. Ich rufe ihn sofort an.", antworte ich.

„Danke, Nora.", erwidert Jasmin, bevor sie mein Büro wieder verlässt. *-Was kann an den Plänen von Montag denn falsch sein? War ich vielleicht doch nicht aufmerksam genug?-*

Ich nehme den Hörer von meinem Bürotelefon ab und wähle Daniels Nummer.

„Daniel Jork"

„Hallo Daniel. Nora hier."

„Hey Nora! Gut, dass du anrufst. Hat Jasmin dir gesagt, worum es geht?"

„Jasmin hat mir nur ausgerichtet, dass mit den Plänen von Montag etwas nicht stimmt.", antworte ich.

Während Daniel zahlreiche Probleme aufzählt, werde ich in meinem Bürosessel immer kleiner.

„Das wird so nicht funktionieren, Nora.", beendet Daniel seine Auflistung.

„Da hast du recht, Daniel. Ich setze mich sofort nochmal an die Pläne."

„Ich will ja keinen Druck machen, Nora. Aber ich brauche die Pläne morgen."

„Schon okay, Daniel. Du bekommst sie morgen Vormittag. Versprochen."

„In Ordnung. Dann bis morgen, Nora."

„Bis morgen, Daniel." Ich lege auf und lasse mich in meinem Sessel nach hinten fallen. So ein Mist. Jetzt muss ich alle Pläne von Montag bis morgen noch einmal überarbeiten und eigentlich müsste ich den Stapel rechts neben mir noch heute durchgehen. Wie soll ich das denn schaffen?

Meine Magenschmerzen sind wieder stärker geworden. Die Kopfschmerzen und die Übelkeit sind auch wieder da. Ich nehme also noch eine Schmerztablette und beginne mit der Überarbeitung der Pläne. Als sich auch der letzte Kollege um achtzehn Uhr von mir verabschiedet, habe ich noch drei Pläne vor mir. Nun bin ich ganz alleine im Haus. Ich beschließe, morgen früh weiterzumachen und fahre ebenfalls nach Hause. Anstatt zu Abend zu essen, nehme ich noch eine Schmerztablette und gehe ins Bett.

Mit starken Kopf- und Magenschmerzen werde ich wach. Ich gehe erstmal duschen, ziehe mich an und mache mir einen Kamillentee. Damit ich die Schmerztabletten nicht auf leeren Magen einnehme, esse ich eine halbe Scheibe trockenes Graubrot.

Nachdem ich die Magentabletten und die Schmerztabletten genommen habe, fahre ich ins Büro. Ich fühle mich kraftlos und müde. Es fällt mir so schwer, mich auf die letzten drei Pläne zu konzentrieren. Ich habe Daniel aber versprochen, dass er sie heute vormittag bekommt. Also reiße ich mich zusammen und überarbeite die Pläne sorgfältig. Um elf Uhr bin ich fertig und sende sie sofort per E-Mail an Daniel. Mit einem Seufzer lasse ich mich in meinem Bürosessel nach hinten fallen. In dem Moment klingelt mein Handy. Auf dem Display sehe ich die Nummer meiner Hausärztin und gehe schnell ran.

„Petersen!"

„Hallo Frau Petersen. Melissa Hoffmann hier, von der Praxis Dr. Renaldin. Wir haben einen Termin zur Magenspiegelung für Sie. Können Sie am Montag um zehn Uhr zum Vorgespräch in der Praxis von Herrn Dr. Bengt Sandström sein? Die ist gleich bei uns nebenan."

„Ja. Das kann ich einrichten.", antworte ich. Ich bin froh, dass ich so kurzfristig einen Termin bekommen habe.

„Prima. Die Magenspiegelung wird dann am Dienstag um acht Uhr durchgeführt. Denken Sie aber bitte daran, dass Sie am Dienstag eine leichte Narkose bekommen und nicht Auto fahren dürfen. Nehmen Sie sich am besten auch eine Begleitung mit." Ich bedanke mich für den Hinweis. Dann verabschieden wir uns und legen auf. Das ich am Dienstag nicht mit dem Auto zur Magenspiegelung fahren kann, ist zwar unpraktisch, aber machbar. Ich bestelle mir einfach einen Uber. Das mit der Begleitperson wird schon schwieriger. Natürlich würde Hannah mich begleiten, aber dann wüsste sie auch von meinen Beschwerden und das will ich nicht.

Ich gehe raus in den Flur, zu Jasmin an die Infotheke.

„Hey Jasmin. Nimm für nächste Woche Montag und Dienstag bitte keine Termine für mich an. Ich muss mir diese beiden Tage freinehmen und werde auch telefonisch nicht zur Verfügung stehen."

„Okay. Ich trage es ein. Weißt du auch schon, wann du deinen Urlaub nachholen möchtest?", fragt Jasmin mit hochgezogenen Augenbrauen und einem Lächeln im Gesicht.

„Nein. Noch nicht. Ich gebe dir aber rechtzeitig Bescheid.", antworte ich schmunzelnd und gehe zurück in mein Büro.

Vorsichtig setze ich mich wieder an meinen Schreibtisch. Die Tabletten lindern meine Schmerzen leider nur ein wenig. Es fällt mir so schwer, mich auf meine Arbeit zu konzentrieren. Um sechzehn Uhr kann ich einfach nicht mehr und fahre nach Hause. Ich nehme noch eine Schmerztablette und lege mich wieder auf mein Sofa. Langsam beginnt die Tablette zu wirken. Ich stehe auf und mache mir noch einen Kamillentee. Kraftlos schleppe ich mich mit meiner Tasse Tee zurück zum Sofa. Als ich gerade meine Tasse auf dem Couchtisch neben meinem Handy abstelle, klingelt es. Auf dem Display sehe ich eine unbekannte Nummer. Zögernd gehe ich ran.

„Petersen"

„Hallo Frau Petersen! Schön, dass ich sie erreiche!", ruft eine weibliche Stimme fröhlich in das Telefon. Die Stimme kommt mir auch irgendwie bekannt vor.

„Hallo. Und mit wem habe ich das Vergnügen?", frage ich irritiert.

„Entschuldigung. Ich bin Julia Sandholz. Mitarbeiterin des Jugendamtes Hamburg." Ich bin überrascht. Was will sie von mir? Eigentlich ist doch eher Stephan ihr Ansprechpartner.

„Hallo Frau Sandholz. Was kann ich für Sie tun?"

„Es geht um Emil. In seiner Wohngruppe gibt es einen Wasserrohrbruch und wir müssen alle bis Montag woanders unterbringen. Emil meinte, dass er eventuell zu Ihnen könnte.", erklärt sie. Ich habe Emil eigentlich immer gerne bei mir, aber jetzt, wo es mir nicht so gut geht, bin ich etwas unsicher.

„Wenn es nicht geht, dann finden wir sicher auch irgendeine andere Lösung." Ich bekomme ein schlechtes Gewissen. Emil ist schließlich kein Kleinkind mehr, das den ganzen Tag bespaßt werden muss.

„Nein, nein. Ist schon gut. Natürlich kann er übers Wochenende bei mir bleiben.", antworte ich also.

„Oh super, Frau Petersen! Vielen Dank! Ich bringe ihn dann in etwa einer Stunde zu Ihnen."

„Okay. Dann bis gleich.", antworte ich und lege auf. Ich falte die cremeweiße Decke wieder ordentlich zusammen, lege sie links über die

Seitenlehne des Sofas und rücke die vier cremeweißen Sofakissen zurecht. Anschließend nehme ich meine Tasse Tee vom Couchtisch und setze mich auf die Terrasse. Gott sei Dank wirken die Tabletten nun. So wird keiner merken, dass es mir nicht gut geht. Ich atme tief durch und genieße eine Weile die relativ schmerzfreie Ruhe in mir. Ich frage mich, ob Frau Sandholz auch schon Stephan gefragt hat, ob Emil bei ihm bleiben kann? Sind sie und Stephan vielleicht sogar schon ein Paar? Ein unangenehmer Druck breitet sich in meiner Brust aus. Das Klingeln an meiner Tür holt mich aus meinen traurigen Gedanken.

„Hallo Nora!", ruft Emil freudestrahlend, als ich die Tür öffne. Im nächsten Moment verschwindet sein Lächeln wieder.

„Bist du krank?", fragt er nun besorgt.

„Hallo Emil. Nein. Mir geht es gut.", antworte ich schnell und bitte ihn und Frau Sandholz mit einer schwungvollen Armbewegung hinein. Emil steuert direkt auf das Sofa zu und lässt sie auf die Polster fallen.

„Ist wirklich alles in Ordnung mit Ihnen, Frau Petersen?", fragt Frau Sandholz mit einem besorgten Gesichtsausdruck.

„Natürlich. Bei mir ist alles bestens. Wie geht es Ihnen denn, Frau Sandholz?" Mit einem skeptischen Blick geht sie langsam an mir vorbei, rüber zu Emil in den Wohnbereich.

„Mir geht es auch gut.", antwortet sie nur kurz.

Während ich Frau Sandholz und Emil auch eine Tasse Tee mache, berichtet Emil aufgeregt, wie er den Wasserschaden entdeckt hat.

„Ja. Es ist Emil zu verdanken, dass der Schaden nicht noch größer geworden ist.", fügt Frau Sandholz hinzu. Wir sitzen draußen auf der Terrasse und Frau Sandholz erklärt, wie es nun weitergeht. Dabei albert sie immer wieder etwas mit Emil herum. Ich bemerke, dass Frau Sandholz eigentlich total nett ist. Sie wirkt gar nicht wie ein männerverschlingendes Superweib, sondern eher wie jemand, mit dem ich befreundet sein könnte. Wenn sie sich nur nicht so an Stephan ranmachen würde. Hin und wieder habe ich das Gefühl, dass sie mich fragend ansieht. Vielleicht hat sie ja ein schlechtes Gewissen, dass sie Stephan anbaggert und fragt sich nun, ob sie doch lieber die Finger von ihm lassen soll. Oder sie hat ein schlechtes Gewissen, weil sie bereits mit Stephan zusammen ist. Dieser Gedanke löst wieder diesen schmerzhaften Druck in meiner Brust aus und Wut steigt in mir hoch.

„Emil wird morgen und am Samstag von hier abgeholt und zur Arbeit gebracht. Die Arbeiten wegen des Wasserschadens haben bereits begonnen und wir sind sehr zuversichtlich, dass zumindest Emil und seine Mitbewohner ab Montag wieder in ihr Apartment können." Erklärt Frau Sandholz zufrieden.

„Das klingt doch gut. Aber wenn es nicht klappt, kann Emil gerne noch länger bei mir bleiben.", antworte ich. Emil grinst mich an.

„Das wäre toll!", ruft er und wir lachen alle drei. Sofort meldet sich der Bauchschmerz wieder und ich verziehe kurz das Gesicht. Frau Sandholz legt ihre rechte Hand auf meinen linken Oberarm.

„Ist alles in Ordnung, Frau Petersen?", fragt sie besorgt. Verwundert schaue ich sie an. -*Warum ist die Frau so nett und macht es einem damit so schwer, sie zu hassen?*-, frage ich mich im Gedanken.

„Ja. Alles gut.", antworte ich schnell. Wieder schaut sie mich skeptisch an, nimmt aber dann ihre Hand von meinem Oberarm und steht auf.

„Nun gut. Ich mache mich dann auf den Rückweg. Melden Sie sich gerne, wenn ich Sie irgendwie unterstützen kann.", bietet Frau Sandholz an, während sie ins Haus geht. Gemeinsam mit Emil bringe ich sie zur Tür. Plötzlich klingelt Emils Handy. Hastig geht er ran.

„Hallo Stephan!", ruft Emil und rennt raus auf die Terrasse. Mit einem zuckersüßen Lächeln streckt Frau Sandholz mir ihre rechte Hand entgegen.

„Dann hoffentlich bis bald, Frau Petersen." Irritiert ergreife ich ihre Hand. -*Was soll dieses breite Grinsen. Ihr süßes Honiglächeln kann sie sich sonst wohin stecken.*- denke ich.

„Bis bald, Frau Sandholz.", entgegne ich aber höflich. Nachdem sie sich umgedreht hat, schließe ich sofort die Tür. -*Heuchlerin.*- denke ich zickig. In dem Moment kommt Emil fröhlich ins Wohnzimmer gelaufen.

„Ist Julia schon weg?", fragt er aufgeregt.

„Sie ist sicher noch an ihrem Wagen.", antworte ich. Eilig rennt Emil an mir vorbei, reißt die Haustür auf und läuft hinaus. Verwundert schaue ich ihm nach. *-Vielleicht möchte Stephan seiner Julia unbedingt etwas sagen.-* Wieder spüre ich diesen Druck in meiner Brust.

Fröhlich tänzelnd kommt Emil wieder rein.

„Stephan kommt mich am Samstag abholen!" *-Oh nein. Etwa hier, bei mir? Bitte nicht!-*

„Wo kommt er dich abholen?", frage ich Emil also.

„Hier. Bei dir.", antwortet er. Ich starre Emil an.

„Stephan hat endlich einen Platz für mich bekommen in einem Kochkurs in dem Restaurant, wo Anna arbeitet. Er ist für Leute mit und ohne Behinderung. Der Kurs ist immer ganz schnell ausgebucht, aber jetzt hat Stephan es geschafft und ich darf am Samstagabend mitmachen.", erklärt Emil fröhlich. Ich freue mich ja eigentlich sehr für ihn, aber ich bin auch sehr nervös, Stephan wiederzusehen.

Am nächsten Morgen wird Emil bereits um sieben Uhr abgeholt. Ich drücke ihm noch einen Haus- und Wohnungsschlüssel in die Hand und mache mich dann auch auf den Weg ins Büro. Mit den Schmerzmitteln schaffe ich es, den Tag im Büro einigermaßen zu überstehen. Um sechzehn Uhr mache ich aber Feierabend. Wieder gab es ein paar Fehler in meinen Plänen, die ich eilig korrigieren musste. Egal wie sehr ich mich anstrenge, ich kann mich einfach nicht mehr richtig konzentrieren und mache daher immer wieder Fehler. Es ist nur noch eine Frage der Zeit, bis Herr Jenneborg davon erfährt. Komischerweise versetzt mich dieser Gedanke aber gar nicht mehr in Panik, wie sonst. Es ist mir sogar fast schon egal. -*Dann soll er mich doch anschnauzen. Na und. Ich habe jetzt erstmal Wochenende und diesmal mache ich mein Handy aus.*- Ich mache mein Handy also tatsächlich sofort aus und verstaue es in meiner Handtasche.

Als ich zuhause ankomme, ist Emil schon da. Er sitzt auf der Terrasse und schält gerade Kartoffeln, während aus seinem Handy der Song *"Bones"*, von den *Imagine Dragons* dröhnt. Ich muss schmunzeln. Im nächsten Moment wird dieser lästige Schmerz wieder stärker und ich nehme schnell noch eine Tablette. Ich bin sehr froh, dass Emil nicht mitbekommt, wie es mir wirklich geht.

Während ich unter die Dusche gehe und mir etwas Bequemeres anziehe, kocht Emil einen köstlichen Kartoffel-Zucchini-Auflauf, von dem ich aber leider nur ganz wenig essen kann, da er in keiner Weise dem Essensplan meiner Hausärztin entspricht.

Nach dem Essen räumen wir zusammen den Tisch ab und ich befülle die Spülmaschine.

„Darf ich dich etwas fragen, Nora?", fragt Emil ernst, während er unsere Gläser neben mir auf der Küchenarbeitsplatte abstellt.

„Natürlich, Emil."

„Geht es dir wirklich gut?" Ich schaue Emil überrascht an. Sein Blick ist voller Sorge.

„Du hast zwar gesagt, dass es dir gut geht, aber ich habe gesehen, dass du Tabletten nimmst und immer wieder Schmerzen hast." Mist. Er hat es doch bemerkt. Soll ich nun weiter flunkern und behaupten, dass alles gut ist? Aber das wird er mir wohl jetzt eh nicht mehr glauben. Also erzähle ich ihm von meinen Beschwerden und der Untersuchung am Dienstag.

Emil nimmt hastig sein Handy aus der Hosentasche. Ich schaue ihn verwirrt an.

„Was hast du vor?", frage ich ihn.

„Ich rufe Stephan an und sage den Kochkurs ab.", antwortet er. Ich runzle verwundert die Stirn und lege meine linke Hand auf seinen rechten Unterarm. Langsam drücke ich seinen Arm hinunter.

„Das lässt du schön bleiben. Du hast dich schon so auf den Kochkurs gefreut. Ich würde mich schlecht fühlen, wenn du jetzt meinetwegen absagst." Emil starrt mich einfach nur an.

„Es geht mir soweit gut, Emil.", versichere ich ihm.

„Okay. Ich muss morgen eh erstmal arbeiten und bin gegen dreizehn Uhr wieder hier. Stephan kommt aber erst um fünfzehn Uhr. Da bin ich ja noch eine Weile bei dir." Gerührt lächle ich Emil an.

„Dann jetzt erstmal gute Nacht, Emil. Bis morgen früh."

„Gute Nacht, Nora."

Meine Nacht war wieder sehr unruhig. Immer wieder bin ich wach geworden und hatte starke Schmerzen. In meiner Wohnung ist es ganz still. Ich schaue auf die Uhr. Es ist bereits kurz nach acht. - *Mist! Wir haben verschlafen! Emil musste doch um sieben Uhr los!*- Vorsichtig steige ich so schnell wie möglich aus dem Bett und gehe nach vorne in den Wohnbereich. Emils Bettzeug liegt ordentlich gefaltet am rechten Ende des Sofas und Emil ist weg. Auf dem Esstisch liegt ein Zettel.

Ich bin arbeiten.
Bis gleich.
Emil

Ich weiß ja, dass Emil im Grunde sehr selbstständig ist, aber dennoch überrascht er mich immer wieder. Wie auch gestern, als er mir sagte, dass er bemerkt hat, dass es mir nicht gut geht. Wenn Laura ihn so erleben würde, wäre sie sicher nicht mehr so skeptisch. Nach meinem letzten Telefonat mit ihr hat sie zwar auch gegenüber dem Jugendamt und auch vor Stephan ihre volle Unterstützung für Emils Pläne zugesichert, aber hin und wieder kommen schon noch kleine Bemerkungen, die ihre Zweifel offenbaren.

Ich mache mir eine Tasse Kamillentee und setze mich auf die Terrasse, die noch im Schatten liegt. Der Wind ist angenehm frisch. Heute um fünfzehn Uhr sehe ich also Stephan wieder. Ich bin so nervös. Als ich beruflich noch so unter Stress stand, habe ich nicht so viel an ihn gedacht, aber wenn ich an ihn gedacht habe, habe ich ihn auch immer schrecklich vermisst. Er hatte von Anfang an recht. Ich hätte mich nicht so in den Job stürzen dürfen. Gesundheitlich geht es mir schlecht und den angestrebten Job habe ich auch nicht bekommen. Ich muss die Gelegenheit heute nutzen und mich bei ihm entschuldigen. Ich werde ihm sagen, dass ich ihn sehr vermisse.

Da die Schmerztabletten wieder nicht so gut wirken, ich aber nicht noch eine Tablette nehmen möchte, lege ich mich auf das Sofa, um mich etwas auszuruhen.

„Hallo Nora. Wie geht es dir?" Langsam öffne ich die Augen. Emil steht vor dem Sofa und schaut zu mir runter.

„Emil. Hallo. Du bist ja schon zurück!?"

„Wieso "schon"? Es ist vierzehn Uhr. Ich bin eine Stunde zu spät", entgegnet er grinsend. Überrascht schaue ich auf meine Armbanduhr. Er hat recht. Ich bin wohl eingeschlafen.

„Ich packe schon mal meine Sachen ein. Stephan ist ja bald hier.", sagt Emil, während er sich umdreht und im hinteren Flur verschwindet. -Oh je! Stephan ist gleich hier und ich habe immer noch meinen Pyjama an.- Ich versuche zügig aufzustehen und gehe ins Schlafzimmer. Kurzdarauf höre ich, wie Emil das Badezimmer verlässt und wieder nach vorne geht.

Eilig hole ich frische Unterwäsche, meine weiße Jeans und das hellblaue T-Shirt aus dem Kleiderschrank, gehe ins Bad und springe unter die Dusche. Wobei… Von Springen kann da keine Rede sein. Eher schleppe ich mich unter die Dusche.

Ich föhne noch meine langen, blonden Haare und lege etwas Mascara auf. Dann gehe ich nach vorne in den Wohnbereich. Emil sitzt auf dem Sofa und schaut auf sein Handy. Als er mich bemerkt, sieht er auf.

„Du, Nora! Kann ich dich etwas fragen?"

„Ja klar.", antworte ich und setze mich rechts neben ihn.

„Ich bin ja dann gleich auf Rügen. Ich könnte also Jennifer besuchen. Ich habe aber ja mit ihr Schluss gemacht." Emil redet nicht weiter.

„Hattet ihr denn keinen Kontakt mehr, seid ihr euch getrennt habt?", frage ich. Emil schüttelt den Kopf.

„Nein. Aber ich vermisse sie so sehr. Ich glaube, dass ich mich besser nicht von ihr getrennt hätte.", antwortet er. Da geht es Emil wohl gerade genauso wie mir.

„Dann sag es ihr. Womöglich akzeptiert sie ja, dass du deine Ausbildung in Hamburg machst, wenn sie erstmal weiß, wie gut das läuft."

„Danke, Nora.", sagt Emil, während er seinen Kopf auf meine linke Schulter fallen lässt.

Emil und ich erschrecken kurz, als es an der Haustür klingelt. Emil rennt sofort zur Tür. Ich atme einmal tief durch. -*So. Jetzt ist es soweit. Jetzt sehe ich Stephan nach fünf Wochen das erste Mal wieder.*-

„Hallo Stephan!", ruft Emil. Ich stehe langsam auf und drehe mich um. Emil nimmt Stephans rechte Hand und zieht ihn in die Wohnung. Als sich unsere Blicke treffen, spüre ich mein Herz heftig in meiner Brust schlagen.

„Hi", sage ich mit dünner Stimme.

„Hallo Nora.", antwortet er leise. Er sieht so verdammt gut aus. Er trägt eine hellblaue Jeans mit einem beigefarbenen Hemd und beigefarbenen Sneakers. Seine dunkelbraunen Haare sind oben locker nach hinten gelegt und hinten im Nacken viel kürzer geschnitten als sonst. Aber es steht ihm fantastisch. Die Konturen seines Dreitagebarts sind ordentlich rasiert und ein unsicheres Lächeln umspielt seine Mundwinkel. −*So, Nora. Jetzt nutze deine Chance und rede mit ihm.*- feuere ich mich im Gedanken selbst an.

„Möchtest du etwas trinken?", frage ich.

„Nein danke. Ich… Ähm… Wir sollten los, Emil.", antwortet er. Emil schnappt seinen Rucksack und geht zur Wohnungstür.

„Tschö, Nora. Bis morgen.", ruft Emil und öffnet die Tür.

„Machs gut, Nora.", sagt Stephan, während er sich umdreht und zur Tür geht.

„Warte, Stephan." Stephan dreht sich überrascht um.

„Können wir nicht noch einmal miteinander reden?", frage ich ihn mit leicht zittriger Stimme. Emil ist bereits rausgelaufen und wartet an Stephans Auto.

„Nein, Nora. Bitte nicht. Du hast vor fünf Wochen deine Entscheidung getroffen. Lass gut sein.", antwortet er, verlässt zügig meine Wohnung und zieht die Tür hinter sich zu. Regungslos stehe ich neben meinem Sofa. Stephan hat mir nicht mal die Chance gegeben, mich zu entschuldigen. Womöglich, weil er längst mit dieser Julia "Süßholz" zusammen ist. Ich spüre, wie Tränen in mir aufsteigen. Doch bevor sie rauslaufen können, nehme ich schnell noch eine Schmerztablette, ziehe meinen Pyjama wieder an und gehe ins Bett. Damit ich nicht die ganze Zeit an diese schrecklich peinliche Situation von gerade denken muss, mache ich mir einen Podcast über Schiffsbau an. Irgendwann schlafe ich tatsächlich ein.

Der Sonntag begrüßt mich mit einem heftigen Gewitter. Ich stehe auf und gehe erstmal duschen. Nachdem ich mir eine Tasse Kamillentee gemacht habe, esse ich noch eine halbe Scheibe Graubrot, damit ich meine Schmerztabletten nicht auf nüchternen Magen einnehme. Anschließend setze ich mich aufs Sofa. Ich muss an Stephans Worte von gestern denken. *Du hast vor fünf Wochen deine Entscheidung getroffen. Lass gut sein."* Ja. Ich habe vor fünf Wochen eine Entscheidung getroffen. Jetzt weiß ich, dass es die falsche Entscheidung war, was ich Stephan auch gerne sagen würde. Aber er will mir nicht mehr zuhören. Gut. Ich könnte ihm jetzt einfach eine WhatsApp-Nachricht schreiben, aber er würde sie vermutlich ungelesen löschen. Tränen steigen in mir hoch und diesmal lasse ich sie auch einfach laufen. Ich lege mich vorsichtig auf dem Sofa hin.

Es ist bereits dunkel, als ich die Augen öffne. Ich bin wieder auf dem Sofa eingeschlafen. Es ist bereits einundzwanzig Uhr. Emil müsste doch längst wieder hier sein. Plötzlich klingelt es an meiner Haustür.

Ich öffne sie und schaue verwundert in Hannas Gesicht.

„Was machst du denn hier?", frage ich.

„Nette Begrüßung, Nora.", antwortet sie schmunzelnd und geht an mir vorbei ins Wohnzimmer. Ich schließe die Tür und folge ihr. Verwundert schaut sie auf die zerwühlte Decke auf dem Sofa und den Blister mit den Schmerztabletten auf dem Couchtisch.

„Emil hat mich angerufen. Er erreicht dich telefonisch nicht." Zunächst wundere ich mich. Dann fällt mir aber ein, dass ich mein Handy am Freitag doch ausgeschaltet habe.

„Sorry. Ich habe mein Handy ausgemacht." Hannah schaut mich überrascht an.

„Du hast dein Handy ausgestellt? Aber wieso?"

„Ich wollte mal ein Wochenende ohne Anrufe von Kollegen.", antworte ich. Hannah mustert mich skeptisch von oben bis unten.

„Du möchtest für deine Kollegen nicht erreichbar sein?! Das ich das noch erleben darf!", entgegnet sie leicht lachend. Ich lächle kurz. Im nächsten Moment werde ich wieder von einem stechenden Schmerz erfasst und verziehe kurz mein Gesicht.

„Was ist los, Nora? Hast du Schmerzen?"

„Nein, nein. Es ist alles gut.", antworte ich.

„Hör auf, Nora. Was ist mit dir?", fragt sie energisch.

„Nichts Schlimmes. Mein Magen macht nur etwas Probleme."

„Warst du wenigstens schon mal beim Arzt damit?", fragt Hannah besorgt.

„Ja. Ich habe auch am Dienstag um acht Uhr schon einen Termin zur Magenspiegelung." Mit aufgerissenen Augen starrt Hannah mich an.

„Wie bitte! Und das erzählst du mir mal eben so nebenbei!? Wer bringt dich denn hin? Und wer holt dich wieder ab? Du darfst doch nach der Untersuchung nicht selber Auto fahren."

„Ich weiß. Ich bestelle mir jeweils einen Uber.", antworte ich.

„Nichts da. Ich fahre dich, warte, bis du fertig bist und bringe dich wieder nach Hause. Basta!", erwidert sie streng. Ich ergebe mich und nicke ihr leicht schmunzelnd zu.

„Was wollte Emil denn?", frage ich schließlich.

„Ach so. Genau. Ich soll dir ja etwas ausrichten. Emil bleibt heute noch bei Stephan. Er bringt ihn dann morgen direkt zur Arbeit. Emil muss wohl erst mittags im Restaurant sein." Ich nicke kurz und greife nach dem Blister mit den Schmerztabletten, der auf dem Couchtisch liegt. Hannah schaut mich besorgt an.

„Nora. Du siehst überhaupt nicht gut aus. Das ist sicher der berufliche Stress. Du willst so unbedingt die Nachfolgerin von Herrn Jenneborg werden, dass dir alles andere egal ist, einschließlich deiner Gesundheit!", schimpft Hannah mit einer sorgenvollen Miene. -*Ach ja. Sie weiß ja noch gar nicht, dass die Entscheidung bereits gefallen ist.*-

„Das mit der Nachfolge hat sich bereits erledigt. Herr Jenneborg hat sich für einen Kollegen aus Koblenz entschieden." Überrascht starrt Hannah mich an.

„Das heißt also, all die Opfer, die du in den letzten Monaten gebracht hast, waren völlig umsonst!?" Ich nicke nur leicht. Hannah schüttelt den Kopf.

„Das ist nicht fair, Nora." Ich zucke nur mit den Schultern.

„Nun. Dann ruh dich erstmal noch etwas aus. Ich bin am Dienstag um sieben Uhr bei dir."

Ich bringe Hannah noch zur Tür, wo wir uns kurz mit einer Umarmung verabschieden. Dann nehme ich noch eine Schmerztablette und gehe direkt ins Bett.

Als ich am nächsten Morgen mein Handy wieder einschalte, trudeln zahlreiche Benachrichtigungen über verpasste Anrufe ein.

405

Nicht nur Emil hat mehrfach versucht, mich zu erreichen, sondern auch mein Kollege Daniel. Dann sehe ich, dass auch mein Chef dreimal angerufen hat. Sofort wird mir übel und ich habe ein beklemmendes Gefühl in der Brust. Was Emil wollte, hat mir Hannah ja gestern schon ausgerichtet. Also rufe ich erstmal meinen Kollegen Daniel an.

„Nora! Wie gut, dass du dich meldest! Ich dachte schon, dass ich vor Mittwoch nichts von dir hören werde. Jasmin meinte, dass du heute und morgen Urlaub hast."

„Ja. Das stimmt, Daniel. Aber wenn du anrufst, ist es meist etwas Dringendes. Was ist denn passiert?" Aufgeregt erklärt er mir, dass den meisten Kunden meine Änderungen in den Plänen nicht gefallen haben. Die Kunden wollten das alles wohl sofort mit mir klären, aber ich war ja nicht erreichbar.

„Es tut mir so leid, Nora. Aber ich konnte die Kunden nicht beruhigen und schon gar nicht auf Mittwoch vertrösten. Ich musste also Herrn Jenneborg hinzuziehen. Der war unfassbar sauer. Ich hoffe, du bekommst jetzt keine Probleme deswegen." Na super. Was für eine Katastrophe. Panik steigt in mir auf. Aber warum eigentlich? Herr Jenneborg hat doch selbst gesagt, dass ich mir Urlaub nehmen soll.

„Schon okay, Daniel. Konnte Herr Jenneborg denn alles klären?"

„Das weiß ich noch nicht. Er wollte sich heute im Laufe des Vormittags bei mir melden."

„Gut, Daniel. Ich lasse mein Handy jetzt an. Melde dich einfach, wenn ich etwas tun kann."

„Danke, Nora. Das mache ich."

Bei meinem Chef kann ich jetzt nicht auch noch anrufen. Ich muss los zum Vorgespräch wegen der Magenspiegelung. Ich werde mich nach meinem Arzttermin bei ihm melden.

Das Vorgespräch dauerte nicht lange, dennoch bin ich völlig erschöpft, als ich wieder zuhause ankomme. Ich lege mich auf das Sofa, um mich nur einen kurzen Moment auszuruhen.

Vom Gebimmel meines Handys werde ich wach. Wieder bin ich auf dem Sofa eingeschlafen.

Mein Nacken tut weh und ich habe jetzt auch wieder Kopfschmerzen. Langsam stehe ich auf und mache mir eine Tasse Kamillentee. Dann setze ich mich wieder auf mein Sofa. Ich nehme mein Handy vom Couchtisch, um zu schauen, wer gerade angerufen hat. Erschrocken halte ich kurz die Luft an, als ich den Namen meines Chefs sehe. Mein Gott! Nun hat er bereits vier Mal angerufen. Mit leicht zittrigen Händen gehe ich auf die Rückruftaste.

„Jenneborg!", schnauzt mein Chef ins Telefon.

„Hallo Herr Jenneborg. Petersen hier.", entgegne ich eingeschüchtert.

„Ach! Sie melden sich auch mal! Wie schön. Dann kann ich es Ihnen ja doch persönlich sagen. Ich weiß ja nicht, was Sie sich dabei gedacht haben, als Sie die Pläne unserer drei besten Kunden überarbeitet haben!

Wahrscheinlich nicht viel. Ihnen hätte klar sein müssen, dass die Kunden Rückfragen haben werden, bei diesen gravierenden Änderungen. Was fällt Ihnen ein, dann einfach kurzfristig Urlaub zu nehmen und dann auch noch zu allem Überfluss Ihr Handy auszuschalten!!?", schreit er ins Telefon.

„Es tut mir leid, Herr Jenneborg, aber ich….." Er fällt mir ins Wort.

Hören Sie auf, Frau Petersen. Eigentlich sind mir ihre Gründe völlig egal. Wegen Ihnen haben wir drei unserer größten Aufträge verloren. Frau Petersen. Sie sind raus! Bis zum Ende der Kündigungsfrist stelle ich Sie frei. Frau Benedikt bringt Ihnen dann in den nächsten Tagen Ihre Sachen aus dem Büro. Ich bin so enttäuscht von Ihnen, Frau Petersen! Leben Sie wohl!"

Plötzlich ist es ganz still. Ich schaue auf das Display meines Handys. Er hat aufgelegt. Herr Jenneborg hat einfach aufgelegt, ohne mir die Chance zu geben, ihm die aktuelle Situation zu erklären. In einer Art Schockstarre schaue ich auf mein Handy und kann nicht begreifen, was hier gerade passiert ist.

Langsam wird mir klar, dass ich gerade gefeuert wurde. Ich wurde noch nie gekündigt. Ich kann es nicht fassen. Seit acht Jahren arbeite ich für Herrn Jenneborg und hatte immer ein sehr gutes, ja fast schon väterliches Verhältnis zu ihm. Ich habe diesem Unternehmen eine Menge Freizeit geopfert und jetzt zuletzt sogar meine Beziehung mit Stephan. Ich kann meine Gefühle nicht mehr unter Kontrolle halten und heule los. Die Tränen fließen wie kleine Wasserfälle über meine Wangen und ich habe Mühe, mein Schluchzen zu unterdrücken. Alles, wofür ich beruflich all die Jahre hart gekämpft habe, ist nun weg! Verzweifelt lege ich mich wieder auf mein Sofa und heule in das Sofakissen. Meine Kopfschmerzen werden dadurch natürlich immer schlimmer. Ich reiße mich also zusammen und gehe ins Badezimmer. Mit etwas Wasser kühle ich mein Gesicht. Mein Blick fällt auf die hässliche, verheulte Frau mir gegenüber im Spiegel. Und wieder wird deutlich, dass diese Julia Sandholz viel besser zu Stephan passt als so eine gewöhnliche, momentan zu dünne und aktuell sehr unansehnliche Frau wie ich, die jetzt sogar auch noch arbeitslos ist. Deprimiert gehe ich ins Bett und ziehe mir die Bettdecke bis unters Kinn. Eindeutig geht mein ganzes Leben gerade den Bach runter.

Während die Worte von Herrn Jenneborg immer und immer wieder in meinem Kopf nachhallen, schlafe ich dann doch irgendwann ein.

Um fünf Uhr morgens klingelt mein Wecker mich wach. Ich schleppe mich unter die Dusche und ziehe mich an. Mit einer Tasse Kamillentee setze ich mich an den Esstisch und schaue auf mein Handy. Es ist ungewohnt, dass auf dem Display keinerlei Benachrichtigungen über E-Mails oder verpasste Anrufe zu sehen sind. Wieder denke ich an Herrn

Jenneborgs Worte von gestern. Er hat mich tatsächlich gefeuert. Einfach so. Ja. Es ist schlimm, dass wir die drei großen Aufträge verloren haben. Das Unternehmen wird aber deshalb jetzt nicht direkt pleitegehen. Aber es ist egal, ob ich Herrn Jenneborgs Entscheidung nachvollziehen kann oder nicht. Die Tatsache bleibt. Ich habe keinen Job mehr. Das Klingeln an der Wohnungstür reißt mich aus meinen trüben Gedanken.

„Guten Morgen, Nora.", sagt Hannah mit einem aufmunternden Lächeln im Gesicht.

„Guten Morgen, Hannah." Ich nehme meine Handtasche und wir gehen sofort zu Hannahs Auto.

„Wie geht es dir?", fragt Hannah schließlich besorgt, während sie ihren Wagen startet.

„So weit gut. Ich bin nur etwas nervös wegen der Untersuchung.", antworte ich schnell. Das ich gestern gekündigt wurde, möchte ich ihr jetzt nicht erzählen.

„Das ist doch klar, dass du nervös bist. Aber es wird sicher alles gut.", erwidert Hannah. Ich nicke nur kurz und den Rest der Fahrt schweigen wir.

Die Untersuchung ging für mich wirklich schnell und ich habe gar nichts davon mitbekommen. Nach der Untersuchung führt eine Mitarbeiterin mich in einen Raum, in dem Hannah bereits sitzt und auf mich wartet. Auf einem kleinen, niedrigen Tisch, links neben Hannah, stehen zwei Gläser mit Wasser. Ich setze mich links neben den kleinen Tisch.

„Bleiben Sie noch etwas hier sitzen. Dr. Sandström kommt dann gleich zu Ihnen.", sagt die kleine, blonde Assistentin und verlässt lächelnd den Raum.

„Wie fühlst du dich?", fragt Hannah.

„Eigentlich bin ich nur sehr müde.", antworte ich. Hannah schmunzelt. Ich bin wirklich sehr müde und so froh, dass Hannah bei mir ist. Es dauert eine Weile, bis endlich Dr. Sandström in den Raum kommt.

„Frau Petersen. Wie fühlen Sie sich?", fragt er, während er die Tür schließt.

„Ich bin sehr müde. Aber sonst geht es mir gut, denke ich." Dr. Sandström schmunzelt kurz. Dann wird sein Blick wieder etwas ernster.

„Frau Petersen. Ihre Magenschleimhäute sind sehr entzündet. Ich habe meinen Bericht sofort an Ihre Hausärztin weitergeleitet. Sie wird Ihnen noch heute die nötigen Medikamente verschreiben. Sie sollten auch unbedingt noch heute mit der Einnahme dieser Medikamente beginnen. Dann geht es Ihnen schnell besser."

„Vielen Dank, Dr. Sandström.", antworte ich leise.

„Sie können jetzt nach Hause fahren. Aber besorgen Sie sich erst noch die Medikamente.", sagt er eindringlich und sieht dann rüber zu Hannah.

„Das machen wir, Herr Doktor. Versprochen.", versichert Hannah ihm.

Dr. Sandstöm nickt zufrieden. Wir verabschieden uns mit einem leichten Händedruck und verlassen dann langsam die Praxis.

Da Dr. Sandström bereits bei meiner Hausärztin angerufen hat, geht auch dort alles sehr schnell.

„Hallo Frau Petersen.", begrüßt mich die nette Sprechstundenhilfe, als ich mit Hannah zur Tür hereinkomme. Ich lächle ihr nur freundlich zu.

„Frau Dr. Renaldin hat schon mit Dr. Sandström telefoniert. Die Rezepte haben wir bereits auf Ihre Gesundheitskarte übertragen. Sie können sie sofort unten in der Apotheke abholen.", fügt sie freundlich hinzu.

„Das ist ja prima. Vielen lieben Dank, euch allen.", antworte ich und gehe zusammen mit Hannah runter in die Apotheke.

Ich bin so froh, als wir endlich wieder bei mir zuhause sind und ich mich auf mein Sofa legen kann. Mit einem Glas Wasser und den Tabletten in der Hand steht Hannah plötzlich vor dem Sofa.

„Hier, Nora. Nimm schnell die Tabletten. Danach kannst du etwas schlafen." Ohne zu antworten, richte ich mich wieder auf, nehme die Tabletten mit einem kräftigen Schluck Wasser ein und lege mich wieder hin.

„Danke, Hannah."

„Ach. Das habe ich doch gerne gemacht, Nora. Nun lasse ich dich erstmal schlafen. Melde dich, wenn du etwas brauchst." Plötzlich klingelt es an der Tür. Mühsam setze ich mich wieder auf.

„Lass mal. Ich gehe schon.", sagt Hannah und geht zur Wohnungstür.

„Hallo. Mein Name ist Jasmin Benedikt. Ich wollte zu Nora.", höre ich Jasmins Stimme. Langsam stehe ich auf und drehe mich um. Jasmin steht mit einer großen, braunen Kiste aus dicker Pappe vor ihrem Bauch, vor meiner Wohnungstür.

„Mensch, Nora. Du siehst ja furchtbar aus! Was ist denn bloß passiert?", fragt sie besorgt.

„Danke für das Kompliment, Jasmin.", antworte ich nur mit einem kraftlosen Schmunzeln.

„Schlecht geht es ihr! Sie kommt gerade von einer Magenspiegelung und hat starke Schmerzen. Wie soll man da schon aussehen!", mischt Hannah sich zickig ein. Jasmin schaut erst Hannah mit großen Augen an, dann mich.

„Ach. So wild ist das gar nicht. Ich bin nur ziemlich müde.", versuche ich, mein aktuelles Befinden herunterzuspielen.

„Klar, Nora. Ein wenig kenne ich dich ja nun auch schon und bin mir daher sicher, dass deine Freundin hier schon recht hat.", entgegnet Jasmin. Es macht keinen Sinn, weiter darauf einzugehen. Ich möchte einfach nur meine Ruhe und schlafen.

„Sind das meine Sachen aus dem Büro?", frage ich sie kurz. Jasmin kommt nickend langsam zu mir rüber und stellt die Kiste auf dem Couchtisch ab. Hannah starrt auf die Kiste.

„Wie jetzt!? Deine Sachen aus dem Büro? Warum?" Ich habe kurz vergessen, dass ich Hannah ja noch nichts von der Kündigung erzählt habe. Langsam setze ich mich wieder auf das Sofa.

„Herr Jenneborg hat mir gestern gekündigt und mich für die Kündigungsfrist mit sofortiger Wirkung freigestellt.", antworte ich ruhig. Mit aufgerissenen Augen und offenem Mund lässt Hannah sich in den Sessel links neben dem Sofa fallen. Jasmin steht immer noch hinter dem Couchtisch. Ich erzähle nun beiden von den Schmerzen, die ich schon seit längerer Zeit habe, von den Fehlern, die ich immer wieder gemacht habe und von dem Verlust der drei Top-Kunden, weswegen Herr Jenneborg mir nun gekündigt hat.

„Das tut mir so leid, Nora. Du hast so hart für dieses Unternehmen gearbeitet und kaum funktionierst du mal nicht zu tausend Prozent, wirst du rausgekickt! Das ist so unfair!", sagt Jasmin mitleidig.

„Das Wort "Unfair" reicht gar nicht aus als Beschreibung. Das ist eine riesige Sauerei! Eine ganz miese Tour!", schimpft Hannah. Ohne weiter darauf einzugehen, lasse ich mich langsam zur Seite fallen und drücke meinen Kopf auf das gemütliche Sofakissen.

„Nehmt es mir bitte nicht übel, aber ich bin so müde und möchte jetzt einfach nur schlafen."

„Natürlich, Nora. Ich wünsche dir gute Besserung und hoffe, dass du schnell wieder auf den Beinen bist.

Ich würde mich freuen, wenn wir in Kontakt bleiben.", sagt Jasmin und geht langsam Richtung Tür. Ich nicke wieder nur kurz. Hannah steht auf und begleitet Jasmin zur Tür.

„So, Nora. Ich bin dann auch jetzt erstmal weg. Ich komme morgen Mittag wieder vorbei. Der Speiseplan von deiner Ärztin hängt jetzt am Kühlschrank. Halte dich morgen früh daran." Hannah steht vor dem Sofa und schaut mit einer hochgezogenen Augenbraue zu mir runter.

„Ja, ja. Mache ich.", antworte ich und schaffe es sogar, mir ein leichtes Lächeln abzuringen.

„Gute Besserung, Nora."

„Danke für alles, Hannah."

„Sehr gerne, Nora. Bis morgen.", antwortet Hannah noch. Ich seufze erleichtert, als ich meine Wohnungstür zuklappen höre und es ganz ruhig um mich herum ist. Langsam schließe ich erschöpft die Augen.

Die ersten Tage nach der Magenspiegelung waren noch schmerzhaft. Mittlerweile geht es mir aber schon viel besser. Das Kündigungsschreiben von Herrn Jenneborg ist gestern bei mir per Post eingegangen. Das hat mich mental noch einmal ganz schön ins Wanken gebracht. Heute ist Freitag und ich habe Hannah zum Essen bei dem Italiener im Nachbarort eingeladen, weil sie sich in den letzten Tagen so lieb um mich gekümmert hat. Ich esse nur eine kleine

Portion Pasta mit Basilikumpesto. Hannah genießt ihre Spinatpizza und wir haben einen schönen Abend.

Am nächsten Morgen werde ich vom Klingeln meines Handys geweckt. Schläfrig gehe ich ran.

„Petersen."

„Hallo Frau Petersen. Julia Sandholz hier. Ich bin so froh, dass ich Sie erreiche." Frau Sandholz klingt sehr besorgt.

„Hallo Frau Sandholz. Was ist passiert?"

„Wo soll ich bloß anfangen? Können Sie vielleicht jetzt kurz zu Emil in die Wohngruppe kommen? Dann erkläre ich Ihnen alles in Ruhe." Ihre Worte machen mich nervös.

„Was ist mit Emil? Ist er verletzt?", frage ich besorgt.

„Entschuldigung. Ich wollte Sie nicht beunruhigen. Körperlich geht es ihm gut.", antwortet sie.

„Okay. Ich mache mich auf den Weg." Frau Sandholz bedankt sich kurz und legt dann auf. Ich gehe schnell duschen, ziehe mich an und fahre los.

„Gut, dass Sie da sind, Frau Petersen.", ruft Frau Sandholz mir zu, als ich im betreuten Wohnhaus ankomme.

„Kommen Sie bitte mit." Ich folge Frau Sandholz die Treppe hoch in die erste Etage und dort in einen fast leeren Raum. Nur ein großer, runder Tisch aus hellem Kiefernholz steht mitten im Zimmer. Um den Tisch sind acht Stühle verteilt. Ebenfalls aus hellem

Kiefernholz. Frau Sandholz schließt die Tür und bittet mich, Platz zu nehmen. Dann setzt sie sich mir gegenüber.

„Können Sie mir jetzt bitte endlich sagen, was los ist?", frage ich unruhig.

„Natürlich. Ich hatte Ihnen ja bereits am Telefon gesagt, dass es Emil körperlich gut geht. Seelisch ist er aber gerade sehr aufgewühlt. Er hat vorgestern erfahren, dass er seine Ausbildung in dem kleinen Restaurant in Hamburg ab sofort nicht weitermachen kann.", erzählt sie.

„Warum?", frage ich überrascht.

„Das Restaurant muss leider schließen. Es gab einen Todesfall in der Familie des Besitzers. Deshalb geht er nun dauerhaft zurück nach Italien."

„Oh. Das tut mir natürlich sehr leid.", erwidere ich betroffen.

„Leider hat der Besitzer Emil die Kündigung ohne eine Erklärung direkt in die Hand gedrückt. Emil hat dann völlig aufgeregt bei Stephan angerufen, der genauso überrascht von der Kündigung war wie Emil.

Emil sagte andauernd nur: "Das geht nicht! Das geht nicht!" Dann schwieg er und redete mit niemandem mehr ein Wort. Er will auch keinem mehr zuhören und weigert sich mittlerweile sogar zu essen. Gestern Abend sagte er dann plötzlich zu einer Betreuerin, dass er zu Ihnen möchte. Ich habe ihm natürlich gesagt, dass das nicht geht. Da meinte er, dass er dann eben abhauen würde. Normalerweise

417

geben wir solchen Drohungen natürlich nicht nach, aber Emil ist mir sehr ans Herz gewachsen und deshalb würde ich es ihm gerne ermöglichen, für ein paar Tage bei Ihnen zu sein, um sich zu beruhigen." Überrascht schaue ich Frau Sandholz an. Mit einem sanftmütigen Lächeln sieht sie zu mir rüber.

„Wäre das für Sie in Ordnung? Emil wird sicher schnell einsehen, dass er zurück in die Wohngruppe muss. Ich kümmere mich auch gerade um eine neue Ausbildungsstelle für ihn."

Ich fühle mich etwas überrumpelt, aber natürlich sage ich zu. Ich habe Emil versprochen, dass ich immer für ihn da bin und daran werde ich mich auch halten. Ich nicke also.

„Das ist schön. Da wird Emil sich sehr freuen. Er hat Sie sehr gerne.", sagt sie mit einem zufriedenen Lächeln in ihrem perfekten Gesicht.

„Emil redet immer sehr liebevoll von Ihnen und Stephan. Auch Stephan scheint einen Narren an dem Jungen gefressen zu haben, so wie er immer von ihm schwärm.", erzählt sie mit einem leichten Lachen in der Stimme.

„Stephan ist wirklich ein sehr feinfühliger Mann. Das habe ich bisher selten erlebt.", schwärmt sie weiter. Ich spüre einen unangenehmen Druck im Bauch und in der Brust.

„Auf dem ersten Blick wirkt er eher kühl, finden Sie nicht?", fragt sie mich plötzlich. Irritiert schaue ich sie an. -*Glaubt sie etwa wirklich, dass ich jetzt mit ihr zusammen Stephans Charaktereigenschaften aufzähle?!-*

„Finden Sie nicht, dass er ein toller Mann ist?", fragt sie mich schließlich ganz direkt. Mit weit offenen Augen starre ich sie an. *-Was bezweckt sie damit? Will sie mich absichtlich quälen!?-* Wut steigt in mir auf.

„Entschuldigen Sie bitte, dass ich Sie so direkt frage. Aber Sie kennen ihn doch schon etwas länger und mich würde Ihre Meinung über ihn interessieren." Meine Augen weiten sich noch etwas mehr. Mit ihrem zuckersüßen Lächeln schaut sie mich an. In dem Moment platzt mir der Kragen und ich stehe hastig auf.

„Liebe Frau Sandholz! Ich habe längst begriffen, dass Sie Stephan ganz toll finden. Und wenn Sie noch nicht mit ihm zusammen sind, dann schnappen Sie ihn sich doch. Meinen Segen haben Sie!", schimpfe ich und drehe mich zur Tür um.

„Warten Sie, Frau Petersen! Ich glaube, hier gibt es ein riesiges Missverständnis!" Mit hochgezogenen Augenbrauen und einem skeptischen Blick drehe ich mich zu ihr um.

„Was für ein Missverständnis? Wenn Sie noch nicht mit Stephan zusammen sind, dann wollen Sie es doch offensichtlich sein!", erwidere ich schnippisch. Frau Sandholz schüttelt den Kopf.

„Nein, nein Frau Petersen. Das sehen Sie völlig falsch. Ich wollte nur herausfinden, ob Sie Interesse an Stephan haben, weil ich nämlich Interesse an Ihnen habe." Plötzlich habe ich keine Kontrolle mehr über meine Gesichtszüge. Mit weit aufgerissenen Augen und offenem Mund starre ich sie an. Frau Sandholz lächelt verlegen und senkt den Blick. Sofort bekomme ich ein schlechtes Gewissen. Hätte das ein Mann zu mir gesagt, dann hätte ich sicher nicht so übertrieben schockiert reagiert. Nun ist mir meine Reaktion sehr peinlich.

„Es tut mir leid, Frau Petersen. Ich wollte Sie eigentlich nicht so überrumpeln."

„Mir tut es leid, Frau Sandholz. Meine Reaktion war unmöglich. Ich bin nur so überrascht. Das habe ich nicht erwartet."

„Schon okay, Frau Petersen. Das heißt aber also, dass Sie ausschließlich auf Männer stehen, richtig?", fragt sie unsicher.

„Ja. Ausschließlich.", antworte ich.

„Und auf Stephan Horner im Speziellen, nehme ich an?", fragt sie mit einem leichten Grinsen im Gesicht. Ich schaue auf die Tischplatte vor mir. Ich wollte Stephan eigentlich nun endgültig abhaken, weil ich dachte, dass er mittlerweile eh mit Frau Sandholz rummacht. Das hat er aber offensichtlich nicht.

„Frau Petersen. Ist alles in Ordnung?", reist mich die zarte Stimme der schönen Julia Sandholz aus meinen Gedanken.

„Entschuldigung. Ja. Natürlich. Alles gut.", antworte ich hastig.

„Wie kommen Sie eigentlich darauf, dass ich Interesse an Stephan hätte?", fragt Frau Sandholz schließlich. Eine richtige Antwort habe ich darauf gar nicht.

„Ich weiß nicht so genau. Es wirkte halt irgendwie so." antworte ich verlegen.

„Es wirkte so?!", wiederholt Frau Sandholz meine Worte mit hochgezogenen Augenbrauen und einem leicht verzweifelten Lachen in der Stimme.

„Na dann wundere ich mich nicht mehr, dass ich noch Single bin. Scheinbar werfe ich meine Signale in die völlig falsche Richtung.", fügt sie hinzu. Ich schmunzle unsicher.

Mit einem wohlwollenden Lächeln schaut sie mich an.

„Sie sollten Stephan sagen, was Sie für ihn empfinden. Er ist wirklich ein toller Mann. Wenn ich hetero wäre, hätte ich ihn auf jeden Fall angebaggert.", sagt Frau Sandholz grinsend und zwinkert mir zu.

Ich bin immer noch etwas irritiert von der ganzen Situation und lächle nur kurz unsicher zurück.

„Aber ich hätte eh keine Chance bei ihm gehabt. Ich hatte nämlich schon öfter den Eindruck, dass sein Herz ganz allein bei Ihnen ist, Frau Petersen."

Schmunzelnd dreht sie sich um und nimmt ihre Handtasche vom Stuhl. Ich bringe immer noch kein Wort heraus.

„Ich wünsche Ihnen und Emil dann erstmal ein paar schöne Tage zusammen, Frau Petersen.", sagt Frau Sandholz mit sanfter Stimme und streckt mir ihre rechte Hand entgegen. Ich ergreife sie. Endlich finde auch ich meine Stimme wieder.

„Danke, Frau Sandholz." Frau Sandholz nickt mir noch einmal lächelnd zu und verlässt dann den Raum.

-Wow! Was war das hier gerade!? Frau Sandholz ist lesbisch und hat nicht das geringste Interesse an Stephan. Stattdessen meint sie, dass Stephans Herz ganz allein bei mir wäre.- Dieser Gedanke zaubert ein seliges Lächeln in mein Gesicht und mein Herz pocht etwas heftiger gegen meine Brust. Ich habe mich von Anfang an immer wieder gegen meine Gefühle für Stephan gewehrt. Sie passten einfach nicht zu meinem Karriereplan. Als ich mich in einer schwachen Phase dann doch auf ihn eingelassen habe und es letztlich nicht funktioniert hat, fühlte ich mich bestätigt. Eine Beziehung und meine Karriere passten nicht zusammen. Ich habe meine Gefühle für Stephan also wieder weggesperrt und mich in meine Arbeit gestürzt. Umsonst. Ich habe mein Karriereziel nicht erreicht und bin sogar meinen Job los.

Plötzlich überrollt mich ein seltsames Gefühl. Alle Mauern in mir, die ich immer so mühevoll aufrechterhalten habe, scheinen zusammenzufallen und seltsamerweise fühle ich mich gar nicht so schutzlos ohne diese Mauern, wie ich es mir immer vorgestellt habe. In mir wächst ein Gefühl von

Freiheit, gepaart mit Neugierde und Lebenslust. Es ist ein unglaublich überwältigendes Gefühl. Ich atme einmal tief durch und gehe dann runter ins Sekretariat, wo Emil und Frau Janosh auf mich warten.

„Liebes! Ist alles in Ordnung?! Du bist ja kreidebleich!", ruft Frau Janosh, als ich das Sekretariat betrete. Ich schaue sie verwundert an. Emil sitzt am Schreibtisch gegenüber von Frau Janosh und springt sofort auf, als er mich sieht.

„Nora! Darf ich mit dir fahren?", fragt er aufgeregt. Ich lächle kurz und nicke ihm zu.

„Prima! Dann hole ich meine Sachen!", ruft Emil und rennt aus dem Sekretariat.

„Hier. Trink erstmal einen Schluck Wasser, Kind. Du siehst aus, als hättest du einen Geist gesehen.", sagt Frau Janosh mit sanfter Stimme. Während ich mich auf einen der Stühle an dem runden Konferenztisch setze, der mitten im Raum steht, trinke ich einen Schluck Wasser und frage mich, wann ich Frau Janosh das *Du* angeboten habe. Ich frage mich auch, ob ich wirklich so blass aussehe, wie sie behauptet und wenn ja, warum? Eigentlich fühle ich mich doch sehr gut und vor allem befreit.

„Besser?", fragt Frau Janosh und lächelt mich liebevoll an. Ich nicke kurz.

„Ja. Danke, Frau Janosh. Mir geht es gut.

„Ach! Wir können uns doch eigentlich jetzt endlich duzen, oder?", fragt sie und streckt mir ihre rechte Hand entgegen.

„Ich bin Agnes." Ich muss schmunzeln. -*Als ob sie mich nicht eh schon die ganze Zeit duzt.*- Ich ergreife ihre Hand.

„Na dann. Ich bin Nora."

„Sehr schön.", antwortet sie, während sie meine Hand nimmt und leicht schüttelt.

„Magst du mir nun sagen, was da oben mit Frau Sandholz passiert ist?", fragt Agnes. Ich möchte ihr nicht von dem Geständnis von Frau Sandholz erzählen. Also schweige ich und zucke nur kurz mit den Schultern. Agnes legt den Kopf etwas schief und zieht eine Augenbraue hoch.

„Emil war vorhin kurz oben und wollte zu euch. Er kam dann aber sehr schnell wieder runter und meinte, dass ihr euch wegen Stephan streitet.", erzählt Agnes. Ich schaue sie überrascht an.

„Da hat Emil etwas falsch verstanden.", sage ich leise. Agnes lächelt.

„Dir geht dieser Anwalt aber nicht mehr aus dem Kopf, richtig?", fragt sie schließlich. Plötzlich fühlt sich mein Gesicht ganz warm an und ich werde sicher rot.

„Aha! Volltreffer!", ruft sie.

„Aber wo ist denn das Problem, Nora? Er ist doch ein toller Mann und so viel ich weiß, ist er auch Single. Ihr würdet so ein wunderschönes Paar abgeben." Mit einem breiten Grinsen im Gesicht schaut sie mich an. Sie weiß ja gar nicht, dass ich schon einmal mit Stephan zusammen war.

„Vielleicht. Aber so einfach ist das leider nicht.", antworte ich.

„Aber wieso, Nora? Ich hatte immer den Eindruck, dass es zwischen euch ganz schön knistert." Grinsend zwinkert sie mir zu. Ich lächle etwas verlegen und nehme noch einen Schluck Wasser.

„Ach, Liebes. Du weißt gerade nicht so recht, was du tun sollst, richtig?", fragt Agnes mit einem mitleidigen Unterton. Überrascht von ihren empatischen Fähigkeiten schaue ich zu ihr hoch. Sie steht neben meinem Stuhl, hat ihre rechte Hand auf meine linke Schulter gelegt und sieht zu mir runter.

„Immer wenn ich nicht weiterweiß, dann fahre ich ans Meer. Mein Vater sagte immer… *Am Meer findest du Antwort.*" Und er hatte recht. Wenn ich am Strand sitze und eine Weile aufs Meer hinaus schaue, fühle ich mich schnell besser und weiß auch kurz darauf, was ich als Nächstes tun sollte.", erzählt Agnes.

„Versuche es doch auch mal, Nora." Ich runzle etwas die Stirn.

„Mal schauen.", antworte ich nur kurz und stehe auf. In dem Moment kommt Emil ins Sekretariat. Wir verabschieden uns kurz von Agnes und machen uns auf den Weg in meine Wohnung. Während der Fahrt frage ich mich, ob ich Emil auf sein Verhalten nach seiner Kündigung ansprechen soll. Im Grunde hat er Frau Sandholz erpresst, als er meinte, dass er abhauen würde, wenn er nicht zu mir darf. Aber eigentlich ist es nicht meine Aufgabe, Emil zu erziehen und wenn Frau Sandholz sich von ihm erpressen lässt, ist das wohl auch eher ihr Problem und nicht meins. Ich spreche Emil deshalb also nicht darauf an.

Plötzlich dreht Emil das Autoradio ganz leise. Irritiert schaue ich kurz zu ihm rüber.

„Ich muss dich mal was fragen, Nora.", sagt Emil, spricht aber nicht weiter.

„Was denn, Emil?", frage ich also.

„Als ich wegen dem Kochkurs bei Stephan auf Rügen war, habe ich mich ja nicht getraut, zu Jennifer zu gehen. Ich hatte Angst, dass sie mich wieder überreden will, zur Schule zu gehen und meine Ausbildung zum Koch auf Rügen zu machen. Ich wollte aber bei Toni im Restaurant bleiben. Jetzt, wo ich meine Ausbildung bei ihm nicht weiter machen kann, könnte ich doch wieder mit Jennifer zusammen sein. Ich will sie fragen, ob sie auch wieder mit mir zusammen sein möchte. Ich weiß nur nicht, ob ich sie anrufen soll, oder ob ich lieber zu ihr nach Rügen fahren soll, um sie zu fragen."

Ich bin überrascht, aber irgendwie beneide ich ihn auch für seine klare und einfache Art, die Dinge zu sehen. Ich wünschte, ich könnte das auch. Für ihn ist nicht die Frage, **ob** er Jennifer fragen soll, ob sie wieder mit ihm zusammen sein will, sondern lediglich, **wie** er sie fragen soll.

Ich bemerke im Augenwinkel, dass Emil mich ansieht und offensichtlich auf eine Antwort von mir wartet.

„Ich finde nicht, dass man so eine Frage am Telefon stellt. Es ist vielleicht besser, wenn du ihr dabei in die Augen schauen kannst."

„Okay. Können wir dann jetzt zu ihr fahren?" Irritiert schaue ich zu ihm, richte meinen Blick aber schnell wieder nach vorne.

„Das geht nicht, Emil."

„Warum.", fragt er. Ich schüttle leicht den Kopf. Hin und wieder ist es ja wirklich schön, die Dinge so einfach zu sehen, aber normalerweise eben nicht.

„Ich habe kein Gepäck dabei und wir müssten ja auch irgendwo übernachten.", antworte ich. Emil sieht einen Moment lang schweigend aus dem Fenster.

„Ich verstehe, dass du nicht bei Stephan schlafen willst, Nora. Aber ich darf bestimmt bei ihm schlafen. Dann brauchst also nur du ein Hotelzimmer und dein Gepäck können wir doch jetzt schnell holen." Im Grunde hat Emil ja recht. Zudem würde es mir sicher guttun, am Meer zu sein.

„Ach, Emil. Ich bin noch nicht wieder ganz fit. Traurig senkt Emil den Blick und sieht rechts aus dem Fenster.

„Entschuldigung. Ich habe vergessen, dass du krank bist.", sagt er traurig.

„Lass uns morgen früh zu ihr fahren. Dann können wir notfalls nachmittags wieder nach Hause zurück fahren, wenn wir keine Übernachtungsmöglichkeit finden." Breit grinsend schaut er mich an.

„Danke, Nora." Ich lächle nur kurz zu ihm rüber.

Als ich gerade meinen Wagen vor meiner Haustür parke, klingelt Emils Handy. Während er aussteigt, geht er ran.

„Hallo Stephan!", ruft er. Ich steige ebenfalls aus, nehme meine Handtasche und schließe das Auto. Emil scheint Stephan gerade aufmerksam zuzuhören. Ich öffne die Haustüre und gehe direkt durch in die Küche, um den Kaffeevollautomaten anzustellen.

„Das brauchst du nicht, Stephan. Wir fahren morgen zu Jennifer. Danach kann ich zu dir kommen.", sagt Emil und hört dann wieder Stephan zu.

„Ja. Nora und ich." Scheinbar hat Stephan nachgefragt, wen Emil noch meinte, als er WIR sagte. Ich frage mich, ob Stephan weiß, dass Julia Sandholz lesbisch ist. Wenn nicht, dann hat er vielleicht gehofft, dass sie morgen mit Emil nach Rügen kommt. Wieder spüre ich diesen unangenehmen Druck im Bauch.

„Okay. Mache ich. Dann bis morgen, Stephan." Emil legt sein Handy auf den Couchtisch und kommt zu mir an die Kochinsel.

„Ich soll morgen noch mal kurz zu Stephan in die Kanzlei kommen, bevor wir wieder nach Hamburg zurück fahren.", erzählt Emil. Mit einem leisen Brummen fließt der Kaffee aus dem Vollautomaten in meine Tasse.

„In Ordnung.", antworte ich nur.

„Ich kann auch mit dem Bus nach Bergen fahren, Nora. Du musst nicht mit in die Kanzlei, wenn du nicht möchtest." Mit weit offenen Augen schaut Emil mich an.

„Nein, nein. Das ist schon okay, Emil." Wir setzen uns auf das Sofa. Während Emil mir von der Ausbildung erzählt und wie toll es doch in dem Restaurant war, trinke ich meine Tasse Kaffee aus. Anschließend fahren wir einkaufen. Emil will heute wieder etwas für uns zum Abendessen kochen.

Als wir zurück sind, beginnt Emil sofort damit, das Gemüse zu schneiden. Dies macht er mit einer beeindruckenden Ruhe und Konzentration. Da er mich nicht helfen lässt, setze ich mich mit meinem Laptop auf das Sofa und durchforste die Stellenanzeigen.

„Das Essen ist gleich fertig, Nora. Kannst du schnell den Tisch decken.", ruft Emil mir zu.

„Natürlich.", antworte ich und strecke meine Nase nach oben.

„Hmmmmm....! Das duftet köstlich!" sage ich schwärmerisch, während ich zum Schrank mit den Tellern gehe.

„Flache Teller habe ich schon hier, Nora. Du brauchst nur noch Platzteller, Besteck und Gläser holen." Ich hebe beeindruckt beide Augenbrauen und schmunzle ihm zu. Nachdem ich eingedeckt habe, setze ich mich an meinen Platz. Emil serviert ein köstliches Ratatouille.

„Das habe ich in dem Kochkurs auf Rügen gelernt.", sagt Emil stolz. Es wäre so eine Schande, wenn er seine Ausbildung nicht weitermachen könnte.

So viele Leute haben Laura immer wieder zugestimmt, dass ein Mensch mit Trisomie 21 niemals alleine kochen könne. Ich fand das schon damals Blödsinn und hier ist der lebende Beweis, dass sie alle falsch lagen.

„Es ist so köstlich, Emil.", antworte ich beeindruckt.

Zehn

Mein Wecker bimmelt mich um sechs Uhr morgens aus dem Schlaf. Langsam stehe ich auf und gehe duschen. Nachdem ich mir die Haare geföhnt und etwas Mascara aufgelegt habe, betrachte ich mich prüfend im Spiegel. Meine Haut ist wieder etwas rosiger und nicht mehr so gräulich blass wie in den vergangenen Wochen. Zufrieden verlasse ich das Badezimmer. Als ich im Wohnzimmer ankomme, sehe ich Emil im Küchenbereich am Kaffeevollautomaten stehen.

„Guten Morgen, Nora." Lächelnd stellt er eine Tasse Kaffee auf die Theke.

„Guten Morgen, Emil.", antworte ich und gehe zu ihm rüber. Er reicht mir die Tasse Kaffee und geht dann zum Esstisch, den er auch schon gedeckt hat. Nach dem Frühstück machen wir uns direkt auf den Weg nach Rügen.

Während der Fahrt unterhalten wir uns kaum. Wir sind beide zu sehr mit unseren eigenen Gedanken beschäftigt. Emil denkt sicher an sein Gespräch mit Jennifer und ich frage mich, ob ich noch einmal versuchen soll, mit Stephan zu reden.

Ich halte vor dem betreuten Wohnhaus, in dem Jennifer wohnt. Emil bewegt sich nicht und starrt nur zur Haustür. Ich schaue zu ihm rüber.

„Nervös?", frage ich. Emil nickt nur, ohne den Blick von der Haustüre abzuwenden. Ich lege meine rechte Hand auf seinen linken Unterarm. Überrascht schaut er kurz auf meine Hand, dann zu mir.

„Nun los. Hol dir deine Antwort.", sage ich aufmunternd. Emil lächelt kurz und steigt dann aus. Ich sehe, wie er tief einatmet und wieder ausatmet. Dann dreht er sich zu mir um.

„Wartest du hier noch einen Moment? Vielleicht will sie gar nicht mit mir reden und schmeißt mich sofort raus.", fragt er unsicher.

„Natürlich.", antworte ich schmunzelnd. Emil nickt erleichtert und geht dann zur Haustür. Noch einmal dreht er sich zu mir um. Dann geht er hinein.

Ich lehne mich in meinem Sitz zurück und überlege, was ich zu Stephan sagen soll. Wie bringe ich ihn dazu, mir zuzuhören? Ich gehe im Gedanken ein paar Sätze durch. Aber alle klingen irgendwie blöd. Plötzlich steigt Emil wieder in mein Auto. Überrascht schaue ich zu ihm rüber.

„Sie ist nicht da. Sie arbeitet heute bis dreizehn Uhr.", sagt er frustriert.

„Oh. Okay." Wir schweigen einen Moment.

„Na dann fahren wir eben jetzt erstmal nach Bergen zu Stephan in die Kanzlei und kommen später wieder.", schlage ich vor.

„Das geht nicht. Stephan ist heute Morgen auch nicht da.", antwortet Emil. Ich überlege wieder kurz.

„Na gut, Emil. Dann lass uns nach Binz an den Strand fahren." Emil nickt und schnallt sich an.

Ich parke auf dem Parkplatz eines Discounters, in dem ich uns noch zwei Flaschen Wasser und ein paar Kekse kaufe. Anschließend gehen wir rechts die Schillerstraße hinunter und dann links auf die Hauptstraße, die direkt zur Promenade am Ostseebad Binz führt. Wir gehen zunächst runter an den Strand. Der Wind ist recht frisch, also machen wir unsere Jacken zu. Die Luft ist aber herrlich und ich atme sie tief ein. Nachdem Emil genug Muscheln aus dem Sand gesammelt hat, gehen wir wieder auf die Promenade. Langsam schlendern wir rechts hoch.

„Schau mal, Nora. Der hat eine Flöte!" Emil steht an einer Bronzefigur, die auf einer eckigen Steinsäule sitzt und dabei Querflöte spielt. Ich erinnere mich an einen Spaziergang mit Stephan, bei dem wir einer ähnlichen Figur begegnet sind. Stephan meinte, es sei ein Lautenspieler und dass diese Bronzeskulpturen auf der ganzen Insel verteilt stehen. Sie hätten aber wohl keine tiefere Bedeutung. Sie sollen angeblich nur zum Pause machen anregen, um die umliegende Gegend zu bewundern. Ich weiß nicht, ob Stephan recht hatte, aber dieser Flötenspieler scheint eine weitere Figur der Serie von Bronzefiguren zu sein. Wir setzen uns auf eine weiße Bank, die etwas hinter der Figur steht und zum Meer gerichtet ist. Ich lehne mich zurück und schaue geradeaus aufs Wasser. Eine tiefe Ruhe breitet sich in mir aus. Wir sitzen noch eine ganze Weile auf dieser Bank und Emil erzählt mir, was er in seiner Ausbildung im Restaurant in Hamburg schon alles machen durfte. Man merkt sehr deutlich, wie traurig er ist, dass er seine Ausbildung dort nicht weitermachen kann.

Nachdem wir in einem Restaurant an der Promenade zu Mittag gegessen haben, machen wir uns auf den Weg nach Bergen. Als wir dem Haus, in dem sich Stephans Kanzlei befindet, näherkommen, werden meine Schritte immer langsamer. Emil steht bereits vor der Eingangstür.

„Komm schon, Nora!", ruft er mir zu, während er klingelt. Ich bin so nervös. Vielleicht sollte ich besser hier unten auf Emil warten. Ein lautes Surren ertönt und Emil drückt die Tür auf. Ich bleibe wie angewurzelt stehen.

„Komm bitte mit, Nora." Ich schaue Emil unsicher an. Eigentlich würde ich schon gerne die Chance nutzen, um noch einmal mit Stephan zu reden. Ich frage mich nur, wie er auf mich reagieren wird. Langsam folge ich Emil ins Haus und die Treppe hoch, in die erste Etage.

„Hallo Emil! Hallo Frau Petersen!", ruft Alva freudig, als wir das Foyer der Kanzlei betreten.
Sie kommt hinter der Infotheke hervor und streckt mir ihre rechte Hand entgegen, die ich kurz ergreife.

„Stephan ist noch nicht zurück. Er hatte einen Termin bei Gericht, der leider etwas länger gedauert hat.", erzählt Alva.

„Dann mache ich euch erstmal einen Kaffee. Oder doch lieber Tee? Wasser hätte ich auch im Angebot." Erwartungsvoll schaut Alva zwischen Emil und mir hin und her.

„Vielen Dank. Dann sehr gerne einen Kaffee.", antworte ich mit einem verlegenen Lächeln. Alva möchte gerade etwas sagen, als die Eingangstür aufgestoßen wird und Stephan gestresst ins Foyer gestürmt kommt. Erschrocken bleibt er stehen und starrt mich an. Sein plötzliches Erscheinen hat auch mich überrascht. Mit weit offenen Augen schaue ich zu ihm hoch.

„Hallo Stephan!", ruft Emil und rennt auf ihn zu. Stephan löst seinen Blick von mir und begrüßt Emil mit einer Umarmung.

„Na komm mal mit, Emil und hilf mir mit den Getränken.", sagt Alva zu Emil und geht langsam in den Flur, rechts neben der Infotheke. Emil folgt ihr grinsend.

„Hallo Nora.", sagt Stephan recht kühl, wie ich finde, und geht in sein Büro. Dennoch fasse ich all meinen Mut zusammen. Ich folge ihm in sein Büro und schließe die Tür hinter mir.

„Hallo Stephan. Können wir bitte noch einmal miteinander reden?"

„Worüber?", fragt er kurz.

435

„Über uns, Stephan." Er seufzt einmal und schüttelt leicht mit dem Kopf.

„Nein, Nora. Das macht meines Erachtens keinen Sinn."

„Stephan! Es tut mir wirklich leid, wie das zuletzt gelaufen ist. Ich…" -*Wie sage ich ihm jetzt bloß, was ich empfinde?-*

„Schon okay, Nora. Du musst mir nichts erklären. Du hast dich für deine Karriere entschieden und gegen mich. Das habe ich mittlerweile auch akzeptiert und ich hoffe, dass es sich für dich gelohnt hat. Also lass es gut sein und geh jetzt einfach." Stephan setzt sich hinter seinen Schreibtisch. Ohne mich anzusehen, nimmt er seine Aktentasche auf seinen Schoß, holt ein paar Unterlagen heraus und legt sie vor sich auf den Schreibtisch. Es macht offensichtlich wirklich keinen Sinn mehr, weiterzureden.

„Ich wollte nicht, dass es mit uns zu Ende geht. Es tut mir alles sehr leid.", sage ich nur noch, während ich mich umdrehe und sein Büro verlasse. Im Foyer kommen mir Alva und Emil entgegen.

„Entschuldigt bitte, aber ich muss hier raus. Ich fahre jetzt erstmal nach Binz an den Strand. Melde dich einfach, Emil, wenn ich dich abholen soll.", sage ich ruhig und verabschiede mich höflich von Alva.

„Okay. Ich kann aber auch einfach nach Binz kommen. Wir können uns ja an der Figur mit der Flöte treffen.", schlägt Emil vor. Ich nicke nur kurz und verlasse eilig die Kanzlei. Ich spüre Tränen in mir aufsteigen. *-Oh nein! Jetzt bloß nicht heulen.-*, denke ich mir und gehe zügig zu meinem Wagen. Das war jetzt mein letzter Versuch. Ich werde Stephan nun in Ruhe lassen. Ich habe damals einen riesigen Fehler gemacht und muss nun mit den Konsequenzen leben. Zumindest habe ich ihm jetzt sagen können, dass es mir leidtut.

Ich parke in einer Seitenstraße nahe dem Discounter in Binz und gehe runter an den Strand. Da es heute recht frisch ist, sind nicht viele Leute dort. Ich setze mich in den Sand und schaue raus aufs Meer. Die tiefe Traurigkeit in mir ist einer inneren Ruhe gewichen. Eine ganze Weile sehe ich den Wellen zu, wie sie an den Strand rollen und sich wieder zurückziehen. Plötzlich klingelt mein Handy. Es ist Hannah.

„Hallo Hannah."

„Hey Nora. Janis hat vorhin mit Stephan telefoniert. Stephan hat erzählt, dass du mit Emil auf dem Weg nach Rügen bist. Stimmt das?"

„Ja. Wir sind bereits angekommen. Emil will mit Jennifer reden und ich dachte mir, dass mir ein Tag am Strand auch guttun würde", antworte ich.

„Hast du Stephan auch schon gesehen?", fragt Hannah.

„Ja.", antworte ich nur kurz.

„Und wie hat er reagiert?", fragt Hannah neugierig.

„Auf mich eher unterkühlt, aber auf Emil natürlich mal wieder sehr liebevoll.", antworte ich.

„Aha. Ich glaube, ich weiß jetzt auch, warum Stephan so an Emil hängt.", entgegnet Hannah.

„Na dann raus damit.", sage ich ungeduldig.

„Stephans Sohn wäre jetzt auch sechzehn Jahre alt. Vielleicht ist das der Grund.", erzählt Hannah. Geschockt weiten sich meine Augen.

„Warum, "wäre"?", frage ich mit dünner Stimme, wohl wissend, dass dieser Frage nun sicher eine traurige Antwort folgt.

„Stephans damalige Freundin ist bei einem Bootsausflug verunglückt. Sie war im neunten Monat schwanger. Mit ihrer besten Freundin und dem Mann ihrer Freundin ist sie mit dem Boot rausgefahren. Sie sind extra nicht so weit gefahren. Sie wollten schnell wieder an Land sein, falls bei Stephans Freundin die Wehen einsetzen. Stephan sollte eigentlich auch mitkommen, aber er war damals noch Angestellter in einer Kanzlei und sein Chef hat ihn mit Arbeit überschüttet. So konnte er nicht mitfahren. Plötzlich ist seine Freundin über Bord gefallen. Der Mann ihrer Freundin hat sofort die Rettung gerufen. Sie lebte noch, als man sie fand, aber sie war bewusstlos. Nach ein paar Tagen im Koma wurde dann der Gehirntod festgestellt. Das Baby wurde per Kaiserschnitt geholt. Aber auch das Baby hatte zu lange keinen Sauerstoff bekommen und starb zwei Tage nach der Geburt. Es wurde im Krankenhaus noch kurz vor dem Tod notgetauft, auf den Namen "Maximilian Stephan." Es war wohl eine harte Zeit für Stephan. Er machte sich schwere Vorwürfe und war sich sicher, dass der Unfall nicht passiert wäre, wenn er mit auf diesem Ausflug gewesen wäre. Nach der Beerdigung der beiden hat Stephan seinen Job in der Kanzlei gekündigt und ist für zwei Jahre in die USA gegangen. Nach seiner Rückkehr hat er dann eine eigene Kanzlei eröffnet." - *Mein Gott. Das erklärt nun so vieles.*- In meinen Augen haben sich Tränen gesammelt.

„Das ist ja schrecklich.", sage ich betroffen. Deshalb hängt er also so an Emil. Ein unangenehmes Ziehen breitet sich in meiner Brust aus, denn plötzlich fällt mir etwas ein.

„Erinnerst du dich noch an Emils zweiten Vornamen?", frage ich Hannah, die damals auch mit auf Emils Taufe war. Für einen Moment ist es ganz still.

„Aber natürlich!", ruft Hannah plötzlich ins Telefon.

„Sein vollständiger Name lautet Emil Maximilian Burkhardt! Vielleicht klammert Stephan sich deshalb so sehr an ihn. Aber wäre es nicht fatal, wenn Stephan sich weiter in diese väterlichen Gefühle reinsteigert? Das kann nicht gesund sein.", sagt Hannah besorgt.

Ich hoffe, dass er in den USA bei einem Therapeuten war, um dieses schreckliche Erlebnis zu verarbeiten. Aber das war er sicher. Sonst hätte er doch nicht wieder zurück nach Rügen kommen können, wo ihn alles an seine Freundin und sein Baby erinnert. Es ist schon ein unfassbarer Zufall, dass

439

Emils zweiter Name der gleiche ist, wie der Name von Stephans Sohn. Weiß Stephan das überhaupt? Niemand spricht Emil mit beiden Vornamen an.

„Ich habe keine Ahnung, ob das schlecht für Stephan oder eventuell auch schlecht für Emil ist. Aber das geht mich auch nichts an. Stephan will nichts mehr von mir wissen und das Jugendamt wird schon aufpassen, dass Stephan Emil nicht zu sehr verhätschelt."

„Ach, Nora. Möchtest du nicht nochmal in Ruhe mit Stephan über euch sprechen?"

„Das habe ich vorhin versucht, Hannah. Er wollte mir aber nicht zuhören."

„Das tut mir leid, Nora. Versuch dich etwas abzulenken und lass uns morgen zusammen essen gehen, okay?" Ich sage noch kurz zu, bevor wir uns verabschieden und auflegen.

Stephans Verlust seiner Freundin und seines Sohnes tut mir so leid. Gut. Das Ganze ist nun mindestens sechzehn Jahre her, aber ich denke, dass einen sowas niemals loslässt.

Wieder klingelt mein Handy. Diesmal ist es Emil.

„Hallo Emil. Bist du schon am Strand?"

„Nein. Ich bin bei der Figur mit der Flöte. Wo bist du?", fragt er.

„Ich bin unten am Strand. Warte bei der Figur, Emil. Ich komme hoch."

„Nein, nein. Ich komme runter an den Strand. Soll ich nach rechts oder nach links gehen?"

„Na gut. Du musst nach links gehen.", antworte ich schmunzelnd und lege auf. Kurz darauf sehe ich Emil am Wasser entlang auf mich zu kommen und winke ihm. Er winkt zurück, während seine Schritte schneller werden.

„Hey Emil. Ist alles gut gelaufen?", frage ich, als Emil schon fast bei mir ist.

„Ja. Stephan wollte mir nur sagen, dass ihm die Kündigung leid tut und er weiterhin für mich da ist."

„Das ist doch prima.", entgegne ich. Emil nickt nur kurz und lässt sich dann seufzend mit seinem Hintern rechts neben mir in den Sand fallen. Mit einem fragenden Blick schaue ich zu Emil rüber.

„Was ist los, Emil?"

„Jennifer will mich nicht sehen.", antwortet er.

„Woher weißt du das?", frage ich.

„Von der Kanzlei aus habe ich Frau Giebler angerufen und nach Jennifer gefragt. Ich habe Jennis neue Handynummer ja nicht. Jennifer hat Frau Giebler dann gesagt, dass sie nicht mit mir reden möchte.", antwortet er traurig.

Ohne etwas dazu zu sagen, lege ich meine rechte Hand tröstend auf seinen linken Unterarm.

„Ich vermisse Jennifer so sehr.", sagt er leise, während er seinen Kopf gegen meine rechte Schulter fallen lässt.

„Das tut mir so leid für dich, Emil."
Schweigend sitzen wir nebeneinander im Sand und starren aufs Meer.

„Vermisst du Stephan denn gar nicht?", fragt Emil mich plötzlich. Mein Blick bleibt aufs Meer gerichtet. Die Zeit mit Stephan war wirklich wunderschön, bis ich mich für meine Karriere entschieden habe und mich von ihm trennte. Nun sitze ich hier. Meine Karriere ist im Eimer, meinen Job bin ich los und Stephan will mich nicht mehr sehen. Aber ja. Ich vermisse ihn.

„Doch.", antworte ich also.

„Und ich vermisse Jennifer.", sagt Emil traurig und setzt sich wieder gerade hin. Ich schaue zu ihm rüber. Emil sieht den Möwen zu, die über uns am Himmel ihre Runden drehen. In dem Moment wird mir bewusst, wie ähnlich unsere Leben gerade verlaufen. Wir haben unsere Beziehungen für unsere Jobs geopfert und stehen beide nun ohne Job und ohne Partner da.

„Glaubst du, ich habe meine Arbeit verloren, weil ich Trisomie 21 habe?", fragt Emil, während er kleine Kreise rechts neben sich in den Sand malt. Überrascht schaue ich zu ihm rüber.

„Hat Stephan dir denn nicht erklärt, warum man dir kündigen musste?", frage ich verwundert.

„Nein. Hat er nicht. Seit ihr euch getrennt habt, redet er nicht mehr so viel." In mir kommt eine Hoffnung hoch, dass Stephan vielleicht doch noch etwas für mich empfindet. Verlegen schaue ich wieder aufs Meer und erinnere mich an Stephans Worte von vorhin. *"Du hast dich damals für deine Karriere entschieden und gegen mich. Das habe ich mittlerweile auch akzeptiert und ich hoffe, dass es sich für dich gelohnt hat. Also lass es gut sein und geh jetzt einfach."*

Ja. Ich habe mich für meine Karriere entschieden und einen hohen Preis dafür gezahlt. Stephan und meine Gesundheit.

„Weißt du, warum ich aufhören musste?", fragt Emil schließlich und reißt mich aus meinen Gedanken.

„Ja. Das Restaurant musste schließen. Der Besitzer ist wegen eines Todesfalls zurück nach Italien gegangen. Das ist der einzige Grund.", antworte ich.

„Ach so! Armer Toni.", sagt Emil mitleidig und schaut wieder geradeaus aufs Wasser.

Dieses ganze aktuelle Theater hätte scheinbar vermieden werden können, wenn man Emil den Grund für seine Kündigung mitgeteilt hätte. Dann wäre mir auch das peinliche Aufeinandertreffen mit Stephan erspart geblieben.

Wieder sitzen wir eine Weile schweigend nebeneinander.

„Weist du was, Nora?" Ich schaue zu Emil rüber. Er sieht mich mit festem Blick an.

„Ich will auf Rügen bleiben. Stephan kann mir bestimmt helfen, hier eine neue Ausbildungsstelle zu finden." Überrascht ziehe ich meine Augenbrauen leicht hoch.

„Bist du dir wirklich sicher, Emil?"

„Ja. Ich finde es toll hier und Jenni wollte damals auch, dass ich hier bleibe. Jetzt komme ich eben zurück. Ich will zwar nicht mehr hier zur Schule gehen, aber meine Ausbildung zum Beikoch möchte ich hier weiter machen." Emil richtet seinen Blick wieder aufs Meer.

„Jetzt muss ich es nur noch Jennifer erzählen. Aber wie bekomme ich sie dazu, mir zuzuhören?" Ich kann Emil dazu leider keinen Rat geben. Ich habe es bei Stephan ja auch nicht geschafft. Also schweige ich lieber und schaue ebenfalls aufs Meer hinaus.

Plötzlich springt Emil auf.

„Ich weiß jetzt, was ich mache!", ruft Emil aufgeregt. Fragend schaue ich zu ihm hoch.

„Ich gehe einfach nochmal zu Jennifer. Und wenn sie mir nicht aufmachen will, dann schreie ich eben einfach durch die Tür, dass ich sie liebe und für immer bei ihr auf Rügen bleiben will! Frau Giebler hat mal gesagt, dass es erst vorbei ist, wenn man alles versucht hat.". Entschlossen strahlt Emil zu mir runter. Ich bin überrascht, muss Frau Giebler aber ein Stück weit recht geben. Natürlich sollte man das Wort "Alles" etwas genauer definieren und eingrenzen, um sich nicht außerhalb des rechtlichen Rahmens zu bewegen. Aber grundsätzlich ist es richtig.

„Fährst du noch einmal mit mir zu Jennifer?", fragt Emil aufgeregt.

„Eigentlich wollte ich jetzt nach Hause fahren, Emil." Emil starrt mich überrascht an.

Du wolltest doch in einem Hotel schlafen und ich bei Stephan!"

„Es tut mir leid, Emil. Mein Gespräch mit Stephan verlief nicht so gut. Ich möchte lieber nach Hause. Aber wenn du bei Stephan bleiben möchtest, ist das okay für mich."

„Gut. Dann rufe ich ihn kurz an und frage ihn, ob ich heute bei ihm schlafen darf.", antwortet er und zieht hastig sein neues Handy, das er wieder von Stephan bekommen hat, aus seiner rechten, vorderen Hosentasche.

„Hallo Stephan!", ruft Emil aufgeregt ins Telefon.

„Ja, ja. Bei mir ist alles gut. Darf ich heute Nacht bei dir schlafen?" Emil hört aufmerksam zu.

„Nein. Nora will lieber nach Hause fahren. Vorher bringt sie mich aber noch zu Jennifer. Ich will sie nämlich zwingen, mir zuzuhören und ihr dann sagen, dass ich sie liebe und sie schrecklich vermisse!", erklärt Emil. Was Stephan darauf antwortet, höre ich natürlich nicht. Ich bewundere Emil und wünschte, ich hätte genauso viel Mut wie er und könnte Stephan einfach sagen, dass ich ihn schrecklich vermisse. Stattdessen haue ich bei leichtem Gegenwind ab, um mich in meiner Wohnung in Hamburg zu verkriechen.

„Danke, Stephan. Dann bis gleich.", ruft Emil und steckt sein Handy wieder weg.

„Stephan fragt, ob du mich zu ihm bringen kannst, wenn ich mit Jennifer gesprochen habe. Er hat schon ein ganzes Glas Wein getrunken und darf nicht mehr mit dem Auto fahren." Ein unangenehmer Schauer überkommt mich und am liebsten würde ich "NEIN" sagen. *-Ich brauche Emil ja nur vor der Haustüre abzusetzen und kann dann sofort wieder abhauen.-*, denke ich und nicke also. Freudestrahlend setzt er sich wieder neben mich in den Sand.

„Was ist los, Nora?"

„Nichts, Emil. Es ist alles gut." Emil sieht mich skeptisch an.

„Bist du traurig wegen Stephan?", fragt er. Ich antworte nicht und starre aufs Wasser. Dichte, hellgraue Wolken hängen über dem Meer. Die Wellen sind rau und rollen in kurzen Abständen weit auf den Strand. Dann nicke ich nur leicht. Emil schaut mich mitleidig an. Der Wind ist etwas stärker geworden und ich ziehe den Kragen an meinem hellblauen Windbreaker etwas höher, um meinen Hals vor dem nun schon recht kühlen Wind zu schützen.

Ich sehe im Augenwinkel, dass Emil in seine linke Jackentasche greift und schaue zu ihm rüber. Er holt ein gefaltetes Blatt hervor und reicht es mir.

„Hier, Nora. Das habe ich für dich gemalt.", sagt er und grinst breit.

„Danke, Emil.", antworte ich und nehme ihm das Blatt aus der Hand. Langsam falte ich es auseinander und sehe schnell, dass es eine seiner tollen Zeichnungen ist. Mit Bleistift hat er einen Mann und eine Frau gezeichnet, die sich gerade küssen. Ich schaue Emil schmunzelnd an. Er grinst immer noch.

„Das bist du mit Stephan.", sagt Emil und setzt ein noch breiteres Grinsen auf. Tatsächlich kann man eine Ähnlichkeit mit Stephan und mir erkennen. Wieder einmal beeindruckt von Emils zeichnerischem Können, betrachte ich das Bild und lächle. Dann steigt plötzlich Wehmut in mir auf und das Lächeln verschwindet aus meinem Gesicht.

„Rede mit Stephan, Nora. Ich weiß, dass er dich noch sehr lieb hat." Überrascht schaue ich zu ihm rüber.

„Ach, Emil. Das glaube ich nicht."

„Doch! Tut er, Nora!" Skeptisch sehe ich zu ihm rüber.

„Wirklich, Nora. Das hat er mir selbst gesagt." Ungläubig ziehe ich die Augenbrauen hoch.

„Ehrlich! Ich habe ihn vorhin in der Kanzlei gefragt, ob er dich noch lieb hat und er hat *Ja* gesagt.", erzählt Emil und legt seine rechte Hand auf seine linke Brust.

„Ich schwöre.", fügt er hinzu. Mein Herz schlägt einen Moment höher bei dem Gedanken, dass Stephan vielleicht doch noch etwas für mich empfindet. Aber liebhaben kann man auch gute Freunde oder liebe Nachbarn. Vielleicht hat Stephan auch nur noch freundschaftliche Gefühle für mich. Traurig betrachte ich Emils Zeichnung. Stephan hat mir vorhin deutlich zu verstehen gegeben, dass ich ihn in Ruhe lassen soll. Also Schluss damit. Stephan hat keine tieferen Gefühle mehr für mich, dass muss ich endlich akzeptieren. Emil ist eben doch noch zu jung, um das zu erkennen.

Ich falte das Blatt wieder zusammen und schiebe es in meine Jackentasche.

„Jetzt bringe ich dich erstmal zu deiner Jennifer.", sage ich munter und verberge meine Traurigkeit hinter einem Lächeln.

Fröhlich tänzelt Emil neben mir zurück zu meinem Wagen und springt hastig auf den Beifahrersitz.

Die ganze Fahrt über knetet Emil aufgeregt seine Finger.

Ich halte vor dem betreuten Wohnhaus, direkt vor der Haustüre und stelle den Motor ab. Nervös grinst Emil zu mir rüber. Ich lächle ihn kurz an.

„Na los, Emil. Ich warte hier auf dich. Viel Glück."

„Danke, Nora.", antwortet er und steigt aus. Langsam geht er den Weg zur Haustüre hoch. Dann geht er hinein.

Ich lehne mich auf dem Fahrersitz zurück und schaue links aus dem Fenster. Gegenüber dem Haus ist ein großes, weites Feld, auf dem im Moment nur wilde Gräser und Blumen wachsen. In der Ferne erkennt man den Hof, zu dem dieses Feld gehört. Langsam setzt die Abenddämmerung ein. Da Emil nun schon eine ganze Weile im Haus ist, gehe ich davon aus, dass es bisher recht gut für ihn läuft. Ich schmunzle. Dann denke ich wieder an Stephan. Warum kann ich ihm nicht einfach sagen, dass ich ihn vermisse. Einfach nur, um es endlich loszuwerden!

Aber die Frage kann ich mir sehr schnell selbst beantworten. Weil ich zu feige bin. Erst recht, nachdem, was er vorhin in seiner Kanzlei zu mir gesagt hat.

Plötzlich geht die Haustür auf und Emil kommt raus. Lächelnd kommt er zu meinem Wagen und steigt ein.

„Hey, Emil. Es lief gut, nehme ich an?"

„Ja. Sehr gut sogar. Ich musste zwar wirklich durch die Tür rufen, aber dann hat sie aufgemacht und mich einfach in den Arm genommen. Sie hat gesagt, dass sie mich auch noch liebt.", erzählt Emil mit einem breiten Grinsen im Gesicht.

„Ich freu mich so für dich, Emil."

„Danke, Nora. Jetzt musst du nur noch Stephan sagen, dass du ihn vermisst. Dann sind wir beide wieder glücklich." Ich schüttle nur leicht den Kopf und schmunzle zu ihm rüber. *-Wenn das doch nur so einfach wäre.-*, denke ich kurz und fahre dann los.

Nun bin ich nervös und kaue während der Fahrt zu Stephan auf meiner Unterlippe.

Ich halte vor Stephans Haus.

„Du musst mir tragen helfen, Nora." Grinsend steigt Emil aus. Ich weiß genau, dass ich ihm eigentlich nicht helfen muss und er mich einfach nur ins Haus locken will. Ich steige aus und hole Emils Reisetasche aus dem Kofferraum. Emil hat bereits an der Haustüre geklingelt. Als ich gerade den Weg zum Haus betrete, öffnet Stephan die Tür. Stephan und

Emil begrüßen sich mit einer Umarmung und zusammen gehen sie weiter in den Flur hinein.

Ich stelle die Reisetasche einfach gleich vorne im Flur ab, ohne das Haus zu betreten.

„Dann bis bald, Emil!", rufe ich ihm zu und drehe mich um.

„Warte, Nora!" Emil kommt zu mir gerannt, packt meinen linken Unterarm und hält mich auf.

„Du wolltest Stephan doch noch etwas sagen!" Geschockt starre ich Emil an. -*Nein! Das wollte ich eigentlich nicht, Emil.*-, schimpfe ich ihn im Gedanken an. -*Oder soll ich es ihm vielleicht doch jetzt sagen?*- Stephan steht an der Haustür und sieht mich und Emil irritiert an. -*Nein. Besser nicht. Ich habe heute schon mal versucht, es ihm zu sagen, aber er wollte nichts mehr von mir hören. Also, warum sollte es jetzt anders sein?*-

„Nein, Emil. Das wollte ich nicht.", sage ich also und gehe zu meinem Wagen.

„Aber warum denn nicht, Nora? Wir wollten doch zusammen glücklich sein. Ich mit Jennifer und du mit Stephan." Emils Worte lösen einen unangenehmen Schmerz in meiner Brust aus. Ich bleibe für einen kurzen Moment stehen, drehe mich aber nicht um. Ich atme tief ein und gehe dann weiter.

„Nora, warte bitte.", höre ich Stephans dunkle Stimme. Ein aufgeregtes Flimmern erfasst meinen ganzen Körper. Ich höre Stephans Schritte auf den Platten näherkommen. Dann ist es still. Er müsste jetzt genau hinter mir stehen. Langsam drehe ich mich um. Stephan steht tatsächlich ganz dicht vor mir und sieht traurig zu mir runter. Es ist mittlerweile dunkel geworden. Das warme Licht einer alten Straßenlaterne fällt auf sein Gesicht. Es kribbelt in meinem ganzen Körper, als unsere Blicke sich treffen.

„Ich würde dir aber gerne etwas sagen, Nora." Mein Herz pocht wie wild gegen meine Brust und ich kann kaum atmen. Vorsichtig nimmt Stephan meine linke Hand und führt mich ins Haus.

Emil rennt die Treppe hoch und verschwindet im Gästezimmer. Stephan schmunzelt ihm hinterher und bittet mich dann in den Wohnbereich. Links unten, in der Hausecke, neben der Fensterfront, flackert ein beruhigendes Kaminfeuer. Auf dem Couchtisch steht ein Glas Wasser. Ich wundere mich kurz. -Hatte Stephan nicht gesagt, er könne nicht mehr mit dem Auto fahren, weil er Wein getrunken hat?- Stephan scheint meinen skeptischen Blick auf das Wasserglas bemerkt zu haben.

„Ich habe geflunkert.", sagt Stephan plötzlich. Verwundert schaue ich ihn an.

„Ich habe keinen Wein getrunken. Ich habe das nur gesagt, damit du Emil herbringst." Ich bin verwirrt. Vorhin in seiner Kanzlei wollte er mich nicht mal ausreden lassen und plötzlich wollte er, dass ich zu ihm komme? Langsam kommt er auf mich zu und stellt sich dicht vor mich. Tausende Hummeln toben durch meinen Bauch und mein Herz schlägt immer schneller.

„Es ist sehr nett von dir, dass Emil heute bei dir bleiben kann. Warum kümmerst du dich eigentlich auch privat so um ihn?", frage ich schließlich, um mich von meinen aktuellen Gefühlen abzulenken. Stephan senkt den Kopf. Dann atmet er tief durch.

„Vor sechzehn Jahren ist meine damalige Verlobte bei einer Bootstour verunglückt. Sie trug unseren gemeinsamen Sohn unter ihrem Herzen. Bis zum Geburtstermin waren es nur noch vier Wochen und wir haben uns so sehr auf ihn gefreut. Nach dem Unfall lag Nathalie noch drei Tage im Koma, bis die Ärzte schließlich ihren Gehirntod feststellten. Unser Sohn wurde per Kaiserschnitt geholt und noch schnell getauft, bevor auch er zwei Tage später starb. Nathalie hatte immer den Wunsch, verbrannt und auf dem Meer bestattet zu werden, wenn sie mal stirbt. Natürlich sind wir davon ausgegangen, dass sie dann alt und grau sein würde. Ihre Eltern und ich haben ihrem Wunsch dann entsprochen. Wir haben also Nathalie und unseren Sohn Maximilian Stephan einäschern lassen und auf See bestattet. Seitdem bin ich nie wieder aufs Meer hinausgefahren oder mit einem Boot über einen See oder Fluss gefahren. Ich bin nach der Beerdigung dann für zwei Jahre in die USA gegangen und habe dort in einer kleinen sozialen Rechtsberatung gearbeitet. Aber als echter Rügener ließ die Heimat mich nicht los und ich kehrte zurück.

Als ich dann Emil kennenlernte, der genauso alt ist, wie mein Sohn auch jetzt wäre und dann mit zweitem Namen auch noch Maximilian heißt, habe ich all meine Professionalität verloren. Ich weiß, dass er meinen Sohn nicht ersetzen kann, aber ich möchte ihn wenigstens, soweit es mir möglich ist, unterstützen." Völlig betroffen und gerührt habe ich Stephan zugehört. Ich habe einen dicken Kloß im Hals und meine Augen sind etwas feucht geworden. Das erklärt möglicherweise auch seine seltsame Rettungsaktion, als ich damals in den See am Waldhotel gefallen war.

„Das tut mir so schrecklich leid, Stephan.", sage ich leise.

„Danke, Nora. Aber es ist lange her und nach meiner Therapie konnte ich auch wieder ein einigermaßen normales Leben führen und irgendwann auch sogar wieder Gefühle zulassen.", antwortet er.

„Als Emil eben anrief und mir erzählte, dass er Jennifer zwingen will, ihm zuzuhören, musste ich an unsere Begegnung heute mittag in meiner Kanzlei denken. Ich wollte dir nicht zuhören, aber nicht, weil du mir egal bist, Nora. Im Gegenteil. Ich liebe dich."

Wie hitte!? Was!? Das hat er gerade nicht gesagt! Er liebt mich!?- Ich bin völlig überrumpelt. In meinem ganzen Körper kribbelt es und ein wohliger Druck breitet sich in meinem Bauch aus. Mit weit offenen Augen schaue ich zu ihm hoch.

„Ich weiß, dass dir dein Job sehr wichtig ist, aber kannst du dir nicht vielleicht ein wenig mehr Freizeit nehmen? Ich vermisse dich, Nora." Ich spüre, wie mein Gesicht heiß wird. Ich bin völlig überwältigt von seinem Geständnis.

„Bitte sag doch etwas, Nora." In mir breitet sich ein wundervolles Glücksgefühl aus und ich muss lächeln.

„Ich habe gerade mehr als genug Freizeit.", antworte ich immer noch lächelnd und nehme seine Hände. Stephan sieht fragend zu mir runter.

„Ich wollte dir heute in der Kanzlei auch sagen, dass ich dich sehr vermisse, Stephan."

„Dann lass es uns doch noch einmal miteinander versuchen, Nora." Stephan hebt meine Hände, führt sie zu seinem Mund und küsst sanft meine Fingerknöchel. Meine Knie werden weich und ich habe das Gefühl, leicht zu wanken. Ich schaue tief in seine wunderschönen, liebevollen, braunen Augen und nicke leicht.

„Nora. Ich…. Oh, man…. Ich bin so froh." Stephan schlingt seine starken Arme um meine Taille und zieht mich fest an sich. Dann nimmt er seine rechte Hand und schiebt sie in meinen Nacken. Langsam kommen sich unsere Lippen näher, um dann endlich wieder aufeinanderzutreffen. Stephan presst seine warmen, weichen Lippen auf die meinen. Sein Dreitagebart kitzelt angenehm auf meiner Haut. Dann gibt es für unsere Zungen kein Halten mehr und auch sie schmiegen sich aneinander und freuen sich über die Wiederbegegnung.

Plötzlich richtet Stephan sich wieder auf. Und da sind sie wieder. Seine atemberaubenden kleinen Lachfältchen in seinen Mund- und Augenwinkeln. Schmunzelnd nimmt er meine Hand und führt mich ins Schlafzimmer. Endlich sind wir wieder vereint. Wie habe ich seine wilde Leidenschaft und seine sanften Zärtlichkeiten vermisst.

Völlig erschöpft liege ich in seinem Arm.

„Oh, Nora. Ich liebe dich.", flüstert Stephan.

„Ich liebe dich, Stephan.", erwidere ich leise.

Am nächsten Morgen werde ich in Stephans Armen wach und kann mein Glück kaum fassen. Noch gestern hätte ich nicht gedacht, dass ich Stephan je wieder so nah sein werde. Das habe ich auch irgendwie Emil zu verdanken, der mich mit seiner so klaren und einfachen Art immer wieder dazu gebracht hat, über mein Verhalten nachzudenken. Ohne ihn wäre ich Stephan nicht immer wieder begegnet und wäre auch gestern nicht nach Rügen gefahren. Mit seiner einfachen Art, die Dinge zu sehen und seinem Herzen zu folgen, hat er mich immer wieder sehr beeindruckt. Wir sollten alle mehr auf unsere Herzen hören. Auch wenn der Verstand manchmal lauter ist, heißt das noch lange nicht, dass er auch recht hat.

ENDE

Epilog

Dreieinhalb Jahre später!

Nie hätte ich gedacht, dass ich jemals wieder heiraten werde.

Nun stehe ich hier in einem kleinen Saal auf der Seebrücke des Ostseebades Selin in einem sündhaft teuren, champagnerfarbenen, bodenlangen Brautkleid in A-Linie. Meine Töchter Jana und Lisa stehen rechts neben mir. Links neben mir steht mein Bräutigam, Stephan Horner. Links neben ihm stehen Hannah und Janis, die letztes Jahr im Mai bereits hier auf der Seebrücke geheiratet haben.

Hinter uns sind dreißig Stühle mit weißen Hussen und gelben Tüllschleifen aufgebaut, auf denen ein paar Freunde und Familienmitglieder sitzen. Darunter auch meine ehemalige Sekretärin Jasmin mit ihrer Familie und Julia Sandholz. Nach dem Jawort versammeln sich unsere Gäste im Balticsaal und Stephan und ich gehen gemeinsam mit einem Fotografen auf die Brücke, um ein paar schöne Hochzeitsfotos zu schießen. Nachdem wir auch am Strand einige schöne Fotos gemacht haben, gehen wir ebenfalls in den Festsaal und setzen uns an unsere Plätze. Stephan eröffnet feierlich das Buffet und der Ansturm auf die Köstlichkeiten beginnt. Unsere Gäste scheinen sehr glücklich zu sein und plaudern munter durcheinander. Ich lehne mich zurück und beobachte das fröhliche Treiben.

Nachdem ich damals, vor dreieinhalb Jahren, Emil bei Stephan abgesetzt hatte und Stephan mir seine Liebe gestand, wurde mein Leben noch einmal komplett umgekrempelt.

Nach einer wundervollen und leidenschaftlichen Nacht erzählte ich Stephan, dass ich gekündigt wurde. Stephan freute sich riesig und ich blieb mit Emil ganze drei Wochen bei Stephan auf Rügen. Nicht nur Stephan, sondern auch die Insel hatte mich in ihren Bann gezogen und so verließ ich Hamburg und zog zunächst in ein hübsches Apartment in Bergen auf Rügen. Kurz darauf fand ich einen neuen Job in einem kleinen Ingenieurbüro für Schiffsbau. Natürlich achtete ich nun genauer auf genug Freizeit und meine Gesundheit.

Damals dachte ich, dass die Kündigung meines Chefs eine riesige Katastrophe ist. Doch heute weiß ich, dass sie der Startschuss in ein neues Leben und ein großes Glück für mich war.

Stephan half Emil dabei, wieder in seine alte WG ziehen zu können und seine Ausbildung in einem kleinen Restaurant in Bergen weiterzumachen. Laura und Matthias haben Emils Entscheidung dann auch voll und ganz akzeptiert.

Ein Jahr später zog ich zu Stephan in sein Haus in Sassnitz und ein weiteres Jahr später machte er mir einen Heiratsantrag. Ganz romantisch am Strand, an einem herrlich warmen Sommertag.

Wir saßen nebeneinander im Sand und schauten aufs Meer hinaus. Plötzlich zog Stephan eine geschlossene Fächermuschel aus seiner Hosentasche und drehte sich zu mir. Nervös öffnete er die Muschel und schaute mich unsicher an. In der Muschel lag ein silberner Ring mit einem wunderschönen Brillanten. Ich war sehr überrascht, aber auch überglücklich, als er dann fragte, ob ich seine Frau werden möchte. Natürlich sagte ich *"JA"* und fiel ihm um den Hals.

Ich schmunzle bei der Erinnerung an diesen Moment. Als Emil davon erfuhr, schmiedete er sofort eigene Hochzeitspläne mit Jennifer.

Mittlerweile hat Emil seine Ausbildung zum Beikoch erfolgreich abgeschlossen und wurde von seinem Ausbildungsbetrieb fest eingestellt. Emil und Jennifer haben zwar noch nicht vor zu heiraten, aber sie planen gerade, zusammenzuziehen.

Auch Emils Beispiel zeigt sehr deutlich, wie weit man kommen kann, wenn man an sich glaubt und auch Menschen an seiner Seite hat, die an einen glauben. Manche Glücksmomente resultieren aus einer vermeintlichen Niederlage und erst im Nachhinein erkennt man den Sinn.